Amanda Quain
Skandal & Vorurteil
Ein Georgie-Darcy-Roman

SKANDAL & VORURTEIL

AMANDA QUAIN

EIN GEORGIE-DARCY-ROMAN

AUS DEM AMERIKANISCHEN ÜBERSETZT
VON ANNE BRAUNER

ISBN 978-3-7432-1554-2
1. Auflage 2023
erschienen 2022 unter dem Originaltitel *Accomplished:
A Georgie Darcy Novel* bei Wednesday Books,
einem Imprint der St. Martin's Publishing Group, New York.
Copyright © 2022 by Amanda Quain
Für die deutschsprachige Ausgabe © 2023 Loewe Verlag GmbH,
Bühlstraße 4, D-95463 Bindlach
Aus dem Amerikanischen übersetzt von Anne Brauner
Umschlagmotive: © Juliann/shutterstock.com, © macrovector/Freepik.com,
© Rudchenko Liliia/shutterstock.com, © Photo Win1/Shutterstock.com
Umschlaggestaltung: Ramona Karl
Printed in the EU

www.loewe-verlag.de

Für Dustin, weil er mir die Welt geschenkt hat.
Und für die Big Red Marching Band, weil sie mir Dustin
geschenkt hat.

»Was ist Miss Darcy für ein Mädchen?«

Er schüttelte den Kopf. »Ich wünschte, ich könnte sie liebenswert nennen. Es schmerzt mich, schlecht über eine Darcy zu reden, doch sie hat zu viel Ähnlichkeit mit ihrem Bruder und ist hochgradig stolz. Miss Darcy ist hübsch, ungefähr fünfzehn oder sechzehn Jahre alt und, wie ich hörte, sehr gut erzogen.«

George Wickham
Jane Austen. *Stolz und Vorurteil*

1

Mein großer Bruder Fitzwilliam Darcy konnte mich mal.

Echt jetzt. Er benahm sich schon seit vier Monaten wie die brüderliche Ausgabe von Helikoptereltern, aber jetzt hatte er es endgültig übertrieben. Er tat bei seinem kurzen Samstagsbesuch nicht einmal so, als hätte er mich vermisst, seine einzige Schwester. Es ging ihm ausschließlich darum, nach mir zu sehen und sich zu vergewissern, dass ich vorhatte, meine Hausaufgaben zu machen, am Unterricht teilzunehmen und keinesfalls meine Mitschüler in der Highschool auf illegale Weise mit Adderal zu versorgen.

Wie letztes Jahr – was ich allerdings nicht wiederholen wollte.

Als ich aus dem Schlaftrakt der Pemberley Academy in die kühle Luft des Staates New York hinaustrat, hüllte ich mich zitternd enger in meine Jacke. Im September war das Wetter reine Glückssache, es konnte fünfundzwanzig Grad warm und perfekt oder um die null sein, nur um die neuen Kids durcheinanderzubringen, deren Eltern sie von Florida zur bestmöglichen Ausbildung hierher verfrachtet hatten. Ich war hier aufgewachsen und konnte mich auf die Kälte einstellen, aber eiskalte Septembertage fühlten sich immer noch verkehrt an.

Immerhin war ich den Elementen nicht lange ausgesetzt,

da Fitz direkt vor dem Schlaftrakt geparkt hatte – noch näher, und er wäre in dem holzgetäfelten Eingangsbereich gelandet. Er hatte sich in den paar Tagen, seit er mich an der Schule abgesetzt hatte, endlich einen neuen Wagen gekauft. Ich erkannte das Modell nicht sofort, aber Fitz kaufte immer die gleiche Sorte Auto. Nobel, aber nicht protzig, und dennoch so teuer, dass Leute, die etwas davon verstanden, stehen blieben. Da ich nicht zu diesen Leuten gehörte, stieg ich auf der Beifahrerseite ein und sagte: »Dieser Wagen hat weniger Getränkehalter als der letzte.«

»Ich wünsche dir auch einen guten Morgen.« Fitz hatte vielleicht ein anderes Auto, aber er selbst würde sich nie ändern.

Da wir beide groß und dunkelhaarig waren und scharf geschnittene Züge und hellbraune Augen hatten, sahen die Leute auf den ersten Blick, dass wir Geschwister waren. Der große Unterschied bestand darin, dass mein Bruder in meiner Gegenwart immer eine enttäuschte Miene zur Schau trug. »Schön, dich zu sehen.«

»Finde ich auch. Wieso haben sie die anderen Getränkehalter weggelassen?« Ich trommelte mit den Fingern auf die Armlehne, die eindeutig beheizt war. Ein nettes Extra und ein elegantes Trostpflaster für ihn, nachdem er meinetwegen in die Kälte des Staates New York hatte zurückziehen müssen. »Wo lässt man jetzt seine Getränke?«

»Vorn, wo nur zwei sitzen, gibt es nach wie vor zwei Getränkehalter.« Seufzend fuhr Fitz aus der Einfahrt vom Schulgelände. Im Speisesaal durfte ich Gäste empfangen, und sämtliche Angestellten in Pemberley würden lobpreisend niederknien, wenn Fitz zum Frühstück käme. Seit er vorletztes Jahr seinen Abschluss gemacht hatte, wurde ich immer nur gefragt: *Wie geht's Fitz? Wo ist Fitz? Was für ein Jammer, ich habe gehört, dass er das College wechseln musste, bestimmt ist er froh, in deiner Nähe zu sein.* Und genau aus diesem Grund nahm ich ihn nie mit. »Wozu braucht man mehr als zwei Getränkehalter?«

»Willst du mir weismachen, dir fällt keine einzige Situation ein, in der jemand mehr als ein Getränk benötigt?« Als wir durch die Tore von Pemberley fuhren, erlaubte ich mir, tief auszuatmen. Zurzeit fühlten sich diese schmiedeeisernen Tore mit ihren spitzen Zacken wie meine persönliche eiserne Jungfrau an. Seit dem *Vorfall*, aber ehrlich gesagt auch schon vorher. »Stell dir doch mal vor, großer Bruder, du fährst quer durchs Land. Ein unglaublicher Roadtrip. Vermutlich zum Grand Canyon.«

»Fliegen würde Zeit und Geld sparen.«

»Stimmt, aber du bist nicht geflogen.« Unser gewohntes Geplänkel war eine genauso gute Ablenkung wie alles andere, um kurz so zu tun, als hätte der *Vorfall* unsere Beziehung nicht unwiderruflich zerstört. Als wäre das letzte halbe Jahr unseres Lebens nicht für die Tonne gewesen. Ich spielte mit dem Türschloss und ließ es hin und her schnappen, bis Fitz die Kindersicherung einschaltete. »Du fährst«, fuhr ich fort. »Es ist spät. Du brauchst dein Koffein, aber es ist auch wahnsinnig heiß, du bist in der Wüste und unsere bleichen Yankeekörper sind für diese extremen Wetterbedingungen nicht geschaffen.«

»Und?«

»Und …« Ich legte eine theatralische Pause ein. Hohe Bäume, deren Blätter teilweise bereits welkten, flogen an meinem Fenster vorbei. »Und du sehnst dich nach Kaffee, aber gleichzeitig brauchst du ein Kaltgetränk! Ta-da! Damit sind die beiden Getränkehalter hier belegt, und dein Mitfahrer kann sehen, wo er bleibt. Von Gastfreundschaft keine Spur!«

»Gut, wenn du Fahrzeug-Innendesign studierst, kannst du direkt als Erstes diese Verbesserung einführen.« Wer Fitz nicht kannte, hätte nie den spröden, scherzhaften Unterton gehört, den ich sofort erkannte. So weit war es in den letzten Jahren mit seinem Humor gekommen. Mein Bruder war kaum wiederzuerkennen.

Wir bogen auf den Parkplatz vom *Townshend's* ein, einem Diner, den Fitz (natürlich) in seiner Zeit in Pemberley entdeckt hatte. In meinem ersten und seinem zweiten Jahr an der Schule waren wir mindestens einmal im Monat hergefahren, wenn er mit meiner Wenigkeit abhängen wollte, statt mit seinem Team im Debattierclub zu gewinnen oder sich an den weltbesten Colleges zu bewerben. Damals bestellten wir zahllose Pfannkuchen, obwohl sie im Diner damit gedroht hatten, sie von der Karte zu nehmen, nachdem wir uns einen Tag vor den Frühjahrsferien legendär damit vollgestopft hatten. Für ein paar Dollar mehr gab es sogar Schlagsahne und M&Ms dazu. Fitz hatte aus vollem Herzen gelacht und nicht wie jetzt dezent hüstelnd einen Vorwurf unterstrichen, und ich hatte gern Zeit mit meinem Bruder verbracht, dem einzigen Verwandten, der mir geblieben war.

Ohne Stoffservietten und einen Sommelier entsprach das Lokal zwar nicht dem, was unsere Eltern uns vorgelebt hatten, doch seit Dad vier Jahre zuvor gestorben war, als ich zwölf war, und meine Mom die Gelegenheit genutzt hatte, meinen Bruder und mich einander und den Hausangestellten zu überlassen, konnte uns niemand mehr etwas vorschreiben.

Jetzt konnte nur noch Fitz mir etwas vorschreiben.

»Das darf nicht wahr sein.« Der Freudenschrei der Kellnerin hallte durch den relativ leeren Diner, als wir hereinkamen und die Wärme der voll aufgedrehten Heizung uns eine willkommene Atempause von der beißenden Kälte bot. »Fitz Darcy höchstpersönlich.«

»Jenn.« Fitz' Mundwinkel hoben sich wie zu einem Lächeln, das nur leider seine Augen nicht erreichte. Freudenschreie waren praktisch Standard, wenn Erwachsene in der Umgebung von Pemberley auf Fitz trafen. Hätten die Lehrkräfte, das Betreuungspersonal und die Einheimischen jemanden zum Homecoming-King wählen können, wäre er jedes Mal erkoren worden.

Dazu kam es jedoch nicht, weil es sich um einen Beliebtheitswettbewerb unter Teenagern handelte, und echte Beliebtheit bei Gleichaltrigen hatte noch nie zu unseren Stärken gehört. Fitz war eher der Typ Jahrgangsbester und ich … nichts von alledem. Trotzdem.

»Was machst du überhaupt hier?« Jenn führte uns langsamer zu unserem Tisch, als mir lieb war, so sehr knurrte mein Magen bereits. »Hat das Semester an der Caltech noch nicht angefangen? Oder müssen Genies da weniger Vorlesungen über sich ergehen lassen?«

»Ehrlich gesagt bin ich dieses Jahr an der SUNY Meryton.« Die letzten Überbleibsel von Fitz' Lächeln schwanden, als wir uns hinten im Diner in die Sitzecke mit dem gerissenen Lackleder quetschten, wo mich der Duft von den Kuchenblechen geradezu überwältigte. »Ich habe gewechselt, um näher an Zuhause zu sein.«

»Wieso willst du – oh.« Jenn sah zu mir, und da war sie, die plötzliche Erkenntnis, an die ich mich wohl besser gewöhnen sollte. Ich wollte mit dem Lack verschmelzen, wollte eins damit werden, da Lackledernischen vermutlich nie aufgrund eines einzigen Fehltritts ihr Leben lang ein schlechtes Gewissen haben würden. Außerdem durften sie in der Nähe von Pfannkuchen existieren, und Kinder ließen ständig Reste in die Ritzen fallen. Es wäre ein weniger schmachvolles Leben als meins zurzeit. »Ach ja.«

Die Gerüchteküche der Pemberley Academy arbeitete schnell und effizient. Nach nur wenigen Stunden hatte jeder gewusst, dass Brian Churlfords Dad, ein Senator, mit einer Geliebten bei einer Spritztour nach Kanada erwischt worden war. Über GroupMe war ordentlich etwas los gewesen, als Andrea Smithing jemanden aus der Stadt bestochen hatte, die SAT-Prüfung für sie zu bestehen, und sie daraufhin von der Schule geflogen war.

Und als ich, Georgiana Darcy, Erbin des Darcy-Empires und kleine Schwester des Goldjungen der Schule, Fitz Darcy, zum Ende des zweiten Schuljahrs in einen Drogenskandal verwickelt war und nur aufgrund meines Nachnamens nicht von der Schule verwiesen wurde? Das machte ebenfalls schnell die Runde.

Meine Finger zuckten, und ich zwang mich, sie nicht zu Fäusten zu ballen. Darcys ließen sich nicht anmerken, wenn sie sich ärgerten.

»Unsere übliche Bestellung, Jenn, danke.« Fitz umklammerte die Speisekarte, seine Knöchel waren weiß. »Und einen Orangensaft für meine Schwester.«

»Ich habe mir gerade die Zähne geputzt«, sagte ich, als Jenn die Karten an sich nahm und rasch flüchtete, wobei sie sichtlich erleichtert war, dem Darcy-Drama zu entkommen. »Du musst nicht für mich bestellen.«

»Ich kenne deine Essgewohnheiten, wenn ich nicht dabei

bin, Georgie.« Er holte sein Handy heraus und schrieb eine Kurzantwort, bevor er mir erneut seine ungeteilte Aufmerksamkeit schenkte. »Die Vitamine in dem Saft könnten die einzigen sein, die du diese Woche zu dir nimmst.«

»Nicht witzig.« Ich verdrehte die Augen. Fitz war nur vier Jahre älter als ich. Keineswegs alt genug, um meinen Vater zu spielen, und dennoch wand ich mich unter seinem Blick, da ich genau wusste, welche unausweichliche Unterhaltung auf mich zukam.

Tatsächlich stützte Fitz sich auf die Unterarme, verschränkte die Finger und beugte sich weit über den Tisch. Ohne Ellbogen selbstverständlich. Auch wenn mein Bruder in einem billigen Diner billige Pfannkuchen aß, vergaß er nie, dass er ein Darcy war. Mich ließ er es ebenfalls nicht vergessen.

»Hast du was von ihm gehört?«

Okay nein, das hatte ich dann doch nicht erwartet, dass er so schnell und so früh am Morgen auf *ihn* zu sprechen kam. In meinem Magen grummelte es unangenehm. »Natürlich nicht.« Jenn servierte unsere Getränke, einen großen Becher Kaffee für Fitz und eine Cola light für mich. Mit einem Lächeln entschuldigte sie sich für das Glas Orangensaft, das sie danebenstellte. »Er hat meine Nummer nicht mehr.« Fitz hatte mir kurz nach dem *Vorfall*, sobald er mich von der Schule genommen hatte, ein neues Handy besorgt. Der Todesstoß für mein nicht vorhandenes Sozialleben.

»Er hat dir keine Mails geschickt?«, bohrte Fitz weiter, während ich Blasen in meine Cola blies, weil ich wusste, wie sehr ihn das nervte. Obwohl ihn der Softdrink schon genug nervte. »Oder eine DM.«

Ich verzog das Gesicht. »Nein, Fitz, Wickham hat mir keine DM geschickt.« Das war nicht einmal gelogen, ich hatte die Wahrheit höchstens ein wenig … angepasst. Und ich hatte seine E-Mails auch nicht gelesen, die alle auf einmal auf meinem Handy aufgetaucht waren, als Fitz mir im Sommer für kurze Zeit wieder Zugang zum Internet gewährt hatte.

Zumindest hatte ich sie nicht oft gelesen.

Nicht mehr als einmal.

Na gut, zweimal.

»Bohnenstange.«

»Nenn mich nicht so.« Nach Dads Tod hatte er aus einem für einen Sechzehnjährigen seltsamen väterlichen Impuls Dads Spitznamen für mich übernommen. »Was sollte das hier aus deiner Sicht werden, Fitz? Ein lustiges Frühstück, bei dem ich dir erzähle, hey, ist mir ganz egal, dass du mich zwei Wochen vor Ende des Schuljahrs abgeholt hast? Und dass ich den ganzen Sommer lang zu niemandem Kontakt aufnehmen durfte und somit nicht einmal meine Sicht des Ganzen erklären konnte? Oder dass meine Mitschüler mich jetzt alle hassen?«

»Hättest du dich nicht mit einem Drogendealer eingelassen …«

»Ich *wusste nicht*, dass er ein Drogendealer war!«

»Pfannkuchen!« Jenns fröhliches Trällern unterbrach einen Streit, der allmählich ausuferte. Und bevor ich hinzufügen konnte: *Außerdem war es deine Idee, dass wir uns anfreunden.* Fitz und ich lehnten uns zurück, und er richtete den Kragen seines feinen Hemdes. Ich dagegen machte mir nicht die Mühe, die Falten meines gebatikten Camp-Sandion-T-Shirts zu glätten. »Ihr wisst, wie der Hase läuft. Keine neuen Teller, bevor die alten leer sind. Wollt ihr heute neue Rekorde aufstellen?«

»Die Welt ist groß und voller Möglichkeiten, Jenn.« Ich hielt den Blick auf meinen Bruder gerichtet, dessen Augen wütend funkelten. »Wir wollen nichts ausschließen.«

In den nächsten zehn Minuten schwiegen wir, wenn man mein aggressives Kauen und das Zischen der Schlagsahneflasche nicht zählte. Da Jenn mir den zweiten Teller in der Sekunde servierte, in der ich mit dem ersten fertig war, brachte ich ihr nun deutlich mehr Wohlwollen entgegen. Fitz hatte in der Zwischenzeit seine Pfannkuchen nur hin und her geschoben und klammerte sich an den Kaffeebecher wie an einen Rettungsring, während er mir zusah.

»Du wirst noch ersticken.«

»Und du verlierst unseren Pfannkuchen-Wettbewerb.« Ich deutete mit dem Kopf auf seinen Teller, auf dem das Butterstückchen auf seinem Stapel zu einer fettigen Lache geschmolzen war, die seitlich an den Pfannkuchen herunterlief. »Jetzt mach.«

»Ich habe nicht so viel Hunger.«

»Na, dann«, sagte ich. Nach dem Tod unseres Vaters hatte Fitz' Appetit nachgelassen und war endgültig versiegt, als er mich mit Wickham erwischt hatte. Sein Kaffeekonsum dagegen … Jenn füllte im Vorbeigehen wortlos seinen Becher, und Fitz verzog das Gesicht, als er einen großen Schluck trank. »Von dem Zeug bekommst du noch ein Magengeschwür.«

»Glaub mir, vom Kaffee bekomme ich sicher kein Magengeschwür.« Er wandte den Blick von mir zu der tintenschwarzen Flüssigkeit in seiner Tasse. Diesmal verzog ich das Gesicht. Niemand konnte so hinterhältig sticheln wie ein Darcy, *das* hatte er von unserer Mutter gelernt. »Kein einziger Freund mehr übrig?«

»Kein einziger«, antwortete ich mit vollem Mund. Tatsächlich waren es davor auch nicht gerade viele gewesen. Von Anfang an war ich nicht richtig in Pemberley angekommen, und nach Fitz' Abschluss war es keineswegs besser, sondern schlimmer geworden. Die wenigen Freundschaften, die ich in der Marschkapelle geschlossen hatte, waren als Folge der Wickham-Sache kaputtgegangen. »Na ja, gestern Abend hat mir jemand die Fahrstuhltür aufgehalten, als ich in die Bibliothek wollte. Aber dann hat er mein Gesicht gesehen und auf den Knopf gedrückt, der die Türen schließt. Kurz bevor ich da war. Aber der Knopf funktioniert nicht, und ich konnte doch einsteigen, sodass wir über vier Etagen miteinander eingesperrt waren.« Die Erinnerung tat weh, aber Fitz wirkte … kein bisschen betroffen. Es berührte ihn nicht.

Früher hatte mein Bruder immer Partei für mich ergriffen, doch schon vor dem *Vorfall* hatte sich zwischen uns etwas verändert, wenn ich ehrlich war. Nicht ganz plötzlich nach Dads Tod oder nachdem Mom uns verlassen hatte. Sondern nach und nach, sodass es mir gar nicht aufgefallen war. Es war wie, wenn man überrascht feststellte, dass man ein Stück gewachsen war.

Mir war erst bewusst geworden, dass Fitz und ich uns auseinandergelebt hatten, als wir plötzlich nicht mehr zusammenpassten. Als Fitz mir mitgeteilt hatte, er werde nach Kalifornien gehen, dachte ich zunächst *Wie kann er nur?*, doch nachdem er monatelang nicht zurückgerufen oder zurückgeschrieben hatte, wurde daraus: *Logisch, was sonst?*

Und dann hatte ich zugelassen, dass Wickham unserer Beziehung den Rest gab.

»Ich erinnere mich, wie langsam diese Aufzüge sind.« Fitz seufzte, schnitt ein winziges Stück vom Pfannkuchen und steckte es in den Mund. Er kaute und schluckte mit Sorgfalt, bevor er weitersprach. »Ich habe nicht vor, dein Leben zu zerstören, Bohnenstange. Kannst du versuchen, das zu verstehen?«

Klar, das musste er mir nicht noch mal sagen. Ich kannte seine Einstellung – die einzige Person, die mein Leben zerstörte, war ich selbst.

Also blies ich weiter Blasen in meine Cola. Es hatte keinen Sinn, mit meinem Bruder darüber zu sprechen. So war es schon immer gewesen, und so würde es ewig bleiben. Er wollte sich meine Gründe für das Schlamassel gar nicht anhören. Ich sollte unter seiner Aufsicht mein Leben auf die Reihe kriegen, während er dafür sorgte, dass so etwas nie wieder passierte. Und einfach so tat, als wäre es zwischen uns schon früher so gewesen. Als wäre er zuvor nicht mein bester Freund gewesen, sondern schon immer diese schräge Vaterfigur.

Und ich hatte einen Plan. Echt. Doch wenn ich Fitz davon erzählte, würde er mich nur erneut ermahnen – und ausnahmsweise wollte ich mal selbst etwas regeln.

»Irgendwann musst du mit mir reden«, sagte Fitz schließlich und trank seinen Kaffee aus. »Wir veranstalten diese ›Tête-à-Têtes‹ jedes Wochenende, bis du wieder fest im Sattel sitzt.«

»Schreib ›Tête-à-Tête‹ auf die Liste der Wörter, die du nicht benutzen sollst.« Mein Herz schlug schon schneller, wenn ich Fitz nur dabei zusah, wie viel Kaffee er trank. »Soll ich meine Hausaufgaben mitbringen? Willst du sie unterschreiben, bevor ich sie den Lehrern zurückgebe?«

Fitz ließ die Gabel auf den Teller sinken, machte den Mund auf, sagte jedoch nichts. Ich *spürte*, wie das Ungesagte zwischen uns stand. Spürte seine Enttäuschung und die Wahrheit, die jetzt all unseren Gesprächen zugrunde lag. *Ich habe Kalifornien für dich abgebrochen, also mach es nicht noch schlimmer.*

Er hatte es nie gesagt. Denn dann müssten wir viel intensiver über unsere Gefühle reden, als es ein anständiger Darcy je tun würde.

Doch es stand immer im Raum. Jedes Mal, wenn er mir schrieb oder mich anrief, um zu hören, wie es mir ging. Im Sommer, als er mir das Internet gestrichen oder mich dazu verdonnert hatte, im Wohnzimmer zu lesen, wo er mich im Blick hatte. An jenem Frühlingstag, als er, nachdem er mich nach Hause geholt hatte, mein Zimmer durchsucht hatte, um sicherzustellen, dass ich nichts Verbotenes versteckte.

Ich wusste noch zu gut, wie er mich zu Beginn meines zweiten Schuljahres in Pemberley abgesetzt hatte. Er hatte mich fester umarmt als je zuvor.

»Du schaffst das schon, Georgie. Pemberley hat nur auf dich gewartet.«

»Du wirst mir fehlen.« *Meine Stimme war wie schon den ganzen Vormittag peinlich belegt. Zum Glück war außer uns niemand da. Fitz und ich waren eine Woche vor den anderen Schülern nach Pemberley gefahren, damit er mir beim Eingewöhnen helfen konnte, bevor er nach Kalifornien reiste. Darcy-Privilegien.*

»Nicht so sehr wie du mir, Bohnenstange.« *Er löste sich aus der Umarmung. Ich hatte einen Rotzstreifen auf seinem schicken Hemd hinterlassen. Ich war ja so was von reif.* »Aber du kommst klar, versprochen.«

»Woher willst du das wissen?« *Ich hatte gar kein gutes Gefühl. Im ersten Jahr hatte ich die ganze Zeit am Rockzipfel meines Bruders gehangen, und jetzt sollte ich einfach so ohne ihn hier sein? Niemand kannte mich so gut wie Fitz. »Und wenn ich mich aus Versehen in Brand setze?«*

»Darcys setzen sich nicht selbst in Brand.« Fitz' Augenfältchen kräuselten sich in einem Anflug von Lachen, wie ich es bald nur noch über FaceTime sehen würde. »Aber ich habe etwas, das dich aufmuntern wird.«

»Caltech eröffnet einen zusätzlichen Universitätscampus am Ende der Welt im Staat New York?«

»Fast.« Fitz lehnte sich an mir vorbei, steckte den Kopf aus meinem Zimmer – Gott sei Dank wieder ein Einzelzimmer – und blickte in den Gang. »Wickham? Kommst du?«

Ich drehte mich blitzschnell um, so rasend schnell, wie ich es keinem Menschen zugetraut hätte. Nie im Leben!

Doch er war es. Wickham Foster, unser Nachbar aus der Kindheit, in den ich buchstäblich immer schon, o ja, verknallt war, hier an der Pemberley Academy, in (überaus wohltrainiertem) Fleisch und Blut.

»Wickham?« Mit Mühe gelang es mir, nicht zu quietschen – so schwer es mir auch fiel –, als er grinsend hereinschlenderte. Wickham beeilte sich nie. »Was machst du denn hier?«

»Ich habe die Schule gewechselt, Kid.« Er schüttelte Fitz die Hand und zog mich anschließend in eine Umarmung, die meinen ganzen Körper innerlich erschauern ließ. Es war ein paar Jahre her, seit ich Wickham gesehen hatte – zuletzt bei der Beerdigung, stellte ich plötzlich fest –, und obwohl er immer unverschämt gut ausgesehen hatte, kam es mir vor, als wären seine früher schon harten Gesichtszüge wie frisch geschliffen.

»Du zeigst Wickham alles, ja, Georgie?« Als Fitz sich zu mir drehte, rief ich mir mahnend ins Gedächtnis, dass er keine Ahnung von den Gefühlen hatte, die ich früher für Wickham ge-

hegt hatte. Von heute ganz zu schweigen. »*Er spielt mit dir in der Marschkapelle, du kannst ihm also helfen, sich einzugewöhnen.*«

»*Klar, mache ich.*« *Ich richtete mich auf, lächelte und hoffte, wie eine anständige Schülerin auszusehen. Wickham warf mir einen zweiten Blick zu, doch diesmal nahm er sich mehr Zeit, mich zu betrachten. Als wollte er mir damit etwas sagen.* »*Es ist mir ein Vergnügen.*«

»*Ganz meinerseits*«, *sagte er, und zum Glück war Fitz ein wenig zur Seite gegangen, um auf sein Handydisplay zu schauen, denn Wickhams Blick hätte ihm gar nicht gefallen.*

Vielleicht wäre es besser gelaufen, wenn er ihn gesehen hätte. Vielleicht hätte er das alles verhindern können. Oder ich war bereits auf dem Weg zu meiner unausweichlichen Selbstzerstörung gewesen, und mein Bruder hätte nichts mehr für mich tun können.

Jetzt, in unserer Sitzecke, die sich sekündlich klaustrophobischer anfühlte, schob Fitz seinen Teller mit den fast unberührten Pfannkuchen zur Seite. Statt ein Wort zu sagen, winkte er Jenn zu sich.

»Zahlen, bitte.«

Das war's, er war fertig mit mir. Wie alle anderen.

2

Als ich am nächsten Nachmittag in meinem Zimmer auf dem Bett lag, unter mir die samtplüschige Tagesdecke, die ich aus der Darcy-Villa in Rochester mitgenommen hatte, starrte ich auf das *Sage Hall*-Poster an der Decke. Ich sehnte mich inständig danach, in diese Serienwelt einzutauchen.

Als ich es am vergangenen Donnerstag dorthin geklebt hatte, hatte meine neue Mitbewohnerin Sydney die Nase gerümpft und die ersten Worte seit unserer Ankunft an mich gerichtet: »Hast du das da oben als eine Art Sexding aufgehängt?«

Es erschien mir sinnlos, sie darauf hinzuweisen, dass sie bereits alle vier Wände unseres winzigen Doppelzimmers mit gerahmten Fotos von Blumen behängt hatte, die wie Deko-Überbleibsel einer Umkleide im Forever 21 aussahen. Nur die Decke war verschont geblieben.

Ich hatte ihr in die Augen gesehen und geflüstert: »Es gibt nur eine Möglichkeit, das rauszufinden«, und weiter meine Sachen ausgepackt, bis sie endlich die Flucht ergriffen hatte, um mit den anderen Mädchen von der Fahnengarde abzuhängen und bestimmt die ganze Zeit zu jammern, dass sie es nicht *fassen* konnte, eine Mitbewohnerin wie mich zu haben.

Das beruhte auf Gegenseitigkeit.

Ich konnte noch so sehr den Cast meiner Lieblings-BBC-

Serie anstarren, der sich zu einem Familienporträt vor dem riesigen Herrenhaus versammelt hatte, im Hintergrund die beim Publikum hochgradig beliebte Dienerschaft – ich wurde nicht in den Kaninchenbau hineingesogen. Seufzend setzte ich mich auf und zog den Laptop näher heran. Wenn ich mich schon nicht im echten Leben in die Serie beamen konnte, wollte ich zumindest den Rest des Tages etwas darüber lesen.

Ich hatte in der Mittelschule Gefallen an *Sage Hall* gefunden, direkt nachdem sich meine Familie aufgelöst hatte. Fitz war zu der Zeit schon hier in Pemberley, um mich kümmerte sich wechselndes Personal, und Mom hatte schließlich zugegeben, dass sie aus dem *Eat-Pray-Love*-Bullshit, den sie in diesem Monat gebucht hatte, nicht zurückkehren würde. Sie hatte Fitz das Sorgerecht für mich übertragen, der daraufhin mit sechzehn zum mündigen Minderjährigen erklärt wurde und für uns beide Entscheidungen treffen konnte. Zu Hause machte es … keinen wirklichen Spaß, daher scrollte ich von morgens bis abends durch Tumblr. Nach ein paar Dutzend *Sage Hall*-GIF-Sets war ich *hooked*. Nach zehn Minuten der ersten Folge war ich süchtig.

Einen Monat später schrieb ich meine erste Fanfiction, den letzten Schrott, den ich mittlerweile aus den Eingeweiden des Internets gelöscht hatte. Doch ich hatte weitergeschrieben, daran gearbeitet und war irgendwie ganz gut geworden. Und plötzlich mochten mich Leute, denen mein Nachname nichts sagte und die mich einfach cool und meine Sachen lesenswert fanden.

Nicht dass ich in letzter Zeit etwas hochgeladen hätte. Seit Wickham hatte ich nichts mehr geschrieben.

Jeder andere wäre von der Schule geflogen. Ich hätte von

der Schule fliegen sollen, als Fitz letztes Schuljahr aufgetaucht war und herausgefunden hatte, dass Wickham Adderall aus meinem Zimmer vertickte. Obwohl Fitz ihn in die Flucht treiben konnte, ohne die Polizei zu rufen, war es dem Dekan zu Ohren gekommen, und es hatte Fitz alle Macht gekostet – die Macht unseres Nachnamens –, mich vor einem Schulverweis zu retten. Da es keine Beweise gab, die mich mit einem Verbrechen oder auch nur einem Verstoß gegen die Schulordnung in Verbindung brachten, hatte ich ihnen die Wahrheit gesagt: dass ich von Wickhams Machenschaften keine Ahnung gehabt hatte. Und da niemand bei der Schulleitung bezeugt hatte, mich mit den Medikamenten gesehen zu haben … ließen sie mich auf der Schule, ein Zeugnis meines Privilegs als reiches weißes Mädchen und einer Darcy im Besonderen.

Wickham hatte weniger Glück gehabt.

Im Nachhinein betrachtet hatten offenbar alle *außer mir* gewusst, dass Wickham mein Einzelzimmer zum Dealen benutzt hatte, sobald ich nicht da war. Meine reichen Mitschüler hassten mich nun, weil es keinen Nachschub mehr gab, und alle anderen dachten, ich hätte den deutlich beliebteren Wickham verpfiffen, weil ich meine Nase überall reinstecken musste. Für den Hofstaat der Pemberley Academy war ich eine unverbesserliche Petze.

Ich dagegen war natürlich auf die größte Lüge aller Zeiten hereingefallen, weil ich geglaubt hatte, dass Wickham mich liebte. Auf jeden Fall war ich von meiner eigenen Liebe zu ihm überzeugt gewesen.

Und jetzt saß ich in Pemberley fest, umgeben von den Folgen meines Irrtums, der Naivität einer Sechzehnjährigen, die für den Nachbarn aus ihrer Kindheit geschwärmt und tatsächlich geglaubt hatte, er würde sich für sie interessieren, wenn es sonst niemand tat.

Doch selbstverständlich hatte Wickham mich nur benutzt. Er hatte sich meines Zimmers bedient, meine Unwissenheit ausgenutzt und gleichzeitig noch sehr viel weitergehende Dinge geplant.

Seine E-Mails verfolgten mich aus meinem Posteingang, obwohl es mir gelungen war, die neuesten Nachrichten der letzten Tage nicht zu lesen. In der Betreffzeile stand jeweils ein aufreizendes »Hey« oder »Was geht, Kid?«, was mich bei jeder anderen Person unverzüglich dazu bewegen würde, die Mail ungelesen zu löschen.

Außerdem kannte ich den Inhalt, weil es nur ein Echo seiner Mails aus dem Sommer sein konnte. Er wollte mich so weit manipulieren, ihn wieder in mein Leben zu lassen, ihm zu erlauben, sich wieder einzuschleichen, bis sich erneut alles nur um Wickham drehte. Und das konnte ich nicht noch einmal zulassen. Auf keinen Fall.

Ich musste sie dringend löschen.

Aber Scheiße, jedes Mal, wenn mich in den Gängen jemand böse ansah, jedes Mal, wenn mir schmerzlich bewusst wurde, nie genügen zu können … sehnte ich mich nach ihm.

Ich holte tief Luft und versuchte, einen klaren Kopf zu bewahren. Fitz wüsste natürlich gern von mir, dass Wickham weiterhin Kontakt zu mir aufnahm, aber das wollte ich ihm auf keinen Fall gestehen.

Der Tag, an dem er uns in meinem Zimmer erwischt hatte, hatte sich in mein Gehirn eingebrannt.

Wickham, der an der Tür versucht, Fitz den Weg zu versperren. Fitz, der sich an ihm vorbeidrängt und brüllt, wie ich meinen Bruder noch nie habe brüllen hören …

Nein. Auf keinen Fall. Wie er Wickham angesehen hatte, war schrecklich genug gewesen, aber wie er mich angesehen hatte? Damit hatte er alles stillgelegt. Ich wollte diese Erinnerung nicht mehr aufleben lassen. Deshalb riss ich mich vom Anblick der Tür los und klickte auf eine Word-Datei, an der ich arbeitete. All das würde ich, so ermahnte ich mich streng, Fitz nicht noch mal antun.

Ganz oben stand der Titel des Dokuments: *Georgie Darcys Anleitung, ihren extrem angeschlagenen Ruf wiederherzustellen, Freunde zu finden und ein für allemal zu beweisen, dass sie es verdient, den Namen Darcy weiterhin zu tragen, völlig unabhängig davon, was Tante Catherine im Familien-Newsletter gesagt hat.*

Bisschen zu lang vielleicht, aber mich kurz zu fassen, war noch nie meine Stärke gewesen. Diese geöffnete Seite in Times New Roman mit doppeltem Zeilenabstand würde mich retten.

Ich hatte diesen Vorsatz letzte Woche gefasst, während ich für die Schule packte und mich mit Fitz' Checklisten und Google-Kalender-Einladungen wie zum Beispiel »Stundenplan prüfen, Küche, 15.30 Uhr« und »Kleidung für neu entstandene Bedürfnisse begutachten, bei dir, 10 Uhr« herumschlug. Mein Bruder liebte es, Einladungen über den Google-Kalender zu verschicken.

Hatte ich schon erwähnt, dass wir eine echt lustige Familie waren?

Egal, die dazugehörigen Checklisten, die jeden Morgen wie das Tagesprogramm der grässlichsten Kreuzfahrt der Welt vor meiner Tür lagen, hatten mich auf eine Idee gebracht. Selbst wenn die Vorliebe der Darcys für Organisation bei mir vielleicht nicht voll ausgeprägt war, musste ich doch zugeben, dass alles im Leben einfacher wurde, sobald man es in machbare Schritte unterteilte. Und die Herkulesaufgabe, meinen guten Ruf wiederherzustellen? Musste unbedingt runtergebrochen werden.

Leider war die Datei bis auf den wundervollen Titel gähnend leer.

Dabei hatte ich es versucht. Ich hatte sie mindestens einmal am Tag geöffnet, den Cursor angeschaut, der mich und meine offensichtliche Unfähigkeit, auch nur einen ganz einfachen Plan aufzustellen, blinkend verspottete. Aber ich hatte so etwas auch noch nie tun müssen. Es hatte gewisse Vorteile, eine Darcy zu sein, darunter insbesondere ein bereits gesicherter Ruf in Pemberley. Ich war Fitz' Schwester. Etwas anderes musste ich nicht darstellen.

Aber das hatte ich letztes Jahr in Schutt und Asche gelegt. Jetzt musste ich es … wiederauferstehen lassen.

Als am unteren Bildschirmrand eine Nachricht aufpoppte, klickte ich sie an, ohne nachzudenken. Sie kam von der Fanfiction-Seite, für die ich schrieb – ein neuer Kommentar zu einer Geschichte.

Ach ja. Das war schon ziemlich nah dran an einem Erfolgserlebnis.

Man könnte sagen, ich war echt groß rausgekommen. Nicht viele hatten über mein Lieblingspaar Jocelyn und Andrew, alias JocAndrew, geschrieben, als ich damit anfing: sie, das reiche Mädchen in den Zwanzigern, die an all den falschen Regency-Orten in Sage Hall nach der großen Liebe suchte, und er, der blendend aussehende, rebellische Pferdebursche, der scheinbar auf sehr viel mehr Spannung aus war, als Jocelyn zu bieten hatte. Ich aber hatte genau gewusst, dass Jocelyn mehr aus sich herausholen konnte, als ihr in der Serie vergönnt war, und als ich die passende Fanfiction nicht finden konnte, hatte ich sie eben selbst geschrieben.

Die Leute fanden es toll. So richtig. Ich hatte sogar mit meinem großen Werk angefangen, einem dicken Roman über mein Lieblingspärchen.

Gegen Ende hatte ich vielleicht ein bisschen zu viel von mir selbst in die Geschichte reingeschrieben. Als es mit Wickham, meinem eigenen attraktiven rebellischen Typen, immer intensiver wurde.

Ich hatte mit dem Updaten aufgehört, als ich anfing, den Unterricht zu schwänzen, um mit Wickham in meinem Zimmer abzuhängen, ohne zu dem Zeitpunkt zu wissen, dass ich seine Verkaufsfenster durcheinanderbrachte. Und später, danach ... keine Ahnung. Verbotene Liebe hatte deutlich an Reiz verloren.

Der Kommentar war durchaus nett, aber ich löschte die Nachricht nach einem flüchtigen Blick. Noch jemand, der mich anflehte, ein neues Kapitel hochzuladen, das ich nicht schreiben konnte, hatte mir gerade noch gefehlt.

Ich klickte meinen Posteingang an, in dem Wickhams Mails metaphorisch Staub ansetzten. Ich wollte einfach nur über ihn hinwegkommen. Den nächsten Schritt tun, neu anfangen und – noch einmal – definitiv *keine* seiner E-Mails beantworten, über denen mein Mauszeiger schwebte, weil ich es eben doch in Erwägung zog.

Apropos drüber hinwegkommen. Mir wurde mulmig, als eine Kalendernotiz auf dem Bildschirm aufpoppte. Montag war Marschkapelle angesagt, meine erste Probe in diesem Schuljahr. Wegen des Exils, das Fitz mir auferlegt hatte, hatte ich nicht mit ins Camp fahren dürfen, noch etwas, das man mir ohne meinen Nachnamen niemals hätte durchgehen lassen.

Ich würde bei der Probe Leute treffen, die ich seit dem letzten Schuljahr nicht gesehen hatte. Menschen, die ich verletzt hatte.

Na toll.

Aber es würde schon gut gehen, es musste gut gehen, oder? Die Marschkapelle bestand aus lauter Spinnern und Außenseitern wie mir, aus Leuten, die ebenfalls Fehler gemacht hatten, selbst wenn ihretwegen nicht gleich der beste Trompeter von der Schule verwiesen wurde. Und sobald ich wusste, wie, würde ich sie alle davon überzeugen, dass es schlimmere Menschen gab als mich, und sie würden mir verzeihen. Das mussten sie einfach.

Als mein Handy vibrierte, zuckte ich zusammen. Fitz rief an und wollte sich vermutlich vergewissern, dass ich seit unserem letzten Treffen nicht in kriminelle Machenschaften verwickelt worden war. Man konnte schließlich nie wissen, wenn es um mich ging.

Obwohl ich erst nicht drangehen wollte, tat ich es doch, weil er sich sonst direkt ins Auto setzen und ein Drama veranstalten würde.

»Was geht, Bruderherz?«

»Hey, Georgie.« Fitz seufzte ins Telefon. »Ich wollte nur mal hören, wie es dir geht.«

»Gute Idee! Seit unserem letzten Gespräch bin ich verhaftet worden. Oh, und ich habe eine Brücke niedergebrannt. Gut, dass du mich aufhältst, ich wollte gerade die Schule abfackeln.« Ich stellte den Anruf auf laut und drehte mich auf den Rücken. Da Sydney – für den Fall, mein wie auch immer geartetes Dasein als soziale Außenseiterin könne ansteckend sein – immer erst spät zurückkam, störte ich niemanden. Selbst wenn es nur Fitz war, hörte sich seine Stimme in diesem leeren Zimmer gut an. »Soll die Stadt die Rechnungen direkt an dich schicken?«

»Zum Glück habe ich dir dein Taschengeld bereits überwiesen«, sagte Fitz trocken, und ich konnte ihn mir genau vorstellen, wie er sich mit seiner stocksteifen Haltung nur eine Sekunde lang erlaubte, den Kopf ein wenig hängen zu lassen. »Dann kannst du selbst zahlen.«

»Unabhängigkeit steht ganz oben auf meiner Liste.« Seufzend starrte ich auf die Zimmertür. Ich hätte sie undekoriert gelassen, weil es sich um eine Tür handelte, doch Sydney hatte eins dieser Katzen-Motivationsposter aufgehängt, die ich für ein Requisit aus Sitcoms gehalten hatte. »Solltest du nicht rausgehen und Party machen? Das machen die Collegestudenten in den Filmen.« HALTE DURCH!, flehte das Poster.

»Charlie hat mich gestern Abend mitgeschleppt.« Fitz hatte Charlie Bingley im Sommer kennengelernt, bei einer Orientierungsveranstaltung für Studenten, die das College wechselten, und obwohl er anders war als die Typen, mit denen mein Bruder sich sonst anfreundete – mit anderen Worten, entspannt –, schien er ihm gutzutun. Ich glaubte nicht, dass Fitz in seinem ersten Jahr an der Caltech auch nur auf eine einzige Party gegangen war. »Er ist schon in eine Studentenverbindung eingetreten. Die Party war ungefähr so schlimm, wie ich es erwartet hatte.«

»Hast du dich etwa nicht betrunken und die Nacht durchgetanzt?«

»Du weißt, dass ich nie tanze.« Er trank auch nicht, doch das musste nicht extra erwähnt werden. Nach Wickham hielten wir uns beide von Rauschmitteln aller Art fern. »Ich wüsste aber auch nicht, mit wem ich hätte tanzen sollen. Charlie hat mich sofort nach unserer Ankunft einfach stehen lassen, weil er ein Mädchen entdeckt hat. Jane, Nachnamen habe ich vergessen.«

»Keine *Liebe auf den ersten Blick* für dich?«

»Ich bitte dich!« Fitz schnaubte. »Charlie hat mehrfach versucht, mich mit der Schwester des Mädchens zu verkuppeln, aber nicht mal sie war hübsch genug, um mich in Versuchung zu führen.«

»Fitz.« Wahrscheinlich machte er Witze, auf seine superironische Art, die er selbst lustig fand, alle anderen aber nicht. Das machte sie allerdings nicht besser. »Sei nicht so eklig.« Nachdem ich mich doppelt vergewissert hatte, dass der Ton an meinem Computer stumm geschaltet war, lud ich Tumblr und scrollte durch den *Sage Hall*-Tag. Für den Fall, dass dieses Gespräch eine Wendung zu meiner Disziplinierung nehmen sollte, wollte ich mich ablenken können.

»Sorry.« Fitz seufzte erneut. »Sie war nur eine von diesen … Sie hat zu allem einen schlauen Kommentar abgegeben.«

»Du hast dich mit ihr unterhalten.« Obwohl es im Gang laut geworden war, blieb niemand vor meiner Tür stehen, und ich musste Fitz noch nicht wieder leise schalten. »Und ich dachte, du hättest sie nur vom anderen Ende des Raums angeglotzt wie ein Serienmörder.«

»Charlie war sehr beharrlich.« Da ich Charlie vor einigen Wochen über FaceTime kennengelernt hatte, überraschte mich das nicht. »Aber ich werde alles geben, um mich von Lizzie Bennet fernzuhalten.«

»Du weißt, wie sie heißt?« Bilder von Jocelyn und Andrew

tanzten über meinen Bildschirm, Aufnahmen, wie sie einander über einen Saal hinweg ansahen, und die ich wochenlang bis ins Kleinste analysiert hatte. Jetzt wurde mir dabei leicht schummrig. »Wie interaktiv von dir.«

»Wie gesagt, alles wegen Charlie.« Fitz murmelte etwas über Partys und dass er sie nicht mal mochte, wenn es einigermaßen zivilisiert zuging, was auf dieser definitiv nicht der Fall gewesen war. Ich scrollte weiter und blendete ihn aus.

Es fehlte mir, über die beiden zu schreiben, merkte ich, während Fitz sich weiter beschwerte, mittlerweile wahrscheinlich über die schreckliche Musik, die die Studierenden heutzutage hörten, oder etwas in der Art. Es fehlte mir, wie meine Finger über die Tastatur flogen und ich nur vom Bildschirm aufsah, um einen Blick auf die Pinnwand aus Kork zu werfen, die ich über meinen Schreibtisch gehängt und mit den besten Fotos von meinem Traumpaar dekoriert hatte. Wenn ich schrieb und in der Welt von *Sage Hall* versank, wo der Tod eines Elternteils nur ein bald vergessener Teil der Handlung war und die älteren Brüder, die zum College fortgegangen waren, in jeder zweiten Folge zu Besuch kamen, fielen alle Sorgen von mir ab.

Der Mauszeiger wanderte wie von selbst zum Mailsymbol, als hätte er einen eigenen Willen.

»Sagte ich bereits, dass sie vier Schwestern hat? Ehrlich, Georgie, wer hat heutzutage noch so viele Kinder? Bei der wirtschaftlichen Lage?«

»Geht's immer noch um Lizzie Bennet?« Ich schaute auf die Uhr auf meinem Laptop. Er quatschte seit fünf Minuten über dieses Mädchen, das er angeblich nicht ausstehen konnte. Normalerweise geriet Fitz nicht so ins Schwafeln. Worte waren etwas für andere Leute.

»Sie ist einfach … Ach, egal«, unterbrach Fitz sich mit einem Alte-Menschen-Räuspern, denn er stand offenbar gern schon mit einem Bein im Altenheim. »Ich kann einfach nicht verstehen, wie man sich für so witzig halten kann.«

»Selbstbewusstsein?« Zurück zu Tumblr und ooh, eins meiner Lieblings-GIFs. Jocelyn und Andrew mal wieder in einem vollen Saal – in *Sage Hall* kamen häufig volle Säle vor, weil man so schön liebevolle Blicke durch den Raum werfen kann. Das GIF stammte aus der zweiten Staffel, in der die Fangemeinde gerade erst zu vermuten begann, zwischen ihnen *könnte* etwas sein. Er lächelt sie unverfroren an und hält ihrem Blick stand, während sie ihn einfach nur mustert. Ich hatte diese Szene als Inspiration für, sagen wir mal, ungefähr zwanzig meiner eigenen kurzen Geschichten benutzt. Das könnte ich auch nach wie vor tun und versuchen, Andrews freches Grinsen zu ignorieren, das Ähnlichkeit mit Wickhams Grinsen hatte.

Doch wenn ich anfangen würde zu schreiben, würde ich am Ende heulen und *ganz bestimmt* seine E-Mails beantworten.

»Hey, Fitz?«, unterbrach ich meinen Bruder, der das Gespräch auf eine andere Tirade gelenkt hatte, von der ich bewusst nur »unglaublich« und »hat ihre Katze mitgebracht« gehört hatte. »Was dagegen, wenn wir aufhören? Ich habe … meine Periode.«

Das war die schlechteste Ausrede, die ich ihm je präsentiert hatte, aber als Mädchen konnte man ein Gespräch mit dem Bruder vermutlich am schnellsten beenden, wenn man die Menstruation erwähnte.

»Bisschen verfrüht, oder?« Wenn besagter Bruder Fitz war, ließ er sich natürlich schwerer abwimmeln. Als Reaktion auf meine allererste Blutung, direkt nachdem Mom uns verlassen hatte, hatte er uns beiden je ein Exemplar von *Nur für Girls – Alles, was du wissen musst* gekauft, um es gemeinsam zu lesen. »Ist dein Zyklus nicht normalerweise eher bei vier Wochen?«

»Tschüss, Fitz!«, rief ich laut und beendete das Telefonat. Nur weil mein Bruder superaufgeklärt war, was die Menstruation anging, wollte ich noch lange nicht mit ihm darüber reden. Ich warf mein Handy aufs Bett und seufzte tief. Im Gang kicherten ein paar Mädchen. Mein Verstand sagte mir, dass sie nicht über mich redeten, doch seit dem *Vorfall* zuckte ich immer zusammen, wenn ich jemanden lachen hörte. Da ich mich einfach nicht entspannen konnte – ganz was Neues –, öffnete ich wider besseres Wissen eine alte E-Mail von Wickham – und zwar schnell, als wäre ich nicht dafür verantwortlich, als wäre es unbewusst passiert.

> Hey, Kid,
> ich vermisse dich. Habe ich das schon gesagt?

Allerdings, das schrieb er immer.

> Ich wünschte, wir könnten uns treffen.

Da war er der Einzige.

> Ich weiß genau, was ich mit dir machen würde.

Schnell wegklicken. Klicken, klicken, klicken, die Erinnerungen an ihn am besten verbannen, genau wie die Erinnerungen an die Dinge, die wir zusammen gemacht hatten – und auch an die Dinge, die ich nur in meiner Vorstellung, in dem lächerlichen Märchen, das ich für uns gesponnen hatte, mit ihm gemacht hatte – und wie es sich angefühlt hatte. Wie er mir das Gefühl gegeben hatte, ein eigener Mensch zu sein und nicht nur Fitz Darcys Babyschwester.

Nur hatte er mich keineswegs so gesehen, ermahnte ich mich. Für ein Baby hatte er mich sicher nicht gehalten, stattdessen aber für ein Mittel zum Zweck. Da im letzten Schuljahr der Sohn des Generalbundesanwalts sein Mitbewohner gewesen war, hatte er seine Transaktionen dort nicht riskieren können. Ich dagegen hatte überhaupt kein Risiko dargestellt.

Lass das, Georgie. Ungebeten wie immer schlich sich Fitz' Stimme in meine Gedanken. *Vergiss ihn endlich.*

Verdammt, ich wollte trotzdem antworten.

Vielleicht brauchte ich das. Konnte doch sein – ihn zu ignorieren, hatte ihn jedenfalls nicht verschwinden lassen. Ich steckte fest, in einem ewig drehenden Hamsterrad, seit Fitz mich von der Schule genommen hatte, in einem Hamsterrad aus Schuldgefühlen, Scham und Selbstzweifeln. Es musste einen Grund geben, warum ich keinen Plan hatte, wie ich mein Leben wieder auf die Reihe bekam. Vielleicht musste ich mir noch einmal näher ansehen, was ich hinter mir ließ.

Vielleicht vermisste ich seine Augen.

Noch eine alte E-Mail. Aus dem Frühsommer.

> Ich vermisse dich immer noch. Hoffentlich vermisst du mich auch. Ich weiß, dass du deinem Bruder gehorchen musst, aber irgendwann hört das auf.

Diese Mail traf mich, selbst nachdem ich sie wieder geschlossen hatte, weil sie mich an Fitz' Blick im Diner erinnerte. Wenn es nach ihm ging, würde er von nun an mein
Leben kontrollieren. So war es ja bereits im Sommer gewesen.

Und ich hatte es satt. Es stand mir bis hier, unter seiner
Fuchtel zu stehen, beziehungsweise dass Fitz meinte, er
wüsste, was das Beste für mich war. Ich hatte es satt, mich zu
verkriechen, während die Welt mich auslachte und mir tu-
schelnd Dinge andichtete, die ich gar nicht getan hatte.

Was machte eine E-Mail schon aus? Ich konnte ihm zu-
rückschreiben, das hieß noch lange nicht, dass wir wieder
zusammenkamen. Wickham war Tausende Meilen weit weg,
soweit ich wusste. Wenn ich antwortete, konnte ich rausfinden, an welchem Punkt alles schiefgelaufen war. Und dann
konnte ich endlich den Neuanfang wagen und die Darcy
sein, die Fitz haben wollte.

Es gab noch eine E-Mail von Wickham, von heute. Ich
sollte sie nicht lesen.

Natürlich tat ich es trotzdem.

> Hey, Kid,
> rate mal, wer in die Stadt zurückkehrt?

Oh.
Oh.
Oha. Scheiße.

3

Wenn Fitz wüsste, was ich hier machte …

Ehrlich, er dürfte aus den verschiedensten Gründen sauer auf mich sein. Ich hielt mich nicht an die Ausgangsregeln. Ich hatte Wickham geantwortet. Und war nicht warm genug angezogen. Ich musste Fitz ein Notizbuch zu Weihnachten schenken, in dem er auflisten konnte, wie flächendeckend ich ihn enttäuscht hatte.

Die Sache mit Wickham würde eindeutig das Schlimmste sein.

Schlimmer als die Tatsache, dass ich keine gefütterte Jacke trug.

Kaum hatte ich Wickhams Mail gelesen, hatte ich auch schon geantwortet, bevor ich es mir anders überlegen konnte. Mit zitternden Händen hatte ich getippt:

Wickham,
um 22 Uhr am Treffpunkt.
Georgie

Ich hatte es kaum geschafft, mich von ihm fernzuhalten, als er nur als E-Mail in meinem Posteingang existierte. Wenn er wirklich wieder in der Stadt war, musste ich mich mit eigenen Augen davon überzeugen.

Deshalb war ich hier und verstieß sowohl gegen die Regeln

der Pemberley Academy als auch gegen Fitz Darcys, indem ich mich zu später Stunde aus dem Schlaftrakt schlich, um Wickham zu treffen. Wäre es sieben Grad wärmer gewesen, hätte es im letzten Frühling sein können.

Doch diesmal war es ganz anders. Schließlich *wollte* ich Wickham nicht sehen. Ich … musste es nur einfach.

Der Unterschied war nicht eindeutig erkennbar, aber ich würde ihn herausarbeiten.

Ich erschauerte in der Herbstluft, weil (noch) niemand da war, vor dem ich meine Verletzlichkeit verbergen musste. Wie erwartet, kam Wickham zu spät. Ich tigerte unter der Eiche hin und her, die an dieser Seite des Schultors Wache hielt und ein paar lockere Gitterstäbe verbarg, durch die Wickham und ich uns im letzten Schuljahr vom Gelände und wieder zurück geschlichen hatten. Eigentlich hatte ich gedacht, jemand hätte sie mittlerweile repariert, doch anscheinend hatten wir dieses eine Geheimnis für uns behalten können.

Scheiße, wie blöd und verkorkst war das denn, auf gemeinsame Geheimnisse mit Wickham immer noch stolz zu sein? Doch so war es. Wenn ich nicht einmal dann ehrlich zu mir selbst sein konnte, wenn ich ganz allein hier in der eisigen Dunkelheit am Rande des Schulgeländes stand und auf die Erfüllung einer miesen Idee wartete, wann dann?

Und als ich das Kratzen von Metall auf Metall hörte, das Zeichen dafür, dass jemand durchs Tor ging, ging es mir … na ja.

Niemand hatte mich je so gewollt wie Wickham.

Als er sich zu seiner vollen Größe von über eins achtzig aufrichtete, fiel mir auf, dass er die Haare länger und in einem tiefen Pferdeschwanz trug. Seine Augen glänzten im

Dunkeln, er hatte diesen Blick, der sagte *Ich habe ein Geheimnis*, sodass man es sofort um jeden Preis herausfinden wollte. Als er mich sah, grinste er, weil er seit der Pubertät im Grinsemodus stecken geblieben war, und verbarg die Hände tief in den Taschen seiner Ripped Jeans.

»Hi, Georgie.« Seine Stimme klang wie immer.

»Du bist wieder da.« Ich nickte ihm zu, konnte seinem Blick aber nicht standhalten und schaute zu Boden. »Ich dachte, du wärst in Florida. Gab es da nicht eine einzige Schule, die dich wider besseres Wissen aufgenommen hat?«

»Ooh, du hast es dir gemerkt.« Ich hatte nie jemanden getroffen, dessen Sticheleien einen schärferen Unterton hatten als Wickhams. »Und ich dachte schon, ich wäre den Speicherplatz nicht wert.«

»Haben sie dich schon rausgeworfen?« Ich nahm mir vor, nur auf seine Schuhe zu blicken. Abgewetzt und für das Wetter ungeeignet, doch Wickham war anscheinend nie kalt.

»Ich hatte hier noch etwas zu erledigen.«

Und dann küsste er mich.

Mit einem einzigen Schritt überbrückte er den Abstand zwischen uns, drückte entschlossen seine Lippen auf meinen Mund und küsste mich, als wäre nichts geschehen, als wären wir wieder in meinem Zimmer, zu Frühlingsbeginn, wo Pollen durch das offene Fenster schwebten und er mir aufzählte, auf wie vielerlei Weise er mich begehrte, auch wenn sonst niemand etwas von mir wissen wollte. Sein Duft erinnerte mich auf brutale Weise an all das, was uns verbunden hatte, legte sich grausam an meinen Gaumen und erinnerte mich daran, wie leicht es wäre, in den vergangenen Mai zurückzufallen. Ich schmiegte mich an ihn, Brust an Brust, während er mich in den Armen hielt.

Wickham fuhr mit den Händen durch meine Haare und löste diverse Locken aus meinem Pferdeschwanz, während ich die Finger einen Augenblick zu lang an seiner Taille verweilen ließ, ehe mir einfiel, dass so etwas nicht mehr vorkam. Dass *Wickham* nicht mehr vorkam.

Mist.

Ich taumelte rückwärts, bloß weg von Wickham und seiner Wärme, und ich rechnete es ihm (ein ganz klein wenig) an, dass er mich gehen ließ und nicht versuchte, mich erneut in die Arme zu schließen. Wickham nervte, aber so ein schlechter Mensch war er nun auch nicht. Er sah nur grinsend zu, wie ich versuchte, mich zu sammeln, indem ich meinen Mantel glättete und meine Haare hinter die Ohren strich, als hätte ich diesen Kuss nicht bis in sämtliche Nervenenden gespürt. Ich machte den Mund auf und schließlich wieder zu und verschränkte die Arme, als würde uns das endgültig voneinander fernhalten. Mir ging es um Informationen. Um mehr nicht.

»Du hättest nicht zurückkehren sollen.« Da meine Brust wie zugeschnürt war, staunte ich über diese Äußerung. Ich schüttelte den Kopf, bis der Pferdeschwanz über meine Wangen glitt. Ich hasste es, wie jung ich mich dabei fühlte. »Was auch immer du denkst, was hier für dich drin ist … Du irrst dich. Du solltest gehen.«

»Und wenn nicht?« Sein Grinsen wurde nur noch breiter. »Wir leben in einem freien Land, Kid. Und diese Stadt hat mir immer schon gefallen. Ich dachte, du würdest dich freuen, mit jemandem wie mir abzuhängen.«

»So weit wird es nicht kommen.« Offenbar hatte ich vollkommen die Kontrolle verloren, das Gespräch entglitt mir. Ich wollte eigentlich nur rausfinden, warum er wieder da war, und dafür sorgen, dass er für immer verschwand, doch der Plan, der mir in meinem Zimmer so leicht erschienen war, erwies sich im Mondschein als tausendmal komplizierter.

»Ach nein?« Dieses blöde Lächeln, bei dem mir im letzten Schuljahr ständig das Herz stehen geblieben war. »Ich weiß zufällig, dass du immer für dich bist. In Pemberley habe ich noch Freunde – mehr als du, denke ich.«

Er hätte mich nicht tiefer verletzen können.

Als ich Wickham zum ersten Mal getroffen hatte, war ich acht und in einer *Die Braut des Prinzen*-Phase. Ein Kindermädchen hatte den Film vermutlich angemacht, denn meinen Eltern hätte er sicher nicht gefallen. Aber ich fand ihn toll, ja, ich lief sogar begeistert über das Anwesen der Darcys und gab mich in einem langen roten Kleid, das mein Dad für mich bestellt hatte, als Prinzessin Buttercup aus.

Dieses Kleid trug ich an dem Tag, als ich Wickham kennenlernte, und obwohl er noch kein ausgewachsener attraktiver Rebell war, erkannte ich einen Westley, wenn ich einen sah: einen als Piraten verkleideten schlitzohrigen Stalljungen, der mich wie die Prinzessin behandeln würde, die ich dem Bekunden meines Vaters nach war.

Er und seine Mutter seien gekommen, um sich vorzustellen, sagte er, sie seien weiter unten auf der Straße eingezogen. Fitz und Wickham verstanden sich auf Anhieb, und als sie mich dann auf dem Anwesen antrafen …

Schönes Kleid, hatte Wickham gesagt, mit zehn Jahren, aber nicht gemein wie einige andere Jungen, mit denen Fitz sich hin und wieder wegen gesellschaftlicher Verpflichtungen treffen musste. *Aus* Die Braut des Prinzen, *stimmt's?*

Ich hatte genickt, sprachlos und schon verliebt, so verliebt, wie man mit acht Jahren sein konnte, und dann mit neun, zehn, elf und immer so weiter.

Vielleicht war ich hier und redete unter einem Baum mit ihm, weil ich immer noch den netten Jungen suchte, der sich in einen schlechten Kerl verwandelt hatte. Vermutlich wünschte ich, er würde sich in den Jungen zurückverwandeln, der mich bemerkt hatte.

Schönes Kleid.

Mit einem Kleid hatte es angefangen und mit dem Gebrüll meines Bruders in meinem Zimmer aufgehört, und die Gefühle, die ich zwischendurch für Wickham entwickelt hatte, ließen das Ende umso schmerzhafter sein.

Er redete immer noch.

»Ich hatte nie die Absicht, dich in all das reinzuziehen. Wenn Fitz sich nicht eingemischt hätte …« Wickham zuckte mit den Schultern und strich sich übers Haar. Seine Worte machten mich fertig, dieses Hin und Her zwischen sanfter Verhätschelung und Manipulation. Er konnte bei mir schon immer die richtigen Knöpfe drücken und mich so sehr beeinflussen, bis ich ihm gab, was er wollte. »Er hat wirklich das Talent, im Weg zu stehen, oder?«

Das Problem mit Wickham war, dass er nur selten falschlag.

»Warum wolltest du mich denn nun sehen, Wickham?« Die Frage rutschte mir raus, als ich meine Jacke enger zog, aber schließlich war er nicht nur hier … um mich zu küssen und in alten Zeiten zu schwelgen. Irgendwann in den vergangenen fünf Minuten hatte ich meine wilde Entschlossenheit verloren, mit der ich runtergekommen war. Wickham war wie eine ansteckende Krankheit. Selbstverständlich würde er nicht von allein verschwinden.

»Weil du mir gefehlt hast.« Er kam einen Schritt näher, nicht so nah, dass ich zurückweichen musste, aber näher, als zwei fremde Menschen voreinander stehen würden. Aber das waren wir ja auch nicht. Wir waren uns nicht fremd, ich kannte Wickham länger als die meisten anderen. Scheiße, ich kannte ihn besser als die meisten anderen: Ich kannte die scharfe Linie seines Kinns, wie sich seine Haare um die Ohren lockten und wie er aussah, wenn er alle ignorierte, die um seine Aufmerksamkeit bettelten und sie stattdessen – uneingeschränkt – mir schenkte.

Ungeteilte Aufmerksamkeit erlebte die kleine Schwester von Fitz Darcy nur selten, und obwohl ich in meinem tiefsten Inneren wusste, wie hohl Wickhams Aufmerksamkeiten waren, sehnte ich mich nach ihm.

»Wir hatten doch Spaß, oder?« Er streckte die Hand aus und strich mir übers Haar. »Es fehlt mir, mit dir abzuhängen.«

Du fehlst mir auch. Ich war stark genug, es nicht auszusprechen, aber Wickham wusste auch so Bescheid. Außerdem hätte ich zurückweichen und den Abstand zwischen uns wieder vergrößern können. Das tat ich nicht.

Wickham zu berühren, fühlte sich an, als wäre man mit einer Festplatte verbunden. Ich lud alte Erinnerungen herunter, die ich mit großer Mühe gelöscht hatte.

Wie zum Beispiel die an den letzten Winter, als wir uns hinterm Lehrerzimmer versteckt und in unseren hochgezogenen Jackenkragen geschnaubt hatten, damit uns keiner lachen hörte, während Wickham einen bissigen Kommentar nach dem anderen über die Lehrer abgab, die auf den Parkplatz strömten. Damals hatte ich zum ersten Mal seinen Atem an meinem Hals gespürt – und ich hatte nie etwas Vergleichbares empfunden.

Zurück in die Gegenwart, Georgie. Konzentration.

»Was sagst du?« Er hatte seine andere Hand an meine Wange gelegt, und ich schmiegte das Gesicht an sie, ließ es kurz zu, dass sich etwas gut anfühlte. Wie damals, als er mich Ende Dezember in dem für die Jahreszeit ungewöhnlichen Regenguss an sich gezogen hatte, nachdem ich ihm die Nachricht von Fitz gezeigt hatte, dass er Weihnachten nicht nach Hause kommen würde. Außerdem war Fitz schon seit Wochen nicht mehr drangegangen, wenn ich angerufen hatte, und ich wollte so sehr, dass ich jemandem etwas bedeutete. *»Du hast doch mich, oder etwa nicht?«* In Wickhams Armen hatte ich mich ausweinen können. *»Da brauchst du niemand anderen.«*

Es war wohl eher so, dass ich in der Tat niemand anderen hatte.

Jetzt strich er mit dem Daumen über meine Wange. »Ich mache es wieder gut. Ich habe ein paar neue Ideen auf Lager. Einfachere und sichere, und diesmal würden wir zusammenarbeiten. Ich kann dich beschützen, stimmt's? Wir können gar nicht auffliegen.« Gleich würde er mich wieder küssen, vielleicht würde ich es zulassen. »Du wärst perfekt geeignet, Kid. Absolut perfekt.« Es dauerte eine volle Sekunde, bis es bei mir ankam und ich kapierte, was er da gerade gesagt hatte.

Das …

Der Wind peitschte noch heftiger und blies mir die Locken aus dem Gesicht.

Das passte haargenau, nicht wahr?

»Machst du dich über mich lustig, Wickham?« Ich wich zurück und löste mein Gesicht beinahe brutal von seiner Hand. Ich merkte, dass ich zitterte, und obwohl es von der

Kälte kam, bebte ich auch vor Wut. »Darum bist du also hier? Du willst … du willst eine neue Nummer abziehen?« Ich war wütend auf Wickham und wütend auf mich selbst, weil ich beinahe wieder auf ihn reingefallen wäre.

»Mir war nicht klar, dass du dieses Schuljahr so viele Pläne hast.« Sein Unterton war messerscharf. Das war die andere Seite der Medaille mit netten Worten und anschmiegsamen Gesten. Er war ein Song von Taylor Swift um einen Dolch gewickelt. »Was nimmt deine Zeit mehr in Anspruch, zu Homecoming eingeladen zu werden oder lange, bedeutende Gespräche mit deinem großen Bruder zu führen?«

»Schnauze.«

»Du hättest dich heute Nacht nicht mit mir getroffen, wenn du es nicht nötig gehabt hättest, Georgie.« Als er den Kopf schüttelte, streifte sein Pferdeschwanz über seine Schultern. »Wir brauchen einander, so wie früher.« Sein grässliches Grinsen. »Davon abgesehen, wenn du mir nicht helfen willst, kann ich deinem Bruder jederzeit von dieser kleinen Unterhaltung erzählen.«

»Das würdest du nicht tun.« Das Blut wich aus meinem ohnehin schon bleichen Gesicht. »Wickham. Nein.«

»Das würde ich nicht tun?« Er neigte den Kopf und sah mir in die Augen. »Glaubst du etwa, meine Eltern waren begeistert, als man in Pemberley auch nichts mehr mit mir zu tun haben wollte? Das Geld ist knapp. Eine einzige E-Mail an Fitz würde ausreichen, und er würde dich von der Pemberley Academy nehmen, bevor du auch nur ›bitte nicht‹ sagen könntest. Ich hätte dich zwar lieber auf meiner Seite, aber …« Er zuckte mit den Schultern. »… immerhin käme mir hier dann niemand mehr in die Quere.«

»Wegen deiner Eltern kann ich dir nicht helfen.« Wickham

war nicht etwa der vom Glück verlassene Sohn, der auf jede erdenkliche Weise Geld verdienen musste, rief ich mir ins Gedächtnis. Sein Vater war nicht darcymäßig reich, aber er hatte Wickham sein Leben lang unterstützt und ihm genügend Einkommen zur Verfügung gestellt. Wickham dealte, weil er den Kitzel und die Macht genoss, mehr nicht.

Wahrscheinlich, sinnierte ein gesunder Teil meines Verstandes, war er auch aus diesem Grund hinter mir her.

»Dann arbeite mit mir zusammen.« Seine leise, sanfte Stimme spielte eine freundlichere Melodie als seine Augen. »Mach mit, und ich verspreche dir, dass dein Bruder es nie herausfinden wird. Welche Alternative hast du? Möchtest du wirklich lieber allein und unglücklich bleiben, um irgendetwas zu beweisen, statt dir einzugestehen, dass du deine Zeit lieber mit mir verbringst? Wenn das so ist, verdammt, dann hast du mehr Ähnlichkeit mit deinem Bruder, als ich dachte.«

Das sollte mich tief treffen. So war das nun mal, wenn Menschen einen sehr gut kannten.

»Ich bin nicht allein und unglücklich.« Einen Plan, ich brauchte meinen Plan, ich brauchte irgendetwas, das ich Wickham an den Kopf werfen konnte, das dieses blöde Grinsen aus seinem Gesicht wischte, und wenn es nur für eine Sekunde war. Etwas, womit ich ihn vertreiben konnte, aber nicht direkt in Fitz' Arme. Leider hörte sich »Du bedeutest mir nichts mehr, also hau ab« nicht gerade glaubwürdig an, wenn man eben noch seine Wange an jemandes Hand geschmiegt hatte.

Wickham gab nicht auf.

»Nein, du doch nicht.« Sein Grinsen wurde gemeiner. »Schließlich bist du die perfekte Darcy, nicht wahr? Isoliert

auf deinem Zimmer, ohne Freunde, ohne Perspektiven …
Genau, dein Bruder ist bestimmt mächtig stolz auf dich.«

Die perfekte Darcy.

Selbstverständlich.

Zwar war ich im Moment nicht gerade von Familienmitgliedern umgeben, aber ich hatte in meiner Kindheit genügend Geschichten gehört. Von Darcys, die Senatoren, Firmenbosse oder angesehene Führungsfiguren in der Gesellschaft waren, ein leuchtendes Vorbild für uns alle. Von Darcys, die sich gut verheirateten und geschmackvoll bemessene Familien hatten, die Musikinstrumente beherrschten und malten (natürlich nur zum Vergnügen, niemals um Gewinn zu erzielen). Und Fitz war eindeutig die nächste Inkarnation eines perfekt erzogenen Darcy.

Doch das war nie mein Weg gewesen. Fitz war als Darcy so gut gewesen, dass ich es gar nicht sein musste. Nach Dads Tod hatte er sich mit den Anwälten zusammengesetzt und den autoritären Ton aufgelegt, den ich für vererbt gehalten hatte, um ihnen zu sagen, was wir brauchten. Er war der beste Schüler in Pemberley gewesen – und das seit Jahren –, in jeder Hinsicht ein aufsteigender Stern. Ich hatte mich hinter ihm versteckt, als seine kleine Schwester. Ich hatte mir nie Mühe geben müssen, die perfekte Darcy zu sein. Der perfekte Darcy stand bereits vor mir.

Ich hatte mich damit abgefunden, dass Fitz sich um mich kümmerte, nachdem er Wickham und mich erwischt hatte. Er hatte mich verhätschelt, unter seine Fittiche genommen und die Wogen geglättet, aber es hatte nichts genützt, oder? Fitz konnte mich nicht vor allem beschützen. Darum war ich hier, verstieß gegen die Ausgangsregeln und fühlte mich erbärmlich, wie ich vor Wickham stand, der mich ansah, als hätte er mich im Griff. Wieso sollte er auch etwas anderes denken? Ich hatte mein Leben lang unter fremder Kontrolle gestanden.

Aber eine echte Darcy würde es nicht zulassen, dass jemand über sie bestimmte.

Ich musste für mich selbst einstehen.

»Ich werde es dir beweisen.« Es sprudelte aus mir heraus, mein Atem eine Wolke. »Du glaubst, ich würde dich so sehr brauchen wie du mich? Ich beweise dir das Gegenteil. Ich werde diese Schule ohne Hilfe zurückgewinnen und die perfekte Darcy sein, die alle respektieren. Und sobald ich das geschafft habe, lässt du mich in Ruhe.«

»Und wie?« Er lachte grausam. »Soll dein Bruder deine Hausaufgaben für dich erledigen?«

»Lass mich nur machen.« Ich straffte die Schultern und richtete mich zu meiner vollen Größe auf. Wenn das mein Plan war, konnte ich auch gleich damit anfangen. »Und wenn es mir gelingt, verschwindest du.«

Das war's. Die letzte Karte, die ich noch ausspielen konnte. Ich war kein Schwächling, den man manipulieren, verhätscheln und hassen konnte. Ich war eine Darcy, und bald würde das auch die ganze Welt wissen.

Für Wickham wäre es natürlich ein Leichtes, jetzt Nein zu sagen. Er könnte damit drohen, alles sofort meinem Bruder zu verraten, damit er mich in seinen Klauen behielt. Doch ich kannte ihn genauso gut wie mich. Ich wusste, wie gern er mit seiner Beute spielte.

»Du hast dann bestimmt auch einen messbaren Grad an Darcy-Sein, den ich nachverfolgen kann, oder?« Die Skepsis stand ihm ins Gesicht geschrieben, aber bisher hatte er nicht Nein gesagt. »Was ist das Dow-Jones-Äquivalent dafür?

Kann ich mir eine App herunterladen, mit der ich deinen Fortschritt messen kann?«

»Du wirst es erfahren.«

»Nein. Nicht gut genug.« Wickham lehnte sich an den Baumstamm und dachte nach. Wickham lehnte ständig an irgendetwas. »Wie wäre es folgendermaßen?« Er stieß sich von der Rinde ab und überbrückte den letzten Rest des geringen Abstands zwischen uns. »Aus dir wird die perfekte Darcy, schön und gut. Toll für deine Selbstverwirklichung. Aber du willst, dass ich dich in Ruhe lasse?« Er streckte die Hand nach mir aus und strich eine Locke hinter mein Ohr, die sich aus meinem Pferdeschwanz gelöst hatte. Ich erschauerte. »Dann soll dein Bruder es zugeben. Und sollte dir das Ganze nicht gelingen, erzähle ich ihm entweder selbst, worin du überall versagt hast, oder wir arbeiten von da an zusammen. Denn wenn du es so weit treibst, berichte ich ihm nicht nur, dass wir miteinander geredet haben, Georgie. Wenn ich fertig bin, wird er denken, dass alles, was wir getrieben haben, deine Idee war.«

Der Wind fegte klirrend kalt um uns herum.

Ich hätte Nein sagen sollen, dass es niemals so weit kommen würde. Denn Fitz würde niemals zugeben, dass ich sämtliche Erwartungen übertreffe, weil er es sich gar nicht vorstellen konnte. Und wie stellte Wickham sich das überhaupt vor, sollte ich die beiden etwa in einem Zoom-Meeting zusammenbringen? Wenn Fitz herausfand, dass Wickham in Pemberley gewesen war, war ich geliefert.

Doch ich hatte keine andere Wahl, oder? Wenn Wickham es so wollte, wenn er mir nur auf diese Weise eine Chance gab … Ich konnte jetzt nicht mehr kneifen. Außerdem hatte Wickham nicht gesagt, dass Fitz es *ihm gegenüber* zugeben musste. Nur zugeben. Fitz musste nie erfahren, wie sehr Wickham in alles verwickelt war. Vielleicht, überlegte ich ziemlich irrational, konnte ich mich tatsächlich vor meinem Bruder, der Schule und allen anderen beweisen. Gut, es stand viel auf dem Spiel, wenn ich scheiterte ... aber das bedeutete vor allem eins: Ich durfte nicht scheitern.

»Einverstanden«, flüsterte ich, weil er so nah vor mir stand und ich nicht lauter sprechen musste. Doch als er schließlich einen Schritt zurücktrat und mir die Hand schüttelte, traf mich der Kontakt erneut wie ein elektrischer Schlag. Seine Miene machte deutlich, dass er es genau wusste.

»Ich werde es überprüfen.« Er drückte noch einmal meine Hand, bevor er sich zurückzog. »Und wenn du versagst, arbeitest du klaglos mit mir zusammen.« Mir wurde eiskalt ums Herz. Vermutlich war das der zweite Grund, warum er mitspielte. Erstens wollte er zusehen, wie ich versagte, und sich zweitens meine Kooperation sichern. Als er die Arme in die Luft streckte und einen Zentimeter Haut enthüllte, wo sein T-Shirt unter seinem aufgeknöpften Jackett hochrutschte, hasste ich mich dafür hinzusehen. »Ich warte nicht ewig, Kid. Du hast ungefähr einen Monat Zeit, bis ich einen Gang hochschalten muss.«

»Was hast du denn genau vor?«, fragte ich in einer Mischung aus morbider Neugier und Grauen. Wie auch immer Wickhams neues Vorhaben aussah, es würde für mich nichts Gutes heißen. »Was verkaufst du nun?«

»O nein.« Wickham schüttelte den Kopf. »Du willst Informationen? Die musst du dir verdienen. Aber falls du jemanden zum Reden brauchst, stehe ich zur Verfügung.«

»Nicht nötig.«

»Als ob.« Wickham schob lachend die Hände in die Manteltaschen. »Du schreibst mir noch vor dem Wochenende die nächste E-Mail. Und ich warte auf dich. Vielleicht verrate ich dir dann, was ich vorhabe. Wenn du brav bist.«

Ich hielt kurz den Atem an vor Angst, was er als Nächstes tun würde, doch er drehte sich nur zu dem Gitter um und schob die gelockerten Stäbe beiseite. Ohne darauf zu warten, dass er sich noch einmal umdrehte und mich mit einem seiner bissigen Sprüche weiter einschüchtern konnte, machte ich mich auf den Rückweg.

Das würde ich nicht noch mal machen.

Meine Gedanken drehten sich nur um meinen Plan, während ich weiter über das Gelände zu meinem Schlaftrakt lief und über einen günstig platzierten Baum in mein Zimmer zurückschlich. Ohne die Jacke auszuziehen, setzte ich mich an meinen Schreibtisch, klappte den Laptop auf und tippte wie wild drauflos. Die Ideen überschlugen sich und strömten auf die weiße Fläche meines geöffneten Dokuments, als würde ich Fanfiction schreiben.

Ich würde alles verkörpern, wozu ich geboren war. Fitz würde schon sehen, und Wickham auch, und dann würde er wissen, wie *brav* ich war. Ich kam ohne ihn klar.

Klar.

4

Am nächsten Morgen, meinem ersten Unterrichtstag, lief ich durch einen Schleier aus Tratsch und Gestarre zwischen meinen Mitschülern her, den Kopf gesenkt, damit mir ja keiner ein Bein stellte. In den vergangenen Wochen hatte ich mir oft die Schrecken dieses Tages ausgemalt, sicher, dass jemand Kaugummi auf meinen Stuhl kleben würde, dass ich mich auf der Toilette würde verstecken müssen oder jemand Graffiti auf mein Schließfach sprühte.

Also, das passierte alles. Der Edding, mit dem jemand PETZE auf mein Schließfach geschrieben hatte, war vermutlich wasserfest und würde schwer abzuschrubben sein. Ich konnte es gar nicht abwarten, mir das Wort das ganze Schuljahr anzusehen.

Doch nun, da ich meinen Plan hatte, war diese Aussicht ein bisschen weniger schrecklich. Eher *Cabin in the Woods* als *Saw*.

Bedingt durch meinen Plan und meinen Beinahe-Rauswurf hatte mein Tag mit einem Termin bei der Vertrauenslehrerin begonnen.

»Sie wollen *alle* Kurse ändern?« Mrs Ryder blickte skeptisch von dem losen Blatt Papier auf, das ich ihr direkt beim Reinkommen gegeben hatte. »Das ist Ihr gesamter Stundenplan, Georgiana.«

»Ich glaube einfach, dass ich mit meinem vorherigen Stundenplan nicht mein ganzes Potenzial entfalten kann.« Ich ging nicht darauf ein, dass sie mich Georgiana genannt hatte. Ich musste Prioritäten setzen. Da die Liste »Ideale Darcy-Ziele«, die ich letzte Nacht getippt hatte, Bestnoten in den besten Kursen beinhaltete, musste ich meine Anstrengungen hinsichtlich meiner Schulbildung möglichst sofort deutlich verstärken.

»Aber ich verstehe nicht … Sie wollen von *null* AP-Kursen in *alle* AP-Kurse wechseln?« Mrs Ryder hatte sich offenbar noch nicht von ihrem ersten Schock erholt, mich hier freiwillig eintreten zu sehen. Und mein Ansinnen brachte sie noch mehr durcheinander. »Das ist eine enorme Veränderung.«

»Die Band bleibt.« Ich zeigte über ihren Schreibtisch hinweg auf den einen Block in meinem Stundenplan, den ich beibehalten hatte. »Wollen Sie etwa sagen, ich kann das nicht schaffen?«

Mit hochgezogener Augenbraue sah ich die kleine weiße Frau mit der rosa gerahmten Brille an, die sich mit Sicherheit auch in der Vergangenheit schon den Forderungen von Darcys gebeugt hatte. Im nächsten Augenblick schluckte sie trocken und nickte.

Kein Wunder, dass Fitz die Leute so behandelte. Es war *super*effektiv.

»Aber ich werde Ihre Noten im Auge behalten«, warnte sie mich, als sie sich auf ihrem Stuhl dem Computer zuwandte und meinen neuen Stundenplan eingab. Jedenfalls klang es in meinen Ohren wie eine Warnung. »Wir wollen nicht erleben, dass Sie damit scheitern.«

Da wäre sie die Einzige, dachte ich, doch ich nahm ihr nur lächelnd meinen neuen Stundenplan ab. »Keine Sorge«, rief ich ihr über die Schulter hinweg zu, schnappte mir meinen

Rucksack und machte mich auf den Weg zu meinem ersten Kurs, der jetzt AP Regierungskunde hieß und in zehn Minuten auf der anderen Seite des Geländes begann.

Ich wiederholte innerlich mein Mantra – *Ich werde nicht versagen, ich werde nicht versagen, ich werde nicht versagen* –, während ich wie benebelt durch die holzvertäfelten Gänge der Schule eilte, die wie ein Luxus-Skiresort und nicht wie eine durchschnittliche Highschool im Fernsehen wirkte. Irgendwie schaffte ich es durch die ersten beiden Unterrichtsstunden des Tages, ohne viel Aufsehen zu erregen – mein Chemielehrer Mr Jacobson würde die Laborpartner auch erst Ende der Woche zuordnen, sodass mir ein paar Tage Schonfrist bis zu dieser unvermeidlichen Demütigung blieben. (»Georgie als meine Laborpartnerin? Nein, Mr Jacobson, ich bin allergisch gegen Leute, die ich hasse!«) Ich hatte den Kopf gesenkt gehalten und in mein Notizbuch gekritzelt, während er unsere Kursziele ansprach, und in Gedanken mantramäßig meinen stufenweisen Plan wiederholt. Das war eigenartig tröstlich gewesen.

Und auf dem Weg zum Musikraum konnte ich Trost gut gebrauchen. Irgendwie jagte mir dieser Ort, der eigentlich ein sicherer Hafen sein sollte, mehr Angst ein als AP Mathe.

Wenn die ganze Schule mich hasste, weil die Sache mit Wickham den Bach runtergegangen war, dann hassten mich die Mitglieder der Pemberley Academy Marching Stallions am meisten.

Natürlich war es nicht immer so gewesen. Im ersten Jahr in Pemberley war ich offen aufgenommen worden wie alle neuen Spinner und durfte am Sozialleben der Band teilhaben und so tun, als hätte ich echte Freunde. Da Fitz noch auf der Schule war, reichte mir das. Und im letzten Schuljahr

hatte ich mich mit den anderen Posaunen halbwegs ange-
freundet und ein paar zaghafte Schritte in Richtung echter
menschlicher Beziehungen unternommen …

Und dann, Wickham.

Er hatte sich sofort die Aufmerksamkeit der gesamten
Band gesichert, denn trotz seiner mangelnden Moral war er
einer der besten Trompeter, die ich je erlebt hatte. Er hatte
das angeborene Talent eines Musikers, der unglaublich gut
war, obwohl er sich eigentlich keine Mühe gab, und alle in
der Marschkapelle hatten das erkannt. Sie waren seinem
Charme ebenso erlegen wie ich, auch wenn er immer ein
wenig zu Anti-Establishment war, um ihre Freundlichkeiten
zu erwidern. Er kam zur Probe, wenn ihm danach war, und
unterhielt sich dann mit niemandem außer mir. Trotzdem
klatschten ihn die anderen Bandmitglieder in den Gängen
ab, drängelten sich auf der Tribüne um ihn und jubelten ihm
zu, wenn er ein Solo spielte. Mir war bewusst, dass sie sich
alle gefragt hatten, warum er ausgerechnet mit mir abhing.

Und als er dann der Schule verwiesen wurde und alle unsere Mitschüler herausfanden, dass ich *irgendetwas* damit zu
tun hatte? Tja, das hatte mir nicht unbedingt positive Reaktionen eingebracht. Man hasste mich, weil ich angeblich den
beliebten Drogendealer verpetzt hatte. Die Band hasste
mich, weil ich mutmaßlich einen von ihnen verpfiffen hatte.

Egal. Ich lehnte mich an die Wand neben dem Musikraum
und zählte die Minuten bis zum Probenbeginn. Ich musste
reingehen, ich musste mich an den Plan halten. Alle Darcys,
die Pemberley absolviert hatten – mit anderen Worten, fast
alle Darcys –, hatten sich in einem Wahlfach hervorgetan.
Fitz war ein großartiger Redner gewesen und ich eine passa-
ble Posaunistin, wenn man meine musikalische Begabung

und nicht meine Beliebtheit in die Waagschale warf. Für meinen Plan, die schlechten Zeiten hinter mir zu lassen, brauchte ich zuerst die Akzeptanz der Band.

Ich sollte wirklich reingehen. So schlimm, wie ich dachte, würde es schon nicht werden. Ich musste einfach losgehen, einen Fuß nach dem anderen über die Türschwelle setzen und mich nicht wie ein Feigling, sondern wie eine Darcy benehmen.

Doch eine schreckliche Angst krallte sich in meiner Brust fest.

Wickham stand in der Tür zu meinem Zimmer, und Fitz brüllte, wie ich meinen Bruder noch nie hatte brüllen hören. Sein Blick war wild, seine dunklen Locken standen ab und er hatte eine kleine Plastiktüte mit Tabletten in der Hand …

»George!« Ich drehte mich erschrocken um, als ich meinen Namen hörte, und rechnete fast damit, mit einem Slurpee übergossen zu werden. Doch als Avery Simmons auf mich zukam und mir zuwinkte, fühlte es sich trotzdem irgendwie an, als hätte mich ein Slurpee getroffen.

Avery war eine Stufe über mir, spielte auch Posaune und hatte zu meinen wenigen Freunden gezählt, bevor mein Leben zerbrochen war. Wir waren jetzt nicht supereng oder so gewesen – ich wusste gar nicht, wie das ging –, aber er war immer cool gewesen, und im Bus zu den Spielen und Paraden hatten wir nebeneinandergesessen. Wir hatten gemeinsam Schließfächer verziert und komische Witze gerissen, die außer uns keiner in der Band verstanden hatte.

Auch er war ein Opfer meines Fehlverhaltens.

Es hatte klein angefangen, wie alles andere auch. Eine geschwänzte Stimmprobe, eine verschobene Verabredung zum Lernen, all die Dinge, die ich eben immer häufiger getan hatte, je näher Wickham und ich uns kamen. Avery war nicht der Typ, der mich oder meine miesen Ausreden hinterfragte – nicht mal, als sie noch mieser wurden –, doch gegen Ende des Schuljahrs hatte ich nicht einmal mehr auf seine Nachrichten geantwortet, und wenn sie noch so besorgt klangen. (Zugegebenermaßen erschienen zu diesem Zeitpunkt alle Nachrichten irgendwie besorgt). Und als Fitz gekommen war und mich von der Schule genommen hatte, war jegliche Kommunikation meinerseits mit der Außenwelt beendet gewesen. Ich hatte nichts mehr von Avery gehört. Geblieben war nur ein Screenshot unserer letzten Nachrichten vom Mai, die ich in einem verzweifelten Anfall von Masochismus von meinem alten Handy gerettet hatte.

Avery
George! Kommst du um 4? Vorspielvideo?

Ich muss es heute bis Mitternacht abgeben also schreib zurück

ich brauche dich dafür

bis 7 bin ich hier aber dann habe ich Schicht am Empfang schreib zurück

du bist doch nicht etwa bei ihm

komm schon du hast es versprochen

George?

Schließlich hatte er angerufen, aber ich war nicht drangegangen, weil ich mich zu tief in Wickhams Umarmung vergraben hatte, um das Display aufleuchten zu sehen.

Also ja, ich rechnete hier nicht mit einem fröhlichen Wiedersehen.

Doch da war er, noch größer und schlaksiger als im Frühling, und die unordentlichen dunklen Haare fielen ihm ins Gesicht. Als er näher kam, wappnete ich mich gegen alles, was da auf mich zukommen mochte: eine Stichelei oder eine sehr kalte Schulter. Ich sollte mich daran gewöhnen. In den nächsten Proben würde es genauso zugehen, bis die anderen sich daran abgearbeitet hatten und ich wieder in den Hintergrund treten konnte. Ich und meine Posaune als stampfende Tonspur und sonst nichts. Sobald ich ihnen bewiesen hatte, dass ich gut genug war, würden sie vielleicht nicht mehr andauernd daran denken, wie sehr sie mich hassten. Möglicherweise würden sie mir sogar verzeihen.

Möglicherweise.

»Wir haben dich im Camp vermisst.« Avery hielt sich an den Riemen seines Rucksacks fest und strahlte mich an. So hatte mich seit … Monaten niemand angestrahlt. Fitz war kein Strahlemann. »Mrs Tapper hat praktisch versucht, uns umzubringen. Wenn du da gewesen wärst, hätten wir wenigstens noch jemanden für die Menschenpyramiden gehabt.«

»Ihr habt echt Menschenpyramiden gebaut?« Unter der Schockwelle seiner scherzhaften Bemerkungen brach meine Abwehr komplett zusammen, und ich platzte mit der Frage heraus, bevor ich die Mauern wieder hochziehen konnte. Heute war jede Unterhaltung eine Überraschung, die nicht mit dem Satz »Hau ab, blöde Kuh« begann, aber Avery hatte noch mehr Recht als alle anderen, mich zu hassen. Er hatte es sich geradezu verdient.

»Nein.« Er schüttelte den Kopf und lehnte sich mit einem breiten Lächeln an die polierte Holzvertäfelung neben der Tür zum Musikzimmer. »Hätten wir aber machen können, wenn du da gewesen wärst. Wie hast du den Sommer verbracht?«

»Äh.« Was war das eigentlich? Seit ich das letzte Schuljahr vorzeitig beendet hatte, war das hier locker das längste Gespräch in der realen Welt, das ich nicht mit meinem Bruder, einer Autoritätsperson oder Wickham geführt hatte. Ich war mir nicht mehr sicher, ob ich noch wusste, wie das ging. Einerseits wollte ich Avery um den Hals fallen und dankbar für einen echten menschlichen Austausch in seinen Armen drauflosschluchzen. Andererseits mahnte mich mein anderes Ich, das ich nach dem *Vorfall* entwickelt und das den Großteil meiner Kommunikation übernommen hatte, zu Zurückhaltung und Vorsicht. Wickham hatte mich schließlich auch angestrahlt. »Ich war bei meinem Bruder.« Avery musste nichts von den Freizeit- und Familienaktivitäten erfahren, zu denen Fitz mich gezwungen hatte. Avery war eindeutig lediglich höflich. Jeden Augenblick würde jemand auftauchen, der seine Freundschaft nicht komplett einem Typen geopfert hatte, und das war es dann gewesen.

»Cool.« Er nickte. Ich verlagerte das Gewicht meines Rucksacks auf die andere Schulter und versuchte, wie eine normale Person zu wirken statt wie jemand, der wegen möglicher Folgen dieses trügerisch schlichten Gesprächs kurz vor einer Panikattacke stand. »Ich habe die ganze Zeit gearbeitet. Als Rettungsschwimmer. Fürs Camp haben sie mir aber freigegeben, und das macht auch nicht jeder Arbeitgeber.«

Ich hielt es nicht mehr aus. »Kann ich dir irgendwie helfen?« Sehr subtil, Georgie, sehr subtil, aber ein wenig Misstrauen konnte mir niemand verübeln.

»Nein?« Er lächelte trotz seines fragenden Blicks und zeigte seine geraden weißen Zähne. »Aber anscheinend«, sagte er, als wäre es ihm nachträglich eingefallen und nicht etwa, als wollte er mir einen weiteren Dolch ins Herz stoßen, nach allem, was ich heute schon erlebt hatte, »muss ich mir mein Adderall jetzt wohl woanders besorgen.«

Da war es wieder, das Slurpee, das mir metaphorisch den Nacken runterlief und sich mit dem Schweiß vermischte, der den Kragen meiner Bluse auf meiner Haut kleben ließ.

»Ich wusste nichts von den Drogen, Avery.« Mit lockerem Geplauder hielt ich mich nicht auf, sondern kam direkt zum Punkt, ich konnte gar nicht so schnell sprechen, wie die Worte aus mir heraussprudelten. »Ich schwöre, ich hatte keine Ahnung, und ich habe Wickham auch nicht verpetzt, ich …«

»George.« Er hob nicht unfreundlich die Hand, um mich zu unterbrechen. Ehrlich, an dem Punkt hätte er mich einfach k. o. schlagen können und ich hätte nicht einmal das als unfreundlichen Akt bewertet. »Das sollte ein Witz sein. Meine Medikamente sind alle ärztlich verordnet.«

»Okay.« Es war eine absolute Katastrophe. Wir waren *befreundet* gewesen, Avery und ich, und ich konnte nicht mal mehr mit ihm reden. »Kann sein, dass ich keinen Scherz mehr erkenne.«

»Na ja, hast du nicht den ganzen Sommer mit deinem Bruder verbracht? Zebras zugeritten oder was ihr Darcys in den Ferien so macht?«

»Ich bin ziemlich sicher, dass es illegal ist, auf Zebras zu reiten.«

»Wie auch immer.« Als er mit den Schultern zuckte, drang ein winzig kleiner Hoffnungsschimmer durch meinen Panzer. Obwohl diese Unterhaltung miserabel begonnen hatte, war Avery noch nicht weggelaufen. Ich an seiner Stelle wäre längst weg gewesen. »Soweit ich mich erinnere, war Fitz nicht gerade der Klassenclown.«

»Nein. Nicht wirklich.« Ich wippte auf den Zehenspitzen, nur ein bisschen, eine kindliche Angewohnheit, die ich mir seit Jahren abgewöhnte und die immer wieder zum Vorschein kam, wenn ich nervös war. Unser Schweigen zog sich und konnte jederzeit unangenehm werden.

»Du kannst ruhig reingehen«, sagte Avery schließlich. Er hatte mein Schweigen offenbar dahingehend missverstanden, dass ich lieber woanders wäre. »Bestimmt willst du mit den anderen quatschen.«

Vielleicht hätte ich das Schlupfloch annehmen sollen, doch ich tat es nicht.

»Du darfst mich auch hassen, weißt du.« Eine innere Stimme riet mir dringend, damit aufzuhören und den Funken Menschenfreundlichkeit zu genießen, den Avery mir zukommen ließ, und diesen Augenblick nicht auch noch zu ruinieren, aber ich war noch nie gut darin gewesen, auf diese innere Stimme zu hören. »Du hast mehr Recht dazu als alle anderen.« Und ich würde dieses Gespräch als einmalige Sache zählen und in meine erdrückende Einsamkeit zurückkehren.

»Wieso sollte …? Sie hassen dich nicht.« Er strich sich die Haare aus den Augen. »Pemberley liebt Klatsch und Tratsch, das ist alles. Das weißt du doch.«

Ich war selbstkritisch genug, um zu wissen, dass er damit unmissverständlich das Thema wechselte und meinen Worten auswich.

»Falls es dir hilft«, fuhr Avery fort und senkte den Blick kurz auf seine Schuhe, »meiner Meinung nach ist die Schule ohne Wickham Foster sehr viel besser dran.«

»Verstehe.« Avery war einer der wenigen gewesen, die gegen Wickhams Charme immun waren. Im Nachhinein eine erstaunlich gute Menschenkenntnis, obwohl mir das gerade in der Tat überhaupt nicht half. Andere Schüler strömten ins Musikzimmer, aber immerhin blieb niemand stehen, um einen bissigen Kommentar in meine Richtung abzugeben, selbst wenn uns alle anstarrten. »Okay, egal. Vielleicht wird der Sohn eines anderen Senators wegen Geldwäsche verhaftet.«

Avery zuckte mit den Schultern. »Also, wenn dir jemand wegen dieser Sache blöd kommt …« Er trommelte mit den Fingern auf seinen Rucksackriemen. »Keine Ahnung. Dagegen kannst du nichts tun. Aber von mir bekommst du nichts zu hören. Und, hey, das ist wahrscheinlich passiert, nachdem du schon weg warst, aber Mrs T hat mich für dieses Schuljahr zum Tambourmajor ernannt. Deshalb habe ich jetzt jede Menge Autorität.«

»Echt? Herzlichen Glückwunsch.« Das meinte ich ernst, Avery war einer der besten Musiker in der Marschkapelle und kam mit allen gut aus. Er war eine sehr gute Wahl für den Tambourmajor.

»Danke.« Avery lächelte und nickte kurz. »Komm, wir gehen rein. Ich muss ein gutes Vorbild sein und überhaupt.«

»Stimmt. Dann zeig den Trommlern mal, was ein Major ist.«

»Wow, hast du im Sommer ein Buch über Tambourmajore gelesen?« Als Avery mir die Tür aufhielt, verdrängte ich meine Angst und betrat den Raum. Die Leute hörten nicht auf,

63

sich zu unterhalten, was mich trotz der zahlreichen schrägen Blicke erleichterte. »Du hast die Fachsprache voll im Griff.«

»Ich bin außerordentlich belesen«, erklärte ich Avery, als die Tür hinter uns zufiel. Im Musikzimmer dröhnte es, während hundert Schüler vergeblich versuchten, ihre Instrumente zu stimmen – diesen Klang hatte ich vermisst, merkte ich gerade. »Kann sein, dass ich zwei Bücher gelesen habe.«

»Super.« Avery stellte seinen Rucksack lachend am Dirigentenpult ab, wo während der Probe sein Platz war. »Hey, lass mich nachher wissen, wie es war. Sag Bescheid, wenn ich nicht gut war.«

»Ich bin sicher, das kann nicht passieren.«

»Aber wenn doch, bist du die Einzige, die es mir ehrlich ins Gesicht sagen würde.« Er stupste mich mit der Schulter an, und ich hätte mir beinahe erlaubt zu lächeln, bevor ich ans hintere Ende des Raums sah. »Das hast du schon immer getan.«

Ehe ich antworten konnte, blieb mein Blick an den Trompeten hängen. Muskelgedächtnis, nahm ich an. Dort hatte Wickham gesessen, wenn er gnädigerweise zur Probe gekommen war. Zweiter Trompeter, obwohl er gut genug für den Platz des ersten gewesen war, aber für Mrs Tappers Geschmack zu viel schwänzte, um diese Position einzunehmen. Er hatte den Stuhl ein bisschen aus der Reihe geschoben, damit er die Füße hinten auf meinen Stuhl stellen und so sehr kippeln konnte, dass ich vor lauter Kichern nicht mehr spielen konnte.

Und dann wanderte mein Blick weiter nach vorn, wo die Posaunen saßen und mich anschauten, als wäre mir ein zweiter Kopf gewachsen.

Braden, ein Abschlussschüler und erster Posaunist, mit

blonden Haaren, die nach seinem Sommer zu Hause in Florida ausgebleicht waren, und der mich so finster ansah, dass ich am liebsten den Hausmeister mit einer Taschenlampe gerufen hätte; Jackson, ein Schwarzer im zweiten Schuljahr, der die Arme verschränkt hatte, als müsste er meine negative Energie abblocken. Dann waren da noch die beiden Neuen aus dem ersten Schuljahr – das vermutete ich zumindest, weil ich sie nicht kannte –, die mich nervös beobachteten. Und Emily, ein koreanisch-amerikanisches Mädchen in meinem Jahrgang mit dunklen, glatten Haaren, die ihr vors Gesicht fielen – sie saß in der Mitte und sah mich aus dem Augenwinkel durch ihre Brillengläser andauernd an, als würde ich das nicht merken. Außer Avery hatte ich von den Posaunisten nur noch mit ihr abgehangen, doch aus ihrer Miene schloss ich, dass damit so bald nicht zu rechnen sein durfte.

»Ach ja.« Avery war meinem Blick gefolgt und klang jetzt nicht mehr so gut gelaunt. »Und Braden ist euer Stimmführer. Von ihm hast du sicher auch eine E-Mail zu alldem bekommen, was du im Camp verpasst hast. Das Programm für unseren ersten Auftritt steht größtenteils. Mrs T hat allen Stimmführern aufgetragen, Videos für diejenigen anzufertigen, die nicht da waren.«

»Soso.« Ich hatte keine E-Mail erhalten. Aber *selbstverständlich* führte Braden die Posaunisten an. Ausgerechnet Braden, der mir den eisigsten Blick von allen zuwarf und der mich schon vor dem *Vorfall* nicht leiden konnte. Unsere Familien hatten in meiner Kindheit ab und zu Kontakt zueinander, und wenn wir uns damals ein-, zweimal jährlich auf Dinnerpartys trafen, war Braden Fitz wie ein Hündchen gefolgt, nach Aufmerksamkeit und Lob heischend.

Das Problem mit Fitz war aber, dass er nur sehr selten Aufmerksamkeit oder Lob verteilte. Anscheinend hatte Braden ihm das sehr übel genommen, wie ich aus den kaum verhüllten Bemerkungen in den ersten zwei Jahren in der Band geschlossen hatte. Jetzt, da mich die gesamte Schule hasste, hatte er es nicht mehr nötig, etwas zu verschleiern.

Wenn das erste Programm schon stand, war ich noch schlechter dran, als ich gedacht hatte. Ich konnte viel besser musizieren als marschieren und brauchte jede Probe, um die Schrittfolge so präzise einzustudieren, wie Mrs T es verlangte.

Schon gut, ich musste eben … üben. Meinen diversen Lehrern zufolge war ich einigermaßen intelligent. Und yeah, ich hatte in den ersten beiden AP-Kursen ja erst dreimal mehr Hausaufgaben auf als je zuvor, aber ich würde das schaffen. Eine Darcy zu sein, bedeutete, Probleme zu bewältigen.

»Hm.« Avery schien sich nicht so ganz wohlzufühlen, was immer noch kein Vergleich zu meinem eigenen Zustand war. »Braden hat dir die Videos nicht geschickt, oder?«

»Kein einziges.« Ich behielt die Posaunisten im Blick. Es fühlte sich an, als würden sie mich angreifen, wenn ich es wagte, wegzuschauen.

»Alles klar.« Als Avery mit dem Kopf auf meine Kollegen wies, schien er mein Zögern zu verstehen. »Na, los. Ich schicke sie dir nach der Probe.«

Ich hätte mich bedanken sollen, doch meine Kehle war wie zugeschnürt, also nickte ich nur, hielt mich an meinem Rucksack fest und ging zu der Stuhlgruppe in der zweitletzten Reihe, in der ich mich eigentlich zu Hause fühlen sollte.

»Hi.« Es hörte sich verängstigt an, ein schlechtes Omen für die restliche Probe. Ich packte meine Posaune aus. »Schön, euch zu sehen.«

»Du kannst dich ans Ende der Reihe setzen, bis du die Noten draufhast«, fauchte Braden, als ich mein Instrument zusammensetzte. Er verschwendete nicht einmal ein Minimum an Höflichkeit an mich. Ich gab mir Mühe, mir nichts anmerken zu lassen. Im letzten Schuljahr hatte ich die dritte Posaune besetzt, und während ich erwartet hatte, dass ich Mrs T vorspielen musste, um mir den Rang wie jeder andere erneut zu verdienen, mit so viel Feindseligkeit hatte ich nicht gerechnet. Selbst schuld. »Wir haben das alles schon im Camp gelernt. Im Pflicht-Camp, verstehst du? Eine Gefängnisstrafe ist keine Entschuldigung.«

»Im Gefängnis war ich ja wohl eindeutig nicht«, murmelte ich, als eine der Neuen mir mit zitternden Fingern einen Stapel Noten reichte. »Und die Noten werde ich lernen.«

Braden schnaubte. »Gut.« Die anderen Posaunisten schauten stur geradeaus, als hörten sie ihn gar nicht. Feiglinge. »Ich werde nämlich nicht tatenlos zusehen, wie du unsere Gruppe in den Abgrund ziehst.«

Ich wollte ihm trotzen und sagen, dass ich die Gruppe keinesfalls schlecht dastehen lassen wollte, doch es hatte keinen Sinn. Er würde mir sowieso nicht glauben. Wenn ich bedachte, wie wenig Beachtung mir die anderen schenkten, gaben sie mir wohl auch keine Chance.

Auf dem Weg zur Probe hatte ich noch geglaubt, ihren Respekt zurückerobern zu können, indem ich gut spielte. Ich wollte ihnen beweisen, dass ich in der Band sein wollte. Doch allmählich dachte ich anders darüber.

Eine Sekunde lang stellte ich mir Wickham vor, wie er sich in einem der schwarzen Klappstühle nach hinten lehnte. Mit seinem geschmeidigen Lächeln und vielsagendem Augenbrauenspiel angesichts der Neuen, die ihre Züge hin und her bewegten. Diese gekünstelte Aufrichtigkeit in seinem Tonfall, wann immer er sprach.

Habe ich es dir nicht gesagt? Der Wickham in meiner Vorstellung grinste, was mir einen Stich ins Herz gab. *Ich habe dich gewarnt, dass dich außer mir niemand mag. Und ich behalte immer recht, hast du das vergessen?*

Ich gab mir Mühe, ihn auszublenden und die Töne zu halten, als Avery die Hände hob und uns durch die Tonleitern dirigierte, doch Wickhams Geist verließ mich nicht. Das tat er nie.

Verpiss dich, rief ich dem Wickham in meiner Fantasie zu. *Ich kann das.*

Kannst du? Sein spöttisches Lächeln war mir am meisten vertraut. *Du musst dir das nicht antun, Kid. Ich nehme dich zurück, versprochen.*

Das hätte nicht attraktiver erscheinen sollen als eine Bandprobe. In der Marschkapelle hätte ich mich sicher und wohl fühlen sollen, statt Bradens Blicke zu spüren, mit denen er vermutlich gern Laser abschießen und mich zu Staub zermalmen würde.

Wäre Wickham wirklich da gewesen und das hier noch letztes Schuljahr, hätte Bradens Meinung keine Rolle gespielt. Ich hätte nur Augen für Wickham gehabt, dem eine Pemberley-Uniform besser stand als jedem anderen Schüler. Wickham, der mich erwählt hatte, obwohl alle hinter ihm her waren. Obwohl man ihn aus unzähligen Militärschulen hinausgeworfen hatte (oder wie er es formulierte, »freundlich und liebevoll gebeten hatte zu gehen«), hatte ihm das eine Aura verliehen, die er vorher nicht gehabt hatte. Es war nicht das Selbstbewusstsein, daran hatte es Wickham noch nie gemangelt. Nein, es war eine Art …

Magnetismus.

Wenn allerdings die Posaunengruppe ein Magnet war, zählte sie zu denen, die mich abstießen, nicht anzogen.

Wickham hatte mich am liebsten eng an sich gezogen, wenn wir – selbst nachdem es viel zu kalt geworden war – unter den Bäumen abhingen, wo wir uns gegen die Beschränkungen der Ausgangsregeln auflehnten sowie gegen die Beschränkungen unserer Beziehung.

»Du musst mich nicht anlügen.« Wickham sprach leise und bedächtig, ich spürte seine Stimme bis in die Knochen. »Ich weiß, dass es hier draußen scheißkalt ist.«

»Mir ist warm genug.« Als ob. Es war Mitte Oktober, und mir war in Wirklichkeit scheißkalt, doch Wickham hatte sich dort mit mir verabredet, und ich würde den Teufel tun und mir noch eine Jacke aus meinem Zimmer holen. »Das macht mir nichts.«

»Komm her.« Als er die Arme ausbreitete und ich zögerte, kam er noch näher und drückte mich an seine Brust. »Ich halte dich warm.«

Mehr sagte er nicht, doch das war auch nicht nötig. Denn hin und wieder sagte er etwas in der Art, und ich dachte ...

Ich dachte, vielleicht hätte ich eine Chance.

Schließlich senkte er den Kopf und sah mich an. In seinen Augen lag ein Glanz, nach dem ich mich verzehrte.

»Ich bin froh, dass du jetzt in Pemberley bist, Kid.«

Mir ging es genauso.

Es war berauschend gewesen, dass jemand mich so angesehen hatte. Es fehlte mir.

Ich sorge dafür, dass sie mich respektieren, sagte ich dem Wickham in meiner Fantasie, der Ausgabe von ihm, die ich mittlerweile kannte, und das mit einem Nachdruck, den ich niemals ausstrahlte, wenn er direkt vor mir stand, *und dann kannst du für immer verschwinden.*

Doch während sich um mich herum alle aufwärmten, hatte ich das deprimierende Gefühl, dass ich die Band nicht allein durch gutes Spielen zurückgewinnen konnte. Und ja, auf meiner Liste stand nichts von besten Freundinnen – Fitz hatte nie einen solchen Kumpel gehabt –, aber eine Darcy hatte den Respekt ihrer Mitschüler. Irgendwie musste ich herausfinden, wie das funktionierte.

Als ich einen Blick von Avery auffing, der vorn im Musikraum dirigierte, grinste er. Als würde er mich nicht hassen.

Also hatte ich vielleicht doch eine Chance, eine ganz kleine … Eine Chance, wieder reinzukommen.

5

Ich musste mich durch den restlichen Schultag quälen, bevor ich mich erneut meinen hochfliegenden Plänen widmen konnte, was ehrlich gesagt eine Schande war, wenn man bedachte, wie viel Schulgeld mein Bruder für mich bezahlte. Man hätte meinen können, dass die Wiederherstellung meines guten Rufs auf der Liste schulischer Prioritäten so weit oben gestanden hätte, dass ich den Sportunterricht gegen eine zusätzliche Stillarbeit hätte eintauschen dürfen.

Dennoch passte ich im Unterricht ausnahmsweise gut auf und machte mir Notizen, obwohl es anfangs eher um eine Einführung ging. Ich nutzte sogar meine Mittagspause, um ein paar coole neue Notizbücher in dem Schreibwarengeschäft in der Stadt zu bestellen. Meinem Bruder zufolge war Organisation eine Hauptvoraussetzung für Erfolg. Gut, ich hatte noch nie an AP-Kursen teilgenommen, aber Fitz hatte nichts anderes gemacht. Also würde ich das auch schaffen.

Unterricht, abgehakt. Doch die Sache mit dem Respekt der anderen Bandmitglieder ... In dieser Hinsicht war ich eindeutig auf Hilfe angewiesen. Und in der Schule hatte mich nur eine Person nicht links liegen gelassen.

Deshalb eilte ich nach dem Abendessen zum Musikraum zurück und versuchte, all meinen Mut für die anstehende Aufgabe zusammenzunehmen.

Genau genommen waren Schüler außer in der Bibliothek

und ein paar Forschungslaboren in den Unterrichtsgebäuden nicht gern gesehen, sobald der Unterricht beendet war, doch der Musikraum lag im Erdgeschoss. Ich konnte vom Bürgersteig aus die Fenster erreichen. Als ich drinnen Licht sah und die leise Melodie einer Marschkapelle hörte, klopfte ich laut an die Scheibe.

Die Musik hörte abrupt auf, und Avery kam ans Fenster. Verblüfft stand er vor mir mit seiner schief hängenden violett-weißen Krawatte und dem zerknitterten weißen Hemd. Ich winkte ihm ein wenig hektischer zu, als nötig gewesen wäre, wies mit dem Kopf auf die Hintertür des Musikraums, damit er mich hereinließ. Eins musste man ihm lassen, er öffnete, ohne zu zögern, die Tür. Ich atmete erleichtert aus, als ich der Kälte entkam. Avery zog eine Augenbraue hoch und musterte mich von oben bis unten.

»Was ist los?« Seine Verunsicherung war berechtigt, da es bereits fast neun Uhr war und ich in der Bibliothek hätte lernen oder im Schlaftrakt meine Mitbewohnerin hätte ignorieren sollen, statt meinen Tambourmajor zu belästigen, weil er den Anstand gehabt hatte, mich zu grüßen. Vermutlich sah ich genauso irre aus, wie ich mich fühlte, mit von der Kälte geröteten Wangen und wilder Frisur. Es würde mich später viel Mühe kosten, meine Haare zu kämmen, doch das hielt meine Würde wohl aus.

Oder so.

»Ich hatte mir eine fünfzigprozentige Chance ausgerechnet, dich hier zu finden.« Ich schaute mich in dem Raum um, der ohne die gesamte Band merkwürdig leer wirkte. »Übst du?«

»Das ist wichtig, habe ich gehört.« Avery zuckte mit den Schultern und lächelte ein wenig besorgt. Berechtigterweise.

»Mrs T hat das mit der Verwaltung abgesprochen. Da ich mir, was die Befolgung der Regeln angeht, noch nie etwas habe zuschulden kommen lassen, darf ich den Raum auch nach dem Unterricht nutzen. Es hilft mir runterzukommen.«

»Und wenn fremde Leute ans Fenster klopfen, trägt das bestimmt auch zu deiner Entspannung bei, oder?« Ich ratterte das zu schnell runter, weil ich wegen der Kälte immer noch außer Atem war.

Er lachte. »Ich würde sagen, du schuldest mir eine zusätzliche Stunde eines Entspannungs-Podcasts vorm Schlafengehen, aber egal. Alles okay? Was machst du hier?«

»Würdest du mir glauben, wenn ich dir sage, dass ich *auch* die Erlaubnis habe, mich spät im Schulgebäude aufzuhalten?« Ich wich seiner Frage aus, lenkte das Gespräch in eine andere Richtung, so sah das aus. Wie einer der vielen polierten Spiegel meiner Mutter.

»Kannst du dich daran erinnern, dass ich mir noch nie etwas zuschulden kommen ließ?«

Äh, ja.

Wie zuvor entstand ein unangenehmes Schweigen, doch diesmal unternahm ich etwas dagegen. Schließlich war ich ein Mädchen mit einer Mission, und wenn ich zu lange wartete, meine Chance wahrzunehmen, würde mich der Mut verlassen. Also machte ich den Mund auf und sagte etwas, was ich wirklich äußerst ungern sagte.

»Ich brauche deine Hilfe.«

»Was?« Avery, der höflich den Blick gesenkt hatte, riss den Kopf so schnell hoch, dass er von Glück reden konnte, wenn er nicht den Notdienst der Schul-Chiropraktiker rufen musste.

»Ich brauche deine Hilfe. Ich … ich will, dass du wieder

mein Freund bist.« Würde ich langsamer sprechen, würde ich endgültig den Mut verlieren oder, noch schlimmer, ihm die Möglichkeit geben, mich zu unterbrechen, bevor alles gesagt war. Und das durfte ich nicht zulassen, denn ohne Avery würde ich von der Band niemals akzeptiert werden, und wenn ich das nicht schaffte, war meine gesamte Wiedergutmachungstour umsonst. »Ich war im Frühling so ekelhaft zu dir, und es tut mir unendlich leid. Ich habe dich einfach links liegen lassen, als das mit Wickham ernster wurde, und ich war eine schrecklich blöde Kuh, aber ich hoffe trotzdem, dass du mir verzeihst, weil es ehrlich gesagt sonst niemand tut.« Immerhin ein paar Punkte für Aufrichtigkeit, würde ich sagen. Vielleicht war ich aber auch *zu* ehrlich gewesen.

Avery schaute wieder auf seine Schuhe, die in ihrer Abgewetztheit in starkem Kontrast zu dem neu verlegten Teppichboden standen. Als er den Kopf hob, konnte ich an seiner Miene nichts ablesen.

»Was soll das, Georgie?«

»Ich möchte nur …« Ich streckte die Hände aus, froh, dass sich meine Finger dank der Heizung nicht mehr so anfühlten, als würden sie gleich abfallen. »Ich möchte nur nicht, dass dieses Schuljahr so abläuft wie das letzte, verstehst du? Ich will nicht mit nichts dastehen und auf das Erstbeste reinfallen, das mir über den Weg läuft. Ich versuche, mein eigenes Ding zu finden.«

»Das ist … irgendwie verwirrend.«

»Tja, es war ein langer Tag«, fauchte ich und zuckte sofort zusammen. Doch Avery ließ sich davon nicht beeindrucken. »Du hast vorhin gesagt, wenn die Leute mir blöd kämen, könne ich nichts dagegen tun. Hiermit versuche ich das aber doch.« Ich atmete lange aus. »Bitte, Aves.«

Mein Tonfall grenzte an Verzweiflung, aber das war kein Zufall, denn ich war tatsächlich verzweifelt. Ich wollte unbedingt diesen Teufelskreis mit Wickham durchbrechen und ihm beweisen, wozu ich fähig war. Außerdem wollte ich meinem Bruder zeigen, dass ich schaffte, was ich mir vorgenommen hatte.

Erstes-Schuljahr-Georgie: klebte am Rockzipfel ihres Bruders. Zweites-Schuljahr-Georgie: klebte an Wickhams Lippen. Und Drittes-Schuljahr-Georgie? Bisher eine epische Versagerin ohne jemanden, an den sie sich co-abhängig dranhängen könnte. Sämtliche AP-Kurse auf der Welt würden mich nicht vor Wickham schützen, wenn ich mutterseelenallein blieb.

Ich wollte einfach nur eine normale Freundschaft.

Und ich konnte ziemlich stur sein, wenn ich wollte. Fitz würde nur mit einem Hauch von Ironie behaupten, es wäre eine meiner besseren Eigenschaften.

»Ich hatte den Eindruck, dass du mich ein bisschen weniger blöd findest als alle anderen«, plapperte ich weiter, während Avery eisern schwieg. Hilfe, langsam wurde mir sogar ein bisschen zu warm, aber vielleicht war das ja mein inneres Feuer. »Außerdem habe ich einen … Das klingt jetzt blöd, aber ich habe einen Plan. Ich will, dass mein Bruder stolz auf mich ist. Und ich will allen, die mich für einen Niemand halten, beweisen, dass das nicht stimmt. Und die Band für mich zu gewinnen, ist die beste Methode.«

»Ich finde dich nicht blöd.«

»Beweise es mir.« Ich leckte mir die Lippen, meine Kehle war wie ausgetrocknet. »Hilf mir, ihm zu zeigen, was ich kann.«

»Geht es hier zufällig um Wickham?« Immerhin fragte

Avery das recht lässig, obwohl er wieder den Blick senkte, als er seinen Namen aussprach.

»Hat er …? Du weißt, dass er wieder da ist.« Es war eigentlich keine Frage, aber Avery nickte trotzdem.

»Ich habe ihn rumschleichen sehen.« Er streckte angewidert die Zunge heraus. »In der Stadt, bevor das Semester angefangen hat. Natürlich habe ich nicht mit ihm geredet. Aber musst du dich wirklich *vor ihm* beweisen?«

»Kann sein«, sagte ich ausweichend. Ein finsterer Ausdruck huschte über sein Gesicht. »Ändert das etwas?«

»Bist du …?« Er hüstelte und schaute erneut nach unten. »Du bist aber nicht wieder mit ihm zusammen, oder? Ich habe nämlich keine Lust, mich da in etwas verwickeln zu lassen, das nur euch etwas angeht.«

»Ich mache das alles, um Wickham *loszuwerden*«, sagte ich und verdrängte alle Gedanken an den Kuss. So weit würde es nicht noch mal kommen. Meine Stimme klang schwächer als erwünscht, aber das war mittlerweile nichts Neues. »Und anders geht es nicht, glaube ich.«

Avery musterte mich in dem Licht der Leuchtstofflampen des Musikraums, das sich mit dem Mondschein verband, der durchs Fenster fiel. Während er mich nachdenklich ansah, war ich mir extrem bewusst, dass alles von diesem schlaksigen Tambourmajor abhing, der sich anscheinend nicht entscheiden konnte, und nicht nur von diesem gebrochenen Mädchen, das um Hilfe bat – und ich hatte keine Ahnung, zu welchem Schluss er kommen würde.

Doch anscheinend hatte ich vergessen, dass Avery sich für andere einsetzte.

»Einverstanden.« Er lächelte, und der finstere Ausdruck fiel von ihm ab. Obwohl das Lächeln nicht so breit war wie sein übliches Grinsen, wog es möglicherweise sogar schwerer. »Aber du schuldest mir, sagen wir mal, eine Million Stunden, in denen ich über Tambourmajor-Techniken faseln darf.«

»Wie viele verschiedene Techniken gibt es denn?« Ich musste vor der Ausgangssperre zurück in den Schlaftrakt, aber ich wollte mich noch kurz an diesen Augenblick klammern, in dem ich aus mir herausgegangen war, um Hilfe gebeten hatte und nicht enttäuscht worden war. Da hast du's, Fitz; da hast du's, Wickham; da hast du's, jede kurzlebige Therapiestunde, die ich genommen hatte. Ich war keine Einsiedlerin, die niemanden in ihren inneren Kreis hineinließ.

Gott, es würde in diesem Schuljahr besser laufen, oder ich würde bei dem Versuch sterben.

»Du würdest staunen.« Avery griff hinter uns und schnappte sich seine Jacke von der Stuhllehne. »Komm, ich bringe dir auf dem Weg zu unseren Zimmern alles bei, was ich darüber weiß.«

»Ich muss auch noch alles aufholen, was ihr im Camp zusammengestellt habt.« Erneut sprach ich sehr schnell, damit mir ja nicht der Schwung ausging oder ich es mir anders überlegte. »Das müsste dir doch gelegen kommen, oder? Du bist jetzt der hochverehrte, berühmte Tambourmajor. Wahrscheinlich haben sie bereits die Band nach dir benannt.« Ich öffnete die Tür und hielt sie ihm auf. Nachdem er sie sorgfältig abgeschlossen hatte, steckte er den Schlüssel in seine Jeanstasche und klopfte einmal darauf, als wollte er sich vergewissern, dass er dort war.

»Das macht man nur für die reichen Schüler, Madam-Matthew-Darcy-Naturwissenschaftsflügel.« Sogar im Dunkeln sah ich sein Grinsen. Oder spürte es vielmehr. »Aber gut, wie wäre es nach der Probe am Montag? Dann sorgen wir dafür, dass du es für die Homecoming-Formation draufhast. Okay?« Wir liefen über die mit Bäumen gesäumten Wege, wo die rauschenden Blätter den Wind größtenteils abhielten.

»Okay«, wiederholte ich, als wir uns meinem Schlaftrakt näherten. Wir lachten, und es fühlte sich … fast okay an. »Ich gehe dann mal lieber. Irgendwann kommt Rodney sonst doch.« Der einzige Wachmann an der Schule war zu langsam, um effektiv zu sein, aber ich wollte brav sein.

»Ja.« Avery bibberte. »Wir sehen uns bei der Probe. Oder am Wochenende beim Essen. Bis dann.«

»Bis dann.« Obwohl dies das klare Signal für mich war, zu gehen, trat ich von einem Fuß auf den anderen. Avery sah mich lässig an, bevor ich meine letzte Frage für heute stellte. »Warum hast du Ja gesagt, Aves?«

Er neigte den Kopf und dachte nach, doch seltsamerweise fürchtete ich mich nicht vor der Antwort. Es sprach eindeutig für jemanden, wenn man in seiner Gegenwart nicht nervös war.

Schließlich zuckte er mit den Schultern. »Vielleicht als eine Art Projekt.«

Ich musste lachen.

»Bis dann, George.« Er winkte, und ich winkte zurück, als er sich umdrehte und zügig in der Dunkelheit verschwand, um zu seinem eigenen Schlaftrakt zu gelangen. Ich ging in der entgegengesetzten Richtung weiter, zu meinem Gebäude und meinem Baum. Sobald ich geprüft hatte, ob die Luft rein war, stieg ich auf den untersten Ast, zog mich über ein paar Äste nach oben und schlüpfte durch das offene Fenster an meinem Nachttisch. Die Ausgangssperre galt noch nicht, und ich hätte vorn durch den Eingang kommen können, aber alte Gewohnheiten ließen sich schwer überwinden.

Sydney setzte sich im Bett auf und starrte mich an.

»Ich habe nur gerade meinen monatlichen Vollmondlauf absolviert.« Zwar brauchte ich neue Freunde, aber Sydney musste es nun wirklich nicht sein. Sie rümpfte wegen meiner Anspielung auf Werwölfe angewidert die Nase.

Oder vielleicht meinetwegen. Schwer zu sagen.

»Wie du meinst.« Als sie sich wieder hinlegte und zur Seite drehte, zog ich schnell den Schlafanzug an – mit Monogramm und von *Sage Hall* inspiriert, ein Geschenk von meinem Bruder – und kroch lächelnd ins Bett. Nicht einmal die Vorstellung, wie Wickham bei dem Gedanken an *noch mehr* Bandproben – beziehungsweise Vorfreude auf *noch mehr* Bandproben – feixen würde, konnte etwas gegen meinen brandneuen Hoffnungsschimmer ausrichten.

6

Samstagvormittag, und ich war erschöpft. Zusätzlich zu den Extra-Proben mit Avery und dem Versuch, in meinen Kursen ausnahmsweise mithalten zu können, musste ich auch noch ein Minimum an Kontakt zu meinem Bruder pflegen und dabei auf gar keinen Fall erwähnen, dass ich irgendetwas mit Wickham zu tun gehabt hatte.

Überhaupt nicht kompliziert.

Irgendwann musste ich mir zu dem letzten Teil des Plans noch etwas überlegen – nicht nur, wie ich die perfekte Darcy wurde, sondern wie ich Fitz dazu bringen sollte, es einzugestehen, ohne zu bemerken, dass Wickham irgendetwas damit zu tun hatte. Vielleicht konnte ich unter seinem Namen einen Twitteraccount einrichten und mein eigenes Loblied im Internet singen.

Egal, das hatte Zeit.

Ich sprang die letzten Stufen hinunter und trat aus der Haustür meines Schlaftrakts in die kühle Septemberluft hinaus. Als Fitz mir von seinem teuren und immer noch zu vernünftigen Auto zuwinkte, setzte ich die Sonnenbrille auf. Im Gegensatz zum letzten Wochenende hatte ich wenigstens einen Plan. Heute wollte ich Fitz von meinen neuen AP-Kursen erzählen, ein paar Pluspunkte bei ihm sammeln und den Weg dafür ebnen, wie er stolz auf mich sein konnte und wie ich Wickham für immer loswurde.

»Die verlorene Schwester kehrt zurück.« Er schaute zu, wie ich mich anschnallte, und wartete auf das Klicken, bevor er den Gang einlegte und langsam aus der Einfahrt mit den Parkplätzen fuhr.

»Wenn überhaupt, bist du der verlorene Sohn.« Die Blätter färbten sich bunt, also würde es nur noch wenige Tage dauern, bis das Schulgelände von Touristen belagert wurde, die sich die historischen Gebäude und das absterbende Chlorophyll ansehen wollten. »Irgendwann veranstalten sie hier noch eine Parade für dich.«

»Oh, sie haben schon mehrmals angefragt, aber ich habe immer abgelehnt.« Fitz schaute stur auf die Straße und würdigte mich keines Blicks. »Du weißt, wie sehr ich Glanz und Gloria hasse.«

»Klar, du bist der Inbegriff des bescheidenen Lebens«, murmelte ich. »Immer noch keine neuen Getränkehalter, wie ich sehe.«

»Wie du schon sagtest. Ein bescheidenes Leben. Wie war deine Woche?« Er richtete den Kragen seines feinen Hemdes, ein weiteres Kleidungsstück in seiner Garderobe, das nicht modisch wirkte, aber ein Vermögen kostete. Fitz wusste gutes Schneiderhandwerk zu schätzen.

»Erst Pfannkuchen, dann reden.« In dem Versuch, wach zu werden, drückte ich mit den Fingern auf meinen Nasenrücken. Irgendwie hatte ich mir gedacht, wenn ich in den Kursen gut aufpasste, würde ich automatisch wie geplant im schulischen Bereich glänzen, doch das war keineswegs der Fall. Wie sich herausstellte, hatte Pemberley sich seinen prestigeträchtigen Ruf doch zumindest teilweise durch höchste akademische Ansprüche verdient. Wer hätte das gedacht? Jede Stunde, die ich nicht mit Avery probte oder meine Stimme in einem Übungsraum einstudierte, hatte ich in der Bibliothek verbracht und versucht, Mathe und Chemie zu verstehen, die beide außerordentlich viel schwieriger geworden waren. (Selbstverständlich hatte Fitz sich genau in diesen Fächern hervorgetan, wie in allem anderen in seinem Leben.) Sogar Englisch, eigentlich ein verlässliches Fach, war an meinem Verständnishorizont vorbeigesegelt, weil der Kurs sich in jeder Stunde auf Texte bezog, für die ich keine Zeit hatte, um sie zu lesen. »Heute mit Bacon. Ich brauche das Eiweiß.«

»Hast du nicht neulich behauptet, in Schlagsahne würden Proteine von der Milch stecken, und deshalb sollte ich dir erlauben, sie in Unmengen zu essen?«

»Also, das stimmt auf jeden Fall.« Wir fuhren durch die Tore von Pemberley auf die kurvige Straße, die in die Außenbezirke führte. »Ich brauche heute nur ein bisschen mehr, das ist alles.«

»Okay.« Fitz seufzte. Als ich ihn von der Seite ansah, hatte ich das Gefühl, er wollte noch mehr sagen, aber er behielt es dann doch lieber für sich.

Nachdem wir es uns in unserer Sitzecke gemütlich gemacht und Pfannkuchen mit Schlagsahne und Bacon bestellt hatten, spulte Fitz das komplette »Ich-bin-zwar-nicht-dein-Vater-aber-dein-Vormund«-Programm ab.

»Deine Englischlehrerin hat mir eine E-Mail geschrieben.«

»*Was* hat sie gemacht?« Scheiße. In Pemberley ging es allen Broschüren zufolge darum, der Schülerschaft das Verantwortungsbewusstsein beizubringen, mit dem wir im College und später Erfolge erzielen konnten. Ich war mir ziemlich sicher, dass keine Collegelehrkraft jemals den Eltern von Studierenden schreiben würde, wenn jemand einen

Test verhauen hatte. *Und schon gar nicht* dem älteren Bruder. Ich sollte mich bei der Schule beschweren. Obwohl sie wahrscheinlich bereits all ihre Milde hatten walten lassen, als sie mich nicht der Schule verwiesen hatten. »Woher hat sie überhaupt deine E-Mail-Adresse?« Das war's mit meinem Plan, denn ich hatte mir zwar vorgenommen, Fitz von meinen Kursen zu erzählen, aber nicht, wie ich in besagten Kursen gerade stand. Und doch blieb mir jetzt nur der Verteidigungsmodus. Schon wieder.

»Die steht auf allen Formularen, Georgie. Ich bin deine Kontaktperson – für den Notfall und alles andere.« Er trank einen Schluck Kaffee und verzog weder wegen der zu heißen Temperatur noch wegen dem puren, unverdünnten Koffein das Gesicht. »Sie macht sich Sorgen um dich.«

»Es war nur eine Hausaufgabe.« Ich versuchte, meinen eigenen Kaffee – hochgradig verdünnt mit Milch und Zucker, aber technisch gesehen dennoch Kaffee – auf die gleiche coole, entrückte Art zu trinken wie Fitz, doch er war viel zu heiß, und ich hätte beinahe aufgeschrien, als er mir den Gaumen verbrannte. »Der Unterricht hat doch erst vor einer Woche angefangen. Ich hole das wieder auf.« Irgendwie. Es war blöd gewesen, diese leichte Abfrage des Leseverständnisses nicht zu erledigen, aber man musste den Text nun mal erst lesen, um ihn zu verstehen. Ich verriet Fitz nicht, dass ich bei der Vorstellung, zusätzlich zu allem anderen, was sich aufgetürmt hatte, auch noch diese Aufgabe zu erledigen, schweißnasse Hände und einen rasenden Puls bekommen hatte. Letztes Jahr hätte ich sofort Wickham gebeten rüberzukommen, damit ich mit meinen Gedanken nicht allein war.

»Genau aus diesem Grund wiegt es zu diesem Zeitpunkt

umso schwerer für deinen Schnitt, wenn du Sachen nicht abgibst. Du kannst es nicht mit anderen guten Noten ausgleichen.« Fitz gab nicht nach, sondern spornte mich immer weiter an, immer mehr, wie ein Darcy eben, und zeitweise verstand ich, warum ich versagt hatte.

»Ist doch nicht wirklich wichtig, oder?« Ich hatte Fitz' Predigten noch nie gut verkraftet und kochte vor Wut, eine schräge Mischung mit der unterschwelligen Angst. »Sie hat sicher auch erwähnt, dass ich ein gefährliches Muster entwickele, oder? Weil ich die Hausaufgaben im letzten Schuljahr, bevor du mich von der Schule genommen hast, nie gemacht habe.«

»Könnte sein«, sagte Fitz zähneknirschend. »Es ist kein gutes Zeichen, dass du überhaupt nicht überrascht bist.«

Die Kellnerinnen kannten uns zu gut, um unserem Tisch zu nahe zu kommen, während wir Darcys aufeinander losgingen.

Ich zuckte möglichst lässig mit den Schultern und rührte in meinem Kaffee. So hatte ich mich vor Fitz' Umzug nach Kalifornien nie benommen. Wir hatten uns zwar gestritten, aber wir waren damals immer im selben Team gewesen. Erst als er beschlossen hatte, dass sein Zukunftstraum wichtiger war als ich, hatten wir jeweils unser eigenes Team gebildet.

Wie er mich angesehen und die kleine Plastiktüte hochgehalten hatte – wie eine Frage, die er selbst bereits beantworten konnte.

»Gehst du wirklich mit dieser Einstellung an die Dinge heran?« Fitz trank seinen Kaffee mit einem einzigen Riesenschluck aus. »Ernsthaft, Bohnenstange, ich versuche, dich wie eine Erwachsene zu behandeln …«

»Ha!« Während ich bellend lachte, sah ich aus dem Augenwinkel unsere Kellnerin, sichtlich hin- und hergerissen zwischen dem Wunsch, Fitz' Kaffeebecher aufzufüllen und uns um Himmels willen in Ruhe zu lassen. »Wenn du mich wie eine Erwachsene behandeln wollen würdest, würdest du nicht jedes Wochenende herkommen und nach mir sehen.« Ich war kurz davor, ihn anzuschreien. Ganz kurz davor. »Eins sage ich dir, Fitz, du behandelst mich wie ein Kind. Aber weißt du, was? Du bist *nicht* Dad.«

Ich holte tief und schwerfällig Luft und sah Fitz wütend an. Er hielt meinem Blick stand, ohne mir sofort zu antworten. Stattdessen hielt er der Kellnerin den Becher zum Nachschenken hin. So schnell, wie sie angerannt kam, war es ein Wunder, dass sie nicht alles verschüttete. Sie schenkte nach und war sofort wieder weg.

Bevor Fitz mich allein zurückgelassen hatte, waren wir beste Freunde gewesen. Das hörte sich wegen des Altersunterschieds ein bisschen komisch an, war aber die Wahrheit. Als wir klein waren, gab es nicht gerade viele Kinder in der Nachbarschaft, da wir in unserer Villa in Rochester quasi von der Außenwelt abgeschnitten waren und zu Hause unterrichtet wurden, bis wir nach Pemberley wechseln durften. Wir kannten Wickham und pflegten ein paar lockere »Freundschaften« mit Kindern von Geschäftskontakten unserer Eltern, die vom Alter halbwegs zu uns passten. Doch wir beide waren beste Freunde, bis es irgendwann nicht mehr so war.

Fitz widmete sich weiter seinem Kaffee und musterte mich, während ich Atem schöpfte.

Als Wickham vor einem Jahr plötzlich im Gang meines Schlaftrakts aufgetaucht war, mir kurz darauf Nachrichten geschrieben und sich mit mir verabredet hatte, als also jemand geantwortet hatte, wenn Fitz mit College, Freunden und einem schöneren Leben ohne mich beschäftigt war, da hatte ich gedacht, Wickham könnte die Lücke füllen, die zwischen Fitz und mir entstanden war. Doch schlussendlich hatte er die Kluft nur vergrößert und uns weiter auseinandergetrieben, hatte sich einfach davongemacht, sodass Fitz und ich mit einem klaffenden Spalt in unserem Inneren und zwischen uns zurückgeblieben waren und keine Möglichkeit hatten, ihn zu überbrücken.

Es war wichtig für mich, dass Fitz auf irgendeine Weise stolz auf mich war. Wenn ich wirklich wollte, dass Wickham aus meinem Leben verschwand, musste ich diese enttäuschte Miene vom Gesicht meines Bruders wischen und in etwas anderes verwandeln.

Trotzdem bereute ich nicht, was ich gesagt hatte.

Endlich stellte Fitz den Becher ab.

»Ich bringe dich jetzt nach Pemberley zurück.« Als er mit einer Geste um die Rechnung bat, brach er zum ersten Mal seit meinem Wutausbruch den Blickkontakt mit mir ab. »Ich bringe dich nach Hause und fahre dann nach Meryton zurück, weil ich um vier mit meiner Lerngruppe verabredet bin. Danach kannst du mich anrufen und wir können noch mal darüber reden. Wenn du das nicht willst, ruf mich einfach nicht an. Okay, Georgie?« Kurz trat ein emotionaler Ton in seine Stimme, den er schnell unterdrückte. »Ruf mich nur bitte nicht an, wenn du dich nur mit mir streiten willst.«

Ich redete mir ein, es würde mir nichts ausmachen.

Nachdem Fitz gezahlt hatte, folgte ich ihm mit hängendem Kopf und ohne im Diner jemanden anzusehen zu seinem Auto. Ich durfte nicht weinen, auf keinen Fall. Die Genugtuung gönnte ich ihnen – und Fitz – nicht.

Und als Fitz mich schweigend zur Schule zurückfuhr, spürte ich, wie unsere Beziehung immer weiter zerbrach. Wie eine Vase fiel sie zu Boden und zersplitterte in Tausende Scherben, die teilweise bis unters Sofa schlitterten, sodass man sie nie wiederfinden konnte, um das Ganze zu kitten.

Fitz wollte auch überhaupt nichts kitten, dachte ich, während ich aus dem Fenster schaute und die Bäume betrachtete. Er wollte es nur hinter sich bringen, da weitermachen, wo er aufgehört hatte. Wieder das Leben führen, das er sich ohne mich aufgebaut hatte.

Ich bezweifelte nicht, dass Fitz mich liebte. Er war mein Bruder und hatte keine andere Wahl.

Doch als ich ihm nachsah, nachdem er mich abgesetzt hatte, und meine Jeansjacke gegen den scharfen Wind fest um mich schlang, beschlich mich der Gedanke, dass er mich nicht besonders gut leiden konnte – nicht mehr.

Ich war auf halbem Wege zu meinem Zimmer, um mit einer Folge *Sage Hall* nach der anderen gegen meine Verzweiflung anzukämpfen, als mir Sydney einfiel.

Mist. Letztes Schuljahr im Einzelzimmer war es so viel einfacher gewesen, vor mich hin zu schmollen. Bevor Fitz vor der Direktorin und allen anderen, die ihn hören konnten, verkündet hatte, das Privileg eines Einzelzimmer hätte ich verspielt. Als würde er über mein Leben bestimmen. Früher konnte ich mich wenigstens in meinem Zimmer voller *Sage Hall*-Poster verstecken, wenn mir die Welt zu viel wurde.

Aber jetzt ... war Sydney da. Na toll.

Wickham würde sich über Sydney lustig machen, wenn er sie kennen würde. Er würde über ihre Flaggen, die farblich abgestimmten Schleifen und ihre Art, Wörter mit einem T besonders zu betonen, spotten.

Erstaunlicherweise hatte er mir keine weitere E-Mail geschrieben. Zu Wickham hätte das gepasst, diese ewige Mischung aus Sticheleien und kühlen, halbherzigen Komplimenten. Vielleicht hielt er sich absichtlich zurück, weil er wusste, wie nervös ich jedes Mal meinen Posteingang checkte. Was ich, seit ich zurück war, noch nicht getan hatte, und ich wusste selbst nicht, ob ich mir das als Belohnung oder Strafe aufsparte. Selbst wenn ich eine E-Mail von ihm vorfände, würde ich nicht einfach nur antworten, um über Sydney zu spötteln. Das war nichts Gemeinsames mehr. Offensichtlich.

Ich entsperrte meinen Handybildschirm und schaute auf das E-Mail-Symbol. Keine neuen Nachrichten.

Ich machte mir auch Sorgen über seine neue Geschäftsidee. Was hatte er in Pemberley vor, außer mich zu quälen? Wenn es nicht um Medikamente oder Drogen ging, wie ich vermutete, weil der *Vorfall* doch kritischer gewesen war, als es Wickham gefallen haben dürfte, und ich außerdem ziemlich sicher war, dass es bereits Ersatz für ihn gab – musste es sich um etwas anderes handeln. Aber was?

Im Grunde war es egal, solange es mir gelang, dass er wieder verschwand.

Ich steckte das Handy wieder ein, drehte mich um und ging zum Aufzug zurück, obwohl ich nicht wusste, wohin ich wollte. Aber mit Sydney konnte ich es jetzt nicht aufnehmen. Es wäre unerträglich gewesen, ins Zimmer zu gehen und die verurteilenden Blicke von Sydney und ihren Freunden über

mich ergehen zu lassen. Ich musste mich eben anpassen …
und woanders hingehen. Zum Beispiel in die Bibliothek, obwohl die Bibliothekarin mich bestimmt allmählich nicht
mehr sehen konnte. Ich würde Hausaufgaben machen, versuchen zu verstehen, was eine Faktorielle war, und so viel
von Nathaniel Hawthorne lesen, wie ich verdauen konnte.
Und mir in Zukunft Strafpredigten von Fitz ersparen. Als ob
das überhaupt möglich wäre.

Die blöde Jeansjacke war wirklich nicht warm genug, und
ich schlang sie auf dem Weg in den Innenhof der Schule
noch enger um mich, als könnte ich den Wind dadurch von
dem T-Shirt abhalten, das ich darunter trug. Der *Sage Hall*-
Schal half auch nur mittelgut.

Das Handy vibrierte in der Tasche.

Ich kramte es rasch heraus, vielleicht war es ja Fitz? Hatte
er etwa ein schlechtes Gewissen und fuhr nach Pemberley
zurück, um mich zu umarmen oder so? Als ich tatsächlich
seinen Namen auf dem Display entdeckte, seufzte ich vor
Erleichterung.

»Fitz?«

»Hallo.« Eine Frauenstimme, die mir nur vage bekannt
vorkam, drang näselnd und viel zu laut aus dem Handy. Ich
zuckte zusammen, Fitz war das eindeutig nicht. »Spreche ich
mit Georgiana Darcy?«

»Ja. Woher haben Sie dieses Handy? «

»Hier ist Jenn vom *Townshend's*.« Na, super. »Dein Bruder
hat sein Handy und seine Brieftasche hier vergessen. Deine
Nummer stand oben auf der Anrufliste, und ich dachte …«

»Danke.« Obwohl das sehr unhöflich war, legte ich sofort
auf, weil dieser Tag kaum noch schlimmer werden konnte.
Fitz würde ziemlich sauer werden, wenn er die ganze Strecke

noch einmal fahren musste. Und wem würde er die Schuld geben? Mir natürlich.

Ich hätte am liebsten geschrien und meine Stimme laut in die Luft des Innenhofs geschleudert, bis die Bäume erbebten, aber andere Schüler waren in meiner Nähe, und ich wollte nicht schon wieder zum Schulpsychologen.

Die Hausaufgaben würden warten müssen. Natürlich konnte ich Jenn jederzeit zurückrufen und sie bitten, Charlies Nummer in Fitz' Handy zu suchen, um auch ihn anzurufen, aber die Bürde, nutzlos und eine Last für die Familie zu sein, drückte mich nieder. Eine perfekte Darcy scheute nicht vor der Verantwortung für ihre Familie zurück, selbst wenn sie das Gefühl hatte, zu ersticken.

Ich musste irgendwie nach Meryton kommen. Glücklicherweise kannte ich jemanden in der Schule, der ein Auto besaß und mich nicht aus ganzem Herzen hasste. Klar, das verlangte noch deutlich mehr von unserer Freundschaft als zusätzliche Bandproben, aber es war einen Versuch wert – außerdem, was blieb mir übrig?

Ich ging zu meinen Kontakten, und nach einem tiefen Atemzug und mit mehr Mut, als ich mir zugetraut hätte, rief ich Avery an.

7

Averys Auto hätte verschrottet werden sollen.
Nicht, dass ich etwas dagegen hatte, obwohl doch – ich hatte in der Tat etwas gegen dieses Auto, weil es nämlich nicht einmal straßentauglich war. Brauchte man rechtlich gesehen Stoßstangen? Oder konnte man sich das aussuchen? Da ich keinen eigenen fahrbaren Untersatz besaß, wusste ich es wirklich nicht, und Averys Blick nach zu urteilen, als er knapp zwanzig Minuten nach meinem Anruf vor dem Schlaftrakt vorfuhr, war er sich der Situation nur zu bewusst. Doch ich wollte das dünne Eis, auf dem sich unsere neu errichtete Freundschaft bewegte, nicht durch diese Frage zum Einsturz bringen.

Immerhin gab es vorn genügend Getränkehalter. Das war doch schon mal was.

Nachdem ich Avery die einfachste Wegbeschreibung zu Townshend's gegeben hatte – Lambton, die Stadt bei Pemberley, war so klein, dass sie praktisch nicht existierte –, lehnte ich mich zurück und sah ihm beim Fahren zu.

»Du hast echt Glück, dass du ein Auto hast.« Ich strich über das zerschlissene Polster unter meinem Fenster, direkt neben dem Hebel zum Hoch- und Runterkurbeln, den ich Avery zufolge nicht einmal berühren durfte. »Du fährst bestimmt andauernd durch die Gegend.«

»Na ja, ich muss auch noch zum Unterricht und so.«

Averys Fahrhaltung war praktisch das Gegenteil von Fitz'. Er saß komplett verbogen auf seinem Sitz, das linke Bein angewinkelt unter dem rechten, und steuerte mit einer Hand. Fitz hätte einen Herzinfarkt bekommen, obwohl Avery sehr aufmerksam wirkte. »Aber wenn ich Geld für Benzin übrig habe, dann ja. Es ist cool, sich die Welt außerhalb von Pemberley anzusehen.«

»Ich wünschte, ich könnte irgendwohin abhauen.« Die Straße zog sich in Serpentinen, und Avery fuhr in den Kurven langsamer. »Die Strände von Aruba wären gerade bestimmt ganz angenehm.«

»Das meinte ich zwar nicht, aber stimmt schon.« Er warf mir einen Blick von der Seite zu. »Willst du reden? Darüber, was mit dir los ist? Müssen wir nicht«, fügte er schnell hinzu. »Aber wenn du willst, kein Problem. Jetzt, da wir offiziell wieder Freunde sind. Meine Schwestern haben mir früher eine Fünfcentmünze gegeben, damit ich sie therapierte.«

»Und wie viel wäre das inflationsbereinigt heute?« Ich konnte ihn mir gut als Teenager vorstellen, umringt von kleinen Mädchen – keine Ahnung, wie viele Schwestern Avery hatte, aber ich tippte auf drei –, nicht ganz so groß wie heute, dafür in einem weißen Kittel. »Ich habe nämlich nur fünfundzwanzig Cent.«

»Vorschuss fürs nächste Mal.« Avery hielt mir seine freie Hand hin, und ich kramte einen Vierteldollar aus meinem Portemonnaie und legte ihn auf seine Handfläche. »Der Arzt kommt gleich und so weiter.«

»Du bist echt schräg.« Ich lehnte mich ans Fenster und schmiegte den Kopf an die alte Scheibe.

»Gut schräg?« Er sah mich erneut an, aber nur ganz kurz,

da wir immer noch auf diesen kurvigen Bergstraßen fuhren, und ich nickte.

»Ja«, bestätigte ich seufzend, ohne den Blick von der gewundenen Straße zu nehmen. Wenn man nicht aufpasste, konnte einem vom Autofahren hier übel werden, doch mit Avery wurde mir nicht halb so schlecht wie mit Fitz. »Gut schräg.«

Nach wenigen Minuten gelangten wir zum *Townshend's*, und ich raste hinein und hinaus, um möglichst mit niemandem lange sprechen zu müssen. Zum Glück lief es (beinahe) schmerzfrei ab, und schon waren wir endgültig auf dem Weg in die Berge nach Meryton.

Wo ich, wie ich nach einer Viertelstunde Fahrt in einvernehmlichem Schweigen begriff, erneut mit meinem Bruder konfrontiert sein würde.

»Es ist bestimmt nett.« Avery, der den Blick auf die Straße gerichtet hielt, merkte nichts von meiner Panik, in die ich mich immer mehr hineinsteigerte, je näher wir unserem Ziel kamen. »Dass dein Bruder in der Nähe ist. Meine ganze Familie lebt in Ohio.«

»Es ist sicher besser, wenn sie weit weg in Ohio sind und dich liebhaben, anstatt hier zu wohnen und dich zu hassen.« Die Heizung blies unregelmäßig heiße Luft ins Innere, weshalb mir – nun doch – übel wurde. »Er sollte eigentlich gar nicht in meiner Nähe sein. Er sollte in Kalifornien sein, möglichst weit von mir entfernt.«

»Wieso sollte er sich das wünschen?« Avery runzelte verwirrt die Stirn. »Ich dachte, ihr zwei wärt ganz eng. Im ersten Schuljahr gab es euch nur im Doppelpack.«

»Stimmt, und dann habe ich alles zerstört.« Da sich die Bäume auch hier bunt färbten, fuhren wir an leuchtend roten Blättern vorbei, die sich gegen Grün und Braun absetzten. »Ich habe alles vermasselt, und nun hängt er hier fest. Mit mir als ewigem Klotz am Bein.« Seufzend schloss ich für einen Moment die Augen. »Deshalb der Plan. Ich muss die ultimative Darcy werden.«

»Ultimative Darcy klingt wie ein Frisbeespiel.«

»Du hast gerade zum ersten Mal die Wörter Frisbee und Darcy in einem Satz untergebracht.« Trotz allem musste ich lachen, was mir mit Avery häufig passierte. »Ernsthaft, meine Familie ist … einfach perfekt. Immer schon. Ich muss ihre Energie verinnerlichen, um den Respekt der Schule zurückzugewinnen.« Ich lehnte mich an die zerschlissene, aber bequeme Kopfstütze und sah mir weiterhin die Bäume an. Es wäre schön, in einem Monat noch mal hier hochzufahren, wenn sich alle Blätter vollständig verfärbt haben würden. Falls ich Avery bis dahin nicht endgültig vertrieben hatte, könnte ich es ihm vielleicht vorschlagen. »In Pemberley wurden die Darcys stets respektiert.«

»So perfekt hört sich dein Bruder gar nicht an, wenn er dich so im Stich lässt und du Angst hast, nur weil er noch einmal zurückfahren und sein Handy holen müsste.« Er runzelte erneut die Stirn, wenn auch nur kurz.

»Man kann arschig sein und trotzdem respektiert werden.« Es schnürte mir die Brust zu. »So ist Fitz aber gar nicht. Er ist nur … Es ist kompliziert. Ich habe wirklich großen Mist gebaut, Avery, und ich …«

»Hey.« Avery legte seine rechte Hand kurz auf meinen Arm, um mich zu beruhigen. Er hatte recht, ich sollte die Klappe halten. Als ich tief Luft holte, lächelte er und legte die Hand wieder aufs Lenkrad. »Alles okay, George, du musst mir das nicht alles erklären.«

»Fitz hat die Fassade der Darcys eben immer schon besser aufrechterhalten als alle anderen.« Okay, ich musste es Avery nicht erklären, aber ich wollte es. »Und das ist mir wichtig, ich brauche die Schule auf meiner Seite. Um Wickham von hier zu vertreiben.«

»Eine harte Schale also?«, fragte Avery unsicher, doch ich nickte.

»Genau.«

»Und was hat Fitz damit zu tun?« Nach einem raschen Blick über die Schulter wechselte er die Spur, um einen dahinschleichenden Lastwagen zu überholen. »Soll er dich im Darcysein unterrichten, oder wie?«

»Ich bitte dich«, protestierte ich. »Wenn er wüsste, was ich vorhabe, wäre er entweder entsetzt über mein Unvermögen, die Erwartungen der Familie zu erfüllen, oder er würde mir sagen, ich müsse einfach ich selbst sein. Was auch immer im Erziehungsratgeber der Woche steht.«

»Und davon hältst du wohl gar nichts?«

»Du hast mich letztes Jahr erlebt.« Ich hatte einen Kloß im Hals, doch ich schluckte ihn hinunter. Na also, ich hatte doch etwas von einer Darcy. »Findest du wirklich, ich sollte ich selbst sein?«

Avery antwortete nicht. Ich klammerte mich an die Armlehne, als wir in eine lange Kurve fuhren und die Klippe neben der Fahrbahn steil abfiel. Mittlerweile hatten wir, wie immer in den Bergen, gar keinen Handyempfang mehr, und ich konnte nicht einmal so tun, als würde ich mich mit Scrollen ablenken.

»Ich will das einfach hinter mich bringen.« Da ich bei der Vorstellung einer erneuten Begegnung mit Fitz Kopfschmerzen bekam, drückte ich die Fingerspitzen an meine Schläfen.

95

»Dann können wir nach Pemberley zurückfahren und für die Aufführung proben oder was weiß ich.«

Averys Miene wurde weicher.

»Okay.« Er nickte, und ich atmete erleichtert aus, als er uns sicher aus der Kurve steuerte. »Ich ... ich will gar nicht erst so tun, als würde ich eure Familiensituation verstehen. Oder generell eure Familie, ehrlich gesagt. Aber ich weiß, dass wir ungefähr in einer Stunde mit allem fertig sind. Aus und vorbei. Und danach konzentrieren wir uns auf deine Pläne, Pemberley zu erobern. Meinst du, eine Stunde hältst du noch durch?«

Ich dachte nach und nickte schließlich. »Ich glaube schon.«

»Ich glaube auch.« Avery blickte noch einmal für eine Sekunde zu mir rüber, grinste und wandte sich wieder der Straße zu.

»Wir wollen zur Lucas Library«, sagte ich zu Avery. Den Besucherparkplatz der SUNY Meryton hatten wir problemlos gefunden, denn das College war sehr klein, noch kleiner als Pemberley. Fitz hatte mir erzählt, die meisten würden zum Campus pendeln, und darum hatte er mit Charlie eine Wohnung am Stadtrand gemietet. Aber dank unseres gemeinsamen Google-Kalenders wusste ich, wo sich Fitz' Lerngruppe aufhielt, sodass wir nicht alle Gebäude einzeln nach ihm absuchen mussten.

»Da.« Avery wies mit dem Kopf auf eine Bibliothek, die nicht halb so beeindruckend aussah wie die auf den Fotos, die ich von der Caltech gesehen hatte, als Fitz sich dort damals beworben hatte. Mir wurde schwer ums Herz. Nichts gegen Meryton, aber mein Bruder war an einem der besten Colleges für Ingenieurwissenschaften gewesen. Es tat mir weh zu sehen, wo er jetzt war, und das nur, weil er mir nicht zutraute, allein an der Ostküste zurechtzukommen. »Sollen wir einfach draußen auf ihn warten?«

»Gute Idee. Wahrscheinlich lassen sie uns ohne Collegeausweis sowieso nicht rein.« Ich wickelte den Schal enger und steckte die Enden in meine Jacke.

»Cooler Schal.« Avery lehnte sich an die Mauer des nächstgelegenen Gebäudes und stützte sich mit einem Fuß daran an, während wir uns auf das Warten einrichteten.

Ich lächelte. »Danke.« Aus einem Impuls heraus strich ich über das Rautenmuster. »Aus einer Serie, die ich toll finde.«

»*Sage Hall*?«

»Ja!« In meiner Brust regte sich etwas, ein nervöses Gefühl. »Woher weißt du das?«

»Von dir?« Er neigte den Kopf. »Letztes Schuljahr hast du im Bus über nichts anderes geredet. Und im Jahr davor auch. Mann, hast du unsere gesamte Freundschaft verdrängt?«

»Ich bin beeindruckt, dass du es nicht getan hast.« Ein paar Studierende gingen an uns vorbei, doch sie beachteten uns gar nicht, schienen nicht einmal zu merken, dass wir nicht dorthin gehörten. »Ganz ehrlich, ich kenne niemanden, der mein Gerede über *Sage Hall* interessant genug findet, um sich daran zu erinnern.«

»Wieso nicht?« Avery steckte die Hände in die Taschen und wippte auf den Fersen. »Es ist dir doch wichtig.«

Ich wollte ihm gerade klarmachen, wie wenig es irgendwen interessierte, was mir wichtig war, als Fitz die Flügeltür der Bibliothek aufdrückte. Ich war mir sicher, mein Herz hörte auf zu schlagen.

»Da.« Nur mühsam brachte ich dieses eine Wort hervor. Ich hätte ihm zuwinken sollen, aber dazu war ich nicht in der Lage. »Da ist er.« Avery erwartete, dass ich voranging, doch ich beobachtete meinen Bruder nur.

Er war nicht allein. Neben ihm kam ein kleineres weißes Mädchen mit braunem Haar heraus, das in ein intensives Gespräch mit ihm vertieft war und wild gestikulierte. Ein Mädchen mit ähnlicher Haarfarbe und ein großer junger Mann folgten den beiden. Ich erkannte Charlie sofort. Dann musste die junge Frau Jane sein, oder? Das Mädchen, das er letztes Wochenende auf der Party kennengelernt hatte und von dem er wie besessen war. Dann war das Mädchen, mit dem Fitz gerade diskutierte …

Lizzie Bennet.

Doch nicht Lizzie ließ mich in meiner Bewegung erstarren, sondern wie Fitz sie ansah, wie er neben ihr herging, seine ganze Haltung.

Ich hatte mich so daran gewöhnt, Fitz immer nur erschöpft zu sehen oder als würde er auf den nächsten schweren Schlag warten, sich gegen alles wappnen. Seit Dad gestorben und Mom uns verlassen hatte, hatte er sich in sich selbst zurückgezogen. Er hatte alle seine Gefühle, die er davor nach außen hin gezeigt hatte, in seinem Inneren verborgen, wo sie nicht mehr verletzt werden konnten.

So sah er hier aber überhaupt nicht aus. Statt sich abzuschotten, blühte er geradezu auf und gestikulierte fast so wild wie Lizzie. Hin und wieder zeigte er auf Charlie, der zurückwich, abwehrend die Hände hob und dabei lachte. Obwohl Fitz die Stirn runzelte und sich eindeutig mit diesem Mädchen stritt, leuchteten seine Augen, wie ich es seit einer Ewigkeit nicht gesehen hatte.

Sie waren mittlerweile so nah herangekommen, dass wir ihre laute Unterhaltung verfolgen konnten.

»Das Argument ist absolut lächerlich.« Auch Fitz' Stimme klang lockerer, und ich drückte mich an die Mauer, als würde mein Bruder mich in dem leeren Innenhof dann nicht sehen. Zum Glück kam er gar nicht darauf, seinen Blick von Lizzie loszureißen.

»Nur weil es nicht deiner Erfahrung entspricht, ist es noch lange nicht lächerlich.«

»Ich bin nicht … Wir reden über ein Übungsblatt, Lizzie.« Fitz' Stimme kippte und verriet seinen Frust, der aber anders klang als sein Georgie-Frust. Wo der Unterschied lag, konnte ich allerdings nicht genau beschreiben. Ich wusste, wie mein Bruder sich anhörte, wenn er jemanden nicht leiden konnte, weil ich diesen Tonfall noch am Morgen gegen mich gerichtet erlebt hatte. So klang er jetzt nicht. »Mit der eigenen Erfahrung hat das nichts zu tun. Es gibt nur eine richtige Antwort.«

»Selbst wenn das stimmt, musst du deswegen noch lange kein Arsch sein.«

»Ich wusste nicht, dass es mich zu einem Arsch macht, wenn ich buchstabengetreu die Gesetze der Mathematik befolge.«

»Dann kannst du ein paar von deinen supersicheren mathematischen Formeln ja am Freitag bei dem Test unter Beweis stellen, oder?«, forderte Lizzie ihn heraus, drehte sich um und pikste Fitz in die Brust. Er wich zurück, meiner Meinung nach eher vor emotionalem Schock als aufgrund der Kraft eines einzigen Fingers. »Dann sehen wir ja, wer recht hat.«

»Das … das sehen wir dann«, erwiderte Fitz, und Lizzie

stolzierte davon, dicht gefolgt von Jane, die den jungen Männern einen entschuldigenden Blick über die Schulter zuwarf.

Als Fitz ihnen folgen wollte, versperrte Charlie ihm den Weg und redete mit leiser Stimme auf ihn ein, sodass wir nichts mehr verstehen konnten. Im nächsten Moment nickte Fitz, ohne den Blick von Lizzies Rücken abzuwenden, drehte sich um und ging mit Charlie zurück zur Bibliothek. Ich konnte kurz sein Gesicht sehen – er lächelte.

Wahnsinn.

Leider verging ihm das Lächeln sofort, als er mich im Innenhof entdeckte.

Es war wie Tag und Nacht, wie mein Bruder eben noch ausgesehen hatte und wie er jetzt wirkte, als er Charlie reinschickte und in meine Richtung joggte. Der Ärger strahlte aus jeder Pore, und Avery war vernünftig genug, einen Schritt zurückzuweichen.

»Was machst du hier?« Als Fitz die Arme verschränkte, stellte sich sein Mantelkragen auf wie bei einem Viscount aus der Regency-Zeit. »Ich hatte dir gesagt, dass ich mich mit meiner Lerngruppe treffe. Da kannst du nicht einfach – wie bist du überhaupt hergekommen?«

»Du hast dein Handy im Diner liegen lassen.« Ich hielt ihm sowohl das Handy als auch die Brieftasche entgegen, erwähnte Avery aber nicht, da ich ihn nicht mit reinziehen wollte. »Ich habe es dir gebracht, weil ich dachte, damit helfe ich dir.«

»Du sollst das Schulgelände nicht ohne meine Erlaubnis verlassen.« Man hätte meinen können, er wäre um zehn Jahre gealtert, seit er mit Lizzie gesprochen hatte. Obwohl er sich auch mit ihr gestritten hatte, hatte er jünger gewirkt, näher an seinem wahren Alter von zwanzig Jahren. Doch jetzt benahm er sich mehr wie ein Spaßverderber mittleren Alters, der einzig und allein darauf aus war, mir das Leben schwer zu machen.

Hatte ich ihm das angetan? Hatte ich ihn so sehr verändert?

Er hatte bis eben … Nun ja, Spaß gehabt, wäre vielleicht übertrieben. Keine Ahnung, wie viel Freude Fitz beim Streiten mit Lizzie empfand. Aber ohne Zweifel war mehr Chemie im Spiel gewesen, als ich es je zwischen zwei Leuten erlebt hatte.

Und einer davon war mein *Bruder* gewesen. Was irgendwie ein bisschen eklig war. Trotzdem. Vielleicht bestand ja doch die Chance, dass mein Bruder glücklich wurde.

Und was stand dem im Wege? Einzig und allein ich.

»Hörst du mir überhaupt zu, Georgie?« Als Fitz sich mit den Fingern durch die Haare fuhr, standen sie zu Berge. »Du musst in die Schule zurückkehren. Wie soll ich dir vertrauen, wenn du so etwas machst?«

Ich war wütend, als er mich damit in die Realität zurückholte. Ich wollte ihm nur helfen. Alles, was ich wollte, war helfen – und das seit einer ganzen Weile. Ich wollte mich bessern und herausfinden, wie man ein vernünftiger Mensch wurde, und es dann auch *so machen*.

Ein Teil von mir wollte Fitz meinen Plan am liebsten an Ort und Stelle darlegen. Wollte ihm sagen, wie schwer es mir fiel, vorherzusagen, womit ich ihn enttäuschte, weil ich das Gefühl hatte, dass ich ihn andauernd enttäuschte. Ich wollte ihm versichern, dass ich mit allen Kräften versuchte, ein würdiges Mitglied unserer Familie zu sein, und dass es schließlich nicht meine Schuld war, wenn die Familie so unglaublich hohe Erwartungen stellte. Und dass ich mir etwas einfallen lassen und ein besserer Mensch werden würde, wenn er mir genug Zeit gab. Doch was würde das beweisen? Wenn ich es Fitz recht machte und ihm zeigte, dass ich wirklich ein gutes Mädchen war – dass ich mein Bestes gab! Dass ich es schaffen würde! –, *dann* erst sollte er mir vertrauen?

Er war mein Bruder, die einzige Familie, die ich noch hatte.

Ich sollte mir sein Vertrauen nicht erst verdienen müssen, und ich war mir ehrlich gesagt nicht sicher, ob es mir überhaupt noch mal gelingen würde.

Also musste ich meinen Plan anpassen, oder etwa nicht? Um Wickham loszuwerden, musste Fitz stolz auf mich sein. Aber er würde nie stolz auf mich sein, wenn er mich ständig über seine Schulter hinweg beobachtete und auf Fehler lauerte. Wäre er abgelenkt und glücklich, konnte ich das vielleicht irgendwie durchziehen. Möglicherweise wäre er *dann* bereit, zuzugeben, dass ich ein würdiges Familienmitglied war – wenn er zu beschäftigt war, um genau hinzusehen.

Ich hatte die beste Methode gefunden, um zwei Fliegen mit einer Klappe zu schlagen. Hier gab es etwas – *jemanden* –, der Fitz vielleicht nicht nur glücklich machte, sondern gleichzeitig eine phänomenale Ablenkung bot. Damit Fitz sich aus meinem Leben heraushielt, musste ich nur dafür sorgen, dass er ein eigenes Leben hatte. Das war die beste Möglichkeit.

Aus einem Plan waren also plötzlich zwei geworden. Im ersten Teil würde ich eine herausragende Darcy werden, die sich ihres Familiennamens würdig erwies. Und was war mit Teil zwei?

Ich konnte Fitz Darcy ausnahmsweise zu seinem Glück verhelfen, zum ersten Mal in seinem Leben.

»Du hast recht.« Diese ungewöhnlichen Worte aus meinem Mund ließen Fitz blinzelnd zurückweichen. »Ich gehe jetzt.«

»Du … Gut.« Wie immer hatte Fitz sich schnell gefasst. Die harte Schale der Darcys. »Schreib mir, wenn du angekommen bist.« Als ich nickte, drehte er ohne ein weiteres Wort auf dem Absatz um und stolzierte zur Bibliothek zurück, wo er sich zweifellos über seine schreckliche Schwester aufregte.

Es sollte mir recht sein. Lange würde er sich nicht aufregen.

»Geht's?« Als Avery mich aus meinen Überlegungen riss, zuckte ich zusammen. Ich hatte ihn bei alldem glatt vergessen. »Das war hart.«

»Keine Sorge.« Meine Gedanken rasten. »Ich habe einen Plan.« Vor lauter Aufregung und da ich mich dringend bewegen musste, joggte ich zum Besucherparkplatz zurück, wo wir geparkt hatten. Avery kam einfach mit.

»Ach ja?« Ich konnte ihm seine Verwirrung nicht verübeln, doch ich musste mich innerlich erst mal sammeln, bevor ich das alles laut aussprach, weil ich sonst den Faden verlor. »Noch einen?«

»Eher eine Ergänzung des ersten.« Es konnte funktionieren. Es *würde* funktionieren, weil es gar nicht anders ging. Die Anziehungskraft zwischen Fitz und Lizzie war nicht zu leugnen, man musste ihnen nur ein wenig … auf die Sprünge helfen. »Du hast ihn doch gerade gesehen, oder? Er sah glücklich aus. Und kaum bin ich aufgetaucht, war alles vorbei.«

»George.«

»Nein, das macht nichts.« Ich schüttelte heftig den Kopf. »Ich verstehe das schon. Ich habe ihm alles kaputt gemacht.

Es ergibt einen Sinn, dass er mich auf seine überbehütende Pseudo-Eltern-Weise nicht in Ruhe lassen kann. Aber ich kann unmöglich besser in der Schule werden, wenn er mir dermaßen im Nacken sitzt. Und diese Lizzie macht ihn glücklich. Er glaubt, er kann sie nicht ausstehen, aber das ist offensichtlich Quatsch.«

»Wovon redest du überhaupt?«

»Ich werde die beiden zusammenbringen.« Die Herbstsonne wärmte mein Gesicht, und ich hatte endlich eine Aufgabe, etwas, das meinem Bruder ausnahmsweise guttun würde, statt ihn noch mehr runterzuziehen. »Ich bringe sie zusammen, und Fitz wird glücklich sein.«

Und ja, er würde ohne mich glücklich sein, aber so, wie es momentan aussah, war es nicht mehr vorgesehen, mit mir glücklich zu sein.

Das würde wunderbar funktionieren.

8

Avery war von dem Ganzen weniger überzeugt.
»Hast du einen echten Plan?« Er holte mich ein, als ich zum Auto marschierte. Der mit alten Bäumen gesäumte Weg war mit Eicheln übersät. »Kannst du auf die Entfernung überhaupt Matchmaker spielen?«

»Geduld, junger Padawan. Ich lasse mir etwas einfallen. Es hörte sich an, als hätten sie Mathe zusammen, findest du nicht?« Ich stand unter Strom und war regelrecht aufgeregt, und das war toll, denn je mehr ich mich auf diese Idee versteifte, umso weniger dachte ich darüber nach, wie ich höchstpersönlich meinem Bruder das Leben versaut hatte.

»Hm.« Avery sah mich verwirrt an. Verständlich. »Sicher?«

»Wir fangen also da an und arbeiten uns dann weiter vor.« Ich holte mein Handy heraus, als Avery erst seine und dann meine Tür aufschloss. Ich stieg ein und scrollte durch meinen Kalender. »Deshalb die Lerngruppe. Siehst du, Differenzialgleichungen. Das hört sich ja wohl nach Mathe an.«

»Ich schaue beim Fahren lieber nicht auf dein Display.« Avery fuhr vorsichtig aus der Parklücke, um ja keinem anderen Wagen einen Kratzer zuzufügen. »Ich schätze mal, wir fahren nach Pemberley zurück?«

»Was? O ja.« Ich öffnete den Internet-Browser, ging auf die Seite mit Fitz' E-Mail-Account und gab auf Anhieb das richtige Passwort ein. (Mein Geburtsdatum, wie ich im Sommer herausgefunden hatte. Er hatte es nicht geändert, vorhersehbar, wie er war.) »Sie haben mindestens einen gemeinsamen Kurs, und Fitz hat erwähnt, dass sie Diskussionsgruppen bilden. Er hat sich vor ungefähr drei Tagen darüber beschwert.«

»Und?«

»Na ja, die Gruppenzuordnung kann doch in unserem Sinne unauffällig verändert werden.« Ich suchte in Fitz' Posteingang nach einer Liste von Anweisungen und bekam tatsächlich ein schlechtes Gewissen, als die Mails geladen wurden. Ich sah Avery an, der brav an einer Ampel hielt und mit großen Augen zurückschaute. »Ich bin nicht ... Das ist nicht total absurd, oder?«

»Ich bräuchte ungefähr dreißig Prozent mehr Information, um das beurteilen zu können.«

»In diesen Gruppen wechseln die Leute ständig.« Da war die Liste ja, ein gewisser Collins, anscheinend der Lehrassistent, hatte sie Fitz geschickt. »Wenn ich – alias Fitz – darum bitte, in Lizzies Diskussionsgruppe zu wechseln, sind sie gezwungen, noch mehr Zeit miteinander zu verbringen.«

»Und dann ...«

»Verlieben sie sich natürlich!« Ich verdrehte die Augen. Avery war eindeutig nicht den ganzen Sommer über zu Hause eingesperrt gewesen und hatte Dramaserien geschaut. Pech gehabt. (Was die Serien angeht, in anderer Hinsicht hatte er natürlich Glück gehabt.) »Es hat so was von *geknistert*, Aves. Das sah doch ein Blinder.«

»Es sah aus, als könnten sie sich nicht ausstehen.«

»So fangen die besten Liebesgeschichten alle an«, bürstete ich ihn ab und klickte das Symbol für eine neue E-Mail an.

Schuldgefühle waren nicht angesagt, Fitz brauchte das. Ich brauchte das.

»Ich weiß nicht, George.« Als ich endlich den Kopf hob, wirkte Avery doch ziemlich angespannt, und zwar so sehr, dass ich das Handy sinken ließ und mich zu ihm drehte. Mist. Vielleicht war das doch Schwachsinn. »Sie haben sich ganz schön … angeschrien. Wäre es nicht vielleicht besser, jemanden zu finden, mit dem dein Bruder befreundet ist, wenn du ihn schon mit einem Mädchen zusammenbringen willst?«

Ich schüttelte den Kopf.

»Fitz hat keine Freunde«, erklärte ich. Zugegebenermaßen, das war eine für Darcys nicht unübliche Eigenschaft, die ich jetzt rasch überging, weil ich nicht schon wieder über mich reden wollte. »Und mit anderen streitet er sich nicht so. Eigentlich existiert er nur, um auf mich aufzupassen. Man muss sich entweder in sein Leben drängen – wie sein Mitbewohner Charlie, der eben auch dabei war –, oder sich mit ihm streiten.« Ich lächelte in mich hinein. »Lizzie sah wie eine Kämpferin aus.«

Avery dachte nach. »Du bringst sie also in einer weiteren Gruppe unter und … was dann? Schreien sie sich an, bis sie sich küssen?«

»Ich hoffe, dazwischen gibt es noch ein paar Nuancen«, erwiderte ich mit mehr Würde, als mein mühsam zusammengekratzter Plan hergab. Rom wurde auch nicht an einem Tag erbaut. »Aber ja, das ist die grundlegende Idee. Wir sind noch am Anfang, Aves. Mit der Zeit denken wir uns noch mehr aus.«

»Wir?«

Uups, das war mir so rausgerutscht. »Wenn du möchtest. Ich will dich nicht gegen deinen Willen in etwas hineinziehen. Das schaffe ich auch allein.« Ich ermahnte mich streng, dass ich alles auch allein schaffte. Das war der Inbegriff dessen, was es bedeutete, eine Darcy zu sein. Auf sich gestellt und stark genug zu sein, um mit allem klarzukommen.

Hoffentlich sagte er Ja.

Avery konzentrierte sich auf die Straße, als wir wieder auf den Highway abbogen, Meryton hinter uns ließen und nach Pemberley zurückfuhren. Der geringe Verkehr, dem wir in dem Städtchen begegnet waren, löste sich auf, und Avery und ich hatten die Straße für uns – unterwegs zu neuen Ufern.

Als er grinste, strahlender als die Sonne, die auf meine Schultern schien, ließ ich die Armstütze los, die ich umklammert hatte.

»Ist irgendetwas davon illegal?«, fragte er.

»Jedenfalls nicht im Bundesstaat New York.«

»Okay, was soll's? Schreibst du dem Assistenten eine Mail?«

Ich nickte, ganz sprachlos vor Erleichterung, und tippte möglichst schnell eine E-Mail, da wir auf ein Funkloch zufuhren. Dabei versuchte ich, Fitz' gespreizten Stil nachzuahmen.

Geehrter Collins,

ich weiß, es ist sehr kurzfristig, doch wenn möglich, würde ich mich dankbar erweisen, wenn ich in die Gruppe 4 wechseln könnte. Meine Gründe möchte ich lieber nicht näher erläutern, da es sich um eine Privatangelegenheit handelt. Bitte antworten Sie sofort und unverzüglich.

Hochachtungsvoll
Fitzwilliam Darcy

»Redet dein Bruder wirklich so?«, fragte Avery, nachdem ich ihm den Entwurf vorgelesen hatte.

»Jedenfalls so ähnlich.« Dann schickte ich die Mail ab, ohne lange nachzudenken. So, geschafft. Ich hatte etwas unternommen, das die Welt zum Positiven wenden und Fitz seit Monaten wieder einmal glücklich machen sollte. Ein Schritt in Richtung Wiedergutmachung. »Als ich klein war, habe ich ihn einmal gefragt, ob er aus *Die Muppets-Weihnachtsgeschichte* entsprungen war.«

»Und?«

»Die Antwort steht noch aus.« Vor Vorfreude schwirrte mir der Kopf. »Das wird super, Aves. Fitz wird glücklich sein, und das gibt mir die Freiheit, die Stimmung in der Schule zu meinen Gunsten zu wenden. Und wenn er dann sieht, wie gut ich allein zurechtkomme, wird er mich wahrscheinlich auf der Stelle zu einem perfekten Exemplar des Darcy'schen Vermächtnisses küren.« *Und ich nehme das auf und dann Adios, Wickham*, dachte ich, ohne es laut auszusprechen. Avery wirkte so fröhlich, das wollte ich nicht kaputt machen, indem ich Wickham erwähnte.

Avery schüttelte den Kopf. »Ist das irgendeine typische Darcy-Sache? Diese intensive spontane Begeisterung für etwas? Oder ist das eine typische Eigenschaft von dir?«

»Beides.« Ich wies mit dem Kopf nach vorn. »Augen auf im Straßenverkehr, Mister. Auf uns wartet eine Menge Arbeit.«

»Aye, aye, Captain.« Avery salutierte und legte rasch wieder beide Hände aufs Lenkrad, während ich Notizen im Handy speicherte.

Der Plan war mittlerweile dreigleisig, ein Dreizack: meinen Status in Pemberley zurückerobern, gleichzeitig meinen

Bruder dazu bringen, mir weniger im Nacken zu sitzen und zuzugeben, verliebt zu sein, damit er endlich mal glücklich war, wodurch ich in Pemberley erfolgreich sein konnte, ohne dabei von seinen Überwachungstendenzen behindert zu werden. Meine Bemühungen würden von Erfolg gekrönt werden, Fitz würde es zugeben und Wickham daraufhin seine Sachen packen. (Vielleicht war die Idee, Fitz' Eingeständnis aufzunehmen, gar nicht so schlecht, dann konnte ich es eventuell sogar livestreamen.) Alle drei Vorhaben brachten zugegebenermaßen reizvolle Komplikationen mit sich, doch dazu war ich praktisch mein Leben lang erzogen worden. Mir würde schon etwas einfallen.

Meine Mom hatte hin und wieder versucht, mir etwas in der Art zu zeigen, bevor sie mich doch als zu seltsam eingeschätzt hatte, um mir gepflegte Anstandsregeln beizubringen. Doch in meiner frühen Kindheit, als sie noch glaubte, ich würde zu der Debütantin heranwachsen, zu der ich bestimmt war, hatte sie immer die Bedeutung von Multitasking betont. *Jeder überdurchschnittlich begabte Mensch kann sich auf zwei Dinge gleichzeitig konzentrieren, Georgiana.* Sie war die Einzige, die mich Georgiana genannt hatte. Mein Dad und Fitz hatten Georgie zu mir gesagt, und jetzt hatte Fitz sich auf Bohnenstange verlegt.

Nur Avery nannte mich George.

Aber meine Mutter zog dabei immer die Silben lang, als hätte mein Name Gewicht. *Georgiaaaaaaana.* Sie hatte mir diese Lektion beigebracht, während sie Fitz' Lehrern mit der einen Hand Anweisungen erteilte und mit der anderen eine Liste mit Mahlzeiten für die Köchin erstellte. *Bist du überdurchschnittlich intelligent, was meinst du?*

Vermutlich hatte ich nur mit den Schultern gezuckt, weil

ich tief in ein Buch versunken gewesen war, und sie hatte daraufhin geseufzt. Obwohl ich meine Mutter seit Monaten nicht gesehen hatte, war mir dieser Seufzer, ein dauerhafter Ausdruck ihrer Missbilligung, allgegenwärtig. Ebenso wie Wickhams Grinsen und Fitz' ewig enttäuschte Miene.

Doch sie würden sich noch umschauen. Alle.

Als eine neue Nachricht einging, hätte ich beinahe das Handy fallen lassen, weil Fitz bereits eine Antwort erhalten hatte.

Fitz –
klar.
– C

»Ja!« Ich reckte die Faust und konnte das Handy gerade noch festhalten. »O mein Gott, es funktioniert. Echt, es funktioniert.« Avery sah mir zu, während ich auf dem Beifahrersitz tanzte, und lächelte wie so oft. »Ist das zu fassen?«

»Wenn es etwas mit dir zu tun hat, George?« Wir strahlten uns an. »Auf jeden Fall.« Er hob die Hand, und ich klatschte ab.

»Aus uns werden noch die *besten* Matchmaker der Welt.« Ich musste auf besseren Empfang warten, um mit meinem hektischen Googeln fortzufahren, aber in der Zwischenzeit konnte ich ja brainstormen. Ehrlich, das war alles viel interessanter, als zu versuchen, in Chemie zu bestehen. »Ich denke an singende Telegramme, Pralinen, sie dazu zu bringen, sich einen Teller Spaghetti zu teilen, während im Hintergrund ein Akkordeonspieler etwas singt …«

»Du«, sagte Avery lachend, als ich immer weiter auf dem Sitz tanzte, »bist so was von schräg.«

»Gut schräg?«, fragte ich, wackelte zusätzlich mit den Ellbogen und ruckte mit dem Kopf. (Allerdings hatte ich zuvor die E-Mails gelöscht, damit Fitz sie nicht sah. Er würde einfach der anderen Gruppe zugewiesen werden und sich denken, es hätte nichts mit einer übergriffigen Schwester zu tun.)

»Ja.« Avery blickte wieder auf die Straße, aber er lächelte immer noch. »Gut schräg.«

9

An dem Freitag unseres ersten Footballspiels, nur knapp eine Woche nachdem ich mit Avery nach Meryton gefahren war, wurde ich morgens um vier schweißgebadet wach. An den Traum konnte ich mich nicht mehr genau erinnern, dafür umso besser an die Stelle, an der mir eine wirbelnde Flagge mit unseren Schulfarben ins Herz gestoßen wurde. Was für eine Metapher. Ich blieb noch zwei Stunden liegen, bis Sydneys Wecker klingeln würde. Die ganze Zeit über fiel mein Blick immer wieder auf die leuchtende Uniform der Fahnengarde, die sie über ihren Schreibtischstuhl gehängt hatte. Die machte sich hundertprozentig über mich lustig, und selbst die drei unterschiedlichen *Sage Hall*-Geschichten, die ich auf meinem Handy durchblätterte, konnten mich nicht davon ablenken, zumal JocAndrew mittlerweile in jeder Fanfiction vorkamen und mir Wickham-Typen auf meinem Handydisplay gestohlen bleiben konnten. Schließlich verbrachte ich fast eine Stunde damit, meinen Posteingang aufzuräumen und Nachrichten von meiner Mom zu löschen, die ich nicht lesen wollte. Nichts Neues von Wickham. Wenn das eine List war, damit ich wie besessen an ihn dachte, hatte sie ihren Zweck erfüllt.

»Musst du ans Waschbecken?« Das waren die ersten Worte, mit denen Sydney mich in dieser Woche beglückte, direkt nachdem ihr Wecker geklingelt, sie sich hingesetzt, das Licht eingeschaltet und meinen leeren Blick gesehen hatte. »Kann ich?«

»Klar.« Unser Zimmer hatte einen zusätzlichen kleinen Raum mit einem Waschbecken, einem Spiegel, einem Apothekenschränkchen und so weiter. Sydney nickte, bevor sie wieder nach unten schaute.

Während ich mir nach ihr die Zähne putzte und eine Jeans und ein violettes Marschkapellen-T-Shirt anzog (an Spieltagen mussten wir wegen des ach so tollen Teamgeistes unsere Uniformen nicht anziehen), versuchte ich ansatzweise die Begeisterung heraufzubeschwören, die ich in den vergangenen beiden Jahren für die Spiele aufgebracht hatte. In Pemberley hatte Football eine große Bedeutung und wurde sogar bei Auswärtsspielen aufwendig gefeiert. Früher hatte ich die unglaublich knisternde Atmosphäre aufgesogen und mich gefreut, dazuzugehören. Diesen Teil des Schulstolzes konnte ich gut mittragen.

Diesmal wusste ich allerdings, dass sich alle Blicke auf mich richten würden, und leider aus keinem guten Grund.

Aber ich hatte meinen Plan, ermahnte ich mich. Ich hatte nicht nur die ganze Woche Posaune geübt, mir die Noten eingeprägt, die ich im Sommer hätte lernen sollen, und mit Avery auf dem Football-Feld die Schrittfolge trainiert, sondern ich hatte auch noch einen Trumpf im Ärmel, von dem ich nicht einmal ihm etwas erzählt hatte. Es sollte eine Überraschung sein.

Ich schlang meine Locken in einen unordentlichen Knoten und befestigte ihn mit einer Schildpattspange, während Sydney neben mir stand und sich eine große violett-weiße Schleife ins Haar band. Sie hatte sich zu Ehren des ersten Spiels voll aufgebrezelt, mit einem an der Taille geknoteten

Oversized-Shirt zu Leggings und kniehohen Stiefeln. Ich konnte von Glück sagen, dass nicht noch mehr Mädchen in unserem Zimmer waren, die mich nicht ausstehen konnten und sich gegenseitig schminkten.

Ich versuchte während des Unterrichts mühsam, ein Minimum an Optimismus aufzubringen, versuchte verzweifelt, in den Kursen nicht weiter in Rückstand zu geraten, und schenkte in den Gängen dem Getuschel meiner Mitschüler, das ich schon tausendmal gehört hatte, keine Beachtung. Nach zwei Wochen Schule hatte ich mich irgendwie immer noch nicht daran gewöhnt.

»George!« Ich drehte mich zu Avery um, der auf seine unnachahmliche Weise wie ein Golden Retriever auf mich zusprang, als ich nach dem Unterricht vor dem Musikraum wartete. Wir durften uns hier kurz umziehen, bevor wir mit dem Bus zum Auswärtsspiel fahren würden. Ich hatte mir angewöhnt, bis zur letzten Minute vor der Tür zu warten und mich möglichst lange vor den zu erwartenden bösen Blicken zu drücken.

Sein Grinsen brachte sein ganzes Gesicht zum Strahlen, während er sich mit verschränkten Armen an die Wand lehnte. Er trug das gleiche Pemberley-Academy-Marching-Stallions-T-Shirt wie ich, das ihm jedoch viel besser stand, weil seine Arme und Schultern muskulöser waren als im letzten Schuljahr. Was natürlich davon kam, dass er ständig auf einem Spielfeld die Band dirigierte. »Freust du dich auf das Spiel?«

»Ja.« Meine Stimme kippte, wodurch ich wenig glaubhaft klang. »Auf geht's, Stallions!«

»Wow.« Avery nickte mit ausdrucksloser Miene und tippte mit den Schuhen auf den gefliesten Boden. «Unglaublich.

Ich fände es zwar schade, wenn die Band dein Talent verliert, aber du solltest wirklich zu den Cheerleadern gehen.«

»Erzähl das nicht den anderen Posaunisten.« Ich lachte kleinlaut. »Die füllen direkt das Bewerbungsformular aus, um mich loszuwerden.« Das sollte eigentlich lustig rüberkommen, aber ich hörte selbst, wie traurig es klang. Sogar Avery verzog das Gesicht. »Sorry.«

»Alles okay.« Er zuckte mit den Schultern, mied jedoch meinen Blick und schaute stattdessen auf meine weichen braunen Stiefel hinunter. Mom hatte sie mir vor einigen Jahren aus Italien geschickt. Sie waren so hochwertig, dass ich sie mit ein bisschen Glück mein Leben lang tragen konnte und nie wieder ein Geschenk von ihr annehmen musste. »Du wirst da draußen rocken. So viel, wie wir geprobt haben? Das gilt so viel wie zehn Camps. Ich werde die Posaunisten bei der Show im Auge behalten.«

»Ach ja?« Ich verschränkte die Arme. »Und wieso?«

»Natürlich weil ich mir bei den besten Spielern meine Inspiration hole.« Als er erneut grinste, ermahnte ich mich, dass er alle so angrinste. »Und weil ich da oben vor Angst sterbe.«

»Als ob«, sagte ich schnaubend, doch es ging mir besser. Komisch, wie er das immer schaffte. »Du wirst das super machen. Du bist viel besser als Daniel.«

»Weil Daniel permanent bekifft war.«

»Das hat ihm beim Dirigieren wirklich nicht gutgetan.« Im ersten Schuljahr hatte ich erst nach ein paar Monaten kapiert, warum unser damaliger Tambourmajor immer mindestens einen Halbton hinterherhinkte und nicht sonderlich konzentriert wirkte. Immerhin waren seine Drogen nicht in meinem Zimmer gedealt worden. Glaubte ich jedenfalls.

»Wie auch immer. Es steht so gut wie fest, dass du besser bist als er.«

»So gut wie?«

»Ich will es nicht verschreien, auf keinen Fall.« Ich schüttelte den Kopf und strich eine lose Strähne hinters Ohr. Dieses Geplänkel mit Avery fühlte sich beinahe schon normal an. Als würde ich nicht gleich einen Raum voller Feinde betreten müssen.

Doch vielleicht half ja die Überraschung, die sie drinnen erwartete.

»Auch gut.« Avery verlagerte das Gewicht, stellte einen Fuß an die Wand und steckte die Hände tief in die Jeanstaschen. »Hey, was ich noch sagen wollte. Ich hatte eine Matchmaker-Idee. Für deinen Bruder.«

»Her damit.«

»Könntest du Lizzie eine anonyme Nachricht zukommen lassen?« Er sprach schnell, als wollte er es hinter sich bringen. »Keine zu romantische Nachricht, eher wie von einem geheimen Verehrer.«

»Ooh, das ist gut.« Aufgeregt holte ich mein Handy heraus, dankbar für die Idee und die Ablenkung von meiner Angst vor der Band. »Und wenn wir das noch steigern? Es gibt doch bestimmt einen Laden, der Blumen liefert, in – ja, schon gefunden.« Gott sei Dank gab es Google. Ich zeigte Avery das Display mit der Seite eines Floristen in Meryton. »Wir können wöchentliche Lieferungen bestellen, ohne uns Sorgen machen zu müssen. Mit Grüßen von einem namenlosen Verehrer.«

»Äh, bist du sicher?« Aus mir unerfindlichen Gründen war Avery von dieser Idee nicht begeistert, was albern war, weil es schließlich sein Vorschlag gewesen war, den ich nur noch epischer gemacht hatte. Ich trat von einem Bein aufs andere. »Das hört sich teuer an.«

»Kein Problem«, winkte ich ab. Fitz kontrollierte meine Kreditkartenabrechnungen sowieso nie. »Lieber zahle ich mehr, als dass ich jede Woche dran denken muss.«

»Echt jetzt?« Okay, Avery fand das sichtlich blöd. Mist, was hatte ich gemacht? Wieso konnte ich nicht einmal ein einfaches Gespräch führen, ohne es am Ende zu vermasseln?

»Ja.« Mist. Ich senkte den Blick. »Aber wenn du die Idee nicht gut findest …«

»Nein! Sorry.« Avery schüttelte den Kopf, als ich zu ihm aufsah. Im nächsten Moment wechselte er von dem entnervt-erstaunten Avery wieder zurück zu seinem normalen lächelnden Ich. »Das passt schon. Die Idee ist gut.«

»Ich weiß nicht.«

»George.« Er verdrehte die Augen. »Jetzt werde nicht schräg, nur weil ich schräg war.«

»Ist das nicht unser Ding, dass wir beide superschräg sind?«

»Schräger geht's nicht.« Er schaute auf dem Handy nach, wie spät es war. »Komm, wir gehen rein. Aber bestell noch eben die Blumen, ja?«

»Okay.« Bevor ich es mir doch wieder anders überlegte, tippte ich meine Kreditkartennummer ein – Fitz hatte mir schon vor Jahren befohlen, sie für den Notfall auswendig zu lernen, und gab die Bestellung auf, die in Lizzies und Fitz' gemeinsamen Unterrichtsraum geliefert werden sollte.

Nachdem das erledigt war, schaute ich wieder Avery an und versuchte, mich zu beruhigen.

»Nach dir.« Als er die Hand über meinen Kopf ausstreckte und die Tür aufdrückte, sah ich seine Arme aus nächster

Nähe, was ich sofort ignorierte, weil Freunde nicht so auf die Arme ihrer Freunde schielten. Avery hatte sich einmal mehr als Freund erwiesen. Vermutlich war er sogar mein einziger Freund, das wollte ich nicht kaputt machen.

Außerdem würde ihn das gleich umhauen, was ich im Musikraum vorbereitet hatte.

Ich betrat den Raum als Erste und wich nach links aus, damit er nachkommen konnte. Wie erhofft riss er bei dem Anblick Mund und Augen auf.

An der Rückwand standen drei lange Büfetttische mit Tischdecken in unseren Schulfarben. Speisen mit Wärmeglocken drängten sich darauf und verströmten einen scharfen und würzigen Duft, obwohl sie noch zugedeckt waren. Ich hatte mich für Mexikanisch entschieden, weil es das Einzige war, was die Schulküche nie richtig hinbekam, und weil unsere Familie eine Cateringfirma unter Vertrag hatte, die bei Enchiladas spitze war. Zwei Dutzend Mitschüler standen vor den Tischen und musterten neugierig das Catering-Team. Als einer von ihnen mich entdeckte, nickte er mir zu.

»Miss Darcy.« Sein Tonfall war stilvoll und geschliffen, und ich strahlte ihn an, so froh, endlich etwas *richtig* gemacht zu haben. »Sollen wir das Büfett eröffnen?«

»Legen Sie los.« Ich nickte, und die Caterer traten gemeinsam vor, hoben die Wärmeglocken an und gaben den Blick auf die verschiedensten köstlichen Speisen frei. Ich hörte, wie Avery neben mir trocken schluckte. Es war seltsam, dass die anderen sich nicht rührten, denn normalerweise stürzten sich die Bandmitglieder hungrig auf jede Art von Essen. Das passte jetzt gar nicht zu ihnen.

Schließlich kam der Stimmführer der Trompeter aus der

Menge auf mich zu, ein Abschlussschüler namens Alex, dessen selbsttönende Brillengläser das Licht nie richtig einfingen und der, wie mir plötzlich erschrocken wieder einfiel, Wickham sehr ins Herz geschlossen hatte.

»Kommt das von dir?«, fragte er mit scharfem Tonfall, und obwohl wir nicht gerade in Hörweite von den anderen standen, spitzten die in unserer Nähe die Ohren. Die ersten tuschelten bereits.

»Ja?« So hatte ich mir das nicht vorgestellt. Das hier sollte Spaß machen! Die Gruppenmitglieder einander durch Snacks näherbringen! Doch aus den Blicken, aus *Averys* Blick schloss ich, dass ich einen fatalen Fehler gemacht und mich offenbar total verrechnet hatte. »Habe ich im Sommer etwa eine Abstimmung verpasst? Haben wir jetzt was gegen mexikanisches Essen?« Es sollte scherzhaft klingen, aber ich meinte es nicht nur als Witz. Aber so schnell, wie das hier den Bach runterging, fühlte es sich tatsächlich danach an, als hätte die Band irgendetwas beschlossen, um mich auszuschließen. »Es ist doch nur etwas zu essen.«

Nur stimmte das leider nicht.

»Vor dem Auftritt sollte niemand so viel essen.« Alex wandte sich ab und ging zu seiner Gruppe zurück, wo er seine Uniformtasche öffnete. »Außerdem kommt man so nicht an die Tuba-Schränke.«

Mit wachsendem Grauen sah ich zu, wie eine Klarinettenspielerin im ersten Schuljahr sich einen Teller von dem Stapel neben den Speisen nahm und von einem älteren Schüler gestoppt wurde. Danach näherte sich niemand mehr dem Büfett, und ich stand wie angewurzelt an der Tür. Ich hatte keine Ahnung, wie ich es wiedergutmachen konnte, und hätte am liebsten geheult.

»Es wird Zeit, dass wir uns fertig machen.« Avery klang distanziert, und er sah mich auch nicht an, als ich zu ihm hinüberblickte. Super. Also fand mich nicht nur die Band unmöglich. »Bald fährt der Bus ab.« Irgendwie war es mir gelungen, alles auf eine neue, lustige Art und Weise in den Sand zu setzen, was neuerdings zu meinem Markenzeichen wurde.

Lief ja wunderbar.

Und das war der Grund, warum ich mir nicht mehr wirklich Mühe gab. Egal, was ich tat, egal, wie ich es versuchte, ich schaffte es einfach nicht, die sozialen Fingerzeige zu verstehen, die den reibungslosen Ablauf in Pemberley garantierten oder den Ablauf in meiner Familie oder in jeder anderen zwischenmenschlichen Beziehung. Ich hatte nicht gewusst, dass jemand, für den man schwärmte, weil man glaubte, derjenige würde einen auch mögen, sich als hinterhältiger Arsch entpuppen konnte, der einen in seine finsteren Machenschaften hineinziehen wollte, und dass ein einziger Fehler ausreichte, um seinen besten Freund zu verlieren, und dass die Pemberley Academy Marching Stallions einem nicht so leicht verziehen.

In *Sage Hall* nutzten die Figuren andauernd Partys und Feste, um ihre Probleme zu lösen. Nicht zum ersten Mal hätte ich mich am liebsten in meine Lieblingsserie geflüchtet. Doch wenn ich jetzt aus dem Musikraum rannte, machte ich alles nur noch schlimmer.

Als Avery mir eine Hand auf die Schulter legte und sie tätschelte wie ein geistesabwesender Onkel, fühlte ich mich dadurch nur noch schrecklicher.

»Okay.« Ich reckte halbherzig den Daumen. »Fertig machen, na klar.« Er lächelte schwach, bevor er in der Menge verschwand.

Fertig machen für die nächste Demütigung, das war es ja wohl eher. Schlimmer konnte es heute Abend eigentlich nicht mehr werden.

»Hat jemand meine Jacke gesehen?«, rief ich vergebens über den Lärm zahlloser Musiker hinweg, die sich alle gleichzeitig umzogen. Die einzige Reaktion bestand aus dem Schubser einer Schlagwerkerin, die mit ihren Trommeln durchwollte, obwohl auf ihrer anderen Seite total viel Platz war. Ich widerstand der Versuchung, sie zurückzuschubsen, direkt in die Tischreihe mit dem unberührten mexikanischen Essen.

»Blöder geht's echt nicht, Dagobert Duck«, murmelte sie. Was sollte das überhaupt heißen?

Kurz darauf fand ich meine Jacke. Sie hing an der Hintertür eines Übungsraums, und die Druckknöpfe waren sorgfältig abgerissen worden. Hier hatte ich sie auf keinen Fall aus Versehen hängen lassen, davon abgesehen sah mich keiner aus meiner Instrumentengruppe an, als ich zu meinem Stuhl zurückkehrte. Allerdings konnte ich schlecht sämtliche Posaunen des Diebstahls und des Vandalismus bezichtigen. Sogar Emily, von der ich gehofft hatte, dass sie auf weniger aggressive Weise unfreundlich zu mir war, schaute nur auf ihre glänzenden schwarzen Schuhe. Ich holte mir ein paar Sicherheitsnadeln von Mrs Ts Pult, hielt dabei jedoch weiterhin den Blick gesenkt, ließ den Kopf hängen und war insgesamt sehr niedergeschlagen.

Und das war erst die Spitze des Eisbergs. Kaum war ich endlich fertig angezogen – den Reißverschluss bis zur BH-

Linie hochgezogen, den großen Federhelm in der Tragetasche unterm Arm, die violett-weiße Jacke über der Schulter und den Posaunenkasten in der Hand – und unterwegs zum Bus, wurde mir klar, dass ich nicht meinen gewünschten Sitzpartner haben würde. Eine Tuba-Spielerin aus dem ersten Schuljahr hatte Avery in Beschlag genommen und bedrängte ihn mit einem Haufen Fragen darüber, wie es war, Tambourmajor zu sein. Als sie sich neben ihn gesetzt hatte, hatte er mich bedauernd angesehen, und ich war gezwungen gewesen, im Gang weiterzugehen.

»Fährst du heute nicht mit der Limo zum Spiel, Prinzessin?«, rief Braden, als ich an ihm vorbeiging. Die Jungs neben ihm in der Sitzreihe kicherten. Wäre ich von der Sache mit dem Catering nicht bereits so tief gedemütigt gewesen, hätte ich kontern und sagen können, ich hätte seine Eltern in der Limo auf dem Weg zur Scheidung gesehen, doch Gemeinheiten würden mir keine Pluspunkte einbringen. Leider waren sowieso nirgends Pluspunkte zu holen.

Egal.

Ganz hinten entdeckte ich einen freien Sitzplatz und warf meine Jacke daneben, um auszustrahlen, dass ich total und mutterseelenallein sein *wollte*, während alle anderen neben ihren liebsten Band-Kumpeln saßen.

Ja, das war ganz toll.

Nach einer Stunde kamen wir endlich in Oakham Mount an, wo das heutige Spiel stattfinden sollte, und ich sah es fast schon als Triumph an, dass mir niemand Kaugummi in die Haare geschmiert hatte. Dennoch hätte ich mir bei Bradens Ansprache, als wir auf die kühle metallene Besuchertribüne strömten, am liebsten die Ohren abgerissen, damit ich ihm nie wieder zuhören müsste.

»Heute Abend müssen wir es reißen, Leute.« Braden reckte seine Posaune in die Luft wie den weltgrößten Hammer, den er zweifellos am liebsten auf unsere Köpfe niedersausen lassen würde. Er hatte einen Schal dick um den Hals gewickelt, sodass sein Kinn dahinter verschwand, und in seine Jacke gesteckt, was allerdings den Inspirierender-Trainer-Look zerstörte, den er hier sichtlich anstrebte. »Es ist so weit! Das ist unsere Chance!«

»Unsere Chance worauf genau?« Emily richtete ihre Brille und setzte sich neben mich auf die Bank. Obwohl sie keinen Blickkontakt aufnahm, war ich ihr schon dankbar dafür, dass sie nicht zusammenzuckte, als unsere Beine sich berührten. Genau das hatte nämlich am Nachmittag eine Mitschülerin aus dem ersten Schuljahr getan.

»Ruhm!«

»Klar, aber das ist ein Auswärtsspiel. Und Oakham ist voll schlecht.« Emily sah Hilfe suchend zu Jackson und er nickte. »Ich finde auch nicht, dass wir die große Welle machen sollten.« Bei Emilys Worten spürte ich den x-ten Stich der Reue an diesem Abend. Abgesehen von Avery war Emily in meinen ersten Schuljahren hier einer Freundin am nächsten gekommen. Da wir in unserer Stufe die einzigen Mädchen in der Posaunengruppe waren, hatten wir zusammengehalten, hatten auf der Tribüne nebeneinandergesessen und im Bus hatte sie immer hinter Avery und mir Platz genommen, sodass wir zu dritt quatschen konnten.

Jedenfalls bis der *Vorfall* sich herumgesprochen hatte und Emily, die ans Brown-College gehen wollte, es dann wohl zu riskant für ihre Bewerbung fand, mit mir in Verbindung gebracht zu werden. Das schloss ich daraus, dass sie mir aus dem Weg ging, seit die Schule wieder angefangen hatte.

Andererseits würde Emily respektieren, was ich hier versuchte. Sie würde merken, dass ich mir Mühe gab, und mitbekommen, wenn ich bessere Noten bekam oder in der Band brillierte. Sie hatte zwar nichts von meinem Catering gegessen, aber ich hatte noch mehr Tricks auf Lager.

»Kann ich aufs Klo gehen?«, fragte einer aus dem ersten Schuljahr, Corey oder Rory, kleinlaut und zögerlich. Braden verdrehte die Augen, nickte aber und machte Platz, als der Schüler aus der Sitzreihe lief.

Das war unsere Instrumentengruppe, zumindest der harte Kern. Wir hatten Avery an den Tambourmajorsposten verloren, und zwei Schüler, die beide Eric hießen und unsterblich ineinander verliebt waren, hatten sich in diesem Schuljahr für Tennisdoppel statt für die Band entschieden. Unsere Gruppe war klein, aber mächtig, wie Braden uns in einer mitternächtlichen Mail noch eingeschärft hatte. Wir waren, das hatte er ohne einen Hauch von Ironie geschrieben, eine *Familie*.

Mir hatte er die E-Mail übrigens nicht geschrieben. Avery hatte sie weitergeleitet.

Emily schaute weiterhin geradeaus. Kein Problem, ich musste sie auch nicht unbedingt ansehen. Wenn ich den Blick stur auf den Kunstrasen gerichtet hielt, würde vielleicht meine Sicht verschwimmen, bis er mir wie das Parkett eines Ballsaals erschien und ich schnurstracks in eine tröstliche Folge von *Sage Hall* eintauchen konnte.

Ich erinnerte mich an das erste Spiel, das ich mit Fitz in seinem ersten Schuljahr gesehen hatte. Ich war damals in der Sechsten in einem Alter, in dem Highschoolschüler wie Götter verehrt wurden, quasi schon Erwachsene, die das Leben viel mehr im Griff hatten, als ich mir auch nur vorstellen konnte. Fitz hatte mir Pemberley-Schal und -Mütze geschenkt, und Mom und Dad waren mit mir hingefahren, um *Zeit als Familie* zu verbringen. Wir hatten schlechtes Popcorn gegessen, und Fitz war mit mir in die Nähe der Band gegangen, wo ich die ganze Zeit voller Ehrfurcht eine coole Posaunistin bestaunt hatte. Ich hatte erst im Jahr davor mit dem Spielen angefangen und war noch unglaublich schlecht darin, doch sie machte Dinge mit dem Zug, die ich noch nie gesehen hatte.

Rückblickend gesehen war es wahrscheinlich der Fight Song, aber ich hatte es trotzdem toll gefunden. Fitz hatte mir einen Haufen Stücke, die die Band spielte, zum Geburtstag geschenkt, und ich hatte stundenlang geübt und mir vorgestellt, ich wäre das munter ausschreitende Mädchen mit dem Federhelm, das nach den Sternen griff, die an einem von den hellen Lichtern des Spielfelds erleuchteten Himmel funkelten.

Doch diese gefiederten Helme waren mittlerweile fünf Jahre älter geworden, genau wie ich, und ich fühlte mich inzwischen ebenso schlaff, wie sie allmählich aussahen.

Von hinten traf etwas meinen Helm so fest, dass ich zusammenzuckte. Na super, das Spiel hatte noch nicht einmal angefangen und ich wurde schon beworfen? Als ich mich vorsichtig zu den Trompetern umdrehte, sahen sie mich grimmig an.

»Hoffentlich hast du so richtig Spaß«, sagte ein älteres Mädchen, warf ein hartes Bonbon hoch und fing es wieder auf. Ich drehte mich schnell wieder nach vorn und schwor mir, den Helm den ganzen Abend aufzubehalten. Wie sehr Wickham den Trompetern fehlte, hatte ich bei jeder Probe deutlich gehört. Anscheinend war ich da nicht die Einzige.

Als das erste Viertel des Spiels begann, schaute ich recht

aufmerksam zu. Ich jubelte sogar, als wir viermal hintereinander einen Sprint mit einem Touchdown abschlossen – Oakham war wirklich richtig schlecht –, und sprang auf, um mit den anderen unser Siegeslied anzustimmen. Aber es fühlte sich grotesk und leer an, Dienst nach Vorschrift irgendwie, und während ich das Mundstück an meine Lippen drückte, kamen Erinnerungen an andere Stadien hoch.

An das erste Spiel, an dem Wickham im letzten Schuljahr dabei gewesen war. Er hatte jedes Mal die Augen verdreht, wenn die Band jubelte, dann beim Fight Song aber fantastisch gespielt. Sein heller, klarer Klang hatte den Rest überstrahlt, als er mühelos in die obere Oktave wechselte. Danach hatte er sich gegen meine Komplimente gewehrt und gemeint, das sei nicht wichtig, und je häufiger er es sagte, umso weniger bedeutete es auch mir.

An die Proben, die ich ihm zuliebe geschwänzt hatte. Er hatte mir den Arm um die Schultern gelegt, war mit mir zum Spielfeldrand gegangen, wenn wir bei den Proben zehn Minuten Pause hatten, als wollte er mir etwas zeigen, und war dann doch einfach weitergelaufen, bis wir wieder in unserer kleinen Welt waren. Gegen Ende hatte er sich sogar ein, zwei Mal auf der Tribüne in Pemberley zum Mittagessen mit mir getroffen. Als ich nur noch mit ihm allein sein wollte, hatten wir uns dorthin zurückgezogen, weil Wickham mich davon überzeugt hatte, er sei wichtiger als die Band.

Und obwohl wir hier auf einer anderen Tribüne saßen und ich hier eine unter Tausenden war statt zwei unter Tausenden, hielt mich das alte, leere Gefühl immer noch gefangen. Jenes Gefühl, das ich bei Wickham immer gehabt hatte – dass wir nur etwas vorspielten, beziehungsweise dass ich nur etwas vorspielte.

Damals hatte ich so getan, als wäre ich attraktiv und begehrenswert, und jetzt musste ich vorgeben, es würde mir nichts ausmachen, dass ich es nicht war.

Avery fing meinen Blick auf, als wir nach dem letzten Durchlauf unseres Fight Songs die Blasinstrumente sinken ließen, und ich rief mir in Erinnerung, warum ich das alles hier erneut auf mich genommen hatte. Warum ich mich die ganze Woche irrsinnig angestrengt hatte, voller Begeisterung, obwohl mir dieser Ort im Grunde nicht gutgetan hatte. Der Geruch von Popcorn wehte durch meine Erinnerungen und verdrehte sie zu einem einzigen Wirrwarr.

Ich musste es tun, sagte ich mir. Nur im Posaunenspiel war ich jemals gut gewesen, und wenn ich den Respekt der Band zurückgewinnen wollte, um mein Ziel unbestreitbaren Erfolgs weiterzuverfolgen, musste ich beweisen, dass ich zu Recht hier war. Auf diese Art wurde ich Wickham endgültig los, ich musste nur durchhalten. Und das konnte ich. Außerdem blieb mir nichts anderes übrig.

Gegen Ende des zweiten Viertels blendete ich Bradens letzte Anfeuerungsrede aus. Die nützte mir sowieso nichts. Da Braden mich in die Mitte der Gruppe gestellt und gebrummt hatte, auf mich sei unabhängig von den anderen kein Verlass, musste ich gar nicht auf das Auswendiggelernte zurückgreifen – ich konnte einfach hinterherlaufen und niemand würde etwas merken. Avery und ich hatten das volle Programm in den letzten Tagen drei- oder viermal durchgespielt und dabei auf dem dunklen Football-Feld gelacht, das mir jetzt weit weg erschien.

»Los geht's!«, rief Mrs Tapper zur Tribüne, und als wir auf das Spielfeld traten, redeten die Bandmitglieder aufgeregt durcheinander. Bei einem Auswärtsspiel lieferten wir normalerweise keine Halbzeit-Show ab, doch da Oakham zu klein für eine eigene Marschkapelle war, sprangen wir gern ein. Was sollte schon schiefgehen?

Hochmut kommt vor dem Fall.

Die Trommelwirbel vibrierten in meiner Brust, als wir auf das Spielfeld marschierten, Knie hoch und Blick geradeaus. Ich widerstand dem Bedürfnis, zur Tribüne zurückzublicken. Im letzten Schuljahr war mein Bruder zum ersten Spiel hergeflogen, aber wegen der Funkstille zwischen uns würde er heute Abend ganz bestimmt nicht kommen. Außerdem brachte Braden mich um, wenn ich den Kopf bewegte und die Formation störte. Sobald wir auf dem Rasen Stellung bezogen und uns zu der Menschenmenge auf den Tribünen herumgedreht hatten, die uns anfeuerte, war ich zu weit hinten, um noch irgendwelche Gesichter zu erkennen. Was bekanntlich nicht nötig war, weil er ohnehin nicht gekommen war. Wieso sollte er? Niemand wollte an einem Freitagabend zwei Stunden Auto fahren, nur um seine nutzlose Schwester mitten in einer Posaunengruppe zu suchen. Ich musste einfach …

Da entdeckte ich Wickham.

Aber nicht auf der Tribüne. Eintritt zahlen war nicht sein Ding. Nein, er lehnte unten am Metallgerüst und beobachtete mich mit verschränkten Armen. Da er mir winkte, wusste er, dass ich ihn gesehen hatte.

Ich holte scharf Luft.

Wickham stand an der Tür zu meinem Zimmer, und Fitz war auch da, obwohl ich ihn gar nicht erwartet hatte, obwohl ich beide nicht erwartet hatte, und Fitz schrie Wickham an, er schrie mich an, und ich wusste nicht, wohin ich blicken oder was ich tun sollte …

Und dann geriet ich aus dem Takt.

Normalerweise war das nicht schlimm. Ich konnte den ersten Ton überspringen – in meinem Part war sowieso eine Pause in den ersten Takten vorgesehen –, kein Problem, ruhig bleiben, weiterspielen. Einfaches Zählen reichte dafür völlig aus. Ich richtete meine Aufmerksamkeit wieder aufs Spielfeld, weg von Wickham, der aus meinen schlechten Erinnerungen ins wahre Leben getreten war.

Leider hatte ich vergessen, dass die Posaunen auf der Eins praktisch losrannten und über das Spielfeld rasten, um die irre Geschwindigkeit der Musik nachzuahmen. Ich war derart mit Wickham beschäftigt, dass ich völlig überrumpelt war. Ich lief los, um die anderen einzuholen, und begann gleichzeitig zu spielen, doch ich merkte sofort, dass ich hinterherhinkte. Und Coreys Blick zufolge – es war doch Corey, der vor mir lief, oder? – wussten die anderen es auch.

Alles gut, sagte ich mir, während ich möglichst große Schritte, eigentlich eher Sprünge, machte, um aufzuholen. Am besten hörte ich kurz auf zu spielen. Ich konnte meine Posaune am Mund halten und weitermarschieren, und da wir so weit weg waren, würde es höchstens besonders aufmerksamen Zuschauern auffallen, dass ich meinen Zug nicht bewegte. Aber natürlich war es wahnsinnig schwer, die Schrittfolge ohne die Musik aufzurufen, weil ich beides zusammen geübt hatte, doch ich lief ja mitten in der Reihe. Während ich versuchte, mir die Formation bildlich vorzustellen, die kleine Zahl, die mich auf dem Spielfeld markierte, erwartete ich nichts Ungewöhnliches. Ich würde den Anschluss wiederfinden, und die Show würde bald vorbei sein, und dann konnte ich mir überlegen, was zum Teufel Wickham hier zu suchen hatte.

Die Trommeln dröhnten, und die Holzbläser spielten ihre Triller, während ich mit den anderen Posaunen in einem irren Tempo über den Platz raste. Schließlich machten wir eine Neunzig-Grad-Kehrtwende zur Dreißig-Yard-Linie, wo wir auf der Stelle marschierten. Ich holte Luft und dachte nach, was als Nächstes kam.

In dem Moment ging die ganze Gruppe rückwärts.

Rückwärtsgehen ist eigentlich nicht sonderlich kompliziert, solange man weiß, wann es losgeht. Ich hätte das draufhaben müssen. Tatsächlich hatte Braden letzte Woche bei der Probe noch gesagt: »Und Georgie … du gehst einfach rückwärts. Rückwärts kennst du, ja? Es ist das Gegenteil von vorwärts. Okay? Meinst du, du bekommst das hin?« Das war zwar böse und gemein gewesen und ich hatte mich an dem Abend noch eine gute Stunde bei Avery darüber beschwert und dabei die Zeit verschwendet, in der ich *Der scharlachrote Buchstabe* hätte analysieren sollen.

Aber rückblickend hatte ich Bradens herablassende Haltung mehr als verdient.

Denn der Rückwärtsgang hatte mich überrumpelt, und ich geriet irgendwie ins Stolpern. Ich blieb mit dem Absatz an der Rasenkante hängen, taumelte und streckte die Arme in die Höhe, damit ich im Fallen nicht meine Posaune zerdrückte. Doch ich fiel nicht nur einfach hin. Nein, die Posaunen standen so dicht nebeneinander, dass ich Metall auf Metall klirren hörte, als ich die Arme streckte. Emily schrie auf, als sie hinter mir zu Boden ging.

Es war wie beim Domino. Diese Horrorshow von meinem Sturz würde es zweifellos in die Top-Five-Compilation katastrophaler Marschkapellen-Momente auf YouTube schaffen. Ich landete halb auf dem Spielfeld und halb auf Emily, während die beiden aus dem ersten Schuljahr hinter ihr ebenfalls hinfielen. Die Reihe mit Flötenspielern, deren Marsch sich mit unserem überschneiden sollte, brachte sich schreiend in Sicherheit. Braden sprang gerade noch rechtzeitig zurück, doch angesichts der abgrundtiefen Verachtung in seiner Miene, als er nur wenige Schritte von dem Chaos entfernt auf der Stelle marschierte, wünschte ich, er wäre ebenfalls zu Boden gegangen.

»Aufstehen!«, zischte Braden, den Blick beim Marschieren geradeaus und die Knie hoch in der Luft. »Los!«

Ich rappelte mich mit brennenden Wangen auf, die Jacke war voller Kunstrasenstücke. Scheiße, Scheiße, Scheiße. Ich musste keinen Blick in die Menge wagen, um zu wissen, was Wickham machte. Sicherlich grinste er fies und klatschte vielleicht noch bedächtig in die Hände. Jedenfalls etwas nicht im Mindesten Hilfreiches. Avery konnte ich auch nicht ins Gesicht sehen. Die Scham war zu groß.

Schließlich stolperte ich zusammen mit den übrigen Posaunen, die sich wieder gesammelt hatten, auf die Dreißig-Yard-Linie. Emilys Helm saß schief, aber immerhin war sie auf den Beinen. Ihre Augen waren vor Schmerz oder Verlegenheit rot gerändert. Wahrscheinlich wegen beidem. Und das war alles meine Schuld.

Ich wollte in diesem Schuljahr doch nur eine Sache richtig machen, aber das war offenbar ein Ding der Unmöglichkeit.

Als das Stück zu Ende war, blieben wir endlich stehen. Noch nie in meinem Leben war ich für eine verkürzte Halbzeit so dankbar wie jetzt, als wir vom Spielfeld trabten. Auch wenn wir auf eine tobende Mrs Tapper zumarschierten.

»Was war das denn um Himmels willen?«, schrie sie uns im Flüsterton an und versperrte den Posaunen den Weg, sobald wir das Spielfeld verlassen hatten. »Ist jemandem etwas passiert?« An der Reihenfolge der Fragen könnte sie noch arbeiten, aber na ja.

»Alles okay«, murmelte Emily und wischte sich die Tränen vom Gesicht. »Nicht so wichtig.« Ich warf ihr einen überraschten Blick zu. Braden hätte mich unter den metaphorischen Bus geworfen und war seiner Miene nach zu urteilen auch kurz davor, es zu tun, doch Mrs Tapper war noch nicht fertig.

»Was es auch immer war …« Sie schaute mit hochgezogenen Augenbrauen erst mich und dann Emily an. »… es sollte nie wieder vorkommen. Verstanden? Diese Band muss ihren guten Ruf aufrechterhalten.«

Ihren guten Ruf aufrechterhalten. Ja. Das kam mir bekannt vor.

Ich nickte, als sie davonstürmte. Mist. Und jetzt musste ich noch zwei Viertel des Spiels überstehen, umringt von meinen Mitspielern, die mich mit abgrundtiefer Verachtung straften, während sie Kunstrasen abbürsteten. Die Band war auf jeden Fall ein sicherer Hafen, in dem man Spaß haben konnte, meine wahre Familie, alles klar.

Ich dachte, Avery würde vielleicht rüberkommen, mir versichern, es sei nicht mein Fehler gewesen, und mich vor den bösen Blicken der Posaunisten abschirmen. Doch er kam nicht.

Stattdessen kamen mir Wickhams letzte Worte wieder in den Sinn, die er mir an den Kopf geworfen hatte, als Fitz ihn endgültig hinausgeworfen hatte.

»Was glaubst du, wer du ohne mich bist, Kid? Alles, was an dir interessant ist, hast du mir zu verdanken.«

10

Es war schlimm genug, dass ich mich in Gedanken mit Wickham herumschlagen musste. Doch als ich jetzt vom Feld taumelte und nach rechts schaute, sah ich, dass er mich beobachtete. Er neigte den Kopf als Aufforderung, zu ihm zu kommen.

Das sollte ich nicht tun, klar. Doch da niemand hersah, schlich ich von der Gruppe weg und rannte unter die Tribüne, wo er mich an unserem vertrauten Treffpunkt erwartete. Obwohl es sich um eine fremde Tribüne handelte, war die Isolation die gleiche. Die Verzweiflung auch.

»Toll gemacht.« Wickham trug eine neue Jeans, und ich war sauer auf mich, weil es mir sofort auffiel. Sie sah teuer aus. »Du hast das Familienvermächtnis da draußen wirklich mächtig hochgehalten.«

»Ich will dich nicht hierhaben, Wickham.« Meine Stimme bebte, aber ich gab mir Mühe, stark zu bleiben. Eine Persönlichkeit.

»Ich dachte, du bräuchtest ein wenig Unterstützung auf der Tribüne, Kid.« Er zuckte lässig und unbeschwert mit den Schultern. »Schließlich war mit Fitz ja nicht zu rechnen.«

»Das wusstest du nicht.«

»Doch.« Er lachte. »Denk dran, ich kannte ihn vor dir. Ich kenne deinen großen Bruder besser als irgendwer sonst.«

Ich hätte gern dagegen argumentiert, doch Fitz war wirklich nicht gekommen, und ich hatte nichts in der Hand. Ich zog die Ärmel meiner Uniform tief über meine Handgelenke.

»Du hast mir nicht gesagt, dass du kommst.« Ich wechselte das Thema, vielleicht konnte ich wenigstens das bestimmen. »Dachtest du, es wäre besser, wie aus dem Nichts aufzutauchen?«

»Ich stehe auf Überraschungen.« Heute trug Wickham die Haare offen, sie fielen ihm ein wenig unordentlich auf die Schultern. »Und wenn du mir heute Abend wirklich beweisen wolltest, wie gut du alles im Griff hast, wollte ich dich in Aktion sehen. Also, das hat ja super geklappt.«

»Schnauze.« Meine Augen blieben trocken, die Genugtuung zu weinen gönnte ich Wickham nicht, doch meine Stimme kippte. Blöde, verräterische Stimme. Als Wickham das hörte, beugte er sich vor und legte mir eine Hand auf die Schulter. Beinahe hätte ich sie abgeschüttelt, aber eben nur beinahe.

»Hey.« Er klang ruhig und liebevoll. Das konnte er so verdammt gut. »Was ist passiert?«

»Hast du doch gesehen.«

»Da ist doch noch was. Komm, spuck's aus.« Behutsam richtete er meinen Helm, der seit dem Sturz ganz schief saß. »Rede mit mir.« Seine Hand schwebte an meiner Wange, und ich atmete tief aus. Schloss die Augen.

Er konnte mich nur fertigmachen, weil er mich so gut kannte. Andererseits war ich schon total fertig.

»Ich wollte etwas ganz Großes machen.« Frustriert wegen der Situation und wegen Wickham warf ich die Hände in die Höhe. Was sollte es, ich konnte es ihm auch einfach erzählen. Er konnte ruhig erfahren, wie gründlich ich versagt hatte. »Ich habe Essen für die ganze Band bestellt, das komplette Catering-Programm, und sie … wollten es einfach nicht. Als hätte ich es vergiftet oder so.«

Keine Ahnung, welche Reaktion ich erwartet hatte, sein kurzes, trockenes Lachen jedenfalls nicht.

»Catering, sagst du?« Er trat einen Schritt zurück, stützte sich auf die Knie und lachte sich kaputt. Mir wurde richtig übel. »Scheiße, Kid, du bist wirklich der Inbegriff einer Darcy.«

»Was soll das heißen?« Betroffen verschränkte ich die Arme vor der Brust.

»Das soll heißen, dass ihr von der Idee besessen seid, mit eurem Geld alle Probleme lösen zu können. Eine andere Möglichkeit kommt euch gar nicht in den Sinn.« Er richtete sich wieder auf, doch er schmunzelte nach wie vor auf hassenswerte Weise. Er hatte unrecht, so war man nicht der Inbegriff einer Darcy. Schließlich war ich im Besitz einer Liste mit den erwünschten Eigenschaften.

»Gar nicht.«

»Was glaubst du denn, warum dich niemand mag, Kid? Echt jetzt? Meinetwegen?« Wickhams Gelächter verklang, als er den Kopf schüttelte. »Georgiana Darcy, sie mochten dich auch vorher schon nicht. Pemberley Academy beherbergt viele reiche Schüler, aber eine Darcy, die jedes große oder kleine Problem mit Geld zuschmeißt, spielt in einer ganz anderen Liga. Eine Darcy, die jeden eiskalt abweist, der nicht wie sie ist. Was glaubst du denn, warum sie im letzten Schuljahr so überrascht waren, dass wir so viel zusammen gemacht haben?«

Wickhams Worte trafen mich wie immer mitten ins Herz. Gekonnt fand er die Stelle, an der es am meisten schmerzte, und drehte den Dolch extra noch mal um. Dennoch ging ich nicht weg, denn das tat ich nie.

»Das ist nicht wahr. So bin ich nicht.«

»Es spielt keine Rolle, ob es stimmt.« Ich wurde langsam wütend, weil Wickham so lässig lächelte, während er mir den Dolch immer wieder ins Herz rammte. »Wie wäre es mit einer kleinen Geschichtsstunde, Georgie? Dein Bruder verbringt vier Jahre in Pemberley, und wir wissen alle, wie er tickt. Er redet mit den Lehrern und wenn es hochkommt, mit ein, zwei anderen Schülern, die er für würdig hält. Mit niemandem sonst. Er lässt einen Flügel der verdammten Bibliothek nach ihm benennen, nur weil er es eben kann. Dann tauchst du auf, und was machst du? Du hängst dich an seinen Rockzipfel und lässt keinen an dich ran.«

»Hör auf.« Mein Herz zog sich in der Brust zusammen, als würde Wickhams Hand es zerdrücken, zerstören.

»Und unternimmt die kleine Georgie Darcy nach dem Abschluss ihres Bruders etwas, um allen zu zeigen, dass sie nicht so ist wie er? Nein, sie zieht sich zurück, ganz *Sage Hall* in ihrem Schlaftrakt, und spielt die eiskalte Eiskönigin, bis ich daherkomme.« Seine Stimme war jetzt glatt und leise. »Ich hätte dir dort ein neues Leben verschaffen können, Georgie, ein echtes, hättest du deinem Bruder nicht erlaubt, alles kaputt zu machen. Du fragst dich, warum dich immer noch niemand leiden kann? Schau dich an, hart und erbarmungslos, und dann sag mir ins Gesicht, dass das, was ich aus dir machen kann, nicht tausendmal besser ist als alles, was du zustande gebracht hast.«

Was er aus mir machen konnte.

Ich wollte eine Darcy aus mir machen.

Wenn ich Wickham glaubte, würde ich weiter versagen.

Als es plötzlich nach Popcorn roch, war ich wieder in Pemberley, im letzten Schuljahr, es war Frühling und es ging bergab. Wickham hatte während eines Lacrosse-Spiels unter der Tribüne rumgelungert und wollte mir nicht sagen, warum, aber nachdem ich lange genug gebettelt hatte, durfte ich dazukommen.

»Was wollen wir eigentlich hier, Wickham?« Es war zu kalt für einen Rock gewesen, aber ich hatte trotzdem einen angezogen, weil Wickham eine Woche zuvor gemeint hatte, ich solle meine Beine nicht verstecken. Sie zitterten buchstäblich in der dünnen Strumpfhose, aber ich versuchte, es zu verbergen, versuchte, so auszusehen, als gehörte ich hierhin, an Wickhams Seite.

Obwohl ich täglich daran zweifelte.

»Erzähl mir nicht, du hast was gegen Lacrosse.« Er hatte von Anfang an keinen Blick für das Spiel übrig gehabt, doch sein Tonfall war ernst, und es machte mich nervös, wie er mich ansah. »Das ist der Lieblingssport in der Ivy League.«

»Meinetwegen, aber warum sind wir hier?« Ich wollte nicht drängeln, das tat ich nie, aber die Kälte und die Langeweile nervten mich allmählich. Ein Schüler, den ich aus der Bibliothek kannte – als ich noch in die Bibliothek ging, in die ich seit Wochen keinen Fuß gesetzt hatte –, näherte sich mir und Wickham zögerlich, zog sich jedoch schnell zurück, als Wickham seinen Blick auffing und entschieden den Kopf schüttelte. Kaum war der andere weg, richtete Wickham seine volle Konzentration wieder auf mich.

Es war überwältigend, so viel Aufmerksamkeit zu bekommen, ich ertrank geradezu darin.

»Wo willst du denn bitte schön sonst hin?« Er sprach nicht oft in diesem scharfen Ton mit mir, doch wenn, zuckte ich zu-

sammen. »Ist da noch jemand, mit dem du etwas unternehmen möchtest?«

»Nein«, antwortete ich rasch. Avery hatte mich gefragt, ob wir zusammen lernen wollten, doch diese Antwort hätte Wickham nicht gefallen.

»Dann entspann dich mal.« Sein Tonfall war so schnell von scharf auf schnippisch umgesprungen, dass ich es fast nicht mitbekommen hätte. Wickham legte mir einen Arm um die Schulter und zog mich an sich. »Komm, Kid, ich gebe eine Runde Popcorn aus.« Er holte seine Brieftasche heraus und zog einen Schein aus einem dicken Bündel Zwanziger. »Ich habe gestern mein Schweigegeld bekommen.« So nannte Wickham den Unterhalt, den sein Vater ihm monatlich überwies.

»Okay.« Ich nickte und nahm das Geld; er drückte meine Schultern und gab mir einen Kuss auf den Scheitel.

»Mein braves Mädchen.«

Sein Mädchen.

Und schon zählte nicht mehr, dass ich das Gefühl hatte, alles würde mir entgleiten. Dass mein Bruder seit anderthalb Wochen nicht mehr angerufen hatte und Emily mich in den Gängen komisch anschaute und Mrs Tapper mich in ihr Büro bestellt hatte, um über meine Performance zu reden.

Ich war Wickhams Mädchen, mehr musste ich nicht sein.

Ich riss mich von ihm los und wünschte, ich könnte etwas anderes riechen als das blöde Popcorn. Über uns stampften und johlten die Schüler. Den übrigen Posaunisten war es bestimmt egal, wo ich blieb, doch Mrs T würde irgendwann nach mir fragen und sie würden mich schon allein deshalb suchen. Ich erstickte beinahe in meiner Uniform, so sehr drückte der Kragen gegen meinen Hals.

»Ich muss los«, sagte ich und fuhr mir mit dem Ärmel über die Augen. »Und du musst gehen.«

»Du kannst stolz auf dich sein, Kid.« Wickham grinste. »Du willst die perfekte Darcy werden, stimmt's? Aus meiner Sicht hast du das bereits in der Tasche. Wenn du deinen Bruder jetzt noch dazu bringst, es zuzugeben, sind wir quitt. Oder du könntest auch einfach … aufgeben.«

»Das kann ich nicht.«

»Unsinn.« Da war sie wieder, die einschmeichelnde Stimme, und jetzt ließ er auch seinen Blick mitspielen, sanft und als hätte er einzig und allein nur Augen für mich. Monatelang hatte ich mir immer wieder eingeredet, dass das eine Lüge war. Es weiterhin zu glauben, fiel mir hier viel schwerer, da Wickham vor mir stand, immer noch der Einzige, der sich mit mir abgeben wollte. »Arbeite mit mir zusammen. Diese Schule hasst Darcys. Aber glaub mir, Kid, sie liebt einen Wickham.«

Ich hielt den Atem beschämend lange an und ließ Wickhams Zauber länger als nötig auf mich wirken. Ich konnte jederzeit Ja sagen und herausfinden, was Wickham eigentlich genau vorhatte. Ich könnte so tun, als würde ich mitmachen, und ihn dann verraten. Oder auch nicht. Denn es war ebenso möglich, dass ich … mitgerissen wurde.

Ich blinzelte ein paar Mal, und die Realität rückte wieder ins Blickfeld.

»Verschwinde, Wickham.« Ruckartig wies ich mit dem Kopf zum Parkplatz. »Bitte.«

»Dann sehen wir uns beim Homecoming.« Obwohl er einen Schritt zurückmachte, ohne mich noch einmal berühren zu wollen, zuckte ich zusammen. »Überleg es dir noch mal. Kann sein, dass ich Blumen mitbringe.«

Er verschwand, bevor ich noch etwas sagen konnte. Nicht, dass mir etwas eingefallen wäre. Ich schlich unter der Tribüne hervor zu unserer Reihe weiter oben und setzte mich an den Rand, damit ich nicht an den anderen Posaunisten vorbeimusste. Die meisten beachteten mich ohnehin nicht, nur Corey zog sein Bein nach innen, um einen Kontakt zu vermeiden.

Wickham an der Tür. Mein Bruder, der die Tabletten hochhält. Der Direktor, der mir sagt, wie viel Glück ich hatte.

Wenn die Lösung nicht einmal darin lag, die perfekte Darcy zu sein, worin denn dann?

Ich hielt im grellen Stadionlicht blinzelnd Alles-andere-als-Tränen zurück und betete, die Nacht möge bald vorbei sein.

11

»Du sagst ab?« Ich setzte mich abrupt im Bett auf und drückte das Handy an mein Ohr, obwohl Sydney mir von ihrem Bett aus einen bösen Blick zuwarf und sich das Kissen über den Kopf zog. »Du liegst doch nicht etwa im Krankenhaus?«

»Ich verspreche dir, dass ich keine lebensbedrohliche Krankheit vor dir verheimliche.« Fitz spielte mit trockenem Tonfall auf eine meiner Lieblingsfolgen von *Sage Hall* an, die ich während unseres gemeinsamen Sommers mindestens ein Dutzend Mal gesehen hatte. »Aber ich muss mich auf meine Hausarbeit konzentrieren. Und hast du nicht diese Woche einen Mathetest? Du kannst die Zeit auch zum Lernen nutzen.«

»Ich bereue zutiefst, dass ich dir davon erzählt habe.« Meine Niedergeschlagenheit ließ sich kaum verdrängen. Fitz sagte ab. Wegen einer Hausarbeit und nicht, weil er noch wegen letzter Woche sauer auf mich war. Nur kaufte ich ihm das leider nicht ab.

Da Sydneys Blick geradezu mörderisch geworden war, weil ich an einem Samstag um acht Uhr telefonierte, sprang ich aus dem Bett, ging in den Waschraum und schloss die Tür. »Aber natürlich, ich kann lernen.« Ich verschwieg Fitz, dass meine Mathelehrerin auch unsere Hausaufgaben benotete und mein Durchschnitt gerade trotz aller Anstrengungen deutlich unter einem C lag. Er würde es bald genug erfahren. Stattdessen bemühte ich mich um einen fröhlichen Ton.

»Wirst du mich nicht schrecklich vermissen?«

»Ich habe dein Foto in der Brieftasche, falls es ganz schlimm wird.«

»Gut.« Ich konnte froh sein, dass er sich nicht nach dem Spiel gestern erkundigte. Vielleicht wusste er bereits aufgrund eines brüderlichen siebten Sinns, wie es gelaufen war, oder er ging einfach davon aus, dass in meinem Leben zurzeit so gut wie alles schieflief. Damit läge er nicht mal falsch.

»Bro!«, hörte ich eine gedämpfte Männerstimme bei Fitz, als würde jemand aus einiger Entfernung nach ihm rufen. »Kommst du?«

»Wer ist das?«, fragte ich beleidigt. Nach Hausaufgaben hörte sich die Stimme nicht an. »Deine Hausarbeit?«

»Was?« Fitz war schon nicht mehr bei der Sache. »Ach nein, sorry, das war Charlie. Wir gehen jetzt in die Bibliothek.«

»Ich dachte, du musst lernen.«

»Muss ich auch«, zischte er, und ich zuckte zusammen. »Ich treffe mich dazu eben mit ein paar Leuten aus dem Kurs. Findet das deine gnädige Zustimmung?«

Lizzie, dachte ich. Oh, na gut. Das war nicht schlecht, oder? Vielleicht funktionierte wenigstens dieser Plan. Da mein Leben sich ansonsten im freien Fall befand, sollte ich froh sein, dass dieser Teil sich nicht ebenfalls in Rauch auflöste.

»Ich wusste gar nicht, dass ihr einen gemeinsamen Kurs habt, du und Charlie«, flunkerte ich. Alles wäre leichter, wenn ich Fitz und Lizzie wieder zusammen sehen konnte, um ein Gefühl dafür zu bekommen, wie sich ihre Beziehung entwickelte. Mein Bruder würde mir in einer Million Jahre nichts davon erzählen. Vielleicht konnte ich ja das machen, anstelle von Hausaufgaben. Irgendwie nach Meryton fahren, die beiden in ihrer natürlichen Umgebung beobachten und wie aus Versehen, aber auf superromantische Weise einen Taubenschwarm in der Bibliothek freilassen …

»Oh. Ach so. Ja.« Falls Darcys sich jemals entschuldigen würden, war in Fitz' Stimme jetzt ein Hauch davon zu hören. »Haben wir eigentlich auch nicht, genau genommen. Wir haben nur teilweise die gleichen Lehrer. Aber Charlie hat beschlossen, dass er verliebt ist.«

»In die … Lehrer?«

»Nein, Bohnenstange.« Fitz seufzte, und ich verkniff mir einen rachsüchtigen Kommentar zu diesem blöden Spitznamen, den er nie wieder benutzen sollte. »In Jane Bennet. Da ich in einer Lerngruppe mit ihrer Schwester bin, besteht Charlie darauf, dass wir alle zusammen pauken. Es ist absolut lächerlich. Wir kriegen fast nichts geschafft mit diesen Turteltäubchen, zumal Lizzie bei fast allem anderer Meinung ist.«

»Das klingt, als würde sie dich herausfordern.« Ein Fortschritt, oder etwa nicht? Meine Laune besserte sich ein ganz kleines bisschen. Anscheinend brachte Charlie das Ganze noch besser ins Rollen als die Blumen. Gott sei Dank, denn schließlich waren meine Ressourcen begrenzt. »Hast du nicht mal gesagt, Selbstgefälligkeit wäre die Wurzel alles Bösen?«

»Das soll ich gesagt haben?«

»Kann sein. Es klingt nach dir.« Ich lehnte mich an die Wand und legte den Kopf an den kühlen Putz. »So schlimm ist sie bestimmt nicht.«

»Glaub mir«, sagte Fitz seufzend. »Das ist sie, und ich muss jetzt wirklich Schluss machen.«

»Ja.« Wieder rutschte mir das Herz in die Hose. Ich zupfte an meinem Schlafanzugoberteil und strich über den glatten Satin. Als mir einfiel, was Wickham gestern über unseren Umgang mit Geld gesagt hatte, zerknitterte ich den Stoff. »Ich weiß.«

»Ich rufe dich morgen an, ja?« Er wollte mich jetzt wirklich abwürgen. »Vielleicht können wir irgendwann nächste Woche zusammen abendessen, falls du mal keine Probe hast.«

»Okay.« Oder an einem Abend, an dem sehr wohl eine Probe anstand. So wie die Band mich behandelte, wäre das sogar eine Option. »Viel Glück.«

»Danke, Bohnenstange, bis dann.« Fitz beendete das Telefonat, bevor ich noch etwas sagen konnte, und ich rutschte an der Tür entlang auf den Boden.

Also heute Morgen kein Fitz. Na gut. Kein Problem. Dieses Frühstück machte mir sowieso keinen Spaß, da er mich immer nur wegen der Noten, gewisser Freunde und der Band verhörte. So war es viel besser. Der Georgie-Selbstoptimierungsplan beruhte teilweise darauf, dass Fitz mit Lizzie zusammenkam, und je mehr Zeit er mit ihr verbrachte, desto näher kam ich meinem Ziel. Mit mir musste er ja gar keine Zeit verbringen, seine Meinung über mich stand bereits bombenfest.

Nur fehlte mir leider ohne meinen Bruder an diesem Wochenende eine meiner Hauptquellen für menschliche Interaktion, und das fühlte sich nicht gut an. Schließlich würden Sydney und ich einander nicht auf einmal gegenseitig Zöpfe flechten und darüber tratschen, wie das Spiel gelaufen war.

Ich hatte aber auch keine Lust, den Tag in der Bibliothek zu verbringen und über Mathetheorien zu brüten, die ich nicht verstand. Und schlafen konnte ich jetzt auch nicht mehr, da aufgrund meines Gesamtversagens das Adrenalin regelrecht durch meine Adern schoss.

Ich musste in den sauren Apfel beißen und lernen. Es reichte nicht, die AP-Kurse zu belegen, um eine perfekte Darcy zu werden, ich musste sie auch bestehen. Und bisher lief das ... nicht gut. Zusätzlich zu dem Mathetest hatte ich Anfang der Woche auch im Chemielabor komplett versagt, eine Hausaufgabe in Regierungskunde nicht eingereicht, weil ich an dem Abend, an dem ich sie hätte abgeben sollen, mit Avery geprobt hatte, und in Englisch war ich inzwischen mit drei Vierteln eines Buches im Rückstand.

Mir wurde eng um die Brust, so sehr sehnte ich mich nach dem Universum von *Sage Hall*, in dem Schule kein Folterinstrument war. Oh, in einer Welt zu leben, in der die Highschool noch nicht einmal erfunden war ... Damals hatten sie zwar häufiger Skorbut, aber weniger von diesem Mist hier.

Allerdings war *Sage Hall* in der vergangenen Woche kein großer Trost gewesen. In der Fangemeinde herrschte große Aufregung wegen der zahlreichen Szenen, die die Schauspieler, die Jocelyn und Andrew verkörperten, in letzter Zeit gedreht hatten, und wegen der Drehpläne, die ins Internet gelangt waren – was nun zu wilden Spekulationen darüber führte, was es für ihre Beziehung bedeuten könnte. Das war alles schön und gut für Menschen, die nicht ständig an das nette, unverbesserliche Arschloch in ihrem eigenen Leben erinnert wurden, sobald Andrew Jocelyn überredete, sich von der vornehmen Gesellschaft zu entfernen.

Also, ich schaute mir das alles natürlich nach wie vor an,

aber weniger Szenen mit diesen beiden hätten mir definitiv gutgetan.

Bevor ich mich entscheiden konnte, ob ich von der Bibliothek oder vom Bett aus in meinen Kursen scheitern oder doch lieber im *Sage Hall*-Kaninchenloch der emotionalen Projektion verschwinden sollte, vibrierte mein Handy. In meiner Sehnsucht nach etwas, das mich aus meiner Angstspirale befreien könnte, selbst wenn es eine neue Ermahnung von Fitz war, griff ich hektisch danach. Zur Hölle, ich würde sogar eine E-Mail von Wickham nehmen, wenn das hieß, dass jemand mit mir kommunizierte. Mich als Person anerkannte.

Das war ein gefährlicher Gedanke, und ich schüttelte den Kopf, um ihn wieder loszuwerden, als ich das Display entsperrte.

Ein Foto von Avery erwartete mich: Avery auf dem Podium vorne auf dem Football-Feld, mit erhobenen Armen und einem Tambourstock in der Hand, den Federhelm groß und stolz auf dem Kopf. Ich erlaubte mir ein Lächeln. Es handelte sich eindeutig um ein professionelles Foto, und der Fotograf hatte Averys wilde, aufgeregte Miene beim Dirigieren eingefangen.

Darunter stand:

> Das bringen sie Montag in der Schülerzeitung
> Nicht schlecht, was????

Nicht schlecht, schrieb ich zurück, obwohl mein Blut allein beim Gedanken an den letzten Abend in Wallung geriet. Ehrlich gesagt, war Avery ungefähr der Letzte, mit dem ich reden wollte. Das Foto war sicherlich vor meinem Posaunen-Domino-Missgeschick gemacht worden, über das wir noch gar nicht gesprochen hatten. Nach dem Spiel war ich Avery aus dem Weg gegangen, weil ich seinen heuchlerischen Trost, es sei alles nicht so schlimm, nicht ertragen hätte.

Und erst recht nicht, wenn er mich gedisst hätte.

Allerdings hatte ich da noch geglaubt, ich würde an diesem Wochenende mit wenigstens einer anderen Menschenseele reden. Und ich wollte jemanden treffen, verdammt noch mal, und mich anderweitig beschäftigen, damit ich mich nicht noch mehr in meine Selbstzweifel hineinsteigerte.

> Das sollten wir feiern.

Ich schickte die Nachricht sofort ab.

> Was hältst du davon, woanders zu frühstücken? Ich zahle.

In dem Moment, in dem ich auf Senden drückte, bereute ich es bereits fast wieder, weil ich nach dem Mexikanischen-Catering-Vorfall nicht mehr so mit Geld um mich werfen sollte. Aber jetzt war es zu spät. Avery brauchte nur eine Sekunde, um zu antworten.

> Soll ich dich in einer Stunde abholen?

Ich schickte ihm einen hochgestreckten Daumen und merkte, wie meine Angst ein wenig nachließ.

»In einer Stunde, hast du gesagt«, meinte ich, als Avery auf dem Bürgersteig vor meinem Schlaftrakt auftauchte. Wir trugen beide eine dicke Jacke und hatten den Kragen gegen den Wind hochgeschlagen. Leuchtend rote Blätter schwebten durch die Luft, und ich zupfte eins aus meinen Haaren. »Das waren eine Stunde und fünf Minuten.«

»Dann kannst du also doch mit der Zeit Schritt halten«, erwiderte er, aber als mein Lächeln wegen der Anspielung auf das Spiel gestern Abend wie weggewischt war, holte er scharf Luft. »'tschuldigung, war nicht so gemeint ... Ich dachte, du willst vielleicht Witze drüber machen. So wie sonst auch.«

»Tja.« Gereizt steckte ich die Hände, dummerweise ohne Handschuhe, tief in die Jackentaschen. Genau davor hatte ich Angst gehabt. Avery war in erster Linie Tambourmajor. Vermutlich war er sauer, weil ich die Show vermasselt hatte, und wollte es mit Humor überspielen. »Vielleicht lassen wir das doch lieber, ich muss eigentlich dringend Hausaufgaben machen.« Er hatte alles Recht der Welt, wegen meiner miesen Bandleistung gestern wütend auf mich zu sein, doch ich hatte ebenfalls alles Recht der Welt, nicht ständig daran erinnert werden zu wollen. Es war eine Sache, es von Wickham oder Sydney oder anderen Bandmitgliedern zu hören. Vorwürfe von Avery hingegen konnte ich, so glaubte ich, nicht ertragen.

»George.« Bevor ich mich umdrehen und zurückgehen konnte, verstellte Avery mir den Weg und breitete die Arme aus, als wollte er dirigieren. Mir stockte in der bitterkalten Luft der Atem, als er mich in die Arme schloss. »Hey. Es tut mir leid. Wir müssen nicht darüber reden.«

In seiner festen Umarmung beruhigte ich mich wieder

und atmete tief durch. Ich musste mich zusammenreißen. Das war Avery. *Avery.* Wir waren Freunde. So verlockend es auch war, vor jeder Konfrontation davonzulaufen, ich musste ihm vertrauen. Manchmal war ein Witz eben nur ein Witz.

»Okay.« Ich lockerte meine Schultern. »Es ist eiskalt hier draußen. Komm, wir fahren.«

»Super.« Avery grinste und hielt mir die Autotür auf. Während ich einstieg, sagte er: »Erzähl mir mehr von den Pfannkuchen.«

Mein Herzrasen ließ nach, als ich mich anschnallte. »Warst du etwa noch nie im Townshend's?«

»Nur, als wir angehalten haben, um das Handy deines Bruders abzuholen. Ich esse meistens hier.« Avery zuckte mit den Schultern und fuhr vom Parkplatz. »Außerdem arbeite ich morgens meistens sowieso im Speisesaal.«

»Für die Studiengebühren?« Ich hatte es total vergessen. Wickham würde jetzt wieder grinsend behaupten, das sei typisch, ein Zeichen dafür, wie egozentrisch ich war, doch ich verdrängte den Gedanken. Ich warf Avery, der auf die Straße schaute, einen verstohlenen Blick von der Seite zu.

»Ja«, meinte Avery nickend und trommelte mit den Fingern auf dem Lenkrad, vermutlich zu einem unserer Band-Ohrwürmer. »Viermal in der Woche. An drei Werktagen übernehme ich die normale Frühstücksschicht und samstags arbeite ich von sechs bis zehn. Aber heute war früher Schluss.«

»Oh. Cool.« Das hörte sich furchtbar an, aber Averys fröhlicher Ton hatte sich nicht geändert, als er darüber sprach. »Gefällt es dir?«

Ich hatte noch nie einen Job und konnte mir überhaupt

nicht vorstellen, wie man Hausaufgaben plus Band *plus* Job schaffen konnte.

Jetzt schaute Avery doch kurz zu mir herüber.

»Du musst deswegen nicht so schräg werden.« Er lachte, aber nicht aus vollem Herzen wie sonst. »Es ist nur ein Job, George. Viele Schüler arbeiten nebenher.«

»Ich wollte nicht schräg sein.« Gott, was für ein Tag. Seufzend lehnte ich den Kopf ans Beifahrerfenster. »Können wir bitte noch einmal von vorn anfangen? Hi, ich bin Georgie. Freut mich, dich kennenzulernen. Möchtest du ganz normale, kein bisschen gefühlsmäßig aufgeladene Pfannkuchen? Sie tun Schlagsahne drauf.«

»Ich bin eigentlich Veganer.«

»Was?« Vielleicht sollte ich einfach die Tür öffnen und rausspringen. Wir fuhren nur dreißig, vierzig Meilen die Stunde. Mit großer Wahrscheinlichkeit würde ich dabei also nicht sterben. In *Lady Bird* hatte es auch geklappt. »Wieso weiß ich nichts davon?«

Ich hob den Kopf vom Fenster, um Avery total zerknirscht anzusehen … und er lachte.

Oh.

Eine Spannung, die sich unbewusst in meinem Inneren aufgebaut hatte, löste sich.

»Du bist unmöglich«, sagte ich, während er sich vor Lachen ausschüttete und nach Luft schnappte. »Echt.«

»Du hast gesehen, wie ich Fleisch gegessen habe!« Avery prustete und schon bald musste ich mitlachen, ich konnte einfach nicht anders. Egal wie sehr mir meine eigene Welt anscheinend gefiel, Avery schaffte es immer, mich aus meinen Gedanken herauszuholen. »Du fällst wirklich auf alles rein!«

»Fahr einfach.« Ich wollte streng klingen, aber das Lachen, das schon wieder aus mir heraussprudelte, verriet mich. Und Averys verschmitztem Blick nach zu schließen, den er mir aus dem Augenwinkel zuwarf, kaufte er mir meine strenge Fassade auch nicht ab.

12

»Okay.« Avery stieß die Gabel in einen weiteren Pfannkuchen. Er war bei seinem dritten Teller an diesem Morgen angelangt, und ich war beeindruckt – er konnte tatsächlich mit meinem Tempo mithalten. Ich weidete mich jedes Mal am entgeisterten Blick der Kellnerin Jenn, wenn sie unsere Teller nachfüllte, zumal sie schon so geguckt hatte, als ich ohne meinen Bruder reingekommen war. »Was wolltest du werden, wenn du erwachsen bist?«

»Wieso ›wolltest‹?« Ich hatte den Mund so voll mit einem großen Bissen und viel Sirup, dass Avery applaudierte, als ich ihn hinunterschluckte. »Mein Gehirn hat noch nicht vollständig ausgesetzt, Mann.«

»Nein, als du klein warst, meine ich.« Avery neigte den Kopf, und das rote Lackleder quietschte, als er sich anders hinsetzte. »Ich wollte zum Beispiel Halter eines Stoppschilds werden.«

»Der Metallpfosten mit dem Stoppschild oben? Du Spinner.« Ich konnte mich nicht erinnern, wann ich zum letzten Mal so entspannt im Diner gewesen war. Das fühlte sich Fitz gegenüber irgendwie unfair an, trotzdem. Außerdem hatte er mir abgesagt, und ich machte ihn sowieso immer nur unglücklich. Vielleicht konnte ich ruhig zugeben, dass dieses Gefühl manchmal auf Gegenseitigkeit beruhte.

»Nein, das ist ein lebloses Ding, George, ehrlich.« Avery

schnitt einen weiteren Pfannkuchen in der Mitte durch und streute gekonnt ein paar M&Ms darüber. »Ich wollte derjenige werden, der das Stoppschild *hält*. Zum Beispiel wenn man an einer Baustelle vorbeifährt und es auf der einen Seite ein Schild mit STOPP gibt und auf der anderen eins mit LANGSAM FAHREN. Diese Schilder muss jemand halten. Und diese Person kontrolliert den ganzen Verkehrsfluss. Sie hat unglaublich viel Macht.«

»Ich bleibe bei dem Spinner. Du hast den Wunsch, Feuerwehrmann zu werden, wohl übersprungen«, sagte ich lachend und strich mir eine Haarsträhne hinters Ohr, damit sie nicht mehr in den Sirup fiel. Ich konnte froh sein, wenn mir der Sirup bei all dem Gelächter nicht aus der Nase wieder rauskam.

»Auf meine Individualität habe ich mir immer schon viel eingebildet.« Er grinste, ich lachte. Schon wieder. Ich lachte mehr mit Avery als mit irgendwem sonst. Andererseits *sprach* ich ja auch mit niemandem sonst.

Trotzdem.

Nach der holprigen Fahrt (bildlich gesprochen, nicht wörtlich, da Avery der vorsichtigste Fahrer der Welt war, vermutlich um die Klapprigkeit seines Wagens auszugleichen) war das Frühstück bisher … gut verlaufen. Die gestrige Katastrophe mit der vermasselten Show, das Gespräch mit Wickham und meine Spende des übrig gebliebenen Caterings an das Reinigungspersonal erschienen weit weg. Ich konzentrierte mich hauptsächlich darauf, wie viele Pfannkuchen ich auf einmal essen konnte, und darauf, wie süß Avery sogar noch aussah, wenn seine Wangen mit Schlagsahne vollgestopft waren wie bei einem Streifenhörnchen.

Freundschaftlich süß selbstverständlich.

»Die Individualität sei dir gegönnt.« Als ich ihm mit meinem Kaffeebecher zuprostete, stieß er mit mir an. »Und was hast du am Berufsinformationstag gemacht? Ein Stoppschild aus Pappe mit in die Schule genommen?«

»Meine Mutter hat im Secondhandladen eine orangefarbene Sicherheitsweste gefunden.« Sorgfältig verteilte Avery die Schlagsahne auf seinen Pfannkuchen zu einer glatten Schicht. »Ich konnte es meinen Mitschülern leider nicht wirklich erklären. Und meine Lehrerin dachte, ich wollte einer der Typen sein, die *Y.M.C.A.* singen.«

»Nachvollziehbar«, sagte ich. »Hast du die Weste noch? Ziehst du sie zu Hause an, wenn du nostalgisch wirst? Oder schleichst du dich auf die Straße und versuchst, den Verkehr zu dirigieren? Moment.« Mit gespieltem Vorwurf richtete ich die Gabel auf ihn, als er grinste. »Bist du deshalb so scharf aufs Dirigieren? Weil es deinem Traum am nächsten kommt?«

»O nein.« Er schüttelte den Kopf und schnitt noch mehr von seinem Pfannkuchen ab. »Ich dirigiere, weil mir die Macht über euch Pfeifen so gut gefällt. Ich habe euch total im Griff.«

»Vielleicht meutern wir ja und proben den Aufstand.«

»Also bitte. Ich habe mir *Hamilton* angehört.« Als Avery erneut die Haare ins Gesicht fielen, strich er sie mit der freien Hand zurück. »Für einen Putsch seid ihr überhaupt nicht belastbar genug.«

»Herausforderung angenommen.« Uns gegenüber hatte sich eine große Gruppe Abschlussschülerinnen in eine Nische gequetscht, die Mädchen drängten sich zusammen, wie nur beste Freundinnen es konnten. Vor einem Jahr, nein, vor einem Monat hätte ich sie noch den ganzen Morgen neidisch angeglotzt, weil ich nicht haben konnte, was sie hatten.

Doch im Augenblick hatte ich das Gefühl, sehr wohl alles zu haben, was ich brauchte.

Ich rutschte aus unserer Sitzecke und blieb einen Moment am Tisch stehen, weil in mir dieses Gefühl vibrierte, zur Abwechslung tatsächlich *glücklich* zu sein. »Ich gehe zur Toilette und werde mich in der kurzen Zeit bestimmt nicht gegen dich verschwören.«

»Ich rüste schon mal auf«, erwiderte Avery und nickte in Richtung seines neuesten Pfannkuchentellers. Ich gab mir Mühe, mein Lächeln auf ein normales menschliches Maß herunterzudimmen, und während ich leise die Titelmelodie von *Sage Hall* summte, ging ich durch den Diner und wich ausgestreckten Beinen und klebrigen Stehtischen aus. Es war viel los, was bei mir normalerweise Platzangst auslöste, doch allmählich beschlich mich der Verdacht, das könnte an Fitz liegen. Vielleicht war es ja tatsächlich möglich, mit jemand anderem herzukommen und mich nicht wie der letzte Abschaum zu fühlen.

Irre.

Als ich mit der Schulter die Toilettentür aufdrückte, holte ich mein Handy heraus und blieb kurz stehen, um die neuesten Nachrichten zu checken. Krass, ich hatte einige von *Sage Hall*-Fanseiten, und es wurden immer mehr. Offenbar war etwas Wichtiges passiert. Vielleicht war eine der Schauspielerinnen schwanger oder so? Ich sah nur EILMELDUNG und lehnte mich an eins der Waschbecken, wobei ich die nassen Stellen sorgfältig mied. Dann klickte ich mich durch, um zu sehen, was los war.

Und los war … eine ganze Menge.

EILMELDUNG:
DREHBUCH-LEAK BESTÄTIGT ROMANZE VON
JOCELYN UND ANDREW.
JOCANDREW ERREICHEN KUSSQUOTE.
KUSS BESTÄTIGT: DIE FANS DREHEN DURCH.

Oh, wow.

O nein.

Natürlich hatte ich schon viele Spoiler zu *Sage Hall* bekommen. Man konnte nicht so vielen Fanseiten und Twitter-Accounts wie ich folgen, ohne hier und da auf einen Spoiler zu stoßen. Außerdem wurde die Serie von der BBC ausgestrahlt, und die britischen Fans hatten die neuesten Folgen meistens ein, zwei Tage eher gesehen, bevor sie bei uns ausgestrahlt wurden. Das hatte etwas mit der Sendeerlaubnis zu tun.

Doch keiner der vorherigen Spoiler hatte mir je das Gefühl gegeben, meine Welt würde in der Toilette eines Diners mitten im Nirgendwo des Staates New York zusammenbrechen. Aber das war wohl nur eine Frage der Zeit gewesen.

Atme. Atme, Georgie. Es ging schließlich um erfundene Figuren. Nur weil ich zufällig Jocelyn und Andrew komplett mit Wickham und mir assoziiert hatte, musste ich das nicht weiterhin so machen. Es war nur ein Kuss, im Fernsehen, in meiner Lieblingsserie.

Ich hätte begeistert sein sollen. Das war der Traum. Der Traum aller Mädchen, die je für ein sogenanntes *rarepair* geschwärmt oder jemals JocAndrew auf Fanfic-Seiten gesucht hatten und gezwungen waren, dieselben sechs Fanfictions immer wieder zu lesen, weil es nichts anderes gab.

Ich hätte zu Avery zurücklaufen, seine Hände nehmen, mit ihm durch den Diner tanzen und mit einer vollen Dose Schlagsahne feiern sollen. Ich hätte vor Freude schreien sollen.

Doch ich konnte nur an Wickham denken, wie oft er mich geküsst hatte und wie sehr ich mich auch danach verzehrt hatte.

Scheiße. Ich dachte, ich hätte das alles hinter mir gelassen: das Hyperventilieren auf der Toilette, das Hoffen, der Tag könnte ganz gut werden, und dann BÄM, war da sein Gesicht, waren da seine Lippen, sein Geflüster und seine Versprechungen und seine Hände in meinem Nacken, eine Zärtlichkeit, die sich noch nicht wie eine Lüge anfühlte. Sein einzig für mich reserviertes Lächeln, seine Bemerkungen, wie reif ich schon war, seine Bitte, in meinem Zimmer bleiben zu dürfen, wenn ich Unterricht hatte, und meine Blindheit für das, was er dort wirklich trieb.

Atme.

Ich hielt mich am Waschbecken fest und konzentrierte mich auf die nassen Seifenflecken, auf die Realität. Es war ein schöner Tag gewesen, insgesamt gar nicht so schlecht, die letzte Stunde sogar angenehm. Ich ließ Wickham hinter mir. Ich ließ alles hinter mir, was im letzten Schuljahr geschehen war. Ich würde mich zusammenreißen, in unsere Sitzecke zurückkehren und mich in Averys Gesellschaft wie ein normaler Mensch benehmen. Ich wollte nicht, dass er mich so sah, so verstört, als wäre etwas sehr Wichtiges geschehen.

Klar, *Sage Hall* war wichtig. Aber das hier musste wirklich keine große Rolle spielen. Ich konnte mir einreden, dass es nicht wichtig war. Vermutlich.

Avery war kein Rebell, der mich von meiner Familie und meinem Besitz weglocken wollte. Er war ein netter, lustiger Typ, der gern Zeit mit mir verbrachte – warum auch immer. Wenn ich gleich zurückkehrte, würde er bei meinem Anblick strahlen, weil das zu seiner Persönlichkeit gehörte. Ich musste ihm nur eine Chance geben. Ich musste das Handy weglegen, England im Regency-Zeitalter und seine Skandale vergessen und zurückgehen.

Noch mal tief durchatmen, Wasser ins Gesicht. So. Ich betrachtete mich in dem beschlagenen Spiegel. Ich sah so präsentabel aus, wie ich hereingekommen war, fand ich. Und nicht, als wäre mein Glück nur eine ansonsten unbedeutende Schlagzeile davon entfernt, zertrümmert zu werden.

Ich legte die Hand aufs Herz, als könnte ich es zur Ruhe zwingen, indem ich nur fest genug drückte, und atmete noch ein paarmal tief durch. Dann ging ich auf die Toilette, wusch mir die Hände und kehrte zu unserem Tisch zurück – entschlossen, mich vor dem Jungen, der mich vielleicht gernhatte, zusammenzureißen.

»Du hast mir immer noch nicht geantwortet«, nahm Avery den Gesprächsfaden wieder auf, sobald ich mich hinsetzte. Als er die Hand mit der Gabel über den Tisch ausstreckte, um einen meiner Pfannkuchen aufzuspießen, wehrte ich den Angriff mit meiner eigenen Gabel ab und tat einfach so, als wäre alles in Ordnung. »Kindheitstraum. Na, los.«

»Okay.« Ich verdrängte die Bilder von JocAndrew aus meinen Gedanken, während ich erneut gegen seine Gabel ankämpfte. Avery war richtig beharrlich, und ich war auf einmal richtig erschöpft. »Es ist nicht so interessant wie bei dir.« Wenn ich nur immer weiterredete, konnte ich meinen inneren Panik-Monolog vielleicht übertönen.

»Du bist sehr viel interessanter, als du glaubst, das schwöre ich dir.«

»Na klar.« Meine Ängste mischten sich mittlerweile mit Selbstzweifeln und stiegen hoch wie die Flut. Ich spürte Wickham überall, er erdrückte mich von allen Seiten. Ich sah ihn wieder vor mir, wie er mich gestern fertiggemacht hatte, seinen Gesichtsausdruck. Es war, als würde ich das Ganze von weit oben miterleben, und ich sah, wie ich nicht einfach gegangen war. Wie ich stattdessen angewurzelt stehen geblieben war und es mir hatte gefallen lassen. »Das Interessanteste an mir sind die Dinge, die andere sich ausgedacht haben. Das schwöre ich dir, Avery.«

»Echt jetzt?« Er trank einen Schluck Kaffee, zuckte zusammen und schenkte noch ordentlich Milch nach. Das Getränk war schon eher weiß als schwarz, doch ich hieß seine Andersartigkeit willkommen und war froh, mit jemandem hier zu sitzen, der nicht fand, die Bitterkeit des Lebens müsse man halt schlucken. Und ich war wirklich mit Avery hier. Nicht mit Fitz. Nicht mit Wickham. Avery war ungefährlich. Avery war okay.

Wenn ich auf mein Herzrasen hörte, fühlte sich das nicht so an, doch ich konzentrierte mich darauf, das Kommando meinem Kopf zu überlassen.

»Ist es irgendwie peinlich?«, drängte Avery, während er ein Zuckertütchen aufriss und in seinen Kaffee kippte, der den Namen längst nicht mehr verdiente. »Ich habe dir auch meine Stoppschildhaltergeschichte erzählt. Wenn dein großes, dunkles Geheimnis daraus besteht, dass du seit deinem zweiten Lebensjahr Börsenmaklerin werden wolltest, kannst du es also ruhig zugeben. Ich verurteile dich nur im ganz normalen Ausmaß.«

»Ich bin ziemlich sicher, dass Börsenmakler Highschool-Mathe bestehen müssen.« Warum beantwortete ich nicht einfach seine Frage? Eine ehrliche Antwort – und ich kannte sie selbstverständlich, auch wenn ich sie nicht aussprechen wollte –, wäre eine gelungene Ablenkung von JocAndrew und Wickham. Und ich konnte damit ein neues, lustiges Kindheitstrauma hervorkramen.

Wickham würde davon ausgehen, dass ich Avery diesen Gefallen nicht tat. Er würde mich daran erinnern, dass ich außer mit ihm nie mit anderen redete. Typisch Darcy eben.

Doch als Avery mich mit diesen dunkelbraunen Augen unter den zerzausten Haaren ansah, wollte ich ihn einweihen. Ich wollte irgendwen einweihen, damit ich nicht mit meinen quälenden Gedanken und Ängsten allein blieb. Und es war nicht nur eine Rebellion gegen Wickham und seine Erwartungen. Ich tat es für mich.

»Ich …« Ich holte tief Luft und ignorierte das Flattern in meiner Brust. Als Avery sich vorbeugte, wehte mir ein Hauch von Zimt und Seife in die Nase, der mir zwei Jahre voller Busfahrten ins Gedächtnis rief, Erinnerungen an Gelächter und daran, wie ich an seiner Schulter eingeschlafen war. Ich hatte ewig nicht mehr daran gedacht. »Ich wollte Orchestermusikerin werden.«

»Cool.« Avery nickte lässig wie immer und merkte gar nicht, wie sehr ich ihm entgegengekommen war. »Für Musicals?«

»Genau.« Ich hatte nur noch einen halben Pfannkuchen übrig, doch ich schob ihn auf dem Teller hin und her und betrachtete die Sirupschlieren. »Mein, äh, mein Dad hatte mich und Fitz zu Broadway-Musicals mitgenommen, als wir klein waren. Ich war entschieden zu jung dafür.« Während ich mich um einen gleichmäßigen Tonfall bemühte, sortierte ich die M&Ms auf meinem Teller nach Farben, die roten getrennt von den gelben und die wiederum getrennt von den braunen. »Wir haben uns *König der Löwen* angesehen, als ich drei war. Oder vier? Und mein Dad kannte den Dirigenten und nahm uns mit in den Orchestergraben. Die Musiker waren supernett zu mir und ich wollte sofort dazugehören.«

Ich konnte mich ganz genau daran erinnern, obwohl ich seit Jahren nicht mehr daran gedacht hatte. Wie mein Dad mich hochgehoben hatte, damit ich in den Orchestergraben blicken konnte. An den Dirigenten, der mir erlaubte, seinen Stab zu halten, während die Geiger auf meine Geste hin ein lupenreines A spielten. Fitz und ich hatten nach Luft geschnappt, als die Musik schließlich aufgebrandet war und die Schlagwerker weiter oben den Takt schlugen und eine Giraffe sich in unsere Richtung verbeugte. Wie mein Dad gelächelt und kaum, dass wir zu Hause waren, eine private Klavierlehrerin für mich engagiert hatte.

Ich hatte das Gefühl geliebt, das die Musik in mir auslöste, die ultimative Ablenkung.

»Das ist toll.« Als ich Avery ansah, lächelte er, doch sein Blick suchte meine Augen, als wüsste er, dass an der Geschichte noch mehr dran war. »Machst du das immer noch? Wenn du zu Hause bist oder so?«

»Seit dem Tod meines Vaters nicht mehr.« Ich verschwieg ihm, wie sehr mein Vater den Diner verschmäht hätte. Im Vergleich zu meiner Mutter war er vielleicht ein ungekünstelter bodenständiger Typ gewesen, dennoch hatte er jeden Tag einen Anzug getragen und keinen Fuß in ein Lokal gesetzt, das keine Weinkarte hatte. Fitz und ich gingen inzwischen nicht mehr in Läden, die ihm gefallen hätten. »Fitz hat mich danach einmal zu einer Show mitgenommen, aber wir waren beide so am Boden zerstört, dass wir in der Pause gehen mussten.«

Das hatte ich noch nie jemandem erzählt, und auch jetzt ging ich nicht ins Detail. Damals war ich in der Pause zur Toilette gegangen und hatte in einer Kabine eine Panikattacke bekommen. Eine Platzanweiserin hatte sich auf die Suche nach Fitz gemacht und auf dem Weg einen anderen Platzanweiser getroffen, der auf der Suche nach mir war, weil Fitz sich in der Abstellkammer eingeschlossen hatte und nicht aufhörte zu weinen. Nachdem die beiden uns wieder vereint hatten, fuhr Fitz den ganzen weiten Weg nach Hause und wir sprachen nie, niemals wieder darüber.

Mittlerweile offenbarten wir einander unsere Gefühle nicht mehr. Es hatte bei der Beerdigung begonnen, und Wickham hatte dem Ganzen den Rest gegeben. Mein Vater war gestorben, meine Mutter abgehauen, aber ich hatte auch meinen Bruder verloren, der glaubte, er müsse die Elternrolle übernehmen und könne nicht mehr mein Freund sein.

Er fehlte mir.

»Verstehe, sorry.« Als ich den Blick hob, lächelte Avery nicht mehr und sah mich ernst an, während er blinzelnd stammelte: »Das wusste ich nicht. Also, das mit deinem Dad, ja, aber nicht – tut mir leid.«

»Woher hättest du das wissen sollen?« Ich zuckte mit den Schultern. Diese Erinnerungen brachten mich nicht mehr zum Weinen. All das hatte ich längst verarbeitet. »Ich hatte es dir nie erzählt. Kein Problem.«

»Stimmt, aber …« Averys Stimme verriet einen ungewohnten Anflug von Frust. »Wir sind Freunde. Gute Freunde. Oder?«

Auf einmal entdeckte ich eine Verletzlichkeit bei ihm, die ich an ihm noch nie gesehen hatte, die ich aber dennoch wiedererkannte. Von mir selbst, aus meinem tiefsten Inneren, dem ich häufig keine Beachtung schenkte.

Ich bemühte mich um ein Lächeln, als ich Jenn um die Rechnung bat, die daraufhin so schnell kam, dass sie sie aus lauter Sehnsucht, uns loszuwerden, offenbar bereits ausgedruckt haben musste.

»Ich bin richtig schlecht in Freundschaften, Avery, das hat nichts mit dir zu tun. Ich spreche mit niemandem über diese Dinge.«

»Doch, jetzt mit mir.« Das war keine Frage.

»Ja.« Ich legte das Geld auf den Tisch, rutschte aus der Sitzecke und zog rasch meine Jacke an, obwohl mir erstaunlich warm war. Der JocAndrew-Kuss war noch nicht angekommen. Und in der Zwischenzeit ... wie bereits gesagt, nicht alles war mies. »Stimmt.«

Sein Lächeln, ein helles Strahlen von jemandem, dessen Freundschaft ich mit an Sicherheit grenzender Wahrscheinlichkeit nicht verdiente, traf mich ins Herz.

Im Hinterkopf meldete sich etwas, eine Sehnsucht, die ich lange nicht empfunden hatte. Ein Hauch von einem Gedanken. Eine Art Anfang.

Der erste Satz war ganz leicht. Normalerweise schrieb ich keine neuen Figuren in meine Fanfiction, doch diese Figur, ein Freund von Jocelyn, ging mir nicht aus dem Kopf, und ausnahmsweise hatte ich keine Lust, über Andrew zu schreiben. Rebellen waren leicht zu beschreiben, ein fieses Grinsen hier, eine freche Bemerkung da. Ich spürte ein unvermutet starkes Interesse an jemandem, der einfach … nett war. An einem guten Menschen.

Jocelyn hatte sich so lange von den anderen abgeschottet, dass sie es kaum merkte, als sie damit aufhörte.

Die Wörter strömten nur so aus mir heraus.

Jocelyn staunte stets aufs Neue über Henry. Wie sollte es auch anders sein? Alles, was sie von ihm erwartet hatte … war irgendwie anders gekommen. Als sie dachte, er würde grausam sein, war er freundlich gewesen. Als sie mit einer Zurechtweisung gerechnet hatte, war sie akzeptiert worden.

Als sie eines Nachts zu ihm gegangen war, müde und einsam und voller Sorge um ihre Schwester, hatte er sie in den Arm genommen.

Er hatte sie nicht gefragt, warum sie zu einer Zeit, in der keine Lady unterwegs sein sollte, in sein Herrenhaus auf dem Hügel gekommen war. Er hatte ihren Blick gesehen, seine Hand auf ihre gelegt und sie zu einer Bank in seinem kunstvoll angelegten Garten geführt. Die Bediensteten, die sie mit großen Augen betrachteten und über die unangemessene Begegnung tuschelten, hatte er fortgeschickt.

Henry selbst sagte nichts dergleichen, sondern setzte sich neben sie, während sie all ihre Ängste und Träume schilderte. Und als sie aufstand, um zu gehen, um sich in ihr allzu stilles Haus zurückzuschleichen, wo alle statt mit ihr nur über sie redeten, sah er ihr in die Augen, wartete, bis sie zustimmend nickte, und schlang die Arme um ihre Schultern, sodass sie ihren Atem an seinen Hals hauchte.

Es fühlte sich nicht natürlich oder unbefangen an. Jocelyn war nicht besonders versiert, was Natürlichkeit und Unbefangenheit anging. Doch es fühlte sich eindeutig richtig an.

Ich richtete mich aus meiner gebeugten Haltung über dem Laptop auf und rieb mir die Augen. Es war fast Mitternacht. Wo auch immer Sydney war, sie würde bald zurückkommen. Ich sollte ins Bett gehen.

Ich speicherte die Datei, schaltete den Computer aus und kroch unter die Decke. Als ich die Augen schloss, hatte ich noch immer den intensiven Geruch von Zimt und Seife in der Nase.

13

Die Spielfeldprobe verlief nicht gut.
Wir waren seit anderthalb Stunden draußen, und es war nicht nur eiskalt, wir waren auch noch schlecht. Schrecklich schlecht. Wir marschierten quasi mit der Geschicklichkeit von Anfängern am ersten Tag im Bandcamp, und es wurde nicht besser dadurch, dass Braden uns die ganze Zeit anschrie.

»Emily, Füße hoch! Wenn du deine Schuhe durch den Matsch ziehen willst, mach das in deiner Freizeit.«

»Das ist nicht mal Matsch«, murrte Emily neben mir. Hätte ich es nicht besser gewusst, hätte ich gedacht, sie würde mit *mir* reden, aber das war schier unmöglich. »Auf Kunstrasen gibt es keinen Matsch.«

»Hast du uns etwas zu sagen, Emily?« Braden warf ihr von seinem Platz am Ende der Reihe einen bösen Blick zu. Wir hatten uns in der oberen linken Ecke aufgestellt, weit draußen auf der Zehn-Yard-Linie, zu weit von Avery entfernt, als dass er mir irgendwie helfen konnte. Als wäre das nicht alles schlimm genug, kam es auch noch nass vom Himmel runter. Es war eher Nebel als Regen, aber unangenehm genug, um einem jegliche Freude an einer Spielfeldprobe zu nehmen. Die Holzbläser hatten ihre Instrumente beim Anblick der ersten Wolke reingebracht, doch wir Blechbläser harrten aus, obwohl meine Hände beinahe an der Posaune festfroren.

»Nein. Sir.« Das zweite Wort flüsterte Emily wieder, und ich versuchte, ihren Blick einzufangen, doch sie schaute nur auf ihren Trichter. Braden hatte sie nach dem katastrophalen Zusammenstoß langfristig neben mich platziert (»jemand muss schließlich auf dich aufpassen«), und wir hatten noch immer kein Wort miteinander gesprochen. Emily sprach nur … in meiner Nähe.

»Gut.« Braden nickte. Ausnahmsweise war ich neidisch, weil er sich wie immer übertrieben auf das Wetter vorbereitet hatte. Gegen seine dicke Jacke, Skihandschuhe und Pom-Pom-Hut kam die Kälte bestimmt nicht an. »Wir haben nur noch eine Woche bis Homecoming. Wenn wir auch das vermasseln, ziehen sie uns bis ans Ende unserer Tage damit auf.«

Als ob sich irgendwer für sechs Posaunisten interessierte, dachte ich, klemmte meine Hand über den Zug und dachte an etwas Warmes. Avery wirkte auf seiner Leiter vorne auf dem Spielfeld wie eine Actionfigur. Er unterhielt sich mit der Trommellinie, und ich fragte mich, worum es ging. Ihnen schien viel wärmer zu sein als uns.

Mann, es war wirklich furchtbar hier draußen, doch mir blieb nichts anderes übrig. Selbst wenn ich etwas wie »hust, hust, ich werde krank« abziehen würde und damit durchkäme, musste ich mir dennoch etwas einfallen lassen, wie ich mich bei der Band nach dem Debakel von letzter Woche wieder beliebt machen konnte. Ich hatte kurz überlegt, Fitz um eine weitere Spende an die Schule zu bitten, doch Wickhams Bemerkung, dass keiner mich mochte und dass das teilweise am Geld läge, ließ mich immer noch nicht los. Zum ersten Mal konnte ein Problem nicht mit dem Vermögen der Darcys gelöst werden.

Dachte ich wenigstens.

Ich konzentrierte mich wieder, als Avery die Arme hob und in unsere Richtung nickte. Braden quasselte vom Ende der Reihe weiter über Tradition und Würde, bis Jackson ihn mit dem Ellbogen anstieß und nach vorn zeigte. Braden verstummte mitten im Wort, als wollte er eine gefangene Fliege im Mund halten, während Avery die Arme noch höher streckte und wir zu spielen begannen.

Acht nach links, acht nach vorn, stehen bleiben, zwei, drei, vier. Die Schrittfolge war an dieser Stelle nicht besonders kompliziert. Wir spielten eine schräge Mischung von Popsongs, die Avery als »These Fools All Dated Each Other« bezeichnet hatte. In den Noten hatte die Posaunenstimme in »Sucker« cool ausgesehen, aber der Sound war … nicht gut. Vom Ende der Reihe hörte ich deutlich Misstöne, dort schmetterte jemand gegen die anderen an.

Die Antwort auf »Wer zum Teufel klingt so grässlich?« wurde mir präsentiert, als die Posaunen an der Zwanzig-Yard-Linie um eine Ecke bogen. Das glänzende Blech unserer Instrumente bildete in dem grauen Dunst die einzige Farbe.

Braden.

Tja, Mist. Der Einzige, der Braden wegen seiner Töne und des Stimmens korrigieren würde, wäre Braden. Ich war ziemlich sicher, dass er jeden anderen für den Versuch umbringen würde, und wer sollte es überhaupt wagen? Braden war Abschlussschüler, und die Band bedeutete ihm sehr viel, auch wenn er musikalisch nie auf der Höhe gewesen war. Ich konnte sehr gut nachvollziehen, warum Mrs Tapper ihn zum Stimmführer ernannt hatte.

Was nicht hieß, dass er gut spielte.

Weiter vorn schlitterten zwei Fahnenkorps unter Sydneys Leitung ineinander. Perfekt. (Ich trat unauffällig einen Schritt zurück, damit mir das ja nicht auch noch angekreidet wurde.) Obwohl ich versuchte, mich in die Musik hineinzuversetzen und in der stampfenden Basslinie des Songs zu verlieren, hörte ich nur Bradens unregelmäßiges Wimmern. Am liebsten hätte ich ihm die Posaune aus der Hand gerissen und sie ihm auf den Kopf geschlagen. Ehrlich, wie peinlich, was er da ablieferte, ein Hohn für alle Posaunen. Die Jonas Brothers hatten nicht die gesamte Energie ihrer Wiedervereinigung in diesen Song einfließen lassen, damit er falsche Töne spielte.

Beim letzten Takt, als wir die Trichter nach oben streckten, um ihn noch mehr zu betonen, wand ich mich – wir sahen gut aus, aber was für ein *Klang*. Braden leitete unsere Instrumentengruppe, und die jüngeren Spieler orientierten sich an ihm. Was, wenn sie nun dachten, er würde die richtigen Töne treffen, und sich entsprechend anpassten? Dann würde die halbe Gruppe falsch spielen, und das würde man auf der Tribüne auch deutlich hören. Und zack, weg waren die Spenden der Ehemaligen, die all das ermöglichten. Das war's dann mit unseren Fahrten zu Paraden und Sportveranstaltungen.

Da meine Noten zurzeit so schlecht waren, dass ich niemals irgendwohin mitfahren durfte, war ich nicht unmittelbar betroffen. Aber ich wollte, dass die Band gut spielte, und ich wollte den Spielern beweisen, wie wichtig ich unser Engagement fand und natürlich den Klang. Auch Mrs T sollte merken, dass ich die Gruppe nicht runterzog, und Avery sollte wissen, dass er sich nicht in mir getäuscht hatte.

Das war ja wohl nicht zu viel verlangt.

Vielleicht sollte ich es Braden sagen. Nein, das war eine

schlechte Idee. Andererseits, was wusste ich schon? Meine Ideen hatten sich größtenteils als katastrophal erwiesen, obwohl ich sie super gefunden hatte. Wenn ich diese Idee also selbst schlecht fand, bedeutete es *möglicherweise*, dass ich doch nicht auf dem Holzweg war.

»Das reicht für heute«, verkündete Mrs Tapper durch ihr Megafon. Ich schaute neidisch auf ihre Handschuhe, während ich bibberte, weil es noch kälter war, nun da wir nicht mehr marschierten. Notiz an mich selbst: Die Haushälterin sollte mir ein weiteres Paar von zu Hause schicken. »Probt morgen weiter.« Bildete ich mir das ein, oder schweifte ihr Blick bei diesen Worten zu den Posaunen? Sicherlich war es ihr aufgefallen. Es ging gar nicht anders.

Ich blieb noch eine Minute länger auf dem Spielfeld, als die Band vom Platz ging. Der eisige Dunst legte sich auf mein Gesicht. Ich sollte den Kopf gesenkt halten und so tun, als wäre alles in Ordnung. Wie ein nettes Mädchen unter dem Radar bleiben. Wie die perfekte Darcy, mit dem Rücken zur Wand, während die Welt sich weiterdrehte.

Ehe ich wusste, was ich tat, holte ich Braden am Spielfeldrand ein und versperrte ihm den Weg in den Musikraum.

»Hey.« Da ich versuchte, tief einzuatmen und gleichzeitig zu reden, musste ich mitten im Satz laut husten. Braden blickte ausdruckslos auf mich herab, als würde er abwarten, ob ich nicht doch noch erstickte. »Kann ich kurz mit dir sprechen?«

»Wenn's sein muss.« Seine Stimme triefte vor Verachtung. Na toll. Ich fand es super, dass ich wie eine Nervensäge behandelt wurde, nur weil ich meinen Stimmführer angesprochen hatte, der für mich zuständig war. »Beeil dich, es ist kalt.«

Die anderen Spieler waren stehen geblieben und beobachteten uns, was mich noch mehr als sonst in die Verteidigungshaltung drängte, aber ich atmete tief durch und versuchte, wie eine vernünftige Person zu klingen, der man gern zuhörte. »Ich glaube, du hast nicht ganz richtig gespielt. Es klang schief.«

»Das stimmt nicht.« Braden wurde blass, als er die Augen zusammenkniff. »Und woher willst du das überhaupt wissen? Schließlich bist du nicht gerade dafür bekannt, gut mit anderen zusammenzuspielen.«

»Doch, so war's.« Ich ignorierte seine boshafte Bemerkung, zuckte mit den Schultern und verschränkte die Arme, um mich möglichst warm zu halten. »Glaub mir. Ich habe nämlich Ohren. Daher weiß ich es.« Okay, meinetwegen ein bisschen schroffer als beabsichtigt, aber es war viel schwerer, eine höfliche Fassade zu wahren, wenn Braden sich so arschig verhielt. Neben mir holte jemand scharf Luft, Emily vermutlich, doch ich drehte mich nicht um. Ich würde nicht als Erste den Blick abwenden. Wenn er eine Art Posaunen-Machtkampf wollte, würde er ihn bekommen.

»Als ich das letzte Mal nachgesehen habe, war ich Stimmführer.« Die Farbe kehrte in Bradens Gesicht zurück, als er vor Wut rot wurde. »Und du bist nur eine unbedeutende Außenseiterin, also warum lässt du mich verdammt noch mal nicht in Ruhe? Wenn es dir nicht passt, wie ich spiele oder meine Gruppe führe, auch gut. Wir brauchen dich hier nicht, Darcy.«

»Ich will nur helfen, Braden.« Obwohl ich am liebsten im Boden versunken wäre, blieb ich standhaft. Ob sie es laut aussprachen oder nicht, unsere Mitspieler waren bestimmt auch meiner Meinung, und ich wollte mir Gehör verschaffen.

»Und ich will dir eins sagen.« Braden machte einen Schritt auf mich zu, sehr nah, nah genug, um seinen Pfefferminzatem zu riechen. »Wir brauchen dich nicht, und wir wollen dich nicht. Selbst wenn du dir deinen Platz in der Band mit dem Geld deines toten Daddys erneut erschlichen hast, muss ich dich nicht mit einem Respekt behandeln, den du dir *noch nie* verdient hast.«

Nun wurde ich blass und warf einen Blick auf die anderen. Nachdem ich nun *erneut* den Kopf für sie hingehalten und bewiesen hatte, wie wichtig mir die Band war, musste einer von ihnen doch etwas sagen. Jemand musste mir zur Seite stehen. Das war etwas anderes als die Catering-Nummer. Hier ging es um mich, eine Person, die sich für die Band einsetzte. Irgendwer musste das doch respektieren.

Fehlanzeige.

Und Braden war noch nicht fertig.

»Außerdem ist es irgendwie komisch, wenn du so tust, als läge dir unser Sound am Herzen«, fuhr er munter fort, weil ihn niemand bei seiner unverhohlenen Attacke unterbrach. »Schließlich warst du es doch, die dafür gesorgt hat, dass unser bester Trompeter rausgeworfen wurde, oder etwa nicht?«

Wir kamen immer wieder auf Wickham zurück und darauf, wie eng mir um die Brust wurde und wie klein ich mich fühlte.

Ich wich zurück. Am liebsten hätte ich gekontert, mit einer bissigen Bemerkung oder so, doch ich sah nur die anderen Bandmitglieder, die sich um Braden scharten und ihm nichts entgegensetzten. Niemand meldete sich und sagte, dass sie mich sehr wohl als Mitspielerin wünschten, dass ich eigentlich gar nicht so schlecht spielte und dass die Gerüchte über mich nicht stimmten und Braden nicht wusste, wovon er redete. Dass ich wirklich nur helfen wollte. Sie musterten mich schweigend, ihre Mienen schwankten zwischen Desinteresse und Feindschaft, und keiner hielt mich auf, als ich mich umdrehte und vom Spielfeld rannte.

Scheiß drauf. Scheiß auf sie alle. Sie hatten eindeutig kein Interesse daran, mir eine zweite Chance zu geben. Wickham hatte recht, auch wenn mir dieser Gedanke zuwider war. In Bezug auf mich und die Menschen in meiner Umgebung hatte er immer recht gehabt.

Ich holte meinen Rucksack aus dem Musikraum, ohne stehen zu bleiben, und rannte hinaus in den langen Gang der Musikabteilung.

Das hier hatte mit dem *Vorfall* nichts zu tun. Die Leute machten andauernd Fehler. Das hier war eine hartnäckige Zurückweisung, die ich nie so richtig verstanden hatte, da ich nun das erste Mal ohne das Sicherheitsnetz meines Bruders, ohne Wickham und ohne meine gekünstelte Prahlerei in Pemberley war. Und diese Menschen, denen ich etwas bedeuten sollte, sagten mir ins Gesicht, dass sie mich nicht dabeihaben wollten. Endlich wusste ich, woran ich war. Sie dachten, die Band stünde wesentlich besser da, wenn Georgie Darcy anstelle von Wickham Foster von der Schule verwiesen worden wäre.

Ich wollte Wickham mailen. Ich wollte »gewollt« werden.

Ich rannte noch schneller, drückte die Tür zum Kunstgebäude auf und lief über den Innenhof, zum Teufel mit dem Regen. Ich wünschte, ich könnte mich in meinem Zimmer unter der Bettdecke verkriechen und bis in alle Ewigkeit schlafen, doch Sydney würde ebenfalls dorthin gehen, und mit ihr konnte ich mich jetzt nicht herumschlagen. Deshalb strebte ich die Bibliothek an, den einzigen Ort auf dem

Schulgelände, der bis spätabends geöffnet war. Dort konnte ich bis zur Ausgangssperre bleiben, in meinen Schlaftrakt zurückschleichen und so tun, als wäre ich allein. Ich wünschte, ich könnte mich in eins der vergangenen beiden Schuljahre zurückversetzen, bevor alles den Bach runtergegangen war. Oder noch besser, als mein Vater noch am Leben und meine Mom noch bei uns war. Ich wünschte, ich könnte vorgeben, eine heile Familie zu haben, die mich liebte und sich um mich sorgte.

Wickham stand an meiner Zimmertür, und es war ungewöhnlich warm für April, fast schwül, und Fitz war auch da und hielt die Tüte mit den Tabletten hoch und fragte, was das für Tabletten waren, und Wickham lachte und wollte es überspielen, bis mein Bruder mit der Faust auf meinen Schreibtisch schlug und schrie, wir sollten gefälligst antworten.

Ich hatte die Antwort immer noch nicht gefunden.

Zum Glück war die Bibliothek vollkommen leer, als ich mich mit zitternden Händen am Empfang einschrieb. Und es war warm und gemütlich. Das auf dem ganzen Gelände allgegenwärtige dunkle Holz passte hier am besten, passte perfekt zu den hohen Torbögen und den bodentiefen Fenstern, durch die man in jedes Wetter hinausschauen konnte, vor dem man geflüchtet war. Überall brannten Lampen und zwischen den Regalen gab es Schlupfwinkel und Verstecke mit vornehmen Sesseln. Ein Bereich, eigentlich ein ganzer Seitenflügel, war nach Fitz benannt, da er in seinen vier Schuljahren immer dort gelernt hatte. In dem Jahr, in dem wir beide hier waren, hatten wir gemeinsam dort gesessen. Er hatte nach seinem Abschluss dafür gespendet und die Plakette war noch neu und glänzend. Ich blieb möglichst weit weg davon.

Immerhin war mein Lieblingssessel frei. Weich, rot und abseits von den anderen stand er am Fenster, aber ein Stück entfernt, wo einem nicht kalt wurde. Ich zog einen zweiten Sessel für meine Füße heran und nutzte den zusätzlichen Vorteil der Steckdose hinter der hohen Rückenlehne. Nachdem ich meinen Laptop eingestöpselt und den Kopfhörer aufgesetzt hatte, machte ich es mir gemütlich und schaute zu, wie vor meinen Augen aus dem Niesel- ein Platzregen wurde. Meinetwegen konnte es stundenlang so weitergehen.

Oder mindestens die fünf Stunden, bis die Bibliothek am Abend schloss und ich durch den Regen zu meinem Zimmer zurücktrotten musste. Aber an einem Tag wie diesem nahm ich, was ich kriegen konnte.

Ich holte mein Handy heraus und ging, ohne groß nachzudenken, zu meinen Kontakten und klickte den von Fitz an. Er wollte sicher nicht mit mir reden. Keine Ahnung, warum ich mich trotzdem auf einmal danach sehnte, ihn anzurufen. Er würde mich ja doch nur anschreien oder, noch schlimmer, gar nicht erst drangehen.

Und ich würde Wickham keine Mail schreiben. Ich würde Wickham keine Mail schreiben.

Ich steckte das Handy wieder weg.

14

Avery fand mich.

Vielleicht hatte er einen siebten Sinn, was mich anging. Ich wollte nicht undankbar erscheinen, als er sich zwischen den Bücherregalen auf mich zuschlängelte und zögerlich die Hand hob. Aber hatte er keine anderen Freunde? Oder andere Verpflichtungen, außer mich zu trösten?

Typisch für mich, dass ich ihn das gleich als Erstes fragte.

»Hast du nichts Besseres zu tun, als nach mir zu suchen, wenn ich am Boden bin?«, erkundigte ich mich, als er einen weiteren Sessel heranzog – er bat mich nicht, meine Füße von meinem zweiten Sessel zu nehmen, sehr nett – und sich neben mich setzte. »Du hast doch sicher noch mehr Freunde.« Es gab mir einen Stich, weil diese Worte unfreundlicher klangen, als ich sie gemeint hatte.

Sein Lächeln fiel kurz in sich zusammen, bevor es erneut erstrahlte. Er war wie die Grinsekatze aus *Alice im Wunderland*. Falls er jemals in meiner Gegenwart verschwand, wäre dieses Lächeln das Letzte, was ich von ihm sehen würde.

»Du bist nicht die Einzige, die manchmal gern allein ist, George.« Er stützte den Ellbogen auf die Armlehne und legte den Kopf in seine Hand. »Mein fantastischer Sinn für Humor kommt nicht überall gut an.«

»So wie deine Bescheidenheit?« Avery war ... nun ja, beliebt war er nicht. Die Schule war nicht groß genug für richtige Beliebtheitswettbewerbe, aber wenn sie es wäre, stünde der Tambourmajor der Marschkapelle, der immer eine zerknitterte Uniform trug und schräge Witze über Gefühle machte, nicht ganz oben auf der Liste. »Trotzdem und im Ernst. Wenn du lieber mit anderen Leuten was machen willst, ist das kein Problem. Ich wäre nicht beleidigt.«

»George.« Diesmal war es weniger ein Grinsen, sondern eher ein Lächeln, das an Traurigkeit grenzte. »Mit welchen ›anderen Leuten‹ hast du mich denn gesehen? Kannst du sie mir bitte nennen? Und mir ihre Handynummer geben?«

Es tat weh, diese ehrlichen, diese tiefgehenden Gefühle in seinem Gesicht zu sehen. Ich hätte am liebsten den Blick abgewandt.

»Egal«, fuhr er schulterzuckend fort. »Ich wollte nach der Probe mit dir reden. Wegen … du weißt schon. Aber Mrs T hat mich abgefangen, und ich konnte nicht so schnell weg. Ich habe ewig gebraucht, bis ich dich hier gefunden habe. Wenn ich dich aber lieber in Ruhe lassen soll …« Er verstummte und sah mich an.

Als ich den Kopf schüttelte, lächelte er und strich über das Lederpolster seines Sessels.

Oha. Ich holte tief Luft. Anscheinend wollte ich doch drüber reden. »Du hast Tambourmajor-Superkräfte, oder?«

»Ein paar. Leider gehört Fliegen noch immer nicht dazu.«

»Kannst du Braden feuern?« Die Worte sprudelten nur so aus mir heraus, und Avery zog eine Augenbraue hoch. »Er ist einfach … Er ist wirklich ein miserabler Stimmführer.« Das war voll gepetzt, aber was sollte es, die Posaunen hassten mich sowieso schon.

»Autsch.« Avery machte es sich in seinem Sessel gemütlich, als wüsste er, dass das hier länger dauern könnte.

»Willst du mir erzählen, warum ihr euch angeschrien habt?«

»Oh, das Übliche.« Mein Lachen klang grimmig. »Ich wollte ihm einen winzigen Rat geben, wie er besser spielen kann – wozu es mehr als eine winzige Korrektur bräuchte, aber ich sehe ein, dass es niemanden interessiert, was ich zu sagen habe –, und er ist total ausgerastet. Er hat mich als unbedeutende Außenseiterin bezeichnet, die sich auf dem Geld ihres toten Daddys ausruht.« Ich pustete mir eine Locke aus dem Gesicht. »Und um das Maß vollzumachen, hat er mich noch daran erinnert, wie begabt Wickham war. Und wenn er mir das schon alles ins Gesicht sagt, was meinst du wohl, wie er hinter meinem Rücken über mich lästert?«

Ich lehnte den Kopf an die samtige Rückenlehne. Avery schwieg zunächst, und wir sahen dem Regen zu, der draußen in Strömen herunterkam.

»Kann ich etwas sagen?«, fragte er schließlich.

»Du kannst sagen, was du willst, solange es kein Vortrag über Verantwortungsgefühl oder Anstandsregeln wird. Dafür ist mein Bruder zuständig.« Ich merkte, wie sich meine Haare kräuselten, und strich sie mir aus dem Gesicht. Ich musste neue Haargummis kaufen.

Avery dachte kurz nach, als wollte er seine Worte abwägen. »Wieso ist es dir so wichtig?«

»Was?«

»Wieso ist es dir so wichtig?«, wiederholte er, als hätte ich Schwierigkeiten, diese kurzen Worte zu verstehen. In seinem Rücken ging eine Bibliothekarin vorbei, die von meinem Gefühlswirrwarr offenbar nichts bemerkte. »Braden, also, das sollte ich als Tambourmajor jetzt so nicht sagen, aber er spielt schlecht. Ich weiß es, du weißt es. Wieso legst du Wert darauf, was er denkt?«

Ich hatte Schwierigkeiten, meine Gefühle in Worte zu fassen. Avery sollte mich verstehen, aber wie sollte ich ihm meine Gedanken vermitteln, wenn ich mich jetzt selbst fragte, warum mir Bradens Meinung so wichtig war? Okay, er konnte mich nicht leiden. Das war blöd, aber was bewirkte es? Nichts. Es waren nur Worte. Mehr konnten auch die anderen Mitschüler mir nicht antun. Worte und Drohungen und leere Versprechungen. Es war genauso wie bei der Familie Hawkins – den mächtigsten gesellschaftlichen Rivalen von Jocelyns Familie in *Sage Hall* –, als diese in einer Saison gleichzeitig mit ihnen in Bath auftauchte und Jocelyn die ganze Zeit anhängen wollte, sie würde mit den verschiedensten Typen schlafen.

Jocelyn brauchte nicht einmal Andrews Hilfe, um sich dagegen zu wehren, obwohl er ihr angeboten hatte, mit ihr nach Schottland durchzubrennen. Allerdings war er ihr, ehrlich gesagt, mehr im Weg, da er die ganze Folge lang Trübsal geblasen hatte. Die stolze Jocelyn ließ sich nicht einschüchtern, stellte sich den Gerüchten und bewies, dass diese nicht der Wahrheit entsprachen.

Genau wie Jocelyn wusste auch ich, dass nur Lügen über mich verbreitet wurden. Sie ließ diese Lügen gar nicht an sich heran.

Ich war nicht sicher, warum mir das so viel ausmachte.

»Keine Ahnung.« Ich wich Averys Frage aus, doch ich wollte meinen Gedanken noch ein wenig nachhängen und herausfinden, wie viel von meinem Schmerz an dem lag, was *Braden* von mir hielt, und wie viel daran lag, dass ich selbst so verstört war. »Sorry. Hört sich dämlich an.«

»Hm.« Als Avery mit den Schultern zuckte, grinste ich, während wir erneut in den Regen blickten. »Wenn es dir hilft, also, als Tambourmajor hat man es auch nicht unbedingt leicht.«

»Ein bisschen zu einsam auf dem Podium der Macht?« Es sollte ein Witz sein, klang aber nicht so, und Avery hob nur erneut die Schultern.

»Weiß nicht. Es nervt irgendwie, dass ich da oben ganz auf mich gestellt bin, ohne zu wissen, ob ich jetzt gut bin oder mir gerade jegliche Chance auf eine Zukunft versaue.« Er seufzte und setzte dann wieder sein Lächeln auf, als hätte er es einstudiert, als hätte er es einstudiert, seine schlechten Gefühle so schnell zu verdrängen, dass sie keine Spuren hinterließen. »Sollen wir uns was ansehen?«

»Was?«

»Eine Serie zum Beispiel.« Er wies mit dem Kopf auf den dunklen Bildschirm meines Laptops. »Auf Hausaufgaben habe ich keine Lust, und draußen schüttet es. Und na ja, ein bisschen Ablenkung kann uns beiden nicht schaden.«

Einerseits hatte ich nichts dagegen, wenn er seine Gefühle beiseiteschob, andererseits kannte ich Avery gut genug, lernte ihn wieder gut genug kennen, um zu wissen, dass er mir das umgekehrt nicht hätte durchgehen lassen.

»Nee.« Ich schüttelte den Kopf und setzte mich aufrecht in den Schneidersitz. »Los, ich kann für dich die Therapeutin spielen, auch ohne Bezahlung. Beruhen deine Zukunftspläne wirklich auf deinem Erfolg als Tambourmajor?« Es sollte scherzhaft klingen, doch Avery zuckte mit den Schultern.

»Wenn du nicht irgendwo fünfzigtausend Dollar im Jahr für mein Studium rumliegen hast, um das College zu bezahlen, ja, dann tut es das.«

Mir kam der komische Gedanke, dass ich das Geld tatsächlich haben könnte, wenn ich wollte. Doch es erschien mir falsch, das Avery so zu sagen, der wieder einmal aus dem Fenster in den strömenden Regen schaute. Er hatte die dunklen Augenbrauen zusammengezogen und blickte sorgenvoller, als ich ihn je erlebt hatte.

»Was hat die Band damit zu tun?«, fragte ich zögerlich. Wenn es etwas gab, über das ich kaum reden konnte, weil ich so ahnungslos war, dann war es Geld. Eine meiner frühesten Erinnerungen an meine Mom hatte damit zu tun. Sie hatte mich ermahnt, dass über Geld niemals gesprochen wurde. Allerdings hatten in meinem Umfeld auch alle Geld.

»Es gibt viele Colleges, die über den Sport Band-Stipendien vergeben.« Avery spielte mit den Bändern seines zerschlissenen Hoodies und zog sie auf die gleiche Länge. »Das sind normalerweise auch solche mit einem großen Football-Programm, was gut für mich ist. Ich möchte Sportmedizin studieren. Viele Colleges, die so aufgestellt sind, haben praxisnahe Angebote für Studierende.«

»Wow.« Eigentlich war mir natürlich klar, dass ich allmählich über Colleges nachdenken musste, doch nach dem *Vorfall* war das in meinem Bewusstsein so weit nach hinten gerutscht, dass ich es praktisch verdrängt hatte. Avery dagegen, bei all seinen Witzen darüber, Stoppschildhalter zu werden, hatte sein Ziel genau vor Augen. Ich wurde grün vor Neid. Obwohl ich wusste, dass Geld kein Problem sein würde, hätte ich es gern gegen diese Art von Gewissheit getauscht.

»Medizin, soso. Ich wusste gar nicht, dass du insgeheim ein Genie bist.«

Ich wünschte, ich wüsste, wie ich ernster über so etwas reden konnte, ohne mich hinter Geplänkel, Scherzen und Ironie zu verstecken. Doch ich saß hier wiederum mit Avery, der die gleiche Sprache sprach. Er blickte grinsend zu mir zurück.

»Ich wollte dich nicht vergraulen, das ist alles.« Er fuhr sich mit den Fingern durch die Haare, die wie bei einem verrückten Wissenschaftler abstanden. »Aber ich brauche ein Stipendium, um auf so ein College zu gehen. Selbst wenn ich nach Ohio zurückgehe und im selben Bundesstaat bleibe, brauche ich Geld. Und weißt du, wie belastend das ist, wenn man seine gesamte Zukunft in der Hand hat? Denn wenn ich es gut mache, kann ich alles bekommen, was ich mir wünsche. Und wenn nicht, dann war's das.«

Ich musterte Avery, den Einzigen, den ich seit einer Ewigkeit in diese geheime Ecke der Bibliothek und an mich herangelassen hatte. Er ließ mich an seinen Gedanken teilhaben, und mir wurde bewusst, dass ich nur wenige mutige Menschen wie ihn kannte.

Ich hatte vieles verloren, nachdem ich mich in Wickham verliebt hatte. Aber ich war schrecklich dankbar, dass ich nicht auch noch Avery verloren hatte. Ausnahmsweise behauptete Wickham in meinen Gedanken nicht, dass ich mich irrte.

»Wenn es dir etwas nützt, schau dir mich an. Ich habe mir mein ganzes Leben versaut.« Als ich auf mich selbst zeigte, musste Avery lachen und zerstörte den Zauber, dem wir beide erlegen waren, eingelullt vom Regen und der Abgeschiedenheit. »Ich kann nur hoffen, dass es eine Chance auf Wiedergutmachung gibt.«

»Dann drücke ich uns beiden die Daumen«, sagte Avery und tätschelte kurz meine Schulter. Schließlich räusperte er sich und richtete sich in seinem Sessel kerzengerade auf. »Wie sieht's denn jetzt aus? Sollen wir was schauen?«

Für einen Abend hatten wir jedenfalls genug über Gefühle geredet. Draußen regnete es weiter Bindfäden, und ich lächelte.

»Klar.« Ich weckte meinen Laptop auf und öffnete den Browser. »Vorlieben?«

»Ich habe nichts gegen *Sage Hall*«, meinte Avery und rückte näher, sodass auch er den Bildschirm sehen konnte. Sein Angebot rührte mich. »Ich habe die ein oder andere Folge gesehen. Und jede Menge GIFs auf Tumblr. Wir können einsteigen, wo du willst.«

»Okay.« Meine Stimme wurde brüchig, was völlig blöd war. Nur weil noch nie jemand im richtigen Leben mit mir *Sage Hall* schauen wollte – außer Fitz, den ich buchstäblich gezwungen hatte –, musste ich dem keine große Bedeutung zumessen. Die fiktionale Figur Jocelyn gab mir jedenfalls kein Zeichen. »Wir können ja mal gucken, was online ist.«

Ich ging auf die Seite mit den Folgen, die gerade gestreamt wurden. Der Web-Host hatte kürzlich getweetet, dass er die neueste Folge voraussichtlich erst Freitag hochladen würde, aber sie war doch schon online. Die neueste Folge. Der JocAndrew-Kuss.

O mein Gott.

»Ist das eine neue Folge?«, fragte Avery, ohne zu merken, wie sehr meine Hände zitterten. »Wenn du willst, sehen wir uns die an. Ich will nicht daran schuld sein, wenn du nicht auf dem neuesten Stand bist.«

»Äh.« Ich wurde kreidebleich, und meine Hände zitterten schlimmer als draußen in der Kälte. Das sollte hier und jetzt nicht geschehen. Ich wollte diese Folge allein in meinem Zimmer schauen, mit der Decke über dem Kopf, damit Sydney nicht merkte, dass ich weinte. Ich wollte das hier allein durchleiden, weil es um meine persönliche Scham ging, die ich wie eine Darcy ertragen und tief in meinem Innersten versenken wollte, wo sie außer mir niemand zu Gesicht bekam.

In meiner Vorstellung war Avery, der mich verwirrt ansah, dementsprechend nicht vorgesehen gewesen.

»Hey.« Er hatte endlich gemerkt, dass irgendetwas nicht stimmte, was nicht auf seine feine Beobachtungsgabe, sondern auf meine sichtbare Panik zurückzuführen war. »Alles okay?«

»Es ist nur … ähm.« Ich holte tief Luft. »Ich weiß eigentlich schon ziemlich genau, was in dieser Folge passiert. Es lohnt sich wegen der Handlung, aber dabei kommen Dinge aus meiner Vergangenheit wieder hoch, über die ich lieber nicht mehr nachdenken möchte. Das müsste ich aber, wenn wir uns das anschauen. Ich weiß auch nicht.«

»Wahrscheinlich kommt es nicht infrage, sie einfach zu überspringen?«

»Natürlich nicht!«, rief ich lauter als beabsichtigt, sodass ich fast schon mit einer Ermahnung rechnete, doch wir saßen so weit hinten, dass niemand kam. »Sorry. Ich meine … ja, ich muss mir das ansehen.«

»Verstehe.« Avery nickte und dachte mit einer Ernsthaftigkeit über das Problem nach, die ich nicht verdiente. »Möchtest du …? Falls du dir die Folge allein anschauen willst, kann ich das total nachvollziehen, wirklich. Aber wir können das jetzt auch zusammen machen, dann wärst du nicht allein. Wir müssen auch nicht darüber reden«, fügte er schnell hinzu. »Das muss keine weitere Therapiestunde werden. Aber manchmal sind harte Dinge erträglicher, wenn jemand dabei ist, findest du nicht?«

Nein, fand ich nicht. Aber, dachte ich, während ich kaum noch Luft bekam, ich könnte das Experiment wagen.

»Bist du sicher?« Ich würde ihm so viele Auswege anbieten, wie er brauchte.

»Los, komm.« Averys Blick zuckte zu meinen Händen und zurück zu meinem Gesicht. »Dabei kannst du mir auch erklären, wer wer ist. Und ich stelle so viele nervige Fragen zu den vorherigen Folgen, wie du willst.«

»Also keine?«

»Also vielleicht keine«, räumte er ein, als ich ihm einen Ohrstöpsel reichte. Zu meiner Überraschung graute mir nicht davor, als ich auf Play drückte. »Eine oder zwei aber doch. Ich bin auch nur ein Mensch.«

»Psst«, murmelte ich, als der Vorspann ablief, das volle Programm mit Kutschen und Mondschein. Echt, ich liebte diese Serie. »Es fängt an.« Avery grinste, und wir schauten entspannt auf den Laptop, der zwischen unseren Armlehnen stand.

Es geschah wirklich, das spürte ich.

Gleich würden sie sich küssen.

Es war nicht klar, ob mein Herzrasen auf die romantische Situation oder meine Ängste zurückging. Vermutlich auf beides.

Die Szene verschwamm vor meinen Augen, als Erinnerungen an Wickham sich mit der Regency-Kulisse mischten.

»Komm zur Kutsche«, flehte Jocelyn Andrew an und legte verzweifelt die Hände an seine Wangen. »Bevor ich fahre. Ich … ich werde alles früh vorbereiten und da auf dich warten. Wir können zusammen weggehen. Wir können gehen, wohin immer wir wollen.«

»Warum warten?«, fragte Andrew leise und nahm ihre Hände. »Warum auch nur eine Sekunde länger warten?«

»Jetzt komm, Kid«, sagte Wickham an meiner Tür.

»Ich will nur nicht, dass Fitz sauer wird.« Ich zuckte mit den Schultern, war nur wenige Zentimeter von ihm entfernt. Wir verbrachten seit Wochen zunehmend Zeit miteinander, spazierten über das Schulgelände oder schlichen uns heimlich in die Stadt, aber ich hatte ihn nie in mein Zimmer gelassen. Es erschien mir … keine Ahnung. »Du weißt, wie er sein kann.«

»Ich weiß auch, dass er weit weg in Kalifornien ist, und ich bin ziemlich sicher, dass er keine Kameras in deinem Zimmer installiert hat.« Er deutete mit dem Kopf in die Ecken. »Lass mich rein, G. Bitte, du hast mir heute Abend gefehlt.«

»Wir haben uns vor einer Stunde beim Abendessen gesehen«, sagte ich, doch ich machte Platz und erschauerte, als Wickham hereinkam und leise die Tür schloss. Seit meiner Kindheit war ich in Wickham Foster verliebt. Und jetzt war er in meinem Zimmer, in meinem Einzelzimmer, und sah mich an, als gäbe es niemand anderen auf der Welt.

»Vielleicht habe ich mich nach etwas anderem gesehnt?«, erwiderte er, und mein Herzschlag setzte aus.

»Hier?«, fragte Jocelyn und sah Andrew unverwandt an. »Andrew, wenn uns jemand sieht …«

»Sollen sie doch.« Er legte die Stirn an ihre, sie schlossen die Augen. »Die Welt soll ruhig erfahren, wie sehr ich dich begehre.«

»Darf ich mich setzen?« Wickham nickte in Richtung Bett. »Ich kenne diese Tagesdecke. Du hast sie aus Rochester mitgebracht, stimmt's? Von zu Hause?«

»Ja.« Ich versuchte, möglichst gerade zu stehen, um älter zu wirken. Nachdem er geschrieben hatte, er wäre unten, hatte ich Eyeliner aufgetragen. Sah gar nicht so schlecht aus.

»Komm her.« Wickham klopfte auf die Bettdecke. »Setz dich zu mir.«

Ich bewegte mich wie in einem Swimmingpool, geschmeidig und schwerelos. Wir saßen so dicht nebeneinander, dass unsere Beine sich berührten, und Wickham wandte mir sein Gesicht zu. Als ich das Gleiche tat, schlug mein Herz wie das eines Kolibris.

»Ich liebe deine Haare, habe ich dir das schon gesagt?« Er strich darüber, und ich speicherte die Berührung für immer in meinem Gedächtnis. »Sie sind so wild. Du machst mich wild.«

Es passierte. Es passierte wirklich.

»Darf ich dir beweisen, wie sehr?«, fragte Andrew. »Darf ich, bitte, Jocelyn, darf ich es dir beweisen?«

Andrew fragte, das hatte Wickham nicht getan.

Als es zwischen Jocelyn und Andrew zum Kuss kam, schmeckte ich nur noch Minze, von Wickhams Kaugummi, den er im Mund hatte, als er mich geküsst hatte, als er seine Lippen auf meine gedrückt und mich aufs Bett gepresst hatte, schwer hatte er auf mir gelegen, und ich hatte kaum noch Luft bekommen, aber ich wollte sowieso nicht atmen, weil damit alle meine Wünsche in Erfüllung gegangen waren.

Mehr war nicht passiert. Mein Handy hatte vibriert und eine Nachricht von Fitz angezeigt, und Wickham war aufgestanden, hatte mir zugezwinkert und *Bis später* gesagt. So hatte ein Jahr voller Küsse und geheimer Treffen begonnen. Ich hatte ihm den Zweitschlüssel für mein Zimmer gegeben, immer seltener auf Fitz' Nachrichten reagiert und schließlich ganz aufgehört, ihm zu schreiben, als Wickham mir davon abriet, weil Fitz uns sowieso nicht verstehen würde. Ein Jahr, in dem ich lernte, auf die falsche Art zu lieben, bis Fitz in mein Zimmer gestürmt kam und die vielen Tabletten in Tütchen fand und mir nicht glaubte, als ich sagte, ich hätte sie noch nie gesehen. Er glaubte mir auch nicht, dass ich von Wickhams Geschäften nichts gewusst hatte. Dass ich geglaubt hatte, er würde mich lieben.

Wickham an der Tür.

Es schmeckte alles nach Pfefferminz, einfach alles.

Ich riss den Ohrstöpsel heraus, ließ ihn fallen und vergrub das Gesicht in den Händen. Ich hasste diesen Geschmack. Ich hasste Wickham und Minze und alles, was er mir kaputt gemacht hatte, und alles, was ich selbst zerstört hatte.

»Hey.« Als ich Averys Stimme hörte, hob ich den Kopf und sah sein besorgtes Gesicht über dem Bildschirm zwischen uns. »George. Es ist okay. Es ist okay.« Er legte einen Arm um meine Schulter und zog mich an sich, irgendwie verdreht über die Armlehnen, und ich ließ ihn gewähren, weil es so lange her war, dass mich jemand einfach so trösten wollte. »Es tut mir leid, vielleicht hätten wir die Folge doch nicht schauen sollen.«

»Ich hatte immer Wickham im Kopf, als ich Fanfiction über diese beiden Figuren geschrieben habe.« Ich deutete mit dem Kopf auf den Bildschirm und das eingefrorene Bild von Jocelyn und Andrew, die von dem Kuss dazu übergegangen waren, sich tief in die Augen zu schauen. »Dumm, ich weiß.« Ich holte zittrig Luft. »Ich war schon als Kind total in ihn verknallt. Er war immer nett zu mir.« Avery schwieg und hielt mich einfach nur fest. Es fühlte sich gut an, ganz warm an seiner Brust. »Ich dachte, ich wäre das glücklichste

Mädchen auf der ganzen Welt, als er auf unsere Schule gewechselt ist.«

»George.«

»Und als wir dann zusammen waren …« Ich redete, so schnell ich konnte, aus Angst, ich würde meine Worte wieder zurücknehmen. Ich hatte es satt, Angst zu haben, Gesagtes zu leugnen und so zu tun, als wäre das, was ich fühlte, gelogen. »Du hast gesehen, was aus mir geworden ist. Ich habe keine Hausaufgaben mehr gemacht, bin kaum noch zum Unterricht erschienen. Und er hat einfach … Ich hatte keine Ahnung von den Pillen, Aves. Keine Ahnung, dabei hätte ich es wissen müssen, weil es noch peinlicher ist, dass jemand mir nur sagen musste, wie hübsch ich bin, damit ich vor Liebe blind wurde und nichts von seinen kriminellen Machenschaften mitbekam. Doch ich wusste es nicht, ich weiß nicht mal, was er jetzt wieder vorhat.«

»George.« Avery legte kurz eine Hand an meine Wange, zog sie aber direkt wieder zurück, als hätte er sich verbrannt. Ich wandte mich ihm zu, merkte auf einmal, dass ich ohne Unterlass auf ihn einredete. Hilfe, jetzt würde er mich endgültig fallen lassen, oder? Das war der Grund, warum ich nicht mehr offen mit Menschen sprechen konnte. Das wollte niemand hören. Es interessierte einfach niemanden, *warum* das reiche Mädchen am Ende einen Drogendealer in ihrem Zimmer beherbergte. Alle interessierten sich nur für die Tatsache an sich und glaubten, ich hätte es nicht anders verdient.

Der Meinung war ich auch, doch das sagte ich Avery nicht. Sagte ihm nicht, wie klein und wertlos ich war, dass ich alles, was geschehen war, verdient hatte, denn wieso sollten all diese schlimmen Dinge sonst passieren, wenn ich es nicht verdient hätte? Ich war in eine privilegierte Welt hineingeboren worden, für die ich nicht gut genug war, und ich konnte es den anderen Schülern nicht verübeln, wenn sie mir meinen Platz streitig machen wollten. Sie hatten ihn mehr verdient als ich, die nicht intensiv genug lernte und nicht klug genug war, um geliebt zu werden. Das unterschied mich von Jocelyn. Sie war gut und lieb und verdiente das, was sie hatte, und ich eben nicht.

Das behielt ich für mich. Anders ging es nicht. Denn obwohl Avery so toll war, würde auch er mich im Stich lassen, wenn ich ihm das verriet. Und dann wäre ich wieder ganz allein. Und obwohl ich damit zurechtkam, obwohl ich es seit Jahren nicht anders gewohnt war …

Wollte ich es nicht, wenn ich mit Avery zusammen war.

»Tut mir leid.« Ich schüttelte den Kopf. »Ich rede zu viel.«

»Nein, oder vielleicht doch, aber mit Recht.« Avery lachte, und bei jedem anderen hätte man es für grausam gehalten, aber Avery war kein bisschen grausam. »Das musste wohl mal raus.«

»Was nicht heißt, dass man es sich anhören möchte.«

»Das ist Quatsch, und das weißt du.« Er lehnte sich zurück und fuhr mit der Hand von meinem Rücken zu meiner Schulter und blickte auf mich herab. »Ich weiß, dass du das weißt.«

»Ja.« Ich würde so tun, als ob. »Der Regen hat nachgelassen.« In der letzten Stunde, in der ich nicht mehr aus dem Fenster gesehen hatte, hatte sich der strömende Regen erneut in Dunst verwandelt. Es war dunkel geworden. »Gehen wir. Ausgangssperre und so weiter.« Wir hatten zwar noch eine halbe Stunde Zeit, aber was hatten Avery und ich einander noch zu sagen, nachdem ich das alles rausgelassen hatte?

»Ja.« Avery stand auf, streckte die Hand aus und zog mich aus meinem Sessel. »Ausgangssperre.«

Seltsamerweise bereute ich es nicht, mit ihm darüber gesprochen zu haben. Wünschte mir auch nicht, ich hätte *Sage Hall* in der sicheren Atmosphäre meines Zimmers geschaut. Bestimmt hätte ich mich sicherer gefühlt, aber besser vermutlich nicht.

Ich hätte nicht gedacht, dass ich an diesem Abend noch schreiben wollte – eher, dass ich sofort einschlafen würde, sobald ich im Bett lag. Doch da es nicht so war, holte ich den Laptop heraus und ließ den Worten freien Lauf.

»*Ihr müsst nicht bleiben, Henry.*« *Jocelyn hätte nicht ohne Anstandsdame in die Stadt fahren dürfen, doch zu Hause hatte sie es nicht mehr ausgehalten, zu groß war der allgemeine Druck der Erwartungen.* »*Ich finde allein hinaus.*«

»*Und zulassen, dass die Klatschbasen sich das Maul zerreißen, weil Jocelyn Tetherfield ohne Begleitung in der Stadt war?*« *Als Henry sich schockiert gab, musste Jocelyn wider Erwarten lachen.* »*Aber wenn es Euch lieber wäre, gehe ich natürlich. Ein Wort genügt, und ich lasse Euch allein. Ich werde jedem, dem ich begegne, versichern, dass Eure Fahrt in die Stadt frei von jeglichem Skandal ist. Außerdem werde ich sie ermahnen, dass die Bibel Klatsch und Tratsch verbietet.*«

»*Ist das so?*« *Wenn Jocelyn mit Henry zusammen war, spielte die große Welt keine Rolle mehr. Obwohl es ihr Angst machte, traf sie ihn immer wieder.* »*Wirklich?*«

»*Ich habe nicht die leiseste Ahnung.*« *Noch nie hatte Jocelyn ein so warmherziges, hinreißendes Lächeln gesehen wie das* von Henry. »Soll ich gehen, Miss Tetherfield? Soll ich Euch allein lassen?«

»Nein«, sagte Jocelyn rasch und nachdrücklich, und etwas veränderte sich mit diesen Worten zwischen ihnen. »Bleibt.«

Und so geschah es.

15

Die Fangemeinde kannte kein anderes Thema mehr als den Kuss.

Ich konnte es den Fans kaum verübeln. Und sobald ich den Kuss ohne Kontext betrachtete – danke, Tumblr-GIFs – konnte ich das trennen und bei den besten verzückt schwärmen. Ich stand es durch.

In der ersten Wochenhälfte hielt ich den Kopf gesenkt und machte mich nicht bemerkbar. Ich hatte die ganze Woche kaum mit Fitz geredet, aber das war wahrscheinlich gar nicht schlecht. Da sich der Blumenladen, der Lizzie die Sträuße brachte, nicht gemeldet hatte, ging ich von einem reibungslosen Ablauf aus.

Ich wollte mehr tun und meine Bemühungen verstärken, damit Lizzie erfuhr, dass nicht irgendwer, sondern *Fitz* ihr heimlicher Verehrer war. Es machte deutlich mehr Spaß, meinen Bruder zu verkuppeln, als zu analysieren, warum ich erneut durch einen Chemietest gefallen war. Also steckte ich meine gesamte Energie in ein Brainstorming.

Wie der Zufall es wollte, präsentierte sich die perfekte Gelegenheit, als Charlie Bingley mir auf Instagram folgte. Die Nachricht poppte an dem Mittwoch vor Homecoming beim Mittagessen auf. Normalerweise checkte ich mein Instagram nicht, doch ich konnte nicht ewig einfach nur geradeaus gucken, also akzeptierte ich seine Anfrage, ohne zu zögern.

Während ich gedankenverloren meine Nudeln aß, scrollte ich durch sein Profil.

In den neuesten Fotos tauchte auch Fitz auf, und ich betrachtete sein verhaltenes Lächeln mit einem Anflug von Neid, aber es war die neueste Story, die mich wirklich innehalten ließ.

Mittwochabend – Herbstfarben-Party bei Alpha Chi!
Kommt in Orange, Rot und Braun oder NACKT!

Charlie hatte den Text über ein Foto gestellt, vermutlich eines von der letzten Party seiner Studentenverbindung. Das Foto war mir aufgefallen, weil *Fitz* drauf war. Fitz. Bei einer Verbindungsparty. Er hatte eine Krawatte um den Kopf gebunden wie ein schlechtes wandelndes College-Klischee. Das hätte mich schon genug geschockt, aber da war noch was!

Lizzie Bennet war auch auf dem Foto.

Fitz, Lizzie, Charlie und Jane grinsten mich von ihrem Gruppenfoto an, und Fitz stand gerade dicht genug neben Lizzie, dass er meines Erachtens über den Abstand nachgedacht und ihn genau abgemessen hatte.

Das war meine Chance, mein nächster Schritt. Okay, es war Mittwochabend, ich hatte am nächsten Tag Schule, aber das war eindeutig wichtiger für den Plan als meine Chemiehausaufgabe. Außerdem war ich es meinem Bruder schuldig. Jemand musste den Abstand zwischen den beiden niederreißen, und dieser Jemand würde ich sein.

Außerdem war ich offiziell eingeladen, obwohl es sich bestimmt um eine Masseneinladung handelte, die an alle fünftausend Follower von Charlie rausgegangen war. Und eine perfekte Darcy schlug niemals eine Einladung aus.

Hey, schrieb ich an Avery. *Hast du Lust auf eine Verbindungsparty heute Abend?*

Er antwortete sofort, und ich musste grinsen.

> Das klingt wie eine schrecklich schlechte Idee, und ich bin hundertprozentig dafür. Hat das vielleicht etwas mit der Mission Matchmaker zu tun?

Ja, schrieb ich zurück. *Einsatz der Titelmusik.*
Ich war SO WAS von bereit.

»Ich gebe zu, dass es nicht besonders interessant ist, von oben bis unten Braun zu tragen.« Avery zuckte mit den Schultern und musterte mich von Kopf bis Fuß, als wir aus seinem Wagen stiegen. Wir hatten in sicherem Abstand zum Haus der Studentenverbindung geparkt, damit hoffentlich niemand auf die Motorhaube kotzte. Ich hatte eine rote Hose und ein orangefarbenes T-Shirt angezogen, ein deutlich grelleres Outfit als Averys. Allerdings saß sein schlichtes braunes T-Shirt *entschieden* besser, als ich gedacht hätte. Ich musste immer wieder hinschauen, wie sich sein kurzer Ärmel um seinen Bizeps schmiegte. So etwas sollte einem bei einem Freund eigentlich nicht auffallen, doch das viele Dirigieren hatte ihm sichtlich gutgetan.

Mir tat der Anblick auch gut.

Moment.

»Aber man muss nehmen, was man hat. Und wie sich herausgestellt hat, habe ich nur braune Sachen.«

Avery redete immer noch, während ich in Gedanken ohne

Ende von seinen muskulösen Armen schwärmte. Ich musste mich wirklich dringend zusammenreißen. Vielleicht gaben Verbindungshäuser Pheromone ab, das würde eine Menge erklären. Ich salutierte kurz und schnitt gleich darauf eine Grimasse, weil es sicher kindisch ausgesehen hatte. »Verstanden.«

»Gibt es einen Plan für heute Abend?« Avery bekam von meinem Nervenzusammenbruch offenbar nichts mit, Gott sei Dank. Vielleicht lenkte ihn aber auch die eisige Temperatur ab. Es war unter null, sogar noch kälter hier oben in Meryton als in Pemberley, und ich konnte *sehen*, wie er zitterte und eine Gänsehaut bekam. Wir hatten die Jacken im Wagen gelassen, weil ich genug Filme gesehen hatte, um zu wissen, dass man seine Jacke nie wiedersah, wenn man sie in einem Verbindungshaus auszog. »Oder willst du deinen Bruder und seine Freundin einfach im Bad einschließen und das Beste hoffen?«

»Ich sag's dir, ich habe mindestens drei Liebesfilme gesehen, in denen dieser Plan absolut aufging.« Mir war auch kalt, und ich schlang die Arme um meinen Oberkörper, um die Restwärme zu bewahren. Hoffentlich merkte man uns nicht gleich beim Reinkommen die Highschool an. Ich besaß keine eng anliegenden, körperbetonten Kleider in den gewünschten Farben, was aber offenbar die typische Verbindungsuniform war. In diesem Sinne hatte ich einen Knoten in mein T-Shirt gemacht, damit es ein wenig enger am Hosenbund saß. Avery schaute die ganze Zeit dorthin. »Aber ich muss die romantische Lage erst einschätzen, bevor ich eine Entscheidung treffe.«

»Gesprochen wie eine echte Spionin.«

»Ich habe nie behauptet, aus der FBI-Schmiede zu kommen.« Weiter vorn in dieser Straße war ein heruntergekommenes weißes Haus mit einer nur noch halb befestigten Veranda, in dem das meiste Licht brannte. Auch ohne das hölzerne ALPHA-CHI-Schild im Vorgarten hätten die laute Musik und die vielen Leute auf dem Bürgersteig zur Genüge darauf hingewiesen, dass wir uns unserem Ziel näherten. Der arme Rasen. »Sie geben dir das Abzeichen sowieso frühestens mit achtzehn.«

»Wie enttäuschend.« Seufzend trat Avery neben mir auf den Bürgersteig. »Und ich hatte gehofft, wir könnten uns mit deiner FBI-Marke über die Grenze nach Kanada schleichen.«

»Als ob.« Ich musste lachen und blieb vor dem Haus stehen. Die Leute sahen viel normaler aus, als ich gedacht hatte. Obwohl sie selbstverständlich alle älter waren, trugen sie keine Button-Down-Hemden oder superenge Kleider. Viele hatten sich an das vorgegebene Farbschema gehalten, aber die meisten hatten wie wir zu Jeans und T-Shirt gegriffen. Ich seufzte erleichtert auf. »Aber hör mal.« Auf der Fahrt hatte ich mindestens eine gute Idee gehabt, mit der ich bei Avery wiedergutmachen wollte, dass ich ihn mitten in der Woche zu diesem Blödsinn verleitete. »Soll ich zurückfahren? Dann trinke ich nichts. Du hast das ja nur auf dich genommen, um mir zu helfen.«

»Echt?« Avery warf einen skeptischen Blick auf die allgegenwärtigen roten Plastikbecher. »Ich will dir nicht den Spaß nehmen. Ich wusste schließlich, worauf ich mich einlasse.«

»Doch, ernsthaft.« Ich hatte sowieso keine Lust auf einen Drink. »Pemberley ist stressig. Vergiss deine Probleme auf der Party.«

»Na dann.« Avery zuckte mit den Schultern und grinste

mich an. »Aber wir bleiben zusammen. Wer soll sonst hier allen erklären, dass wir noch auf die Highschool gehen, wenn ich abhaue und dich dir selbst überlasse?«

»Halt die Klappe.« Ich lachte, stupste ihn mit der Schulter an, er stupste zurück, und als wir uns durch die eingefallene Verandatür drängelten – echt, dieses Haus war nur einen aggressiven Dance-Move von seinem endgültigen Zerfall entfernt –, erfüllte mich nicht nur die Party mit elektrisierender Aufregung.

Ich hatte mir Gedanken gemacht, wie ich Fitz drinnen aus dem Weg gehen konnte. Nur weil ich hier war, um ihn mit Lizzie zusammenzubringen, hieß das noch lange nicht, dass er mich sehen sollte –, doch es war so voll, dass ich mir dahingehend keine großen Sorgen mehr machte, sobald wir das Wohnzimmer betreten hatten.

Die Musik dröhnte in dem beengten Raum, und ich spürte den Beat bis in die Fußsohlen. Der Dancefloor in der Mitte war total voll, außerdem führten mehrere Flure in den Rest des Hauses. Es war so dunkel, dass man kaum erkennen konnte, wer vor einem stand. Selbst wenn Fitz hier gewesen wäre, hätte ich es nicht gemerkt. Ein Ballsaal im Sinne von *Sage Hall* war das hier nicht.

Aber irgendwie fand ich es auch toll. Ich genoss es, anonym in der Menge unterzugehen, wo mich niemand kannte oder wissen wollte, wer ich war. In der gegenüberliegenden Ecke entdeckte ich ein Fässchen und zeigte es Avery. Er nickte – zum Reden war es viel zu laut – und nahm meine Hand, um mit mir dorthin vorzudringen.

Seine Berührung war warm und beruhigend. In einem Raum voller vergänglicher Fantasien war ich noch nie so sicher gewesen, dass etwas wirklich *da* war.

Vielleicht hatte ich zu viel von dem Gras eingeatmet, das in der Luft lag, um auf so einen seltsamen Gedanken zu kommen. Doch es ging mir merkwürdigerweise besser, seit wir die *Sage Hall*-Folge zusammen gesehen hatten. Ich fühlte mich mehr wie ich selbst. Ich hatte in meinem Posteingang weniger oft nach Nachrichten von Wickham gesucht und war auch nicht bei jeder zufälligen Begegnung mit Braden ängstlich zusammengezuckt. Einmal hatte ich sogar Emily im Gang angelächelt und war mit einem Nicken belohnt worden, obwohl das natürlich auch Zufall gewesen sein konnte.

Vielleicht musste ich nur so richtig tief in ein Loch fallen, um zu merken, dass ich mich selbst herausziehen konnte, beziehungsweise meinen Bruder in ein Liebesloch werfen, und das Mädchen, in das er total verknallt war, direkt hinterher. Das Gleiche in Grün.

Als wir an dem Fässchen ankamen, ließ Avery meine Hand los, und ich ballte mehrfach die Finger zur Faust, weil mir seine Hand schon fehlte, während er versuchte, den Zapfhahn zu bedienen. Da in Filmen selten erklärt wurde, wie man ein Bier zapfte, war ich ebenso ahnungslos, und wir sprühten eine Minute lang Schaum in alle Richtungen, bevor endlich jemand dazukam.

»Moment«, hörte ich eine tiefe, selbstsichere Stimme, und ein junger Mann machte sich an dem Zapfhahn zu schaffen. Hier war es zum Glück nicht ganz so krass laut. »Lasst mich mal ran. Habt ihr noch nie ein Fässchen gesehen – Georgie!«

Ich drehte mich zu ihm um, und natürlich war es Charlie Bingley. Mist. Ihm wollte ich eigentlich auch nicht über den Weg laufen, damit er mich nicht verpetzte oder möglicherweise supersauer wurde, weil wir uns auf seine Party geschlichen hatten. Aber er wirkte überhaupt nicht sauer, sondern hocherfreut.

»Du bist doch Georgie Darcy, stimmt's?« Er schlang seine starken, muskulösen Arme um mich und hob mich buchstäblich vom Boden hoch. Charlie Bingley war das reinste Muskelpaket. Das hatte ich weder auf seinen Insta-Fotos, größtenteils Selfies, gesehen, noch, wenn er irgendwo im Hintergrund von Fitz' FaceTime herumgelaufen war. »Fitzys Schwester?«

»Fitz…y?« Als er mich endlich wieder losließ, konnte ich einen Schritt zurücktreten, um den Anblick von Charlie Bingley in seiner vollen Größe zu verarbeiten. Nicht nur, weil er wirklich ein Riese war, ein Gigant sogar, und bis auf ein paar strategisch platzierte Herbstblätter praktisch oben ohne vor mir stand, sondern wegen der Energie, die er ausstrahlte. Ich war nicht die Einzige, die ihn anstarrte.

»Tja.« Meine Güte, er war der Traumverbindungsstudent aus einer TV-Show. Ich hatte noch nie erlebt, dass jemand so verlegen attraktiv war, doch er rockte diesen Look. Nun, ich hatte mich natürlich nicht plötzlich in Charlie verknallt oder so, schließlich war er der Mitbewohner meines Bruders und das wäre eklig, nein, seine bloße Existenz überwältigte mich einfach. Seit Anbeginn der Zeiten waren die Darcys dazu angehalten, mit dem Hintergrund zu verschmelzen und kein Aufhebens zu machen. Charlie Bingley war das Gegenteil von allem, was unsere Familie ausmachte.

Kein Wunder, dass mein Bruder ihn gernhatte.

»Gehörst du auch zu den glücklichen Empfängerinnen meiner Masseneinladung?«, fuhr er fort, ohne darauf einzugehen, wie ich ihn anglotzte. Vermutlich passierte ihm das andauernd. »Fitzy sagt ständig, ich soll das lassen. Oder sie zumindest filtern. Ist das dein Freund oder hat unabhängig von dir ein zweiter Schüler den Weg zu meiner Party gefunden?«

»Genau, sorry.« Ich schüttelte den Kopf, um den Anblick seiner Muskeln zu verdrängen und wieder klar denken zu können, und streckte die Hand nach Avery aus, der das Bier genommen hatte, das Charlie ihm gezapft hatte. Er hatte Charlie genauso angestarrt wie ich. »Das ist Avery. Er hat mich hergebracht.«

»Dann gib sofort das Bier wieder her …«

»Ich fahre zurück«, unterbrach ich ihn, bevor Charlie Avery das Bier wegnehmen konnte. »'tschuldigung, das hätte ich gleich sagen sollen.«

»Tja, eigentlich sollte ich Sechzehnjährigen wohl gar kein Bier ausschenken, aber das Leben ist voller Überraschungen.« Als er mit den Schultern zuckte, musste ich einfach lächeln, musste Charlie einfach ganz toll finden. »Habt ihr Fitzy schon getroffen?«

»Nein!«, schrie ich gegen die Musik an. Dieses »Fitzy« verwirrte mich total. Unsere Mutter hatte schon Fitz missbilligt und auf Fitzwilliam bestanden. »Er soll nicht wissen, dass ich hier bin. Okay? Ich bin nur hier … weil …«

»Wir wollen dafür sorgen, dass ihr Bruder sich in das Mädchen verliebt, das er nicht ausstehen kann, damit er endlich Glück und Erfüllung erfährt.«

Ich drehte mich zu Avery um, der mich mit einem Schnurrbart aus Bierschaum angrinste. Sein Becher war schon halb leer.

»Was denn? Deshalb sind wir doch hier. Charlie macht einen coolen Eindruck.«

»Meint ihr Lizzie?«, fragte Charlie begeistert, bevor ich Avery eine klatschen konnte, weil er alles verraten hatte.

»Ja!« Ich entspannte mich ein wenig, als Charlie die Faust reckte. »Du siehst das also auch so, ja?«

»Das ist perfekt!«, rief Charlie. »O mein Gott, hat der Himmel euch als junge Schutzengel zu meiner Rettung ausgesandt? Bilden wir gleich danach eine Band? Weil das ist *genau* das, was ich brauche, um …«

»Was?«, schrie ich zurück, weil die letzten Worte im Lärm untergegangen waren. Jemand hatte die Lautstärke derart aufgedreht, dass menschliche Ohren keine Chance mehr hatten. »Ich kann dich nicht …«

»Kommt mit.« Charlie deutete mit dem Kopf hinter sich und drängte sich durch die Menge. Ich folgte ihm mit Avery im Schlepptau, der rasch sein Bier austrank. Wir drängten uns an Feiernden in Herbstfarben vorbei, bis wir in einer schäbigen, aber gut beleuchteten Küche landeten, wo es endlich ruhiger war. »Okay. Besser. Bowle?«

Er schnappte sich einen Plastikbecher vom Tresen, der einigermaßen sauber aussah, tauchte ihn in einen Metallbehälter und füllte ihn für Avery mit einer leuchtend roten Flüssigkeit.

Avery roch daran, trank einen großen Schluck und grinste. »Süß.«

»Hey, wenn wir schon Dinge vor Fitzy geheim halten, dann können wir auch aufs Ganze gehen. Trink viel Wasser, sobald du zu Hause bist. So.« Er schob ein paar Becher beiseite und schwang sich auf den Tresen. Mir wurde ganz anders bei der Vorstellung, wie *klebrig* das sein musste. »Was hast du da eben gesagt?«

»Was hast *du* eben gesagt?«, konterte ich und verschränkte

die Arme vor der Brust, damit ich in dieser Küche auch ja nichts anfasste. »Über junge Schutzengel?«

»Oh. Stimmt. Sorry.« Da war es wieder, dieses anbetungswürdige, schüchterne Lächeln. Ich war ziemlich sicher, dass ich in einem Radius von drei Meilen um das Haus Mädchen verzückt seufzen hörte. »Ich habe ziemlich viel Netflix mit Jane gesucht. Sie ist Lizzies Schwester.«

»Die Liebe auf den ersten Blick?«

»Genau!« In seiner Begeisterung verschüttete Charlie seine Bowle, verfehlte aber zum Glück meine Schuhe. »Sie ist ... O Mann, sie ist einfach perfekt. Und unglaublich *nett*.«

Charlie Bingley sah mich mit einer Ernsthaftigkeit an, die ich einem modernen Menschen überhaupt nicht zugetraut hätte.

»Ich kann's mir vorstellen«, sagte ich schnell.

Avery fing meinen Blick auf und zwinkerte mir über seinen Becherrand zu.

»Aber Fitzy benimmt sich seltsam deswegen.« Charlie schüttelte den Kopf. »Wegen Jane, meine ich. Ständig behauptet er, sie würde mich ablenken. Und ehrlich gesagt, ein wenig mehr Action ist genau das, was er braucht. Ihr wisst, was ich meine.«

Ein vorbeikommender Verbindungsstudent, der nur dafür zu existieren schien, klatschte ihn ab, während ich alles gab, um nicht im Boden zu versinken. Als Charlie meinen Gesichtsausdruck sah, riss er die Augen auf.

»Nicht dass ... Das meine ich natürlich nicht. Fuck ... Scheiße, wollte ich sagen, also ...«

»Schon okay.« Ich hob die Hand, bevor Charlie jeden ihm bekannten Fluch ausspuckte. »Überspringen wir doch diesen Teil der Geschichte, ja?« Averys Schultern bebten vor Lachen, als er seinen Bowlebecher auffüllte.

»Zu Befehl, Boss.« Charlie salutierte und sah dabei dermaßen wie Captain America aus, dass ich mich ihm beinahe zu Füßen gelegt hätte. »Wie gesagt, ich glaube, wenn dein Bruder sich zutiefst und respektvoll in Lizzie verlieben würde, ausschließlich emotional natürlich, ohne die geringste Berührung, aber mit langen romantischen Spaziergängen, würde er mich wegen Jane vielleicht in Ruhe lassen, und Lizzie würde *sie* wegen *mir* in Ruhe lassen.« Er beugte sich vor. »Lizzie ist total cool und so, cooler als dein Bruder, aber sie sind beide echte Spaßbremsen.«

Kein Wunder, dass sie so gut zueinanderpassten.

»Also, was ist der Plan?« Er trank noch einen Schluck und füllte einen zweiten Plastikbecher mit Wasser, den er Avery reichte. »Hier. Immer abwechselnd, Bro.«

»Das ist noch nicht ganz klar.« Ich lehnte mich an den Kühlschrank, der mir ein kleines bisschen weniger eklig erschien. »Ein paar Sachen haben wir schon gemacht. Ich habe Lizzie Blumen geschickt …«

»Du warst das!« Charlie zeigte begeistert auf mich. Offenbar war er immer mit großem Enthusiasmus bei der Sache. »Kiddo. Diese Blumen-Arrangements sind riesig. Ein Allergierisiko für den gesamten Campus.«

»Oh, echt?« Ich fing Averys Blick auf, als er mit den Schultern zuckte. Ich hatte zugegebenermaßen die teuerste Variante gewählt, aber nicht wirklich weitergedacht, was, sagen wir mal, die Praxistauglichkeit anging.

Mist, genau das hatte Wickham gemeint. Ich versuchte zu viel, ich ging zu weit, ich kannte die üblichen menschlichen Grenzen nicht …

Als ich den Kopf hob, sah Avery mich immer noch an und neigte fragend den Kopf. *Alles okay?*, fragte er stumm. Ich holte einmal tief Luft und dann noch mal.

Es ging mir gut. Ich gab mir Mühe. Es war okay, sich Mühe zu geben.

»Sorry.« Ich atmete aus und versuchte mein absurd schnell schlagendes Herz zu beruhigen. Das lag wahrscheinlich an dem störenden Gedanken an Wickham, aber keinesfalls an Averys beruhigendem Lächeln. »Ich schraube es ein bisschen runter.«

»Oder du verlegst dich auf etwas zu essen oder so.« Als Charlie die Arme über den Kopf streckte, starrte ich gebannt auf seinen Oberkörper. Unglaublich. Seine Bauchmuskeln hatten *eigene* Bauchmuskeln. »Ich kann dir ihre und Janes Adresse geben, wenn du möchtest. Pizzalieferungen von einem geheimen Verehrer sind vielleicht eher ihr Ding.«

»Kann ich machen.« Ich nickte. Ich musste nur daran denken, die Blumen abzubestellen. »Aber mein Gefühl sagt mir, dass wir etwas anderes brauchen. Irgendwie eine große Geste.«

»Große Geste?«, fragte Avery. »Was meinst du genau?«

»Wie in einer romantischen Komödie«, erklärte ich. »Eine große, durchgeplante Inszenierung, die ihre Gefühle füreinander unter Beweis stellt.«

»Tja, die Tatsache, dass dein Bruder nicht trinkt, macht den ›füllt die beiden mit Alkohol ab und hofft, dass sie sich ihre Liebe gestehen‹-Plan leider zunichte.« Charlie trank einen großen Schluck aus seinem Bowlebecher und dachte nach. »Ganz ehrlich, sie müssen irgendwoanders hin. Weg vom Campus, wo sie sich außerhalb der Kurse und Lerngruppen und Vorträge treffen können.«

Ich zermarterte mir das Gehirn, während Avery sich noch einmal nachschenkte. Es musste etwas geben …

»Ich hab's!«, rief ich so unvermittelt, dass Charlie seinen Drink verschüttete, was ein größeres Problem gewesen wäre, wenn er ein T-Shirt getragen hätte. Ohne war er einfach … ein bisschen nass geworden, worüber sich die meisten Mädchen dort, wo die Party richtig abging, wahrscheinlich nicht beklagen würden. »Fitz kommt Freitagabend zum Homecoming-Spiel nach Pemberley. Es gibt eine Art Ehemaligen-Loge, groß und schick für hochrangige Spender, da geht er hin. Wenn du Fitz überreden könntest, dich mitzunehmen, könnte ich Jane und Lizzie auch auf die Gästeliste setzen. Wenn er fragt, sagst du einfach, du hättest sie eingeladen. Auf diese Weise können sie sich in einer cooleren Umgebung treffen. Und wenn sie erst da sind, können wir etwas auf dem romantischen Level vom *Sage Hall-Christmas-Special* arrangieren.«

»Eine Ehemaligen-Loge für hochrangige Spender soll eine *coolere Umgebung* sein?« Avery schwang sich neben Charlie auf den Tresen und versorgte sich gleich mit noch mehr Bowle. Er musste langsamer trinken, er nuschelte schon ein bisschen und war nicht mehr ganz so sicher auf den Beinen, aber Charlie schenkte einfach nach und rutschte rüber, um ihm Platz zu machen.

»Na ja, etwas anderes ist es auf jeden Fall«, konterte ich. »Was meinst du, Charlie?«

»Ich finde es super.« Als er den Becher hob und mir zuprostete, grinste ich zurück. »Hauptsache, ich habe Fitzy nicht mehr so im Nacken.« Und Hauptsache, er konzentrierte sich nicht mehr dauernd auf seine nichtsnutzige Schwester, dachte ich, doch das behielt ich für mich. Davon musste

Charlie nichts erfahren. »Wenn du mir die Info schickst, mach ich alles klar. Bleibt gern noch ein bisschen. Amüsiert euch, aber nicht zu viel. Bis Freitag!«

Als er aus der Küche zurück zur Party ging, in Feierstimmung die Arme reckte und »Wooo!« schrie und seine Gäste wie ein Echo zurückschrien, blieb ich mit dem Eindruck zurück, eine Art feierwütigen Dionysos kennengelernt zu haben und nicht einen echten Menschen.

Aber hey, wenn er uns helfen wollte, hatte ich nichts dagegen.

»Das ging aber ab.« Avery rutschte rüber, sodass wir uns gemeinsam an den Kühlschrank anlehnten und unsere Ellbogen sich leicht berührten. Obwohl er nach Alkohol roch, konnte ich immer noch Averys Zimtduft wahrnehmen. »Ich muss nicht wie er werden, wenn ich erwachsen bin, oder? Ich glaube, mit dem Druck könnte ich nicht umgehen.«

»Das könnte keiner.« Ich schüttelte den Kopf. »So einen Typen gibt's nur einmal im Leben, mein Freund.«

Als Avery mich ansah, rührte sich ein unerwartetes Gefühl in mir. Er wollte etwas sagen, doch was ich über seine Schulter hinweg sah, schockte mich.

»Runter!« Scheiß auf den klebrigen Fußboden. Ich packte Avery am Arm und riss ihn mit nach unten, wo wir nun auf dem Boden der Verbindungsküche hockten, durch eine Kochinsel vom Rest der Party getrennt. Es war ein schrecklicher Ort, um sich zu verstecken, aber hatte ich eine andere Wahl? Wohl kaum, wenn Lizzie Bennet direkt auf uns zulief, mit einem anderen Mädchen im Schlepptau, das in etwa so jung und ebenso wenig im trinkfähigen Alter sein dürfte wie ich.

»Was?«, fragte Avery mit großen Augen. Er hatte die Hand schützend über seinen Drink gelegt, als ich ihn runtergezogen hatte. »Dein Bruder?«

»Nicht ganz so schlimm.« Ich deutete mit dem Kopf auf den anderen Teil der Küche. »Lizzie.«

»Oh, Mist.« Avery wurde blass. Außerdem musste er sich sehr weit zu mir vorbeugen, damit er so leise sprechen konnte. Das machte mich komischerweise irgendwie nervös. Sein Atem kitzelte mein Ohr. »Aber … meinst du, sie würde dich erkennen?«

»In Fitz' Wohnung gibt es bestimmt ein paar Fotos von mir.« Ich ignorierte das Kribbeln, wo sich unsere Beine berührten, und konzentrierte mich auf ein Ausweichmanöver. »Los, komm. Sie darf uns nicht sehen.« Avery zuckte mit den Schultern und ließ sich noch tiefer auf den Küchenboden sinken, während ich versuchte zu hören, was Lizzie sagte. Jede Information war Gold wert.

»Was hast du hier überhaupt zu suchen?«, fauchte Lizzie. »Mitten in der Woche.«

»Äh, für dich ist es ja wohl auch mitten in der Woche.« Das kam dann anscheinend von dem anderen Mädchen, dem es im Gegensatz zu mir gelungen war, ein körperbetontes Kleid in Herbstfarben zu finden. Von dem, was ich sehen konnte, als ich supervorsichtig um die Kochinsel spähte, sah sie Lizzie sehr ähnlich, hatte aber deutlich mehr Make-up aufgelegt. Sie schwankte ein wenig auf ihren Kitten-Heels und trug nicht einmal eine Strumpfhose. Vielleicht brauchte sie den Alkohol, um sich aufzuwärmen. »Oder gelten die Regeln nicht für perfekte Schwestern?«

»Sie gelten für minderjährige Schwestern, Lydia.« Lydia. Anscheinend eine von den fünf Millionen Schwestern, die

Fitz mir gegenüber erwähnt hatte. »Wie bist du überhaupt hergekommen? Wehe, du bist selbst gefahren.«

»Lydia. Hier bist du.«

Mir gefror das Blut in den Adern, und ich versteckte mich möglichst schnell wieder zur Gänze hinter der Kochinsel, als diese Stimme sich zu den anderen beiden gesellte. Eine mir bekannte Stimme. Und obwohl Avery nicht mehr so ganz geradeaus gucken konnte, sah ich in seinem Blick, dass er sie auch erkannt hatte.

»Wickham!«, quiekte Lydia.

Was machte der denn hier? Gehörte das zu seiner neuen Masche? Verfolgte er mich? Verfolgte er Fitz? Ich war kurz davor, zu sterben. Hier auf dem Fußboden der Verbindungsparty würde ich meinen Atem aushauchen und …

Avery legte seine kühlen Finger beruhigend auf meine. Überrascht blickte ich zu ihm hoch, und als unsere Blicke sich trafen, drückte er meine Hand.

Hinter uns kicherte Lydia, Wickham lachte leise. Es war Lizzie hoch anzurechnen, dass ihr diese Unterhaltung offenbar nicht gefiel. Aber alles, was sie sagten, klang in meinen Ohren wie Hintergrundrauschen, denn ich schaute nur auf Averys Hand.

Ich hörte kaum zu, als Wickham etwas sagte.

»Ich muss jetzt sowieso aufbrechen, Kid.« Der Kosename traf mich wie ein Hammer, doch Averys Händedruck milderte den Schlag ab. »Wenn ich dich mitnehmen soll, dann jetzt.«

»Ich fahre sie nach Hause.« Lizzies Stimme war schroff.

»Aber, Lizzie …«

»*Sofort*, Lydia.«

Lydia beklagte sich, als ihre Schwester sie vermutlich mit sich zog, und schwere Schritte deuteten darauf hin, dass

Wickham ihnen nach draußen folgte. In der nächsten Sekunde fiel mir wieder ein, wie man atmete. Als Avery meine Hand losließ, war ich ein wenig enttäuscht.

»Soll ich ihn für dich umbringen?« Die Frage überraschte mich, und als ich Avery ansah, vermittelte seine Miene nicht unbedingt »Scherz«. »Ich glaube, ich habe genug Bowle getrunken, um es zu tun.«

»Nee.« Ich schüttelte den Kopf. »Mir geht's komischerweise besser, als ich gedacht hätte.« Und das stimmte. Es war ein Schock gewesen, und verdammt knapp, aber ich hatte nicht das Bedürfnis, ihm hinterherzurennen oder so was in der Art.

»Tja, wenn du deine Meinung änderst ...« Avery zuckte mit den Schultern, als wir uns beide aufrappelten. Ein paar Partygäste taten so, als hätten sie nicht gemerkt, dass wir vom Fußboden aufgestanden waren. »Ich kann den Typen echt nicht ausstehen.«

Ich lächelte.

Bisher war der Abend überraschend gut verlaufen.

»Und jetzt?« Ich wechselte das Thema, während Avery nun langsamer trank. Ich konnte den Zucker sogar aus dieser Entfernung riechen. »Sollen wir zurückfahren?«

»Oder vielleicht tanzen.« Er wiegte sich hin und her, doch ob das an der Musik lag, die aus dem Hauptraum drang, oder am Alkohol, war schwer zu sagen.

»Sicher? Es ist schon spät.«

»Nur noch ein bisschen?« Avery schob die Unterlippe vor, und dieses Schmollen veränderte sein ganzes Gesicht. Sofort zog ich seinen mageren Nerd-Look Charlies kräftigen Muskeln vor. Was ... irgendwie ein seltsamer Gedanke war, den ich schnell verdrängte. »Bitte?«

Mir wegen Fitz oder Wickham Sorgen zu machen, hätte mich davon abhalten können, aber zum ersten Mal in meinem Leben ließ ich das nicht zu.

»Okay.« Ich musste grinsen, als Avery johlend in die Luft sprang und mich an der Hand zurück ins Wohnzimmer zog. »Ich habe eindeutig einen schlechten Einfluss auf dich.« Es war eine blöde Idee, die ganze Aktion war zweifellos lächerlich, aber das Gefühl von seiner Hand in meiner ... war nicht unangenehm, kann ich nur sagen.

»Genau den Einfluss, den ich brauche, George Darcy.« Als Avery meine Hand drückte, wurde ich rot, doch das konnte auch an der Hitze liegen. Oder an tausend anderen Dingen.

Und diesmal, als wir in der Mitte des Raums angekommen waren und Avery mich in eine Drehung unter seinem Arm hindurchführte, bis ich lachte, war ich froh, dass ich mir das nicht entgehen ließ.

»Mein Auto ist so laut.«

»Stimmt.« Ich warf einen Seitenblick auf Avery, der auf der Beifahrerseite den Kopf ans Fenster lehnte. Wir waren schon eine halbe Stunde auf der Rückfahrt, ohne dass er etwas gesagt hatte, und ich war davon ausgegangen, dass er eingeschlafen war. »Alles okay?«

»Mir geht's bestens.« Er drehte den Kopf ein wenig zu mir, und obwohl er immer noch etwas undeutlich sprach, war es schon besser als vorher. Gut. Ich konnte keine zusätzlichen Schwierigkeiten gebrauchen, wenn wir uns auf das Schulgelände zurückschlichen. »Besser als je zuvor, weißt du das eigentlich? Weil ich nicht das perfekte Avery-

Leben führe. Ich habe mich heute Abend richtig amüsiert. Ich bin mit einem Mädchen ausgegangen und es hat total Spaß gemacht.«

»Äh … cool?« Meine Stimme war ein wenig heiser, doch Avery war eindeutig noch zu betrunken, um das zu merken. Dennoch wurde ich rot. Wie er das gesagt hatte – ich bin mit einem Mädchen ausgegangen –, löste etwas in meiner Brust aus, etwas, das ich mit Mühe unterdrückte, weil nur der Alkohol aus ihm sprach und ich darauf nichts erwidern wollte, was wir beide bereuen würden. »Hoffentlich fühlst du dich auch noch so, wenn wir auf dem Besucherparkplatz beim Nordtor parken müssen, weil wir gegen die Ausgangssperre verstoßen haben.«

Natürlich überlegte ich, noch ganz andere Sachen zu sagen, zum Beispiel, dass ich es auch schön gefunden hatte, einmal nicht perfekt zu sein. Oder dass ich es jetzt überall schön fand, wenn ich mit ihm dort war. Aber so was konnte man unter Freunden nicht einfach sagen. Jedenfalls nicht, ohne dass sie glaubten, man hätte sie auf eine ganz andere Art und Weise gern. Obwohl das doch überhaupt nicht der Fall war.

Ich hatte nicht vor, mich noch einmal auf etwas einzulassen, nicht einmal, wenn ich Avery wirklich auf diese Art gerngehabt hätte. Wickhams Gesicht pflasterte meine Gedanken. Ich wollte das nicht. Es war nicht gut für jemanden wie mich.

»Es hat sich gelohnt.« Avery hatte die Augen wieder geschlossen, als ich kurz zu ihm rüberschaute und mich dann ganz schnell wieder auf die dunkle, gewundene Straße konzentrierte. »Es lohnt sich immer, mit dir abzuhängen, George.«

»Oh … danke.« Es war kalt im Auto, das war alles. Nur deswegen bekam ich eine Gänsehaut. »Mit dir auch, Aves.«

»Gut.« Seine Stimme wurde leiser, als er wegdöste, und ich lächelte in der nächsten Kurve. »Freut mich.«

»Ja«, sagte ich, während er langsamer atmete. »Mich auch.«

16

Es war seltsam. Seit die Schule angefangen hatte, hatte ich mich an den meisten Tagen morgens regelrecht aus dem Bett gequält, hatte mir ständig in Erinnerung gerufen, dass ich aufstehen musste, ansonsten würde ich die Kurse nicht bestehen, keinen Abschluss machen und daraufhin ein paar Jahre zu Hause vertrödeln, bis Fitz mir den Unterhalt strich. Dann müsste ich warten, bis ich einundzwanzig war und ein Vermögen erbte. Und was sollte ich mit genau null Fähigkeiten bis dahin auch sonst machen?

Komplexe Aufmunterung nannte man das.

Doch an dem Morgen nach Charlies Party, dem Tag vor dem Homecoming-Spiel, wachte ich bereits eine Stunde vor meinem »Dein Bruder bringt dich echt um«-Wecker auf. Seit dem *Vorfall* hatte ich oft schlecht geschlafen, aber diesmal fühlte ich mich weder erschöpft noch völlig zerstört. Es ging mir … gut.

Genau genommen wollte ich schreiben. Es kribbelte mir in den Fingern, die Tastatur zog mich magisch an und mein Herz spielte Pingpong.

Leise setzte ich mich auf und holte meinen Laptop vom Fußboden neben dem Bett, damit Sydney nicht aufwachte und mir die Laune verdarb. Kurz darauf hatte ich meine Word-Datei geöffnet und betrachtete nachdenklich Jocelyns und Henrys grandiose Liebesgeschichte.

Meine Gedanken schweiften zum gestrigen Abend ab. Wir hatten es problemlos auf das Schulgelände zurückgeschafft, und bevor Avery durch die Hintertür in seinen Schlaftrakt gegangen war, hatte er sich dagegengelehnt und mich nur angesehen. Er hatte einfach nur dagestanden und mir in die Augen geschaut.

In dem Moment hatte ich mich schon gefragt, ob ich mich da womöglich auf etwas einließ, das ich lieber sein lassen sollte.

Aber das war doch dumm, oder? Meine Tastatur klapperte leise, während ich tippte und eine schnelle Szene schrieb, in der Henry mit seinen Brüdern scherzte. Es war lächerlich. Avery und ich waren nur befreundet. Wickham und ich waren *nie* befreundet gewesen.

Wozu hatte ich das alles überhaupt durchgemacht, wenn ich nichts dazugelernt hatte?

Zufrieden ging ich zur nächsten Szene über, doch bevor ich ein paar wirklich epische Kutschenmontagen zusammenfügen konnte, wurde mir der Eingang einer neuen E-Mail angezeigt.

Es war klar. Da ich mich an diesem Morgen gut fühlte, passte es natürlich wie die Faust aufs Auge, dass ausgerechnet jetzt eine E-Mail von Wickham eintraf.

Ich sah erst mal nur den Betreff, typisch belanglos wie immer. Er wusste, dass ich die Mail öffnen musste, um zu sehen, worum es ging. Ich wartete darauf, dass meine Hände schweißnass wurden, mein Herz aus dem Takt geriet, das Übliche eben, wenn ich eine E-Mail von Wickham bekam …

Doch nichts geschah.

Also, ich fühlte mich schon schrecklich. Aber ich hatte

nicht das Gefühl, gleich eine Panikattacke zu bekommen. Es ging mir normal schlecht, und das fühlte sich wie ein Sieg an.

Und dann, hey, ich war ohnehin auf einem Höhenflug, da konnte ich auch versuchen, dieses Gefühl möglichst lange zu genießen.

Ich ging zu meinem Posteingang und löschte die E-Mail ungelesen.

Wow.

Wickhams Mail zu löschen, löste ein schwer zu beschreibendes Gefühl in mir aus. Ein gutes, würde ich sagen, ein richtig gutes. Und ich tat es nicht einmal, weil Fitz es mir befohlen hatte. Ich hatte es für mich getan – zum ersten Mal in meinem Leben.

Für jeden normalen Menschen war das vielleicht keine absurde Vorstellung, aber Darcys taten nichts, was sich *gut* anfühlte. Sie taten etwas, weil es richtig war. Oder wirtschaftlich klug.

Ein bisschen fühlte ich mich so wie gestern, als ich mit Avery noch auf der Party geblieben war, obwohl unsere Mission bereits erfüllt war. Als würde ich Georgie neu entdecken. Als könnte sie tatsächlich ein paar gute Entscheidungen treffen.

Vielleicht.

Zufrieden mit mir klappte ich den Laptop zu. Ich überlegte, früher in den Musikraum zu gehen, einen der Übungsräume zu besetzen und meine Stimme für den Auftritt durchzugehen. Avery und ich hatten uns für den späten Nachmittag zum Proben verabredet, aber es konnte nicht schaden, schon mal anzufangen. Es schadete nie, etwas zu tun, das mir Spaß machte.

Ich stand leise auf, um Sydney nicht zu wecken und so ihrem Zorn zu entgehen, und verließ unser Zimmer mit deutlich weniger Angst und Beklemmung als sonst.

Am Nachmittag lehnte ich mich auf dem kalten Metallstuhl im leeren Musikraum zurück, die Posaune auf dem Schoß, und scrollte durch mein Handy. *Sage Hall*-Twitter wartete auf mich, doch ich checkte es nicht, öffnete stattdessen den Chat mit Avery und las die letzten Nachrichten.

Sie enthielten nichts Wesentliches. Ein paar Bestätigungen, wann wir uns treffen wollten. Ein paar Reddit-Links. Ein heimlich geschossenes Foto, auf dem Mrs T während einer Probe den Mund beim Gähnen aufriss wie ein Nilpferd. Nirgendwo stand: »Ich weiß, es kommt plötzlich, aber ich bin jetzt dein bester Freund, und mir gefällt das auch, sehr sogar, und können wir nicht einfach noch ein bisschen weitergehen und schauen, wo das hinführt?«

Außer ich verstand die Reddit-Links falsch.

Ich riss den Kopf von meinem Handy hoch, als die Tür zum Musikraum aufgerissen wurde und Avery hereingerannt kam, keuchend und ein wenig grün im Gesicht.

»Sorry!« Er kam schlitternd zum Stehen, seine Krawatte saß so schief, dass sie eher als ein Schulter-Accessoire durchging. »Sorry. Van Fleming wollte nach dem Unterricht noch mit mir reden. Und dann dachte ich, wenn ich renne, komme ich nicht wirklich zu spät, aber ich hatte vergessen, dass meine Eingeweide sich zurzeit eher nach außen kehren wollen.« Avery ließ sich auf den Stuhl neben mir fallen und legte die Füße hoch.

Okay, er hatte einen Mordskater, aber daran war er nur zu einem kleinen Teil schuld, Charlie hingegen zu einem großen.

Ich grinste. »Wenn ich dich frage, wie es dir geht, kannst du dann antworten, ohne zu kotzen?«

Er neigte den Kopf und überlegte. »Kaum.« Averys allgegenwärtiges Grinsen kam trotz der Übelkeit zum Vorschein. »Wärst du einverstanden, wenn ich den Mitbewohner deines Bruders umbringe? Weil er mir nicht gesagt hat, dass diese Bowle *vergiftet* war.«

»O Mann.« Ich schüttelte den Kopf, als Avery die Füße wieder auf den Boden stellte, noch tiefer auf seinen Stuhl sank und sich die Stirn rieb. Ich war mir nur allzu sehr bewusst, wie sich seine kakifarbene Hose gegen meinen Uniformrock drückte. »Das war Bowle auf einer Verbindungsparty. Jede Fernsehserie auf der Welt hätte dir davon abgeraten.«

»Stimmt.« Er atmete tief aus und sah mich an. Die Schüler, die sich außerhalb des Musikraums unterhielten, waren kaum zu hören, doch hier drinnen gab es allein ihn und mich – und unsere Stimmen hallten in dem weitläufigen Raum. »Tut mir leid, wenn ich mich gestern wie ein Idiot benommen habe. Es war natürlich nicht mein Plan, mich derart zu betrinken.«

»Kein Problem.« Ich zuckte mit den Schultern und versuchte weiter, die Berührung durch seine Hose zu ignorieren. »Du warst dann nur ziemlich müde.«

»Hört sich ganz nach mir an.« Er lachte, wurde jedoch sofort bleich, als würde er es bedauern. »Mir ist das erst einmal passiert, im Sommer mit den anderen Rettungsschwimmern. Es dauerte ungefähr eine Stunde, dann war ich am

Pool eingeschlafen. Wahrscheinlich kann ich von Glück sagen, dass mich keiner angemalt hat.«

»Das wäre in der Tat eine Tragödie gewesen.« Avery sah gut aus, wie er war. Besser sogar.

Uups. Vielleicht war ich dehydriert oder so, denn der Gedanke war albern. Avery hatte ein gut aussehendes Gesicht. Ebenmäßige, normale, gut aussehende Gesichtszüge. Es war das Gesicht eines Freundes. Und so weiter.

Wir schwiegen kurz, und ich strich mir eine Strähne hinters Ohr. Avery folgte der Bewegung mit den Augen, schüttelte den Kopf und lächelte mich an.

»Äh.« Er räusperte sich, schien es dann aber direkt zu bereuen. »Ich fürchte, ich kann heute nicht spielen. Wahrscheinlich geht es mir anfangs noch gut, und dann, bäm, mache ich einen auf Ben Wyatt aus *Parks and Recreation* und kotz in die Dusche.« Er sprach immer schneller, die Worte gingen schon ineinander über. »Aber es fehlt mir. Zu spielen. Hätte ich nicht gedacht. Aber noch mal, heute würde ich bestimmt kotzen, und das käme alles in das Mundstück und den Zug und …«

»Vielleicht solltest du nicht drüber reden, wenn dir schlecht ist«, unterbrach ich ihn, so süß (freundschaftlich süß! freundschaftlich süß!) sein Geplapper auch war. Ich nahm meine Posaune vom Schoß, legte sie auf den Stuhl neben mir und drehte mich ein bisschen zu ihm hin. Als er sich ebenfalls mir zuwandte, scharrten die Metallbeine seines Stuhls über den kratzigen Teppichboden. »Wir können einfach abhängen.«

»Okay.« Avery nickte leicht hektisch. »Klar.«

»Bist du sicher, dass es dir gut geht, Aves?« Echt, er sah noch schlimmer aus als eben. Kreidebleich, und er konnte mich kaum ansehen. »Musst du zur Schulkrankenschwester?«

»Willstdumitmirzumhomecominggehen?«

Das ging so schnell, dass ich zunächst nichts verstand.

Beziehungsweise irgendwie schon, aber dann doch wieder nicht.

Trotz meiner Aha-Erlebnisse zur Selbstverwirklichung hatte ich damit als Letztes gerechnet.

»Was?« Ich starrte Avery an und lehnte mich zurück. Keine Ahnung, ob das Kribbeln in meinem Innern ein gutes oder ein schlechtes Zeichen war. »Was hast du gesagt?«

»Willst du …?« Avery holte tief Luft, und seine Ohren liefen rosa an. »Willst du zum Homecoming-Dance gehen? Mit mir«, fügte er noch schnell hinzu. Ehrlich, in meiner Brust herrschte ein einziges großes emotionales Wirrwarr, ich kam damit nicht klar. »Ich weiß nicht, es könnte Spaß machen. Und ich hätte, äh, gern eine zweite Chance, mit dir zu tanzen … Gestern hatten wir ja viel zu wenig Zeit. Und ich war ziemlich betrunken.«

Ich sollte Nein sagen. Schließlich wandte sich gerade erst alles ein wenig zum Guten. Ich hatte es geschafft, eine einzige E-Mail von Wickham zu löschen, und schon hielt ich mich für Americas Next Top Role Model, das ihr Leben in den Griff bekam und zu allen möglichen Dates bereit war? Avery hatte etwas Besseres verdient. So viel wusste ich.

Andererseits, dachte ich plötzlich, scheiß drauf. Vielleicht hatte ich es ja auch verdient, glücklich zu sein.

Gott, sein Grinsen war wirklich unwiderstehlich.

»Äh, ja. Warum nicht?« Ich bemühte mich um einen lässigen Tonfall, obwohl mir gar nicht danach zumute war. »Am Samstag, oder?«

»Ja, George.« Er legte den Kopf schief und grinste noch breiter. »Hast du Mrs Ts Ankündigungen für diesen Monat etwa nicht hingebungsvoll gelauscht? Sie wird enttäuscht sein.«

»Halt die Klappe.« Als ich die Partitur vom Notenständer nahm und in den Rucksack packte, verfluchte ich meine zitternden Finger. »Ich höre immer aufmerksam zu.«

»Dann wiederhole Wort für Wort, was ich gestern zu Beginn der Probe gesagt habe.« Avery räumte den Notenständer aus dem Weg, als ich mit meiner Posaune aufstand. Wir gingen nebeneinander zur Hintertür des Musikraums, die zu unseren Schlaftrakten führte.

»Vermutlich ging es darum, dass ich die allerbeste Posaunistin in der Geschichte von Pemberley bin?« Ich wappnete mich gegen den eisigen Wind, als wir die Tür nach draußen öffneten, aber so schlimm war es gar nicht. »Und was für eine tolle Freundin ich sein kann?« Am liebsten hätte ich in diesem Moment meinem Bruder geschrieben, tat es aber nicht. Er hatte genug zu tun und interessierte sich gar nicht für mich.

»Wow, du hast *wirklich* zugehört.« Avery applaudierte, als wir in die Kälte hinaustraten, und ich machte auf der Treppe einen Knicks. »George Darcy, du bist wirklich fantastisch.«

Vermutlich machte er Witze, wie üblich.

Doch selbst wenn es ein Scherz sein sollte, setzte mein Herz einen Schlag aus.

Ich hatte mich gerade auf dem Innenhof von Avery verabschiedet und wollte in mein Zimmer zurückkehren und meine Gefühle in Fanfiction austoben, als mir jemand auf die Schulter tippte. Ich sprang ungefähr eine Meile in die Luft.

»Hey.« Als ich mich blitzschnell umdrehte, wich Emily, die ihre Haare zu zwei Zöpfen geflochten hatte, mit erhobenen Händen vor mir zurück. »Komm runter. Ich tu dir nichts.«

»Äh.« Stand mein Mund komplett offen? Hoffentlich nicht. »Was ist los?«

»Ich wollte nur Hi sagen.« Emily zuckte mit den Schultern, als wäre das kein weltbewegender Satz, wenn es um mich ging. Emily hasste mich nicht so wie Braden, aber sie war mir definitiv aus dem Weg gegangen. »Du hast was mit Avery gemacht, oder?«

»Ja?« Vielleicht wollte sie mir raten, ihn zum Wohle der Band in Ruhe zu lassen. Dann würde ich aber vielleicht um ihn kämpfen. »Ist das ein Problem?«

»Cool down.« Als Emily eine Augenbraue hochzog, hörte ich selbst, wie scharf meine Worte geklungen hatten. »Ich frage doch nur.«

»Okay.« Was war los mit mir? Waren meine Gefühle nicht auf die normale Gesellschaft eingestellt? Wenn man sich meine Familie ansah, ergab das allerdings durchaus Sinn. »Sorry.«

Emily nickte, senkte den Blick auf ihre Schuhe und ließ die Hacken zusammenknallen. »Egal.« Schulterzuckend sah sie mich wieder an. »Ich wollte wirklich nur Hi sagen. Also.« Sie hob die Hand und winkte. »Dann bis später.«

Als sie sich abwandte, wäre es leicht gewesen, sie gehen zu lassen, in mein Zimmer zurückzukehren und meinen Freundeskreis klein zu halten, was sicher war. Das würde eine Darcy tun. Ich hatte Vertrauen zu Avery, aber alle anderen …

Aus unerfindlichen Gründen wollte ich aber lieber Kontakte knüpfen und sehen, ob ich noch andere außer Avery zurückgewinnen konnte.

Wenn du springen willst, dann spring.

»Dekorierst du Freitag dein Schließfach?« Ich quiekte bei der Frage, aber immerhin hatte ich sie gestellt. Entweder die Frage oder der Tonfall weckten Emilys Aufmerksamkeit, denn sie ließ die Hand sinken und starrte mich an.

Schließfächer zu dekorieren, war eine dämliche Homecoming-Tradition. Man schlich sich früh ins Schulgebäude, bevor die Hausmeister die Türen aufschlossen, und gestaltete sein Schließfach, um damit möglichst viel Schul-Spirit zu zeigen. Ich hatte in meinen ersten beiden Schuljahren hier bei dieser Tradition mitgemacht und war den Posaunisten durch die Gänge gefolgt, als wir uns schon vor Sonnenaufgang hineingeschlichen und unsere Schließfächer mit billigen Luftschlangen und Ballons verziert hatten. Unsere Stimmführerin Alyssa war im letzten Schuljahr weit mehr dafür zu haben gewesen als Braden. Vermutlich dachte er, wenn die ganze Gruppe zu früh aufstand, würde das unseren REM-Schlaf durcheinanderbringen, was wiederum dazu führen konnte, dass wir beim Marschieren ausscherten oder Ähnliches.

Es konnte natürlich sein, dass er die ganze Sache bereits geplant und nur mich nicht eingeladen hatte. In meinen Augen war ihm das durchaus zuzutrauen.

»Dieses Jahr hat es niemand organisiert.« Emily zuckte mit den Schultern und zog an ihren Haaren, während sie die Zöpfe neu flocht.

Das Schweigen breitete sich aus, während ich anhand von Emilys neugierigem Blick begriff, dass das eine Art Test war. Sie hatte mich als Erste angesprochen, jetzt war ich dran.

Tja, was zum Teufel sprach dagegen?

»Sollen wir das übernehmen?« Falls ich dieses Gespräch bis zum Ende durchhielt, ohne mich zu übergeben oder ohnmächtig zu werden, sollte ich mir eine Medaille überreichen. »Die Jüngeren haben es verdient, es ist Tradition. Wir könnten sie morgen früh mitnehmen.«

Emily wandte sich ihrem zweiten Zopf zu, löste ihn und flocht ihn neu, während sie darüber nachdachte. Dann, o Wunder aller Wunder, nickte sie.

»Ich schreibe allen.« Sie holte ihr Handy hervor. »Braden will bestimmt nicht mitkommen.«

»O nein.« Bei diesem ironischen Kommentar, den ich mir nicht verkneifen konnte, grinste Emily schon fast, aber dann wurde sie schnell wieder ernst.

»Und Jackson hat grundsätzlich etwas dagegen, früh aufzustehen, deshalb bleibt es wahrscheinlich bei uns und den Jüngeren.« Sie steckte das Handy wieder in die Rocktasche und sah mich an. »Wäre das okay?«

»Du hast ihnen aber schon gesagt, dass ich mitkomme, oder?« Ich strich mir eine Locke aus dem Gesicht. »Ich habe nämlich das Gefühl, dass sie die ganze Zeit Angst haben, ich würde sie niederringen und ihnen Koks in die Nase stopfen.«

»Und? Hast du das vor?«

»Was glaubst du denn?« Auch diesmal war mein Tonfall scharf, aber ich fand es berechtigt. Der Wind blies mir um die Ohren und drohte mit Frostbeulen.

»Na dann.« Emily zuckte mit den Schultern, als wäre damit das Thema erledigt. »Treffen wir uns doch morgen früh um halb fünf auf der Vordertreppe. Kannst du Deko-Material mitbringen?«

»Solange du mir nicht *Carrie*-mäßig kommst.« Diesmal war es Emily, die verwirrt schien. »Wie in dem Film *Carrie*«, erklärte ich. »Mit Schweineblut. Beim Prom.«

Emily dachte darüber nach. »Ich finde, wenn wir das machen würden, wäre Homecoming deutlich besser geeignet.«

»Okaaaay.«

»Aber wir machen es nicht«, ergänzte sie, allerdings nicht so schnell, wie ich es mir gewünscht hätte. Schließlich band sie das Haargummi um ihren Zopf. »Außerdem hätten *wir* dann *dich* eingeladen. Bist du immer so vertrauensselig?« Sie ließ die Arme sinken und schob die Hände in die Rocktaschen.

Vertrauensselig. Ausgerechnet ich.

»Kannst du es mir verübeln?«

Zu meiner Überraschung grinste sie. »Kein bisschen.«

»Na dann, okay.« Als ich die Hand ausstreckte, schüttelte Emily sie, ohne zu zögern. Mal was ganz anderes. »Wir veranstalten eine Deko-Party.«

17

An diesem Abend kurz vor Ausgangssperre – also nur Minuten, bevor Sydney hereinhuschen würde – fiel mir in unserem Zimmer siedend heiß ein, dass ich weder Dekorationsmaterial für die Schließfächer noch ein Kleid für Homecoming hatte. Und es gab auch keine Möglichkeit, wie ich beides noch hätte beschaffen können.

Was … Scheiße.

Ich schlang meine Haare zu einem hohen Knoten, ließ mich aufs Bett fallen und schaute nach oben zu dem *Sage Hall*-Poster, um nachzudenken. Das hier war seit dem *Vorfall* mein erster Vorschlag unter Posaunen-Freunden. Ich wollte es auf keinen Fall vermasseln, doch offenbar blieb mir gar keine andere Möglichkeit. Vielleicht könnte ich Sydneys Kleidung zerschreddern und sie als gekaufte Stoffbänder ausgeben? Aber bei meinem Glück würde sie mich dabei erwischen, mir die Schere aus der Hand reißen und sie mir ins Herz stoßen. Zu Hause würde ich einfach einen Angestellten zum Einkaufen schicken, doch das kam hier natürlich nicht infrage.

Letztes Jahr hätte ich Wickham geschrieben. Er wäre in einer Stunde hier gewesen, das Auto voller Zigarettenrauch, und hätte mich mit einem saloppen Lächeln wegen des Schul-Spirits aufgezogen. Doch wenn wir tatsächlich noch im letzten Schuljahr wären, hätte ich ohnehin nichts dergleichen unternommen, sondern mit dem Handy in der Hand auf eine Nachricht, auf einen Anruf von ihm gewartet, gewartet und immer weiter gewartet.

Im Augenblick wartete ich aber nicht. Ich handelte einfach.

Selbst wenn »handelte« bedeutete, dass ich mich in eine Panikattacke hineinsteigerte.

Irgendwann in dieser tiefen existenziellen Krise leuchtete mein Handy mit einem schwachsinnigen Foto von Fitz auf, das ich vor Jahren an Weihnachten gemacht hatte und auf dem sein Gesicht halb hinter einem abgenagten Truthahn auftauchte wie ein Raubvogel über seiner Beute. Obwohl ich eigentlich keine Lust hatte, mit jemandem zu reden, ging ich ran. Selbst wenn er mich nicht vermisste, vermisste ich ihn, wie ich gerade merkte. Nennen wir es Schwäche.

»Hey.« Fitz klang verschlafen und weit weg. »Ich wollte nur mal hören, wie es dir geht, Bohnenstange.«

»Cool.« Meine Stimme klang sogar in meinen Ohren schriller als gewohnt. Da ging er hin, mein Plan, lässig rüberzukommen. »Cool. Hier ist alles gut. Supergut.«

»Georgie?« Ah, ja, da war er, der aufmerksame, väterliche Fitz, wie wir ihn kannten und liebten. Ausnahmsweise nervte mich seine sorgenvolle Stimme jedoch nicht, während ich meine Tagesdecke knetete. »Ist alles okay?«

»Es ist nur …« Ich hielt inne und krallte die Finger in den Stoff. Ich musste das nicht alles bei Fitz abladen. War es nicht der Sinn meines Matchmaker-Plans, dass er sich auf etwas anderes konzentrierte? Er sollte mit Lizzie ausgehen, wo sie nebenbei erwähnte, wie lecker die Pizza war (die ich ihr geschickt hatte), und wo sie auf einer Bank näher an ihn heranrutschte. Fitz sollte glücklich sein.

Ich überlegte, einfach aufzulegen und das Handy aus dem Fenster zu werfen, damit ich nicht hörte, wenn er zurückrief. Doch Fitz kam mir zuvor.

»Hey.« Selbst am Telefon konnte ich mir vorstellen, wie er sich alarmiert aufrechter hinsetzte und den liebevollen Bruder gab, während er ausrechnete, wie weit es zum nächsten Krankenhaus war. Ich senkte den Blick auf das alte Caltech-T-Shirt, das ich trug. Am Saum hingen ein paar lose Fäden, weil die Schulwäscherei nicht zimperlich war. Ich musste sorgsamer damit umgehen. Fitz hatte es mir von seinem Vorstellungsgespräch dort mitgebracht, und er hatte damals sehr glücklich ausgesehen. Glücklicher als je in meiner Gegenwart. »Du kannst es mir ruhig erzählen, Georgie.«

Ich hätte alles für mich behalten sollen, stattdessen sprudelte es nur so aus mir heraus.

»… und ich muss in ungefähr sechs Stunden Schließfächer dekorieren, aber ich habe überhaupt kein Material, und ein Kleid übrigens auch nicht.« Nach einem komprimierten Fünf-Minuten-Monolog atmete ich laut aus. Stille. Blieb mir nur zu hoffen, dass Fitz mir keinen Vortrag hielt, wie wichtig es war, nach Beginn der Ausgangssperre im Zimmer zu bleiben. Bei Fitz musste man immer auf eine Predigt gefasst sein.

Doch er überraschte mich.

»Wenn ich in ein paar Stunden bei dir bin, reicht das?«

»Was?«

»Ich muss meine Hausarbeit noch fertig schreiben.« Fitz schien nicht zu begreifen, wie großzügig sein Angebot war. »Aber dann kann ich losfahren. Charlie kennt bestimmt irgendein Kaufhaus mit Deko-Material, das rund um die Uhr geöffnet ist. Er hat eine Vorliebe für sonderbare Dinge. Ich hole dich ab, und wir besorgen, was du brauchst. Und das Kleid kaufen wir morgen zusammen nach dem Unterricht. Du hast doch vor dem Spiel noch ein bisschen Zeit?«

»Ich … ja?« Erneut knetete ich die Tagesdecke und ließ sie wieder los. Das bedeutete einen gewaltigen Rückschritt für meinen Plan, unabhängiger zu werden. »Fitz. Das musst du nicht tun.«

»Ich weiß.« Durch das Telefon hörte es sich fast so an, als würde er lächeln, doch da er mein großer Bruder war und er diesen Umweg extra machen musste, um mir einen großen Gefallen zu tun, bildete ich mir das vermutlich nur ein. »Ich rufe dich an, wenn ich ankomme, ja?«

»Dann ist aber Ausgangssperre.«

»Irrelevant.« Fitz klang jetzt wacher, auf den Plan konzentriert. »Ich rufe von unterwegs in der Schule an und gebe dir die Erlaubnis, kurz etwas mit mir zu erledigen. Das ist kein Problem.«

»Okay.« Eine unnötige Woge der Enttäuschung überrollte mich. Dabei war es sinnvoll, legal und korrekt vorzugehen. Schließlich sprachen wir hier immer noch von meinem Bruder, und ich sollte ihm für seine Bereitschaft, mir zu helfen, einfach dankbar sein. »Natürlich.«

»Wäre es dir lieber, wenn du dich ganz in Schwarz anziehst und ich gar nicht richtig anhalte, damit du ins Auto springen kannst?«

Ich musste lachen.

»Ja, bitte.« Mir kamen die Tränen, keine Ahnung, warum. »Danke. Ruf einfach an, wenn ich rauskommen soll.«

»Genau, Bohnenstange.«

Ich wälzte mich auf die Seite und blinzelte die Tränen fort. In mancher Hinsicht hatte ich einen richtig tollen großen

Bruder. Er hatte es wirklich nicht verdient, meinetwegen so unglücklich zu sein.

Vielleicht sollte ich nicht versuchen, ihn wegzustoßen, dachte ich. Wickham wegzustoßen, war sicherlich die richtige Entscheidung gewesen. Doch in diesem Schuljahr versuchte ich mit voller Absicht, auch Fitz auf Abstand zu halten und ihn nicht mit meinen Problemen zu belasten. Für den Bruchteil einer Sekunde überlegte ich, ob das nicht ein Fehler war.

Nein, beschloss ich, während ich weiterhin krampfhaft meine Tagesdecke festhielt.

Distanz zu Wickham war gut für mich – Distanz zu Fitz war gut für ihn.

Fitz brauchte mich nicht. Sogar heute Abend ging es nur um mich, wieder etwas, womit ich ihm das Leben schwerer machte. Und das war ja auch der Grund, warum ich ihm nichts von der Wickham-Scheiße in diesem Jahr erzählt hatte. Weil ich ihm das Leben schwer machte. Ich würde mich über diesen letzten Gefallen freuen, und dann wollte ich alles Menschenmögliche tun, um ihn in Lizzies Arme zu treiben. Mit ihr würde er glücklich sein. Weit weg von mir.

Als Fitz Stunden später vorfuhr, wartete ich bereits in der Einfahrt und hatte meinen Hoodie über den Kopf gezogen, sowohl um mich darunter zu verstecken als auch gegen die Kälte. Kurz vor Mitternacht hatte ich noch einen lange fälligen Essay fertig geschrieben, doch danach hatte ich vor lauter Adrenalin kaum geschlafen. Fitz stellte die Scheinwerfer aus, bevor er die Einfahrt hochfuhr, obwohl der diensthabende Security mir vom Empfang aus fröhlich zugewunken und einen Gruß für meinen Bruder aufgetragen hatte. Fitz machte auch den Motor aus und stieg aus, als ich ihm entgegenging.

»Du hast gesagt, du würdest nicht anhalten«, sagte ich an der Beifahrertür. »Dieses Auto hat so was von angehalten.«

»Leider ist mein Führerschein für Stunts noch nicht angekommen.« Fitz stieg wieder ein und ließ den Motor an, während ich auf dem Beifahrersitz Platz nahm.

»Vielleicht nächstes Jahr.« Ich lehnte den Kopf zurück, als wir von Pemberley in die Nacht hinausfuhren. »Wo gehen wir jetzt genau hin?«

»Anscheinend gibt es nicht weit von hier einen Target, der vierundzwanzig Stunden geöffnet ist.«

»Hat Charlie das für dich recherchiert?«

»Äh, nein.« Erstaunt und erfreut sah ich, wie Fitz rote Ohren bekam. »Das Mädchen aus meiner Lerngruppe, Lizzie, kennt den Laden, weil mehrere ihrer Schwestern da arbeiten. Sie meinte, die könnten uns helfen, das Richtige auszusuchen.« Wow. *Das* war echter Fortschritt. Mühsam widerstand ich der Versuchung, Avery sofort zu schreiben – er schlief, und ich freute mich mehr darauf, es ihm persönlich mitzuteilen. Er würde *ausflippen*.

Ich gab mich betont locker.

»Na ja, es ist ein Target wie jeder andere, oder?« Ich schaute aus dem Fenster, damit Fitz nicht merkte, wie zappelig ich vor Aufregung war. »So kompliziert kann das nicht sein.«

Wahnsinn!

Das sollte ein *Laden* sein?

Ein Gebäude wie das, das aus der Dunkelheit vor uns aufragte, hatte ich noch nie gesehen.

Es hatte mehrere Stockwerke, war unfassbar lang, und die Einkaufswagen wanden sich wie eine Schlange um das grellweiße Bauwerk. Als wir vom Highway abbogen, wurde ich von dem riesigen roten Neonschild geblendet, das dieses Shopping-Mekka anpries. Ich musste schlucken, und Fitz wurde ein bisschen blass.

»Immerhin sollte es dann nicht zu voll sein«, sagte ich, als Fitz unerklärlich weit vom Eingang parkte. »Wir werden nicht von hungrigen Käufern totgetrampelt werden.«

»Ich habe wirklich gedacht, dass es so etwas nur im Film gibt.« Fitz flüsterte, als würde diese Kirche des Kapitalismus ein Mindestmaß an Ehrfurcht verlangen. »Wer *braucht* denn so was?«

Das konnte ich ihm auch nicht beantworten. Schweigend stiegen wir aus, mummelten uns in unsere warmen Jacken und liefen zügig zum Eingang. Wie auch immer ich mir vor Fitz' Anruf den Abend vorgestellt hatte, so jedenfalls nicht.

Das Ladeninnere war ebenso überwältigend. In grellem Rot und Weiß erstreckten sich zahllose Gänge mit allen Waren, die man sich nur vorstellen konnte. Falls es ein organisiertes System gab, war es für mich nicht erkennbar. Ein Gang, in dem es möglicherweise Partydeko geben könnte, wirkte recht vielversprechend, doch bevor ich wie Elsa dort suchen konnte, wo noch niemand war, sprach uns jemand gut gelaunt von hinten an:

»Hi! Ihr seid bestimmt Fitz und Georgie Darcy, oder?«

Ich drehte mich langsam um und entdeckte Lydia Bennet,

Lizzies kleine Schwester, die mit Wickham auf der Party war. Also, klar, es hatte die Möglichkeit bestanden, dass sie die Schwester von Lizzie war, von der Fitz gesprochen hatte, aber hatte Lizzie nicht einen Haufen Schwestern? Wie hoch war die Wahrscheinlichkeit, dass ich genau dieser einen wieder begegnen musste?

Zum Glück hatte sie mich auf der Party gar nicht gesehen. Wenn ich mich zusammenriss, hatte ich also nichts zu befürchten.

»Ja, hallo.« Als Fitz die Hand ausstreckte, starrte Lydia sie einen Augenblick an, bevor sie sie schüttelte. Hier wirkte sie viel jünger als auf der Party – rückblickend war sie vermutlich genauso alt wie ich. Heute trug sie jedoch ein rotes Tanktop, das bei der Kälte vollkommen unangemessen war, und eine enge, kunstvoll zerrissene Jeans. Obwohl sie eher schlicht gekleidet war, war dies der sehr sorgfältig kultivierte Look, den ich nie hinbekam.

Und irgendwie hatte sie etwas mit Wickham zu tun.

»Hi.« Erst Fitz' spitzer Blick brachte mich zum Reden. »Freut mich.«

»Mich auch!« Lydia setzte anscheinend hinter alles ein Ausrufezeichen. »Es geht um Deko, richtig? Lizzie hat mir gesagt, es wäre eine Geheimaktion.« Mit hochgezogener Augenbraue musterte sie mein Outfit. »Machen wir deshalb einen auf *Spy Kid* bei einer Beerdigung?«

»Deko-Material, genau«, mischte Fitz sich ein und kehrte die Darcy'sche Autorität heraus, bevor ich selbst reagieren konnte. Das war wahrscheinlich besser so. »Bänder, Luftschlangen, solche Sachen.«

»Komischer Notfall, aber bitte.« Lydia zuckte mit den Schultern und lief rasch vor. Ihr braunes Haar war nur geringfügig dunkler als Lizzies und wehte hinter ihr her wie in einer Shampoowerbung. »Dann los!«

Lydia führte uns durch einen Gang nach dem anderen und warf Sachen in den Einkaufswagen, den sie Fitz zugewiesen hatte. Wir folgten der selbst ernannten »Supergöttin des Target« wie gehorsame Diener, während sich der Einkaufswagen mit mehr Deko-Material füllte, als ich je gesehen hatte.

Als sie endlich verkündete, wir seien fertig, spiegelte Fitz' verblüffter Blick wahrscheinlich meinen.

»Okay, kommt mit.« Lydia winkte mehreren Kassierern zu, an denen wir vorbeikamen, und führte uns zu einer unbesetzten Kasse. »Ich mache den Check-out für euch.« Sie zog unseren Einkaufswagen näher heran und scannte die Ware, die wir aufs Band legten. Aus dem Augenwinkel sah ich, wie Fitz einen sehnsüchtigen Blick auf den Starbucks im Laden (Wahnsinn!) warf.

»Hol dir doch was.« Ich wies mit dem Kopf darauf. »Schließlich hast du noch eine lange Fahrt vor dir.«

Nach kurzem Zögern nickte Fitz. »Wollt ihr auch was?«

»Karamell-Macchiato. Halb & Halb. Hier.« Lydia zog eine rote Ausweiskarte aus ihrer hinteren Jeanstasche und reichte sie Fitz. »Damit bekommst du Rabatt. Rita stört das nicht.«

»O nein.« Fitz lehnte entsetzt ab, vermutlich wollte er Lizzies Schwester auf keinen Fall einen auch nur ansatzweise entkoffeinierten Kaffee holen und gleichzeitig das Rabattsystem für Mitarbeiter des Target unterlaufen. »Das geht auf mich.«

»Cool.« Lydia steckte die Karte wieder ein. »Danke!«

»Ich möchte nichts«, sagte ich. »Zum Wohle deiner Getränkehalter.«

Fitz schüttelte den Kopf, ging zur Kaffeetheke und ließ mich allein mit … Lydia.

Kaum war Fitz weg, beugte Lydia sich verschwörerisch vor. »Alter. Dein Bruder? Megascharf.«

»Hmpf.« Mehr brachte ich nicht zustande, während mein Gehirn Fehlzündungen in allen Nerven produzierte.

»Nichts für mich natürlich«, fuhr Lydia fort, als sie, ohne meine entsetzte Reaktion wahrzunehmen, eine Packung abwaschbarer Fenstermarker scannte. »Aber ich verstehe, warum meine Schwester auf ihn steht. Das würde sie natürlich nie zugeben, aber die beiden treiben es miteinander. Oder sind kurz davor.«

Warum? Warum bestanden alle, mit denen ich es zu tun hatte, darauf, sich über das Sexleben meines Bruders auszulassen? Lydia sah, wie ich rot wurde, und kicherte.

»'tschuldige, vielleicht doch nicht.« Dann fügte sie erneut in diesem verschwörerischen Tonfall hinzu: »*Nerds*, du weißt schon.«

Wusste ich nicht. Im Gegenteil, ich hatte das Gefühl, dass Lydia Bennet eine Menge erlebte, wovon ich keine Ahnung hatte.

»Egal, du bist in Pemberley, stimmt's?« Während sie den Rest unserer Einkäufe scannte, bereute ich bereits zutiefst, wie sehr wir zugeschlagen hatten. Jedes Teil, das sie begeistert begutachtete, gab ihr mehr Zeit, Sex-Theorien über meinen Bruder zu verbreiten. »Ein Freund von mir war früher auch dort. Kennst du Wickham Foster?«

Irgendwann musste der Name ja kommen.

»Nein.« Meine Gedanken rasten. Ausweichen, ausweichen, ausweichen, und noch wichtiger, das Thema wechseln, bevor Fitz zurückkam. Er würde ausrasten, wenn von Wickham die Rede war, und vor dem anstehenden Homecoming-Spiel – verbunden mit meinem großen, ausgeschmückten Matchmaking-Plan – war es sehr wichtig, dass er gut gelaunt war. »Nicht, dass ich wüsste.«

»Ich kann mir auch nicht vorstellen, dass ihr mit den gleichen Leuten abhängt.« Lydia rümpfte ein wenig die Nase, als sie mich musterte, gerade so lange, dass ich es merken sollte. »Aber hey, falls du je Hilfe bei einem Forschungsprojekt oder einem Laborbericht oder so etwas brauchst …« Sie kicherte wieder. »Sagen wir mal, er ist gut im Recyceln.«

Wie bitte?

Bevor ich etwas sagen oder *fragen* konnte, kam Fitz mit einem kleinen schwarzen Kaffee in der einen und einem riesigen Schlagsahne-Gebräu in der anderen Hand zurück. Er wirkte gestresst, als hätte er die Zeit zur Gänze ausgereizt, die er in einem Kaufhaus dieser Größe verbringen konnte. Er reichte Lydia ihren Kaffee und steckte seine Kreditkarte in das Gerät.

»Yay!«, quiekte sie und trank einen Schluck. »Köstlich. So, Leute, jetzt habt ihr alles. Soll ich euch helfen, das Zeug rauszutragen?«

»Nein«, erwiderte Fitz unverzüglich, obwohl wir bei dieser Menge ein drittes Paar Hände gut hätten gebrauchen können. »Danke.«

»Okay.« Sie zuckte mit den Schultern, lehnte sich hinter der Kasse zurück und nippte an ihrem Getränk. »War nett mit euch.«

»Mit dir auch.« Ich winkte zum Abschied, da Fitz bereits draußen war und den Einkaufswagen mit der Geschwindigkeit eines Besessenen über den Parkplatz schob. Ich musste rennen, um ihn einzuholen.

»Sie war … lustig«, fasste ich zusammen, als wir am Auto ankamen. Ich reichte Fitz die Tüten, die er in eine riesige Reisetasche packte, die er zu diesem Zweck mitgenommen hatte. »Ist sie ihrer Schwester sehr ähnlich?« Die Antwort konnte ich mir denken, aber Fitz' entsetzte Miene sprach Bände.

»Lizzie«, sagte er vorsichtig, schloss den Kofferraum und stieg gleichzeitig mit mir ein, »hat keinerlei Ähnlichkeit mit ihren Schwestern.«

»Oh.« Ich verkniff mir das Lächeln, als er den Motor an-ließ, rückwärts vom Parkplatz fuhr – obwohl sonst keine Autos hier waren und Fitz über die leere Fläche hätte fahren können – und auf den Highway einbog. »Gut.«

»Du hast wirklich Glück, dass ich der beste Bruder auf der Welt bin.« Er hatte dunkle Ringe unter den Augen, und ich ignorierte mein neu erwachtes schlechtes Gewissen, als wir auf die Tore von Pemberley zufuhren. Mittlerweile war es drei Uhr früh, und der Kaffee schien Fitz nicht so wach zu halten, wie er sollte. Ich sprang aus dem Auto und holte die Reisetasche aus dem Kofferraum, als er seinerseits ausstieg. »Ich glaube, wir haben den Laden leer gekauft. Aber besser zu viel als zu wenig.«

Das hätte das Familienmotto der Darcys sein können. Ich sah es vor mir, in eine schmückende Plakette geprägt. Wie viel hatten wir für die Deko ausgegeben? Ich hatte nicht ein-mal hingesehen. Auf jeden Fall zu viel. Ein Déjà-vu mit den Tacos, aber jetzt konnte ich es nicht mehr ändern.

»Danke, Fitz.« Ich schnappte mir die Tasche und nahm sie auf beide Arme, um das Gewicht besser zu verteilen. »Du bist wirklich der Beste.« Ich fühlte mich wieder schuldig, weil ich ihn aus dem Bett und hierher gezerrt hatte. Ab jetzt würde ich ihn nicht mehr brauchen, redete ich mir ein. Sobald mein großer Matchmaking-Plan morgen Abend anlässlich Homecoming in Erfüllung ging, würde Fitz keinen Gedanken mehr an mich verschwenden, und ich musste keine Angst mehr haben, zu versagen und ihn um Hilfe bitten zu müssen. Nur noch ein Tag, dann würde die Idee, meinen Bruder zu brauchen, praktisch unvorstellbar sein.

Während ich die Tasche umklammerte, traf ich eine Entscheidung: Ich würde Fitz aus allem raushalten, was ich mit Wickham zu klären hatte. Ein Eingeständnis, dass ich mich zu einer perfekten Darcy entwickelt hatte, würde es nicht geben. Ich wusste zwar noch nicht, wie ich Wickham anders loswerden oder davon abhalten sollte, direkt umzudrehen und Fitz zu erzählen, dass wir miteinander geredet hatten. Aber ich würde mir etwas einfallen lassen.

Unbedingt. Doch das konnte warten.

»Gern, Georgie.« Fitz stieg wieder ein. »Schick mir ein Foto von deinem Schließfach, wenn du fertig bist, ja? Und wir sehen uns morgen.«

»Bis dann.« Ich winkte, als Fitz davonfuhr, obwohl er es im Dunkeln sicher kaum erkennen konnte, zog den Reißverschluss des Hoodies hoch und machte mich auf den Weg zu ein paar Streichen oder Freundschaften oder was immer das Leben für mich auf Lager hatte.

18

Ich setzte mich auf die Treppe vor dem Unterrichtsgebäude und zog die Knie an die Brust, um mich warm zu halten, während die Kälte bereits aus dem Beton durch meine Jeans kroch. Es hatte mich nur ein paar Minuten gekostet herzukommen, und jetzt musste ich noch ein Weilchen warten, bis die anderen Posaunisten auftauchten, wenn sie denn kamen. Da war ich mir immer noch nicht sicher. Aber wie das auch ausgehen würde, ich hatte viel Zeit zum Nachdenken.

Zum Beispiel darüber, was Lydia gesagt hatte. Wickham und … Essays? Das ergab keinen Sinn. Wollte er den Leuten etwa die Hausarbeiten schreiben? Das passte überhaupt nicht zu ihm. Viel zu viel Arbeit für viel zu wenig Ertrag.

Aber sie hatte auch noch etwas über Recyceln gesagt. Recyceln von … Aufsätzen? Von älteren Arbeiten, zum Beispiel von anderen Schülern?

Na klar. Der Groschen fiel, als der kühle Wind mir ins Gesicht wehte. *Das* war sein neues Geschäft, in das er mich einbeziehen wollte. Das war die perfekte Masche für ihn – mit geringem Risiko, schließlich konnte man ihn nicht noch einmal von der Schule verweisen. Und mit einem hohen Ertrag. Die Hälfte der Schüler in Pemberley war wie ich, zukünftige Erben, deren Familien diese Schule ebenfalls absolviert hatten und deren ältere Geschwister Buchreferate und Geschichtsessays hatten, die man dann einfach abschreiben konnte. Mithilfe seiner Kontakte aus dem letzten Schuljahr konnte Wickham einen kompletten Plagiatsring in Pemberley aufziehen.

Und mit dieser Information … konnte ich ihn loswerden, merkte ich gerade – durchziehen, was ich mir vorgenommen hatte, und mich von Wickham lösen, ohne meinen Bruder damit zu behelligen. Scheiß auf die perfekte Darcy. Wickham hatte kein Druckmittel mehr gegen mich.

»Hey.« Mit dieser Erkenntnis hob ich den Kopf und entdeckte Emily, die fast den gleichen Hoodie trug wie ich. »Hast du die anderen schon gesehen?«

»Noch nicht.« Ich versuchte, cool zu bleiben, diese interessante neue Information für später aufheben. Wickham durfte mir auf keinen Fall auch noch das gemeinsame Dekorieren versauen. »Sie wissen aber, wo sie hinmüssen, oder?«

»Dachte ich jedenfalls – ach, da sind sie ja.« Hinter einem Baum am Rande des Innenhofs kamen die beiden jüngsten Posaunisten hervor und huschten wie Krebse über den Bürgersteig. Da ich sie nicht hatte kommen sehen, hegte ich den Verdacht, dass sie schon eine Weile dort gewartet hatten, aber erst rausgekommen waren, als sie Emily gesehen hatten. »Hey, Cole, Sam.«

Mit den Namen hatte ich gründlich danebengelegen. Cole. Sam. Ich war nicht einmal nah dran gewesen und musste sie mir unbedingt im Handy notieren, sobald sie nicht hinschauten.

»Okay.« Emily versammelte uns mit einer Handbewegung um sich – der traurigste Football-Huddle der Welt. »Wir gehen durchs Fenster im Naturwissenschaftslabor – die Verriegelung ist locker. Von dort müssen wir uns nur dicht an den Schließfächern entlanghangeln, weil die Überwachungskameras fast alle nur auf die Mitte der Gänge gerichtet sind. Solange ihr euer Gesicht nicht in die Linse haltet, wird es schon schiefgehen.«

»Merken sie nicht, dass wir es waren, wenn wir unsere eigenen Schließfächer dekorieren?«, fragte Sam mit bebender Stimme. Ihr blauer Hoodie war ihr viel zu groß und die Ärmel hingen über ihre zitternden Hände.

»Dafür hat hier noch nie jemand Ärger bekommen«, meinte Emily wegwerfend. »Wir sind nur vorsichtig, falls jemand etwas Dummes macht und wir unsere Spuren verwischen müssen. Vor fünf Jahren wurde zum Beispiel eine Mäuseschar in den Gängen freigelassen, und das geht natürlich gar nicht.« Fitz hatte mir in jener Mischung aus Entsetzen und Ekel davon erzählt, die die meisten dafür aufhoben, wenn man Hundehaufen im Vorgarten fand. »Okay?« Sam nickte mit gesenktem Kopf. »Georgie, was hast du mitgebracht?«

Ich atmete tief, aber zittrig ein. Jetzt würde sich zeigen, ob es ein Tacos 2.0 geben würde. Dann hielt ich die Reisetasche möglichst hoch in die Luft – was nicht sonderlich hoch war; ich musste meinen Sportplan nach der Footballsaison dringend mit Krafttraining aufpeppen – und gab damit an. Wenn ich das schon abzog, dann auch richtig.

»Ich habe alles, was ihr euch nur vorstellen könnt«, sagte ich, um einen leichten, lässigen Tonfall bemüht. Ich sah sie alle direkt an. »Damit können wir die Hälfte aller Schließfächer in dieser Schule dekorieren.«

»Wow.« Emily kramte in der Tasche. »Das ist echt ein Haufen Scheiße«, sagte sie ehrfürchtig.

Mein Herz schlug schneller. War es zu spät, die Hälfte der Einkäufe hinter einen Baum zu werfen, als wären sie gar nicht da gewesen? Doch meine Ängste ließen nach, als Emily mir zunickte.

»Dann mal los, Posaunen.«

Das schloss mich ein. Zum ersten Mal auf eine positive, nicht Braden-brüllende Art, die auch mich miteinschloss. Fast konnte ich mir Avery vorstellen, wie er in ihrem Rücken stand und aufmunternd den Daumen reckte.

Wir kamen ohne Schwierigkeiten in das Gebäude, vermutlich, weil wir wegen der Kälte so effizient wie möglich zusammenarbeiteten. Emily und Cole machten eine Räuberleiter, damit ich den oberen Fensterrand erreichte, und Cole sah mir dabei tatsächlich in die Augen – eine willkommene Abwechslung, weil er mich bisher wie eine Kriegsverbrecherin behandelt hatte. Ich schaffte es problemlos, das Fenster zu öffnen, dann machten Cole und Emily eine Räuberleiter für Sam, dann kam Cole, und zu dritt zogen wir schließlich Emily hoch.

Als Erstes nahmen wir uns Coles und Sams Schließfächer vor, dekorierten sie mit Luftschlangen und abwaschbarem Marker und bliesen Luftballons auf, die wir an die Schlösser banden. Wir hatten sogar Spaß, vermutlich. Cole und Sam waren immer noch eingeschüchtert, doch immerhin liefen sie nicht vor mir weg, und Emily hielt die Unterhaltung in Gang, sorgsam darauf bedacht, mich einzubeziehen, während wir über Kurse, Lehrer und die Band tratschten – Sam ahmte sogar total lustig eine von Bradens Predigten nach.

So sollte es bei der Band zugehen. So war es damals im Bus mit Avery und Emily gewesen, zwar verborgen hinter den anderen Posaunen, aber doch ein Teil von ihnen, bis Wickham aufgetaucht war. Bevor die Band nur noch ein Vorwand war, um ihn zu sehen, war es so wie jetzt gewesen.

Lustig, aufregend und ja, ein bisschen albern. Etwas zum Andocken.

Wickham hatte mich als Eiskönigin bezeichnet. Und wisst ihr, was? Vielleicht hatte er recht. Aber nun war ich hier und machte es wieder gut und bewies meinen Leuten, dass ich für mehr stand als für meinen Nachnamen auf ein paar Gebäuden, dass ich für mehr stand als das Geld meines Vaters und einen schlechten Ruf. Ich wollte ihnen zeigen, dass ich sie an mich heranlassen würde, wenn sie das wollten.

Mir war natürlich bewusst, dass ich mir nicht ständig die Schuld dafür geben sollte, wenn ich die Menschen vor den Kopf stieß. Das hatte mir die Therapeutin gesagt, die Fitz im Sommer zu einer einzigen Sitzung angeschleppt hatte, bevor sie *ihm* zu viele Fragen gestellt und er sie verärgert fortgeschickt hatte.

Dennoch passierte es immer wieder. Als ich mich umsah und merkte, dass ich mein Leben aus unerfindlichen Gründen doch nicht komplett und unwiderruflich versaut hatte, ließ ich deshalb meine Hoffnungen zu, neben all den Selbstzweifeln, der Scham und den Schuldgefühlen, die ich mit mir herumschleppte. Eine willkommene Ergänzung.

Wenn Wickham mich jetzt sehen könnte …

Nein. Wenn *Georgie*, wenn mein früheres Ich aus dem letzten oder vorletzten Schuljahr mich jetzt sehen könnte.

»Wow.« Emily nickte begeistert, als Cole ihrem Schließfach das i-Tüpfelchen aufsetzte, indem er einen kunstvoll geflochtenen Zopf aus Luftschlangen anbrachte, die sich über ihrer Tür kreuzten. »Du bist supergut in so was.«

»Ich habe viele YouTube-Videos gesehen.« Er zuckte mit den Schultern. »Flechten finde ich entspannend.«

»Du kannst mir morgen vor dem Spiel die Haare flechten«,

verkündete Emily, und ich musste lächeln, als Cole die Augen aufriss. »Das ist beschlossene Sache. Du bist viel zu gut, um dieses Talent zu verschwenden.«

»Mir auch, bitte!«, quietschte Sam und hielt die Hand hoch, als würde sie im Unterricht aufzeigen. Dann schaute Emily mich an.

»Äh. Meine auch?«, bot ich an, und Cole sah mir erneut in die Augen, bevor er nickte.

»Wir werden super aussehen.« Als Emily die Hand hob, klatschte Cole sie mit erstaunlicher Begeisterung ab. »Die Flöten prahlen ständig mit ihren Flechtkünsten, absolut unausstehlich und superschräg angeberisch.«

»Haben wir jetzt alle Schließfächer?«, fragte Sam und ließ den Blick durch den Gang schweifen. In der vergangenen Stunde hatten wir uns durch die gesamte Posaunengruppe gearbeitet. Emily hatte sogar ein Schild mit der Aufschrift ERSTKLASSIGER STIMMFÜHRER aus dem Rucksack geholt und auf Bradens Fach geklebt, und obwohl das eine krasse Falschaussage war, freute ich mich zu sehr über die Inschriften auf meinem eigenen Schließfach, die mich nicht als Petze beschimpften, um etwas dagegen zu sagen.

»Hey.« Die Idee fiel mir so plötzlich ein, dass es ein Wunder war, dass sie mir nicht schon eher gekommen war. »Wir haben noch jede Menge Material. Sollen wir Averys auch noch dekorieren?« Er hätte mit uns hier sein sollen, das war es, was in dieser Truppe noch fehlte, der letzte Funke, der meine Hoffnung komplett machte. »Er ist nicht mitgekommen.«

»Bist du sicher?« Ich konnte Emilys Miene nicht deuten. Sie hatte den Kopf schief gelegt und musterte mich. Man könnte fast meinen, dass sie grinste. »Vielleicht hat ihn eine der anderen Gruppen eingeladen.«

»Nein, er hat mir vorm Schlafengehen geschrieben.« Und stundenlang davor, aber das behielt ich für mich. »Er muss dieses Jahr passen, weil er heute früh einen Test schreibt.«

»Okay.« Sie schaffte es kaum noch, ihr Lächeln zu unterdrücken. »Geh vor.«

Wir brauchten nicht lange für sein Schließfach. Cole klebte sein cooles Flechtwerk dran, das Avery mega beeindrucken würde, und Sam und ich malten mit den Markern hohe Hüte und Tambourstöcke auf seine Tür. Bevor wir gingen, machte ich noch ein Foto und schickte es ihm, um ihn beim Aufwachen zu überraschen. Avery hatte mich im letzten Monat so oft zum Lächeln gebracht, da konnte ich mich ruhig mal revanchieren.

»Trägerlos? Bist du sicher?« Fitz rutschte unbehaglich auf einem alten Stuhl mit spindeldürren Beinen herum, der nicht stabil genug wirkte, um sein Gewicht zu halten. Doch momentan sorgte er sich eher darum, ob etwas anderes hielt. »Machst du dir keine Gedanken um … du weißt schon …«

»Ob meine Brüste rausfallen?« Als ich im Spiegel sah, wie Fitz zusammenzuckte, musste ich grinsen. Über Menstruation konnte er reden, aber sobald wir zunehmend mit der Schwierigkeit zu kämpfen hatten, wie man sich körperbewusst anzog, hatte er mich an die Haushälterin weitergereicht. Das Kleid passte überhaupt nicht zu mir, aber ich hatte es einfach anziehen müssen, allein schon damit Fitz einen Herzinfarkt bekam. Nur weil ich ihm für diesen Ausflug wahnsinnig dankbar war, durfte ich meine schwesterliche Pflicht, ihn zu nerven, nicht vernachlässigen.

Obwohl ich nur zwei Stunden geschlafen hatte, konnte ich mich nicht erinnern, wann ich das letzte Mal so glücklich war. Avery war begeistert gewesen von seinem Schließfach – er hatte mir eine ganze Reihe Smiley-Emojis zurückgeschickt sowie ein Selfie von seinem glücklichen Gesicht, mit dem Kopf auf dem Kopfkissen, mit verwuschelten Haaren und der schwarzen Brille auf der Nase. Ich wusste, dass er Kontaktlinsen trug – ich war dabei gewesen, als er sie bei späten Proben und bei der Heimfahrt nach Auswärtsspielen rausgenommen hatte, um die Brille aufzusetzen –, aber diese Brille war mir noch nie wirklich aufgefallen. Ebenso wenig, wie sie sein Gesicht schmeichelnd umrahmte und seine Wangenknochen betonte.

Sogar meine Kurse waren erträglich gewesen. Und jedes Mal, wenn ich mein Schließfach im Gang sah, hübsch dekoriert wie alle anderen ... Ich weiß auch nicht. Es fühlte sich gut an dazuzugehören.

Fitz hatte mich direkt nach dem Unterricht abgeholt und es in der letzten halben Stunde, in der ich Kleider in der einzigen kleinen Boutique der Stadt anprobierte, geschafft, so zu tun, als wäre er davon nicht total genervt. Ich wusste es zu schätzen.

»Ich glaube, in einem der anderen Kleider, die du ausgewählt hast, könntest du besser tanzen«, sagte Fitz steif. »Aber wenn du dieses nehmen willst ...«

»War nur Spaß, Fitz.« Kichernd kehrte ich in die Umkleide zurück, zog den Vorhang zu und den Reißverschluss des eng sitzenden Kleides auf, bis es von selbst herunterfiel. Es war ein herrliches Kleid, aber definitiv nichts für mich. »Kein Grund zur Aufregung.«

»Als ob ich mich jemals aufregen würde.«

Kopfschüttelnd zog ich das nächste Kleid an, das diesmal tatsächlich infrage kam. Es war dunkelblau (eleganter als marineblau) und in den Stoff war ein glänzender Faden eingewoben, der mich an den Nachthimmel erinnerte. Der V-Ausschnitt war tiefer als gewohnt, aber nicht so tief, um meinen Bruder in den Wahnsinn zu treiben. Das Kleid vermittelte irgendetwas zwischen »Ich habe mir keine Mühe gegeben« und »Ich habe mir zu viel Mühe gegeben«. Es passte zu mir. Ich nahm die Spange aus den Haaren und schüttelte meine dunklen Locken, bis sie mir locker auf die Schultern fielen. Das könnte funktionieren. Der Saum endete knapp unter dem Knie und wirbelte, als ich mich im Kreis drehte. Es war die Sorte Kleid für Cosplay als TARDIS.

Als ich diesmal aus der Umkleide kam und den Vorhang mit theatralischem Schwung beiseitezog, nickte Fitz.

»Das ist es.« Er stand auf und legte mir eine Hand auf die Schulter. »Du siehst wunderbar aus.«

»Findest du?« Ich drehte mich vor dem Spiegel hin und her, um mich zu vergewissern, dass es aus jeder Perspektive gut saß.

»Allerdings. Letztes Jahr bist du nicht tanzen gegangen, oder?«

»Nein.« Mit Sicherheit hatte ich Homecoming letztes Jahr geschwänzt, weil Wickham es spießig fand. Da Fitz im vorletzten Schuljahr selbst nicht hingegangen war, war ich ebenfalls zu Hause geblieben.

»Ich freue mich, dass du diesmal tanzen gehst.« Fitz tätschelte meine Schulter und setzte sich wieder auf den klapprigen Stuhl. »Gehst du … gehst du mit Freunden hin?«

»Mit einem Freund. Singular.« Irgendwo in meinem Kleiderschrank hatte ich ein Paar silberne High-Tops, die super zu dem Kleid passten.

»Wie heißt er?«

»Avery.« Ich widerstand der Versuchung, die Augen zu verdrehen. Da war er wieder, Dad! Fitz, bereit zum Verhör. Aber es war nicht schlimm. Sobald ich ihn endgültig mit Lizzie zusammengebracht hatte, würde er für so etwas keine Zeit mehr haben. Ich würde es also nehmen, wie es kam. »Er ist unser Tambourmajor. Davor war er bei den Posaunen. Er ist cool.«

»Ah.« Fitz gab ein ersticktes Geräusch von sich, auf das ich nicht näher eingehen wollte. Ich sehnte mich sehr danach, dieses Gespräch zu beenden, das in eine unangenehme Richtung verlief. »Und ihr seid … befreundet, sagst du? Ihr seid Freunde, ist das alles?«

»Fitz.« Diesmal verdrehte ich wirklich die Augen, wirbelte auf dem Absatz herum und ging in die Umkleide zurück. Avery hatte nichts davon gesagt, dass wir nicht als Freunde hingingen. Ich hatte daher keine Lust auf Spekulationen. Obwohl der Impuls dazu da war. »Sei nicht so.«

»Das sind ganz normale brüderliche Fragen.« Fitz' Beschönigung drang durch den Vorhang, als ich die Jeans und das Band-T-Shirt wieder anzog.

»Das sind normale väterliche Fragen«, konterte ich und verließ die Umkleide mit dem weichen Stoff des Kleides über dem Arm. »Die musst du mir nicht stellen.«

So schroff wollte ich gar nicht klingen. Ich wünschte, ich wäre nicht immer schroffer als beabsichtigt. Fitz wirkte betroffen, doch er setzte direkt wieder eine neutral-ernste Miene auf. Hatte ich mir das eingebildet? Mein Bruder hatte eine Wissenschaft daraus gemacht, so zu tun, als hätte ich ihn nicht verletzt.

»Dann machen wir uns einfach keine Sorgen, bezahlen und fahren zur Schule zurück.« Fitz nahm mir das Kleid ab, als ich meinen Rucksack über die Schulter schwang, und ging zur Kasse. Obwohl er gesagt hatte, wir würden uns keine Sorgen machen, stand ihm die Sorge ins Gesicht geschrieben. Das hatte mein großer Bruder nicht verdient. »Das Spiel dürfen wir nicht verpassen.«

Und *das* war der Grund, warum ich ihn wegstieß. Ich wollte nur sein Bestes, auch wenn ich nicht sicher war, ob es auch meins war.

19

Das war mit Abstand das kälteste Homecoming seit Jahren.

Das Wetter war das Gesprächsthema Nummer eins, als wir uns in unsere Uniform zwängten und uns auf den Marsch auf die Tribüne vorbereiteten. Die Temperaturen konnten später noch weiter sinken, was für diese Jahreszeit wirklich unnötig war. Ich zog einen Pullover unter der Jacke an, was gegen Mrs Tappers strenge Uniformvorschriften verstieß, weil es den Stoff ziemlich ausbeulte, doch heute hatte sie uns erlaubt, für die Zeit auf der Tribüne den Dresscode etwas zu lockern. Sobald wir zur Halbzeit aufs Spielfeld liefen, musste ich den Pulli ausziehen, aber bis dahin hatte ich zumindest eine bessere Überlebenschance.

»Da ist sie.« Ich warf einen Blick über die Schulter und entdeckte Avery, der eine weiche Strickmütze unter seinem Tambourmajorhelm trug. Ich lächelte. »Die wunderbare Schließfach-Dekorateurin.«

»Vielleicht habe ich endlich das richtige Fach fürs College gefunden.« Ich drehte mich ganz zu Avery um und stützte mich mit den Händen auf dem Stuhl hinter mir ab. »Schließfach-Dekoration. Ich glaube, Syracuse bietet das an.«

»Tja, ich sage dir eine erfolgreiche Zukunft voraus.« Die Mütze drückte Averys Haare über seine Augenbrauen, sodass er wie ein Schäferhund aussah. »Im Ernst, danke. Ich hatte mich in diesem Jahr schon mit einem kahlen Schließfach abgefunden.«

»Du arbeitest viel.« Ich zuckte mit den Schultern und betrachtete eine längere Strähne, die sich um sein Ohr lockte. »Das hast du verdient.«

»Danke.«

»Hast du schon gesagt.«

»Ich meinte es auch beim zweiten Mal.« Averys Grinsen ließ meinen ganzen Körper kribbeln, zumal er sich über den Stuhl beugte und seine Hand auf meine legte, nur ganz kurz.

»Avery!« Als Mrs Tapper unterbrach, was auch immer wir da taten, wichen wir beide sofort einen Schritt zurück, wobei ich an einen Stuhl stieß und er beinahe über herumliegende Schlägel stolperte. Top. »Glauben Sie, Sie könnten es in Ihrem engen Zeitplan unterbringen, die Band aufzuwärmen, bitte?«

»Selbstverständlich«, erwiderte Avery, ohne den Blick von mir abzuwenden. »Ja, Mrs T, ich glaube, das ließe sich machen.«

»Jetzt, Avery.«

»Okay.« Als er endlich wegschaute, wollte ich ihm folgen und seinen Blick erneut einfangen. »Aufwärmen.« Er sah noch ein letztes Mal zu mir zurück, ehe er nach vorn ging. Ich nahm meine Posaune von dem Stuhl, auf den ich beinahe geplumpst wäre, und als ich mich zu den anderen Posaunisten drehte, musterte Emily mich ebenso verblüfft wie heute Morgen, als ich vorgeschlagen hatte, Averys Schließfach zu dekorieren.

Er war einfach nur dankbar, ermahnte ich mich, während Avery uns durch die Tonleitern dirigierte. Vielleicht konnte ich Fitz überreden, mir eine Katze zu kaufen. Für ein Mindestmaß an Kontakt, damit eine einzige, rein freundschaftliche Berührung von Avery mein Herz nicht dermaßen durcheinanderbrachte.

Keinen Gefallen mehr von Fitz, ermahnte ich mich erneut. Ach ja. Na gut. Ich würde mir etwas einfallen lassen.

Der Auftritt war gut. Der Auftritt war echt gut.

Ob wir noch nie besser marschiert waren? Das konnte man so nicht sagen. Doch die Posaunen hielten die Formation, ich brachte niemanden zu Fall, das war definitiv eine Verbesserung. Braden, der seit unserem Streit kein Wort mit mir gewechselt hatte, ließ mich weiterhin in Ruhe. Ehrlich gesagt, war mir das auch lieber, als wenn er mit mir geredet hätte. Sam brachte sogar den Mut auf, mich abzuklatschen, nachdem wir geordnet vom Spielfeld gegangen waren.

»Hey«, fragte sie, als wir in unserer letzten Pose nebeneinanderstanden und die Hörner in den Himmel reckten. »Hast du wirklich so viel mit Drogen gedealt, wie alle sagen?«

»Nein«, antwortete ich, mehr mit meinen wegen der Pose brennenden Bauchmuskeln beschäftigt als mit der Frage, was ich darauf erwidern sollte. Sam nickte nur und spielte weiter.

Nach dem ersten Viertel gab Emily mir etwas von ihrem Popcorn ab, das ihre Mitbewohnerin durch die Reihen nach unten geschmuggelt hatte, als Mrs T einmal nicht hinsah. Und die Zöpfe, die Cole uns vor Beginn des Spiels geflochten hatte, sahen fantastisch aus. Niemand bewarf mich mit irgendwelchen Geschossen. Vielleicht war die Band bereit, Wickham hinter sich zu lassen und mich nicht mehr ganz so zu hassen.

Jetzt, kurz vor dem dritten Viertel, konnten wir uns ein Weilchen entspannen, bevor wir zum letzten Viertel wieder auf der Tribüne erscheinen mussten. Als ich mich auf den Weg zur Darcy-Loge in den obersten Rängen des Stadions machte, wuchs meine Vorfreude, und ich hielt an der unwirklichen Hoffnung fest, dass Charlie unseren Plan erfolgreich in die Tat umgesetzt und Fitz mit Lizzie und Jane begleitet hatte. Wir hatten E-Mails hin- und hergeschrieben und die Details für den großen Moment vertieft, doch es würde mir noch besser gehen, wenn ich sie alle vier vor mir sah.

Die Loge war natürlich nicht offiziell nach den Darcys benannt. Wurde sie in meiner Familie so bezeichnet? Ja. Aber eigentlich handelte es sich um eine VIP-Loge für ehemalige Schüler, die der Schule größere Summen gespendet hatten, und ihre Gäste. In der Glanzzeit der Familie Darcy, als mein Vater ein kleiner Junge mit einem Dutzend Tanten und Onkeln gewesen war, die alle Pemberley besucht und jedes Jahr großzügig gespendet hatten, führten wir mehrfach die Spenderliste an. Daher die Darcy-Loge. Der einzige Darcy, der sie heutzutage noch nutzte, war mein Bruder. Wir starben langsam aus.

Das sollte jetzt besser gut gehen, dachte ich, als ich immer weiter nach oben stieg und die starren Blicke und geflüsterten Beleidigungen meiner Mitschüler ignorierte. Das fiel mir leichter als sonst. Positives Denken war angesagt. Lizzie würde da sein, Fitz würde begeistert sein, sie würden sich endgültig verlieben und ich würde mit Charlie bei der Hochzeit »Y.M.C.A.« vorführen. Sie brauchten nur noch einen kleinen Schubs.

»Da ist sie ja!«, ertönte eine vertraute Stimme, kaum dass ich die mit dunklem Holz getäfelte Loge betreten hatte, die mit Plaketten mit unserem Namen geschmückt war. »Mein Mädchen!« Charlie rannte so begeistert auf mich zu, dass er kurz vor mir ruckartig anhalten musste wie ein junger Hund, der versehentlich über einen Fliesenboden schlidderte. »Intrigantin aller Intrigantinnen und Lenkerin von Amors Pfeilen. Darf ich dich umarmen, solange du Uniform trägst? Ist das okay?«

»Klar!« Ich hatte das Wort noch nicht ausgesprochen, als er mich in einer unglaublichen Umarmung schon wieder von den Füßen holte. Seltsamerweise löste das kein vergleichbar kribbelndes Gefühl in mir aus wie Averys Hand auf meiner. Vermutlich war ich etwas erschöpft. »Schön, dich zu sehen.«

»Finde ich auch.« Charlie stellte mich wieder auf dem Boden ab, trat einen Schritt zurück und musterte mich gründlich. »Ob du es glaubst oder nicht, ich habe mit meinen Jungs gesprochen, und die Sache läuft. Wir haben es geschafft.«

»Fast«, sagte ich, aber ich war total erleichtert. Alle hierherzuordern war eindeutig der schwierigste Teil. Ich verkniff es mir, vor Freude in die Luft zu springen, obwohl Charlie mich sicher dazu ermuntern und dann wahrscheinlich gleich mitmachen würde. »Das hast du echt super gemacht. Und wie gefällt dir Homecoming bisher?«

»Oh, das ist der absolute Wahnsinn.« Charlie deutete mit der Hand zu dem übrigen Teil der Loge, in der ungefähr zwanzig VIPs in Cocktailkleidung Wein tranken, Horsd'œuvres aßen und sich leise unterhielten. Mit seinem Pemberley-Football-Trikot (keine Ahnung, woher er das hatte, denn die gab es nicht zu kaufen) und seiner Begeisterung fiel er auf wie ein bunter Hund, was ihm aber anscheinend nichts ausmachte. Das fand ich irgendwie toll. »Ich bin voll dabei. Dein Bruder ist hier auch irgendwo … Eben hat er noch mit Lizzie geredet.«

»Jetzt schon?«

»Sie kennt hier sonst niemanden.« Schulterzuckend nahm er sich ein Kanapee vom Tablett eines vorbeikommenden Kellners. »Jane ist kurz los, um sich die Schule anzusehen. Sie interessiert sich für die Ausstattung.«

»Du bist nicht mitgegangen?«

»Äh, nein.« Innerhalb von einer Sekunde wurde aus der Begeisterung Bestürzung, und als er den Kopf hängen ließ, wirkte er wie ein Kind, das sein Lieblingsspielzeug verloren hatte. »Sie will nicht wirklich … Ich hielt es für keine gute Idee …«

»Ist alles okay?«, fragte ich, als sich ein Kellner mit einem Tablett Datteln im Speckmantel näherte. Allem emotionalen Stress zum Trotz nahm Charlie sich eine Handvoll.

»Danke«, murmelte er an den Kellner gewandt, den Mund bereits voll Speck. Ich wartete geduldig, bis er ihn hinunterschluckte, doch das fiel mir nicht gerade leicht. Falls er und Jane nicht mehr mitspielten, wie würde sich das dann auf Fitz auswirken? »Ja, alles okay. Wir sind einfach … Wir passen nicht zusammen. Fitz hatte recht. Wie es aussieht, muss ich mich mehr aufs Lernen konzentrieren.«

»Oh.« Das war weit entfernt von der Liebe auf den ersten Blick, zu der sich Charlie noch vor wenigen Tagen bekannt hatte. Aber vielleicht war das auf dem College so. Wenn ja, freute ich mich nicht gerade darauf. »Das tut mir leid.«

Charlie zuckte mit den Schultern und suchte bereits nach weiteren Appetithäppchen.

»Ich schau mal, wo sie sind.« Es war nicht gerade nett,

Charlie hier allein zu lassen, aber es schien ihm ja eigentlich ganz gut zu gehen, bevor ich das Thema Jane angeschnitten hatte. Er würde sich wieder einkriegen. Er sah aus wie ein Typ, der sich schnell wieder fing. »Lizzie und Fitz, meine ich. Nur um sicherzugehen, dass alles passt, also dem Plan entsprechend.«

»Und ich starte noch einen Versuch, den Barkeeper davon zu überzeugen, dass mein Ausweis echt ist.« Charlie verbeugte sich, obwohl er nicht wirklich fröhlich klang, und drehte sich zu dem ernüchtert aussehenden Mann hinter der Bar um.

Tja. Da konnte ich nun wirklich nichts machen. Schließlich war ich nur *eine* Matchmakerin.

Als ich mich durch die Menge drängte und Ellbogen, Krabbencocktails und Small Talk auswich, entdeckte ich Fitz endlich. Er lehnte am Geländer der Loge und blickte durch die Glasscheibe, die bald eine Menge weintrunkener VIPs davon abhalten würde, auf die darunter liegende Tribüne zu fallen. Dabei redete er leise mit dem Mädchen, das neben ihm stand.

Lizzie.

Sie sah in ihrer grauen Hose und dem weichen roten Pullover hübsch aus, vielleicht ein bisschen lässiger als andere Frauen hier, doch während diese bieder wirkten, strahlte Lizzie aus, wie wohl sie sich fühlte. Sie hatte ihr braunes Haar zu einem losen Knoten hochgesteckt, ein paar Strähnen umrahmten ihr Gesicht und sie stand dichter neben meinem Bruder, als er es normalerweise zuließ.

Mit einem Mal packte mich ein sonderbares Grauen. Was tat ich hier eigentlich? Gut, falls ich nicht kam, würde Fitz sich wundern, doch er würde es überstehen. Meine Arbeit war praktisch getan. Fitz sah … glücklich aus. Und die Chancen, dass ich irgendetwas vermasselte, stiegen mit jeder Sekunde.

Als ich gerade wieder in der Menge untertauchen wollte, entdeckte Fitz mich doch noch.

»Georgie.« Das war's mit meiner Fluchtroute. Ich ging zu ihm und hängte mich an seinen Arm, mit dem er mich zwischen den anderen Leuten hindurch zu sich heranzog. »Ich hatte mich allmählich gefragt, ob du uns heute überhaupt noch mit deiner Anwesenheit beehrst.«

»Die Loge ist total weit oben«, erinnerte ich ihn, während ich Lizzie musterte. So nah war ich ihr noch nie gekommen. Ihr Gesichtsausdruck machte deutlich, dass auch sie mich näher betrachtete. »Das sind unglaublich viele Stufen.«

»Cardio ist wichtig.« Fitz lächelte – zum zweiten Mal! An einem Abend! Vor Schock wäre ich beinahe umgefallen. »Georgie, das ist meine Freundin Lizzie. Wir haben einen Kurs zusammen.«

»Das hast du mir schon mal gesagt.« Ich streckte die Hand aus. »Hi. Fitz redet die ganze Zeit von dir.« Aus dem Augenwinkel bemerkte ich, wie Fitz rot wurde, aber Lizzie lachte nur.

»Wahrscheinlich beklagt er sich über meine Präsentationen, was?« Als sie den Kopf schüttelte, sodass ihre Strähnchen hin- und herflogen, sah ich, wie Fitz ihnen mit dem Blick folgte. »Auch noch so viele Lernmethoden in dieser Gruppe können mich nicht retten.«

»Es redet eher davon, wie intelligent du bist und wie sehr er die Zeit mit dir genießt … Aua!« Ein heftiger Stoß in den Rücken ließ mich mitten in meiner absolut regelkonformen Matchmaking-Rede verstummen, und als ich mich zu mei-

nem Bruder umdrehte, spielte er vor Lizzie das Unschulds-
lamm. Plötzlich bemerkte ich einen der Kellner, der fragend
den Kopf neigte. Ich nickte möglichst verstohlen.

»Ich habe es nicht verdient, dass dein Bruder so nett zu
mir ist.« Als Lizzies Blick von mir zu Fitz zuckte, leuchteten
ihre Augen auf wie bei einer chemischen Reaktion. Am
liebsten hätte ich applaudiert. »Trotzdem danke. Dafür, dass
Fitz es gesagt hat, und danke, Georgie, dass du gesagt hast, er
hätte es gesagt.« Sie zwinkerte mir zu, und ich wäre beinahe
rot geworden. Kein Wunder, dass mein Bruder in sie verliebt
war.

»Erdbeeren?« Der Kellner tauchte mit einem Tablett voller
Erdbeeren mit Schokoladenüberzug auf.

»Gern.« Lizzie lächelte Fitz an und streckte die Hand aus,
doch bevor sie zugreifen konnte, stellte der Kellner lächelnd
das Tablett zwischen den beiden ab.

»Für Sie«, sagte er und zog sich den Anweisungen entsprechend zurück, die Charlie ihm hatte zukommen lassen. *Das
hatte gut geklappt.*

»Komisch.« Fitz sah dem Kellner mit gerunzelter Stirn
nach und wandte sich dann wieder mir zu. »Willst du ein
paar davon mitnehmen, Georgie?« Ich schüttelte den Kopf,
hatte aber auch die unterschwellige Botschaft verstanden –
Zeit für mich zu gehen.

Das passte mir gut in den Kram. Was als Nächstes anstand … musste ich mir nicht ansehen. Außerdem näherte
sich das dritte Viertel dem Ende, und schließlich ging es ja
gerade darum, dass Fitz ohne mich glücklich werden sollte … Das musste ich nun auch zulassen.

Es gab mir dennoch einen Stich in die Brust.

»Nein danke, ich muss sowieso gehen.« Ich winkte den

beiden zu. »Hat mich sehr gefreut, dich kennenzulernen, Lizzie.« Ich schenkte ihr mein schönstes Lächeln, um sie daran zu erinnern, wie nett die Darcys doch waren, mit denen sie gern mehr Zeit verbringen wollte. »Hoffentlich bis bald.«

Lizzie lachte verhalten. »Mich auch. Bis bald, Georgie.«

Nachdem sich auch Fitz von mir verabschiedet hatte, tauchte ich in der Menge unter und zögerte kurz, bevor ich mich auf den Weg nach unten zur Band machte. Einen Moment verweilte ich noch am Rand der Loge, weil ich der Versuchung, zuzuschauen, wie mein Plan in Erfüllung ging, nicht widerstehen konnte.

Und als zum Schrecken und Staunen der Zuschauer neben dem Spielfeld die ersten grellen Lichter aufblitzten, wurde ich belohnt.

Feuerwerk in Violett und Weiß und schimmerndem Gold explodierte am Himmel, doch ich hatte nur Augen für Fitz und Lizzie. Sie platzte mit einem Lachen heraus, das sie vollkommen durchschüttelte, und als sie den Kopf drehte, streckte sie die Hand aus und legte sie auf die Schulter meines Bruders. Er lächelte, verhalten, aber glücklich, auch mit den Augen, und verschränkte sanft die Finger mit ihren.

Das war meine Belohnung. Mein glücklicher Bruder, zufrieden mit sich und der Welt.

Gut.

Das Feuerwerk dauerte nicht lange, denn Charlies Verbindungsbrüder hatten nur eine begrenzte Menge Raketen auf Lager (allerdings mehr, als ich erwartet hatte). Doch es setzte dem Abend das I-Tüpfelchen auf. Während ich die Stufen hinunterstieg, summte ich vor mich hin und schlich mich in dem Moment zu den anderen Posaunen, als das dritte Viertel endete. Ich achtete nicht sonderlich auf den Spielstand, sondern dachte nur daran, wie Lizzie und mein Bruder einander angesehen hatten, und daran, wie Avery mich gerade glücklich anlächelte, weil ich auf die Tribüne zurückgekehrt war ...

Für einen Abend hatte ich genug Gewinne eingefahren.

20

Ich war immer noch ganz kribbelig, als ich mich am nächsten Abend auf den Tanz vorbereitete.

Um halb sechs hatte ich bereits das Kleid angezogen, und die Haare und das Make-up saßen perfekt, obwohl ich erst um sieben mit Avery verabredet war. Ich tigerte zwischen Sydneys und meinem Bett hin und her, getrieben von einer nervösen Energie, die ich nicht benennen konnte. Ich dürfte nicht so aufgeregt sein, es war doch nur *Avery*. Avery.

Trotzdem.

Als um sechs mein Handy vibrierte, ging ich davon aus, dass er mir geschrieben oder ein Meme oder ein Selfie geschickt hatte, wie er sein Haar mit Gel zurückkämmte. Ich griff so schnell nach dem Handy, dass ich es fast hätte fallen lassen.

Als ich die Nachricht sah, fiel es mir tatsächlich aus der Hand.

> Komm nach draußen, Kid.

Die Nachricht kam von einer unbekannten Nummer, doch es gab nur einen Menschen, der mich so nannte.

Mist. Als Wickham gestern Abend nicht zum Spiel gekommen war, hatte ich angenommen, es wäre eine leere Drohung gewesen, mit Blumen zu erscheinen. Dass er es sich anders überlegt und beschlossen hätte, ich sei seiner Aufmerksamkeit nicht wert. Doch nun wartete er draußen auf mich, und selbst wenn ich mich unter der Bettdecke verkriechen und so tun würde, als wäre er nicht draußen, würde sich dieses Problem nicht in Luft auflösen.

Allerdings hatte ich bereits entschieden, dass ich ihn nicht in die Nähe meines Bruders lassen würde. Also musste ich mich der Begegnung stellen und das Ganze beenden, indem ich ihm in aller Deutlichkeit sagte, dass er in meinem Leben nichts zu suchen hatte. Denn wenn ich in mich ging und forschte, ob ich mich noch freute, Wickham zu sehen, ob ich mich noch nach ihm sehnte, fand ich … nichts. Kein Bedürfnis, mich selbst zu beweisen. Kein Bedürfnis danach, von ihm begehrt zu werden.

Und das war noch nicht alles. Ich hatte jetzt etwas gegen ihn in der Hand.

Ich zog die Winterjacke an und versuchte, ruhig zu atmen, als ich nach unten und über die Treppe nach draußen ging. Es nervte mich, zu wissen, wo er auf mich warten würde – an dem Baum, an dem wir uns immer getroffen hatten, an dem ich zugeschaut hatte, wie er durch das Tor geschlüpft war, an dem ich ihn behandelt hatte, als wäre er meine ganze Welt –, doch wahrscheinlich würde ich diese Art der Verbindung mit Wickham immer spüren. Was nicht bedeutete, dass ich ihr nachgeben musste.

Als ich ihn dann sah, wie er genauso am Baum lehnte, wie er an allem lehnte – die Hände in den Taschen eines maßgeschneiderten Anzugs, ohne unter der Kälte zu leiden –, wappnete ich mich so gut wie möglich gegen alles, was er mir entgegenschleudern könnte. Ich konnte es ertragen, denn es ging mir besser als vor einem Monat.

Und schon gelang es mir haarscharf, als Erste zu sprechen und ihm zuvorzukommen, obwohl er bereits den Mund geöffnet hatte.

»Du solltest wirklich nicht hier sein.« Ich blieb auf Abstand, mit verschränkten Armen. »Ich könnte die Security rufen.« Nicht dass Rodney rechtzeitig käme, um etwas auszurichten, doch vielleicht hatte Wickham das vergessen.

»Müssen unsere Gespräche immer so anfangen?« Er seufzte, stieß sich vom Baum ab und holte hinter dem Stamm einen Strauß roter Supermarktnelken hervor. »Jetzt sei nicht so, Kid. Ich habe versprochen, dir Blumen zu bringen. Übrigens siehst du sehr hübsch aus.«

»Ich will sie nicht.« Die Blumen waren knallrot, fast schon aggressiv. Er hielt sie mir kurz hin, ließ den Arm dann sinken und zuckte mit den Schultern.

»Wie du willst«, sagte er. »Vielleicht wollte ich dich einfach sehen. Sichergehen, dass es dir gut geht. Das ist schließlich meine Pflicht als einer deiner ältesten Freunde, oder etwa nicht? Und bei unserer letzten Unterhaltung warst du nicht so richtig gut drauf. Dann hast du nicht auf meine Mail geantwortet …«

»Genau, Wickham.« Sein Name war wie Säure auf meiner Zunge, doch ich ließ mich nicht aufhalten. Wickham konnte mich nicht mehr aufhalten. »Ich habe sie nicht einmal gelesen. Mir reicht's nämlich, kapierst du das? Ganz im Ernst. Vielleicht werde ich hier nie Miss Popularity, aber ich brauche dich nicht wirklich. Ich komme auch allein gut klar.«

»Das findet dein Bruder bestimmt ganz toll.«

»Mein Bruder ist glücklich.« Der peitschende Wind drang kalt durch die Jacke und drückte an meine Brust. »Und das kannst du nicht kaputt machen, Wickham. Keiner kann das.«

Während er mich musterte, blieb ich gerade und aufrecht stehen. Ich gehörte ihm nicht mehr. Nachdem ich so lange nach Perfektion gestrebt hatte, war ich zufrieden, so, wie ich war. Ich brauchte ihn nicht.

Seiner Miene nach zu urteilen, war Wickham damit nicht einverstanden. Und vermutlich hätte ich damit rechnen müssen, schließlich kannte ich den Ausdruck in seinen Augen, wenn ihm nichts mehr einfiel und er auf das zurückgriff, was mir immer gereicht hatte, was stets die Antwort auf unangenehme Fragen gewesen war und was die beste Methode war, Macht über mich auszuüben.

Er zog mich grob an sich und küsste mich.

Mund an Mund, mit seiner Hand an meinem Rücken, die Richtung Po wanderte, drückte er mich an sich, aber im Gegensatz zu all den anderen Malen, als er mich geküsst und mir unter diesem Baum versichert hatte, ich wäre sein Ein und Alles, schmolz ich nicht dahin. Im Gegenteil, ich packte seine Schultern und stieß ihn so kraftvoll von mir, dass er rückwärtstaumelte.

Nein.

Ich wusste nicht, ob ich es laut ausgesprochen hatte, doch Wickham wusste, was es bedeutete.

Als er mich aus einiger Entfernung musterte und sich die Lippen leckte, atmete ich ein paarmal tief durch.

»Ich bin wirklich fertig mit dir, Wickham.« Ich japste mehr, als dass ich sprach. »Ich schwöre, das war's.«

»Du weißt, dass du nichts Besonderes bist?« Wickhams Blick war mörderisch. »Es gibt Tausende Mädchen, die sich nach mir verzehren.«

»Lydia Bennet zum Beispiel?« Fies werden konnte ich auch. »Macht sie bei deinen neuen Geschäften mit? Hilft sie dir vielleicht, die Arbeiten zu schreiben, oder reicht dir ihre moralische Unterstützung?«

Wickhams Grinsen war wie weggewischt, und seine Stimme war rau, als er fragte:»Was weißt du darüber?«

Noch nie hatte ich so mit Wickham gesprochen. Noch nie hatte ich die Oberhand gehabt. Es fühlte sich … unglaublich gut an.

»Was ich weiß, ist, dass ich nicht mehr eins von deinen Mädchen bin.« Das sagte ich nicht einmal besonders laut, es war gar nicht nötig. »Was ich weiß, ist, dass du hier wieder ein krummes Ding abziehst, und ich weiß, selbst wenn dich die Schulverwaltung nicht davon abhalten kann, tut es ein Anruf bei Daddy Foster sehr wohl.« Ich holte mein Handy heraus und zeigte es ihm als Zeichen dafür, dass ich es ernst meinte. »Wusstest du, dass er uns immer noch zu Weihnachten schreibt? Er würde sicher gern hören, was du so vorhast. Und er fände es bestimmt super, dein weniger schönes Treiben zu finanzieren.«

»Das würdest du nicht tun.«

»Schreib mir ja nicht vor, was ich zu tun habe.« Ich zeigte aufs Tor. »Und jetzt verschwinde.« Adrenalin schoss durch meine Adern.

»Ich … Das tust du nicht …« Wickham wollte schon erneut auf mich zugehen, überlegte es sich aber anders. Darauf war ich noch stolzer als auf alles andere. »Weißt du, was? Okay.« Er grinste böse. »Bis dann, Kid.«

Mit diesen Worten drehte er sich um und ging, er verschwand tatsächlich, schnippte den Mantelkragen gegen die Kälte hoch und schob die Hände in die Taschen. Zum ersten Mal in meinem verdammten Leben durfte ich zusehen, wie er immer weiter in die Ferne rückte.

Ich hatte es geschafft. Ich hatte es *wirklich* geschafft.

Wickham war weg.

Sobald ich ihn nicht mehr sehen konnte, atmete ich tief aus und meine Schultern sackten nach unten, als hätte jemand die Sehnen durchgeschnitten. Nur selten hatte ich mir ein Leben vorgestellt, in dem ich Wickham losgeworden war. Ich war nicht so naiv zu glauben, da käme nichts mehr nach, denn damit würde ich noch Jahre zu kämpfen haben. Doch das Schlimmste war vorbei.

Ich hatte mir ein Tänzchen verdient.

21

Als mein Handy um fünf vor sieben vibrierte, diesmal tatsächlich mit der Nachricht von Avery, dass er am Eingang auf mich wartete, klappte ich eilends meinen Laptop zu und beendete die langsamste Folge von *Sage Hall* in der Geschichte der Menschheit.

Ich hatte beschlossen, Avery nichts von dem Treffen mit Wickham zu erzählen. Es würde uns nur die Stimmung verderben, dabei hatte ich mir verdient, heute Abend zu feiern, mich von allem zu befreien, was mich seit einem Jahr verfolgt hatte. Wenn ich wollte, konnte ich es ihm immer noch später am Wochenende erzählen. Heute Nacht würde ich siegreich glänzen, das war der wahre Beweis meines Erfolgs.

Ich rannte aus der Tür, schnappte mir noch kurz die Jacke und nahm zwei Stufen auf einmal. Als ich um die Ecke in die Eingangshalle bog, wartete er mit den Händen in den Taschen auf mich.

Oha.

Ich hatte wahrscheinlich immer irgendwie gewusst, dass Avery gut aussah. Es wäre gelogen, wenn ich so täte, als hätte ich nicht schon die ganze Zeit gemerkt, dass, auch wenn er lediglich *Avery* war, seine Muskeln deutlich definierter waren als im letzten Schuljahr. Wenn er keine Uniform trug, neigte er allerdings dazu, wahllos anzuziehen, was in seinem Kleiderschrank am saubersten roch, ohne sich um Farben und Muster zu scheren. Das musste nicht automatisch schlecht aussehen. Es war halt typisch für ihn.

Doch er sah gut aus. *Scharf* wäre wohl das passende Wort.

Bei seinem Anblick verschlug es mir den Atem. Er hatte etwas mit seinen Haaren angestellt, sie gegelt, nach hinten gekämmt und einen Scheitel gezogen. Zu einem dunkelblauen Anzug trug er ein weißes Frackhemd und eine Krawatte mit Posaunenmuster, über die ich lächeln musste. All das saß wie angegossen und betonte, wie viel er im Sommer trainiert hatte. Der Rettungsschwimmer-Job und das Dirigieren hatten ihm gutgetan.

Mist. Ich bekam immer noch keine Luft.

Das Beste war sein Lächeln. Es hatte sich nicht geändert, und als er mich entdeckte, grinste er breit. Ich spürte, wie ich zurückstrahlte, und ich … ich war einfach sehr, sehr glücklich, ihn zu sehen. Die Ränder der Welt, die in meiner Angst faltig und knitterig geworden waren, glätteten und strafften sich wieder, und alles, was ich sah, war Avery, alles, was ich dachte, war Avery, und alles, was ich wollte, war Avery.

Und plötzlich eröffneten sich Möglichkeiten mit ihm, die ich nie zuvor in Betracht gezogen hatte.

»Hey.« Er kam auf mich zu und blieb dann einfach vor mir stehen, als wüsste er nicht, ob er mich umarmen oder mir die Hand schütteln sollte. Er entschied sich für ein Nicken, das ich erwiderte, sobald mir wieder eingefallen war, wie man atmete. »Wie ich sehe, hast du dir auch etwas Cooles angezogen.«

»Ich glaube nicht, dass sie einen in Jogginghose mit BBC-Logo zum Tanz zulassen.« Ich schlenkerte vollkommen unnatürlich mit den Armen. Schwitzte ich? Bestimmt schwitzte ich. Ich hatte ein Deo benutzt (oder?), dennoch war ich verunsichert.

»Du siehst hübsch aus.«

»Du auch«, erwiderte ich. Da Avery normalerweise nicht so dicht vor mir stand, musste ich zu ihm hochschauen, zu seinem Lächeln und seinen dunkelbraunen Augen und seinem gebändigten Haar. Dann senkte ich den Blick wieder auf die Krawatte, das fühlte sich sicherer an. »Coole Posaunen.«

»Die hat mir meine Mom geschenkt.« Er roch sogar besser als sonst, obwohl er immer gut roch. Heute Abend duftete es irgendwie würziger, und meine Nackenhärchen stellten sich auf. »Ich fand, die passt. Außerdem ist es meine einzige Krawatte, die nicht zur Uniform gehört.«

»Das ist dann wohl die perfekte Wahl.« Die unbekümmerte Art, die ich bei Avery sonst an den Tag legte, verwandelte sich in etwas ganz und gar anderes – was nichts Schlechtes war. Aber irgendetwas würde passieren. »Wollen wir?«

»Klar.« Avery zog seine Jacke wieder an. »Ab zum Tanzen.«

Draußen schüttelte es mich ziemlich, denn obwohl ich eine Strumpfhose und meine dicke Winterjacke angezogen hatte, kam mir der scharfe Wind noch kälter vor als vor einer Stunde, als ich mit Wickham draußen gewesen war. Er pfiff durch die Bäume an der Einfahrt zum Schlaftrakt, und das Gebäude, in dem getanzt wurde – also die Turnhalle –, erschien mir unendlich weit weg.

»Willst du meine Jacke auch noch haben?«, fragte Avery, während wir uns mit hochgezogenen Kapuzen auf den Weg machten. »Du siehst aus, als wäre dir kalt.«

»Du auch«, sagte ich nachdrücklich. »Du musst nicht den Kavalier spielen, ich schaffe das schon.«

»Wie du meinst.« Als Avery mich angrinste, fuhr ein warmer und dringend benötigter Funken in meine Brust. »Das wird ein harter Winter.«

»Hier gibt es nur harte Winter«, sagte ich. »Gut für den Charakter.«

»Sagt man das?« Zum Glück waren wir trotz des kalten Windes fast schon an der Treppe zur Turnhalle angelangt und beeilten uns, zusammen mit allen anderen ins Warme zu kommen.

Drinnen seufzte ich erleichtert, während unsere Mitschüler in den Vorraum der Turnhalle strömten. Avery und ich blieben jedoch kurz stehen wie zwei Felsen im Fluss, um die das Wasser rauschte.

»So müssen sich die Grenzinfanteristen gefühlt haben«, meinte Avery, als er die Jacke auszog. Beim Anblick seines Anzugs stockte mir erneut der Atem. »Falls sie überhaupt überlebten.«

»Und sie wurden belohnt mit … halbherziger Deko!« Mit einer ausladenden Geste deutete ich auf die Luftschlangen über der Tür zur Turnhalle und erntete einen bösen Blick von dem Mädchen an der Kasse. »Schnell, rate, was das Motto ist.«

»Ach, das ist leicht.« Avery nahm sich einen Moment Zeit, die schwarz-weiß-goldenen Luftschlangen, die roten Luftballons und den Bogen aus Papierblumen vor einer Fotokulisse zu betrachten. Unerklärlicherweise war die Rückwand mit einem riesigen, ausgeschnittenen blauen Wal bedeckt. »Ein Fiebertraum von David Bowie.«

»Tut mir leid.« Ich schüttelte den Kopf, als wir zur Kasse gingen. »Die korrekte Antwort wäre ein Fiebertraum von Elton John gewesen.«

»Mist.« Avery lachte. »Fast hätte ich es gehabt.« Selbst in der heruntergedimmten Beleuchtung sah ich, wie seine Augen funkelten.

»Zwei Tickets, bitte.« Wir standen vor dem Tischchen, an dem uns das Mädchen, das meinen Kommentar über die Deko missbilligt hatte, schlecht gelaunt musterte.

»O nein.« Avery legte seine Hand über die Kreditkarte, die ich aus meiner Wristlet geholt hatte. »Ich habe dich eingeladen.«

»Das ist doch nichts.« Ich wollte Avery so gern etwas schenken. Außerdem wollte ich der verächtlichen Kassiererin, der allmählich dämmerte, wer ich war, zeigen, dass ich nicht allein gekommen war. Und dass ich ein normales Mädchen mit einem normalen Date war und nicht die Petze aus dem zweiten Stock, über die im Waschraum getratscht wurde. »Lass mich doch.«

»Das ist nicht nichts.« Als ein Hauch von Frustration in Averys Stimme mitschwang, hob ich erstaunt den Blick. »Bitte, Georgie, lass mich bezahlen.«

»Einer von euch muss die Tickets bezahlen«, mischte sich das Mädchen trocken ein und trommelte desinteressiert auf die Tischplatte. »Entscheidet euch.«

»Okay.« Ich nickte Avery zu und steckte meine Kreditkarte mit einem komischen, mulmigen Gefühl wieder ein. »Vielen Dank.«

»Sehr gern.« Er holte sorgsam gefaltete Scheine aus seiner Brieftasche und reichte sie dem Mädchen. Seine Stimme klang wieder normal, und ich fragte mich, ob ich mir die Veränderung nur eingebildet hatte. Selbst wenn, hatte ich wirklich etwas Besseres zu tun, als mir darüber Sorgen zu machen. »Komm mit.« Ich folgte ihm von der Kasse in die Turnhalle, die fast genauso trostlos aussah wie immer.

»Sollen wir tanzen?« Avery schaute auf die Tanzfläche, wo bereits zahlreiche Schüler alles gaben. Was ich an Tanzveranstaltungen in Highschools gesehen hatte, stammte zugegebenermaßen aus Teen-Movies der 2000er-Jahre, aber die Zurschaustellung jugendlicher Hormone war dennoch entschieden sexueller aufgeladen als erwartet. Fast schlimmer als auf der Verbindungsparty. Den Anstandswauwaus rund um die Tanzfläche schien es egal zu sein. Oder vielleicht auch nicht, und sie dachten »lieber hier als in ihren Zimmern«.

Außerdem wollte Avery tanzen. Cool.

Aber es ging mir gut, ich war jetzt die selbstbewusste Georgie Darcy. Damit kam ich zurecht.

Und ich hatte mir ein Tänzchen versprochen.

»Klar.« Ich nickte, und die Musik war so laut, dass sie meine quiekende Stimme übertönte. Nachdem wir unsere Jacken auf den Bänken abgelegt hatten, nahm Avery meine Hand – und da ging es wieder los mit meinem Herzen, Bumm, bumm, bumm, im gleichen Rhythmus wie die Marschmusik in der Halbzeit am Vorabend – und führte mich auf die Tanzfläche.

»Sollen wir wetten, wie viele Songs wir wiedererkennen?« Avery war nicht der beste Tänzer, aber er hatte ein gutes Rhythmusgefühl und – noch wichtiger – strahlte aus, wie viel Spaß es machte, sodass ich es auch versuchen wollte, obwohl ich noch nie wirklich getanzt hatte. Außerdem hatte er nicht die Hände um meine Taille gelegt und mich an seinen Schritt gequetscht wie so viele andere Jungs um uns herum. Das sprach eindeutig für ihn. »Ich tippe auf fünf, circa.«

»Weniger, denke ich.« Ich warf einen Blick auf den DJ, der einen Metallhelm mit LED-Lämpchen trug, und hätte zusätzlich darauf gewettet, dass er der Cousin/Stiefsohn/Neffe von jemandem aus der Lehrerschaft war, wäre diese Wette nicht total unfair gewesen. »Das klingt ziemlich nach Techno, keine Ahnung, ob die Songs überhaupt Namen haben.«

»Wenn wir doch bloß andauernd in Clubs gehen würden!« Avery musste sich vorbeugen, um sich bei dem dröhnenden Beat verständlich zu machen, und ich kicherte, als sein Atem mein Ohr kitzelte. »Da ließe sich eine Karriere draus basteln.«

»Indem wir Songs erkennen?« Ich drehte mich unter Averys ausgestrecktem Arm, und mein Kleid wirbelte um mich herum. Es war ganz schön voll geworden, aber ich hatte nur Augen für Avery, der seine Krawatte bereits gelockert hatte. Als ich von hinten angerempelt wurde, kam ich ihm noch näher. »Ich weiß nicht recht, ob die Studienberater in Pemberley einem empfehlen würden, ausgerechnet das zu studieren.«

»Weil sie damit alle selbst berühmt werden wollen und es nur wenige Stellen auf der Welt gibt?«

»Genau.« Ich drehte mich erneut im Kreis, nah genug, um Averys Lachen zu hören.

Es war wirklich ein Glück, dachte ich, während Avery tanzte und grinste, dass ich einen Freund wie ihn gefunden hatte. In einer Zeit, die ich mir nur beschissen und mit null schönen Momenten vorgestellt hatte, war er für all die wunderbaren Dinge da gewesen, die mir widerfahren waren. Damit meinte ich nicht, dass er sie herbeigeführt hatte, dazu hatte ich auch einen eigenen Beitrag geleistet. Aber er war zu allem Möglichen bereit, und ich wollte diese schönen Augenblicke nicht mit jemand anderem erleben.

Außerdem fand ich Tanzen schon sehr viel schöner, seit ich mich dabei an seine Brust schmiegen durfte.

»Alles okay?« Avery beugte sich zu mir herab, als ein neuer Song begann. Vielleicht war es aber nur der gleiche lange Song, ich konnte es wirklich nicht sagen. »Du siehst aus, als wäre dir ein bisschen heiß.«

»Echt?« Meine Stimme war schrill. Vielleicht fing ich einfach zu viele Hormone auf, oder es lag an Averys Lächeln. »Komisch. Mir ist nicht zu warm.«

»Doch.« Er neigte den Kopf und legte mir eine Hand auf die Stirn. Es gelang mir, nicht nach Luft zu schnappen, denn obwohl ich mich allmählich wie eine Figur aus *Sage Hall* fühlte, dachte ich nicht daran, wegen eines Typen, der mit einer neuen Krawatte erstaunlich gut aussah und mein Gesicht berührte, in Ohnmacht zu fallen. Ich war eine moderne Frau, verdammt noch mal, ich war nicht so leicht zu beeindrucken. »Du fühlst dich okay an. Willst du einfach ein bisschen an die Luft oder so?«

»Eine Cola wäre nicht schlecht.« Obwohl ich die Tanzfläche nicht verlassen und die Nähe zu Avery nicht missen wollte, hatte ich mich eindeutig nicht mehr im Griff. Die supersüße Mischung aus Zucker und Koffein würde mich hoffentlich wieder in die Realität zurückbefördern. »Wenn du auch eine willst.«

»Ja«, sagte Avery. Er lächelte. Immer dieses Lächeln. »Das klingt gut.«

Avery nahm meine Hand, ohne auch nur im Mindesten zu merken, was das mit mir und meiner Fähigkeit, wie ein normaler Mensch zu atmen, machte, und zerrte mich durch die

Menge. Ich redete mir ein, dass er das nur tat, um mich nicht zu verlieren. Seit wir uns kennengelernt hatten, also seit er im ersten Schuljahr im Bus eine Außenseiterin ohne festen Sitznachbarn entdeckt hatte, war er sehr nett zu mir gewesen, und das hatte sich nicht geändert. Das hier war nur eine Erweiterung der Sitznachbarfreundschaft, mehr nicht.

Doch dieses Gefühl von eben wurde ich nicht los, das Gefühl, mich am höchsten Punkt einer Achterbahn zu befinden, am Abgrund von etwas Unausweichlichem, das bereits direkt vor mir lag und an dem ich nichts mehr ändern konnte, selbst wenn ich wollte … Wieso konnte ich nicht einfach etwas riskieren? Warum hatte ich es nicht verdient, glücklich zu sein, jetzt wo doch alles so gut lief? Mit der gleichen Logik war ich schließlich an Fitz und Lizzie herangegangen.

Avery holte mir eine Cola, und am liebsten hätte ich jede Strähne, die ihm in die Augen gefallen war, zurückgestrichen. Gleichzeitig rief ich mir ins Gedächtnis, dass ich erst eine Stunde zuvor Wickham in die Wüste geschickt hatte. Ich brauchte Zeit, das zu verarbeiten und mehr über meine eigene Persönlichkeit herauszufinden.

Aber lieber fand ich heraus, wer ich mit Avery war. Das erschien mir leichter und sicherer.

Als wir unsere Coladosen öffneten und damit anstießen, fragte ich mich, was passieren würde, wenn ich mich nur noch ein paar Zentimeter vorbeugen und uns beide in den Abgrund katapultieren würde.

22

Die nächste Stunde verbrachten Avery und ich auf der Tribüne, tranken Cola und sahen den anderen beim Tanzen zu. Wir kommentierten alles und jedes, und Averys witzige Art brachte mich so zum Lachen, dass mir die Cola zur Nase wieder herauskam. Genau das, was man wollte, wenn man seinen besten Freund plötzlich scharf fand und glaubte, man hätte sich verliebt, was? Peinlich, oder?

Emily rettete mich vor weiteren Peinlichkeitsanfällen, als sie winkend vor uns stehen blieb.

»Hey«, brachte ich mühsam hervor, weil ich nicht aufhören konnte zu lachen. Wenn ich schon dabei war, konnte ich mich gleich meinen *beiden* Freunden widmen. »Amüsierst du dich?«

»Gott, nein.« Emily rümpfte die Nase. Sie sah wunderschön aus in ihrem maßgeschneiderten violetten Kostüm und ihren schwarzen, glatten Haaren. »Aber meine Eltern verlangen mindestens ein Dutzend Fotos von mir, auf denen ich ›Spaß beim Tanzen‹ habe, da sie mir sonst im Nacken sitzen, weil ich nicht sozial genug bin. Und jetzt lächeln, bitte.« Sie holte ihr Handy heraus und bückte sich, um ein Selfie mit uns zu machen. Als Avery sich an mich lehnte, hielt ich den Atem an. Ich stand in Flammen, als seine Schulter meine berührte. »Super.« Emily lehnte sich zurück und tippte blitzschnell etwas in ihr Handy. »Danke für eure Unterstützung. Ich tagge euch als Erinnerung daran, wie gut wir uns hier alle amüsieren.«

»Bist du mit jemandem hier?«, fragte Avery und richtete sich zu meinem Bedauern wieder auf. Ich musste mich zusammenreißen. »Du kannst mit uns abhängen, wenn du möchtest.« Bei der Vorstellung wurde mir schwer ums Herz. Klar, Emily war supercool, und ich freute mich darauf, unsere Freundschaft wieder aufzunehmen. Wirklich. Aber ich wollte heute Abend mit Avery zusammen sein. Nur mit Avery.

»Äh … nein.« Emily schaute von einem zum anderen und zog aus unerfindlichen Gründen die Augenbrauen hoch. »Kennt ihr Sabaa? Sie spielt Flöte. Wir daten sozusagen.«

»Cool.« Als Avery nickte, versuchte ich mich zu erinnern, wie man lächelte. In Fanfiction waren Liebesgeschichten so viel einfacher als im richtigen Leben.

»So, war wirklich lustig mit euch.« Emily fing meinen Blick auf, doch ich wandte mich sofort wieder ab. Sie wollte mir definitiv etwas mitteilen, aber da es bestimmt »sei nicht blöd, er wird dich niemals lieben« war, wollte ich es lieber gar nicht wissen. »Wir sehen uns.« Mit einem verhaltenen Lächeln winkte sie uns zu und verschwand in der Menge.

Avery holte sein Handy heraus.

»Schau mal.« Als er sich vorbeugte, fühlte sich seine Schulter erneut kräftiger an, als es einer Schulter erlaubt sein sollte. »Ausnahmsweise mal ein schönes Foto. Ich sehe sonst immer ganz schrecklich aus.«

»Ja, klar.« Ich verbrachte nicht viel Zeit mit Snapchat und Instagram, weil eine Voraussetzung für die sozialen Netzwerke darin bestand, ein Sozialleben zu haben, und wir wissen alle, wie es da bei mir aussah. Ich machte nicht viele

Selfies und bemühte mich auch nicht, mein Leben visuell zu dokumentieren.

Aber wir drei lächelten in die Kamera – tja, Emily wirkte ein bisschen pikiert, aber allmählich glaubte ich, dass das einfach ihr normaler Gesichtsausdruck war. Avery und ich dagegen sahen … toll aus, als wäre etwas zwischen uns.

Es machte Klick, und ich nahm meinen Mut zusammen.

»Hey.« Ich war selbst erstaunt, wie meine Stimme klang, als Avery von seinem Handy aufsah. »Sollen wir noch mal tanzen?«

»Glaubst du, das kriegen wir hin?« Er richtete den Blick auf die Menge, die sich inzwischen noch frenetischer wand. »Nicht, dass wir uns den Rücken verrenken.«

»Ja«, sagte ich halbwegs zuversichtlich. Diesmal stand ich als Erste auf und streckte die Hand aus. Er betrachtete sie und grinste ausnahmsweise nicht so breit. Ein Lächeln umspielte seine Mundwinkel, als hätte er Angst, sich tatsächlich darauf einzulassen. »Wechsel mich ein, Trainer, ich bin bereit.«

»Okay.« Avery nahm meine Hand und verschränkte unsere Finger, während ich ihn hochzog. Ich spürte meinen Herzschlag bis in mein pochendes Handgelenk. »Komm, wir zeigen diesen *Footloose*-Eltern, was sie verpasst haben.«

»Du bringst deine Anspielungen durcheinander.« Ich zog Avery an den Rand der Tanzfläche, weil ich nicht sicher war, ob wir in den inneren Kern vordringen konnten, und schon …

… kam ein langsamer Song.

Vielleicht waren die Götter von *Sage Hall* doch auf meiner Seite.

Ich kannte den Song nicht, aber das spielte keine Rolle.

Avery blickte fragend zu mir herunter, und ich nickte, bevor er die Hände an meine Taille legte. Behutsam fasste ich seine Schultern, denn wenn er das vielleicht doch nicht wollte, wollte ich nicht zu forsch rüberkommen. Er hatte mich eingeladen, aber vielleicht rein aus Freundschaft.

Avery schaute auf seine Schulter, auf meine verkrampften Hände und wieder zu mir. Ich sah das Lächeln in seinen Augen, bevor es seine Lippen erreichte.

»George.« Seine Stimme war tiefer als sonst. Kehliger. »Alles ist gut.«

Er verstärkte seinen Griff an meiner Taille etwas und zog mich enger an sich. Als ich mit den Händen seinen Nacken umschloss, schmiegten wir uns aneinander, und obwohl ich Averys Gesicht nicht mehr sehen konnte, den Kopf neigte und meine Wange an die Stelle unter seinem Schlüsselbein legte, wusste ich einfach, dass er lächelte – und nur meinetwegen.

Wickham hatte mich nie so gehalten. Schrecklich, dass ich überhaupt an ihn dachte, in diesem Augenblick mit Avery, aber so war es nun einmal. Wickham hatte mich gehalten, als würde er mich begehren. Aber nicht, als würde ich ihm auch etwas bedeuten. Nicht so.

Die Musik spielte weiter, langsam und schmelzend, und bei der heruntergedimmten Beleuchtung der Turnhalle konnte ich nicht viel sehen, doch das war auch gar nicht nötig. Averys Jackettaufschläge reichten mir vollkommen.

»George.« Seine Stimme übertönte die Musik, ich spürte sie in jeder Faser. Ich hob den Kopf von Averys Brust und lehnte mich ein wenig zurück, damit ich ihn ansehen konnte. Als sich die Fältchen um seine Schokoladenaugen kräuselten, stockte mir der Atem. Unwillkürlich schmiegte ich mich wieder enger an ihn, während wir zu einem Song tanzten, den nur wir hörten. Averys Griff um meine Taille verstärkte sich, als er den Kopf senkte.

Und plötzlich kippte die Musik zurück zum schnellen, dröhnenden Techno, und zum zweiten Mal in ebenso vielen Tagen rissen wir uns voneinander los.

»Ich bin ziemlich sicher, dass man diese Taktik im Verhör einsetzt.« Mein Lachen klang megaschräg. »Das Tempo der Musik so schnell ändern, dass man ausflippt.«

»Wie viel Clubmusik, glaubst du, verwenden sie bei einem Verhör?« Avery nahm die Hände von meiner Hüfte und schob sie tief in die Hosentaschen, als wüsste er nicht, was er sonst damit anfangen sollte. Ich konnte ihn gut verstehen. Wegen des dämlichen Patriarchats hatte mein Kleid keine Taschen. »Ich dachte immer, die Cops würden eher lockere Musik hören, passend zu ihrer Einstellung.«

»Da gibt es regionale Unterschiede.« Andere Schüler, die wegen des langsamen Songs die Tanzfläche verlassen hatten, weil sie vermutlich nicht in ihrer eigenen Fanfiction lebten, strömten zurück, als der Beat beschleunigte. »Ich, äh, gehe zur Toilette. Zu viel Cola.« Cool, perfekt, es geht doch nichts über eine Diskussion über die Bedürfnisse der Blase, wenn man mit dem Typen, für den man plötzlich Gefühle hegte, kurz davor war … Ich war so was von uncool.

»Ja, mach.« Avery trat einen Schritt zurück, damit ich die Tanzfläche verlassen konnte. »Ich schau mal, ob ich was zu essen finde. Sollen wir uns bei den Snacks treffen?«

»Und ob«, sagte ich aus unerfindlichen Gründen, während ich Fingerpistolen auf Avery abschoss und mich auf den Weg machte. *Fingerpistolen.* Das durften bestimmt nur echte

Sheriffs, und was machte ich? Beschoss den attraktivsten Typen weit und breit.

Deinen besten Freund, ermahnte ich mich, als ich (endlich) aus der Turnhalle und durch die viel ruhigeren Gänge zur nächsten Toilette ging. Überall standen Leute in Grüppchen zusammen, die mich kaum beachteten. Wahrscheinlich merkten sie nicht einmal, wer ich war. Ich sah viel hübscher aus als sonst, und in Ungnade gefallene Mädchen erwartete man sowieso nicht bei einer Tanzveranstaltung der Schule.

Mit Rücksicht auf mein Make-up spritzte ich mir winzige Wasserspritzer ins Gesicht. Meine Wangen waren immer noch rot, meine Frisur unordentlich, aber ich sah nicht schlecht aus. Ich konnte das bisschen mehr Farbe gut gebrauchen, und das Kleid war wunderschön.

Doch all diese Gedanken verflogen augenblicklich, als ich mein Handy aus der schmalen Wristlet holte und sechs entgangene Anrufe von meinem Bruder hatte.

23

Mist. Mit zitternden Fingern wischte ich über das Handy, um Fitz zurückzurufen. Ich hatte schreckliche Angst, die mich beinahe überwältigte. Wenn ihm etwas passiert war, wenn jemand sein Handy in einem Straßengraben gefunden hatte und die erste Nummer auf der Anrufliste gewählt hatte …

Ich konnte nicht auch noch Fitz verlieren.

Meine schlimmsten Befürchtungen verflüchtigten sich, als er im nächsten Moment dranging, aber das Grauen blieb.

»Wie schön, dass du doch noch zurückrufst.« Seine Stimme war angespannt, ironisch.

Ich atmete erst mal tief aus. »Alles okay bei dir?« Ich lehnte mich an das Waschbecken und hielt mich am Waschtisch fest. Der Geruch von Reinigungsmitteln stach mir in die Nase.

»Oh, mir geht's gut.« Sarkasmus ging meinem Bruder eigentlich zu weit, aber jetzt triefte seine Stimme regelrecht davon. »Und dir? Offenbar amüsierst du dich bestens beim Tanzen und hast keine Zeit, dein Instagram zu checken, was?«

»Was willst du damit sagen?« Ich konnte mich nicht erinnern, dass Fitz überhaupt jemals von *Instagram* gesprochen hatte. Ich wusste, dass er einen Account hatte und dass er mir folgte, aber das hatte ich für einen Automatismus unter

Geschwistern gehalten. Hatte er das Foto von Avery, Emily und mir gesehen und flippte deshalb aus? »Ich bin beim Homecoming, mit meinen Freunden.«

»Wie wär's, wenn du dir deine getaggten Fotos ansiehst und mir dann genau sagst, mit welchen Freunden du diesen Abend verbringst, Georgiana?«

Mit bebenden Händen nahm ich das Handy vom Ohr. Falls Avery oder Emily nicht insgeheim Staatsfeinde waren, konnte ich mir nicht erklären, warum Fitz sich derart aufregte, doch *irgendetwas* war eindeutig passiert. Und was das war, würde ich jetzt gleich herausfinden.

Als ich meinen Account öffnete, sah ich direkt mehrere Nachrichten und ein paar Likes zu dem Foto, das Emily gepostet hatte. Die Nachricht, dass ich getaggt worden war. Und darunter … mehr Likes zu einem weiteren getaggten Foto. Ich kannte den Usernamen der Person nicht, die es gepostet hatte.

Und ich rechnete ganz bestimmt nicht mit einem rangezoomten Foto von mir und Wickham, wie wir uns vor ein paar Stunden geküsst hatten.

Gesehen an der Pemberley Academy, lautete die Überschrift. *Alte Gewohnheiten, was? Das Geschäft boomt.* Hektisch scrollte ich zu dem User zurück, das Profilfoto bestand lediglich aus einer aufgesetzt künstlerischen Silhouette, doch als ich mich durch das Profil klickte, erkannte ich in dem Mädchen, das vor Hunderten von bunten Wänden und Blümchenhintergrund posierte, Lydia Bennet.

Gut, dass ich mich am Waschtisch festhielt, denn fast hätten meine Knie nachgegeben.

Möglicherweise war Wickham doch schlauer, als ich gedacht hatte.

»Fitz.« Sobald es mir mit meinen wild zitternden Händen gelang, nahm ich das Handy wieder ans Ohr. Wickham hatte Lydia offenbar mitgenommen, ihr irgendeinen Unsinn erzählt, sie aufs Schulgelände geschmuggelt und gebeten, dieses Foto zu machen. Das hatte er dann an Fitz geschickt. *Als Versicherung*, wie er so etwas nannte, wenn er eigentlich *Rache* meinte. Es hätte mich nicht überraschen dürfen, schließlich hatte er genau damit gedroht. Ich war einfach so dumm gewesen, zu glauben, ich hätte ihn besiegt. »Du verstehst das nicht.«

»Oh, tut mir leid.« Seine Stimme glich eiskaltem Stahl, die Wut pulsierte in der Klinge. »Ist das etwa *kein* Foto, auf dem du Wickham küsst? Im Freien? In dem Kleid, das wir gestern gekauft haben?«

»Ja, aber …«

»Dann verstehe ich das *sehr wohl.*«

»Ich habe mich nur mit ihm getroffen, um ihm zu sagen, dass ich nichts mehr mit ihm zu tun haben will«, beteuerte ich, während mir die Tränen über die Wangen liefen. Es war, als wäre ein Damm gebrochen. Ich klammerte mich an den Waschtisch, der glitschig von Seife war, und betete, dass es nur ein Albtraum war, aus dem ich gleich erwachen würde. »Er hat mich geküsst, aber ich habe ihn weggestoßen. Das schwöre ich dir, Fitz.«

»Selbst wenn das stimmt – und auf dem Foto sieht es wahrhaftig nicht so aus, als würdest du ihn wegstoßen, Georgiana –, kann ich daraus nur schließen, dass ihr in Kontakt wart und du ihn seit dem Frühling wiedergesehen hast. Ist das so? «

Ich antwortete nicht, ich konnte es einfach nicht, doch Fitz verstand mein Schweigen richtig.

»Ich kann es nicht glauben.«

»Es tut mir leid.« Meine Kehle schnürte sich derart zu, und ich bekam kaum noch Luft. »Das wollte ich nicht.«

»Was willst du damit sagen?«

»Mehr habe ich nicht zu sagen.« Meine Worte verhedderten sich, während ich unkontrolliert schluchzte. »Er hatte noch meine E-Mail-Adresse, und ich hatte sonst niemanden, und ich …«

»Das sind Ausreden.« Ich hörte praktisch, wie mein Bruder den Kopf schüttelte – und wie sich alles, was noch zwischen uns gewesen war, in Luft auflöste. »Kindisch und egoistisch.«

»Ich … ich habe es dir nur nicht erzählt, weil ich eben ausnahmsweise *nicht* egoistisch sein wollte«, protestierte ich. »Ich wollte dir beweisen, dass ich allein zurechtkomme, und ich habe versucht, dich in Ruhe zu lassen, bis auf die Sache mit Lizzie …«

»Was für eine Sache mit Lizzie?«

Gott sei Dank war ich allein im Waschraum. Ein Blick in den Spiegel zeigte, wie schrecklich ich aussah, mit verschmiertem Make-up und zerstörter Frisur, weil ich gestresst an meinen Haaren gezogen hatte. Zu Beginn des Abends hatte ich mich hübsch gefunden, ich war stolz auf mich gewesen. Jetzt spiegelte mein Äußeres hingegen mehr mein Innenleben.

Ich dachte, es ginge mir besser. Aber ich konnte niemals, niemals gewinnen. Es war einfach unmöglich.

»Ich wollte …« Ich drückte die Hand auf meinen Bauch und versuchte, mich an dem glatten Stoff festzuhalten. Blödes Kleid. »Euch zusammenbringen.«

Eine Sekunde lang herrschte Stille.

»Soll das ein Scherz sein, Georgiana?«

»Fitz.« Mein Gesicht war tränenüberströmt. »Es tut mir leid, Fitz.«

»Das reicht nicht.« So hatte er noch nie mit mir geredet. Obwohl ich schon länger den Verdacht hegte, dass Fitz mich nicht mehr leiden konnte, hatte ich es ihm noch nie so deutlich angehört. »Es reicht seit einem halben Jahr nicht mehr, seit du dein Leben unwiderruflich zerstört hast. Ich muss sagen, es erstaunt mich, dass du es gewagt hast, dich in meine Angelegenheiten einzumischen, nachdem du in deinen eigenen so spektakulär gescheitert bist.«

In meinem Inneren rührte sich etwas. Wut vielleicht, denn ich hatte es ja zumindest *versucht*. Ich hatte mir so große Mühe gegeben, wäre beinahe sogar erfolgreich gewesen – bis auf diesen einen Ausrutscher, diesen Fehler, der alles vollkommen zunichtemachte. Ich hatte versagt, aber ich hatte alles gegeben und fand, dass ich dafür auch ein bisschen Anerkennung verdient hatte.

Vielleicht hasste Fitz mich jetzt. Es schien zumindest so. Als wäre dies das endgültige Ergebnis all dessen, was in den letzten beiden Schuljahren geschehen war: die unwiderrufliche Zerstörung der Beziehung zu meinem Bruder. Möglicherweise betrachtete er mich als Schande für unseren Namen.

Wenn das stimmte, würde ich das nicht einfach so hinnehmen. Ich war vielleicht eine schlechte Darcy, aber ich hatte meinen Stolz.

»Na gut.« Ich löste mich von dem Waschtisch und wischte mir die Tränen vom Gesicht. Es war mir egal, dass ich damit nur weiter die Mascara verschmierte. »Es tut mir leid, klar? Tut mir leid, dass ich dich glücklich machen wollte. Ich weiß, dass ich dir alles kaputt gemacht habe, als du aus Kalifornien herziehen musstest, aber du hast dich für mich in einen Märtyrer verwandelt, und das ist wirklich nicht nötig. Lizzie mag dich, das sieht ein Blinder, und es beruht auf Gegenseitigkeit, und wenn du mit jemandem zusammen wärst, würdest du mir nicht mehr ständig die Schuld an deinem Unglück in die Schuhe schieben!«

Damit war ich zu weit gegangen, doch ich konnte nicht mehr zurückrudern. Es ging einfach nicht. Ich wollte nicht mehr um jeden Preis die ganze Welt um Gnade bitten.

Fitz dagegen hatte noch einen Pfeil im Köcher, den er nun abschoss.

»Wie unglaublich edel von dir!«, fauchte er. »Aber glaub mir, Georgiana, es wäre egal, ob ich mit jemandem zusammen wäre, denn ich wäre immer noch unglücklich, weil ich mir die ganze Zeit Sorgen um *dich* machen müsste.«

Und damit war das Gespräch beendet.

Als hätte ich es nicht einmal verdient, dass er sich verabschiedete.

Völlig fertig sank ich zu Boden.

Ich konnte machen, was ich wollte, und Fitz auch, es zählte einfach nicht. Wir waren bis an unser Lebensende in diesem Teufelskreis gefangen, weil er mir nie wieder vertrauen oder mich auch nur gernhaben würde. Niemals würde ich seine Erwartungen erfüllen. Gut, es wäre wohl besser gewesen, wenn ich ihm von Wickham erzählt hätte, aber selbst wenn es nicht um Wickham gegangen wäre, dann um Lizzie, und wenn nicht um Lizzie, dann um jemand anderen.

Die Wände des Waschraums kamen immer näher, als hätte Pemberley endgültig beschlossen, mich unter seinem Gewicht zu begraben, unter dem Gewicht meines Vermächtnisses, unter dem Gewicht meines Bruders.

Wickham, der an der Tür versucht, Fitz den Weg zu versper-
ren. Fitz, der sich an ihm vorbeidrängt und brüllt, wie ich
meinen Bruder noch nie habe brüllen hören. Die Tabletten in
seiner Hand, dieser Gesichtsausdruck, und ich wusste, war
mir absolut sicher, dass mein Bruder mir das nie verzeihen
würde, niemals.

Ich musste hier raus.

Ich stürmte hinaus und rannte mit Höchstgeschwindigkeit durch die Gänge – gelobt seien die Sneakers –, obwohl meine Mitschüler verstummten und mich anstarrten. Wieso auch nicht? Das machten an dieser Schule doch sowieso alle, sie starrten mich an und sprachen im Flüsterton, ich sei nichts wert, ich dürfe gar nicht dort sein, ich sei eine dumme Kuh, eine Eiskönigin, und niemand würde je wieder mit mir befreundet sein. Ich hätte es gar nicht versuchen sollen. Ich stürzte in all meinen Kursen ab, weil ich versuchte, so zu sein, wie ich nie werden würde. Was machte ich hier überhaupt, in einem blöden, viel zu engen Kleid – hatte ich etwa ernsthaft geglaubt, ich hätte eine Chance bei einem Jungen oder Freunde, die mich gernhatten? Emily kannte mich kaum, und Avery hatte schlicht Mitleid mit mir. Mehr war da nicht. Wenn ich sie näher an mich heranließ, würden sie sowieso bald merken, was für eine wertlose Niete ich war.

Das war kein richtiges *Leben*. Online kam ich einem Leben noch am nächsten, in meiner Fanfiction, und das war der erbärmlichste Gedanke, der mir je gekommen war. Das ergab sogar Sinn, wenn man bedachte, wie erbärmlich ich insgesamt war – trotzdem tat es weh.

Avery wartete bestimmt immer noch am Tisch mit den Snacks, denn unsere Jacken lagen unbeaufsichtigt an Ort und Stelle. Ich schnappte mir meine, drängte mich durch die

Menge und war dankbar für die trübe Beleuchtung, die verhinderte, dass alle sahen, wie schlecht es mir ging. Ich musste einfach nur raus hier, draußen konnte ich mir dann ein Taxi rufen. Irgendetwas, das mich weit wegbrachte, ohne Fragen zu stellen.

Denn ich hatte keine andere Wahl, oder? Ich musste nach Hause, hier konnte ich nicht bleiben. In ein paar Stunden war man mit dem Auto in Rochester, vorausgesetzt, es war ein schnelles Auto und man geriet nicht in einen Stau. Es war nicht für immer – wenn ich tatsächlich vor Fitz weglaufen wollte, würde er dort zuerst nachsehen, sobald jemand in der Schule mein Fehlen bemerkte. Doch wenn ich es heute Nacht dorthin schaffte, konnte ich meinen Pass und das Bargeld holen, das meine Eltern für den Notfall überall im Haus gehortet hatten, und damit irgendwohin fahren. Wir besaßen auf der ganzen Welt Häuser, in denen ich mich verkriechen konnte. Und wir hatten zahlreiche Freunde oder zumindest Geschäftspartner in hohen Positionen. Vielleicht landete ich sogar irgendwo, wo es warm war. Irgendwo, wo ich nicht mehr am ganzen Körper zittern würde.

Mit der Jacke in der Hand ging ich schnurstracks zur Tür, den Kopf gesenkt, damit ich niemandem ins Gesicht sehen musste. Ich war schon fast draußen, fast weg, durch die Tür in die kalte Luft, die mich wie ein Schock traf, und wollte gerade mein Handy herausholen, als jemand meinen Namen rief.

Ich hätte nicht stehen bleiben oder zurückblicken sollen, doch ich erkannte die Stimme und konnte nicht anders.

»George?« Avery stand hinter mir oben auf der Treppe und schaute zu mir herunter auf den Bürgersteig. Er hatte seine Jacke in der Hand und sah mich verwirrt an. »Gehst du … irgendwohin?«

»Wir bekommen hier doch Taxis, oder?« Obwohl meine Tränen in der Dunkelheit unsichtbar waren, hörte man sie meiner Stimme an. Na toll. »Ich brauche keinen schicken Wagen, aber es muss in dieser abgelegenen Stadt doch jemanden geben, der als Fahrer ein bisschen Geld verdienen will.«

»George?«, wiederholte Avery und sprang zwei Stufen auf einmal die Treppe herunter. Ich rührte mich nicht vom Fleck und verbarg auch meine Tränen nicht, als Avery bei mir war. Das hatte ich viel zu lang getan. »Hey! Was ist los?«

»Das Übliche.« Ich zuckte mit den Schultern und bemühte mich, lässiger und weniger dem Nervenzusammenbruch nahe zu klingen. »Wie sich herausgestellt hat, verfolgen einen alte Fehler bis in alle Ewigkeit. Und ich habe keinen Bock mehr, es zu versuchen.« Die Tränen überwältigten mich, ich konnte nicht mehr sprechen, und als Avery mich in den Arm nehmen wollte, wich ich zurück und versuchte durchzuatmen. »Alles okay. Wirklich. Aber ich muss nach Hause.«

»Ich kann dich zu deinem Schlaftrakt begleiten.« Avery sah ganz verloren aus, wie er die Arme noch halb in einer Umarmung in der Luft hatte. »Wenn du möchtest.«

»Dahin gehe ich nicht zurück.« Ich schüttelte den Kopf. Es war eiskalt, trotz der Jacke, und ich bibberte. »Ich fahre nach Hause. Nach Rochester.«

»Ja?«

»Nur für den Anfang.« Es wäre besser, Avery das nicht alles zu erklären, da es ohnehin keine Rolle spielte. »Ich weiß noch nicht, wohin ich von dort gehe. Nach England vielleicht. Dort kann ich mein bestes *Sage Hall*-Leben führen.«

Als er mich forschend ansah, tat sich erneut der Abgrund vor mir auf. Schließlich seufzte er, griff in die Jackentasche und holte seine Autoschlüssel heraus.

»Komm.« Er lief zügig an mir vorbei zum Schülerparkplatz. »Dann los.«

»Was?«

»Du glaubst doch nicht im Ernst, dass ich dich mit einem Taxi nach Rochester fahren lasse? Mitten in der Nacht mit einem x-beliebigen Fahrer, zumal du sichtlich außer dir bist?« Avery schüttelte den Kopf, ging aber nicht langsamer, sodass ich rennen musste, um ihn einzuholen. »Kommt nicht infrage. Los, komm.«

»Du musst das nicht tun, Aves.« Sein Spitzname fühlte sich falsch an in meinem Mund, als hätte ich auf Glas gebissen. »Ich komme schon zurecht.«

»Ich weiß. Du brauchst niemanden.« Da ich immer noch ein wenig hinterherhinkte, konnte ich sein Gesicht nicht sehen, doch es klang nicht so, als würde er lächeln. »Los, wir fahren nach Rochester, Georgie.« Nicht George. Georgie.

Immerhin waren wir unterwegs, rief ich mir in Erinnerung, während ich durch die eisige Nacht huschte. Ich kam hier raus. Und das hätte mich glücklich machen sollen.

»Hätte«, trifft es auf den Punkt.

24

Der Highway lag vor uns, ziemlich kurvig und unübersichtlich führte er durch die Berge.

»Auf dieser Straße bleiben wir die nächsten hundert Meilen.« Ich schloss Maps auf meinem Handy und legte es in den Fußraum, da ich nicht auf das Display schauen wollte und wir bald ohnehin keinen Empfang mehr haben würden. Wir waren zwanzig Meilen von Pemberley entfernt und fuhren nach Norden, nach Rochester, und in der letzten halben Stunde hatten wir nur über die Navigation geredet. »In den Kurven musst du aufpassen.«

»Ich bin hier schon mal gefahren.« Avery blickte stur auf die Straße und sah mich nicht einmal an. »Ich mach das schon.«

»Okay.« Das Feuer meiner Verzweiflung hatte sich leicht abgekühlt und in einen dunklen See verwandelt, der mich nach unten zog, tief nach unten, wo selbst Avery nur eine Silhouette weiter oben war. Ich wusste nicht mehr, wie ich ihn erreichen und zu seinem verschwommenen Umriss Kontakt aufnehmen konnte.

Beim Einsteigen hatte ich gleich das Radio eingeschaltet, doch der Empfang war superschlecht, und Averys Radio funktionierte nicht einmal mit einem starken Funksignal gut. Nun starrten wir beide in die Nacht hinaus, die mich doch bitte verschlucken sollte.

»Hey, darf ich dich was fragen?« Ich zuckte zusammen, als ich Averys Stimme hörte. Dann hob ich den Kopf von der Fensterscheibe und drehte mich zu ihm um. Er schaute jedoch weiterhin geradeaus. »Was willst du wirklich werden, wenn du erwachsen bist? Nicht die Orchestermusikerin, wie als kleines Mädchen. Sondern was willst du jetzt?«

»Was?« Die Frage drang tatsächlich durch meine verwirrten Gedanken. »Warum?«

»Keine Ahnung.« Er biss sich auf die Unterlippe und kniff die Augen ein wenig zusammen, um im Dunkeln besser sehen zu können. »Du weißt, was ich werden will.«

»Ich bin einfach davon ausgegangen, dass ich es im College irgendwie rausfinde.« Als ich mich zurücklehnte, zerkratzte das Polster meinen nackten Rücken. »Erst mal verschiedene Sachen ausprobieren, sehen, was mir gefällt.«

»Ja, aber irgendetwas muss dir doch liegen.«

»Weiß ich nicht.« Ich zuckte mit den Schultern. »Schreiben liegt mir.« Meine Englischnote spiegelte das gerade nicht wider, aber egal. »Und Musik. Aber das sind keine umsetzbaren Optionen.«

»Nicht?«

»So was macht man als Darcy nicht.« Ich fühlte mich schlecht, es überhaupt auszusprechen. »Ich brauche einen Abschluss wie zum Beispiel Biochemietechnikmedizinwirtschaft oder etwas in der Art. Um dem Namen gerecht zu werden.« Ich lachte, obwohl es nicht lustig war. »Auch wenn mit den Erwartungen jetzt vielleicht Schluss ist. Endgültig.«

»Was studiert Fitz eigentlich noch mal?«

»Ich will nicht über meinen Bruder reden.« Mein scharfer Tonfall überraschte mich selbst. Avery zuckte zusammen und ich auch. »Sorry.«

»Schon gut.« Avery lenkte nach links, ging in die enge Kurve und hielt das Lenkrad derart fest umklammert, dass seine Knöchel weiß wurden. »Ich will dich nur besser kennenlernen, das ist alles.«

»Du kennst mich doch.« Ich strich über den bestickten Saum meines Kleides, wo der Goldfaden sich schön von dem Blau abhob. »Besser als irgendjemand sonst. Nur weil es Dinge gibt, über die ich nicht reden will, heißt das nicht, dass ich dir etwas vorenthalte. Es bedeutet einfach … dass ich nicht drüber reden möchte.«

»Okay.« Avery zuckte mit den Schultern, während die Dunkelheit an den Fenstern vorbeizog. »Tut mir leid.«

»Mir auch«, sagte ich, obwohl ich nicht genau wusste, wofür ich mich entschuldigte. Ich seufzte. »Fitz ist perfekt, Aves. Er hat sein Leben im Griff, er verkörpert alles, was ein Darcy darstellen sollte. Wusstest du, dass meine Tante Catherine jede Woche einen Familien-Newsletter verschickt? Eine Zeit lang hat sie all unsere Verwandten auf eine Erfolgsrangliste gesetzt.«

»Ekelhaft.«

»So ist Tante Catherine halt.« Bei meinem nächsten Blick zu ihm schaute er immer noch auf die Straße. »Fitz stand immer an dritter oder vierter Stelle, das war kein Problem für ihn. Er würde noch weiter oben stehen, wenn Tante Catherine nicht sich selbst und ihre Tochter, meine Cousine Anne, an die Spitze stellen würde. Fitz hat sich oft mit unserem Großcousin abgewechselt, der inzwischen, glaube ich, als Hand des Königs dem Premierminister von Kanada beigestellt ist.«

»Und du?«

»Ich habe es nicht mal auf die Liste geschafft.« Ich lachte

und schaute auf die vorüberziehenden Sterne. »Dafür war ich als Darcy nicht gut genug, da konnte ich mir noch so viel Mühe geben. Das hier …« Ich machte eine ausschweifende Geste, die den Wagen einschloss, die Straße, die Gesamtsituation. »… ist wahrscheinlich eine eigene Ausgabe des Newsletters wert.«

»Tut mir leid.« Avery warf mir einen kurzen Blick von der Seite zu. Als ich seine Entschuldigung abwehren wollte, kam er mir zuvor. »Aber …« Er schüttelte den Kopf, und einige seiner sorgsam gegelten Strähnen lösten sich. »Ich bin keiner von deinen schrecklichen Verwandten, und ich verhöre dich auch nicht. Ich bin hier, oder nicht?«

»Ja.« Ein warmes Gefühl durchflutete mich, besser als die künstliche Wärmezufuhr der Heizung. Vielleicht nahm Avery mich doch so wahr, wie ich war, trotz allem, was passiert war. Vielleicht stand er doch noch zu mir. »Das bist du.«

»Gut.« Er streckte die Hand über die Mittelkonsole und seine Getränkehalter aus und tätschelte meine Hand, nur eine Sekunde lang. Dann fuhr er mit einem verhaltenen Lächeln auf den Lippen weiter. »Gut.«

Nach zwei langen Stunden Fahrt wurde das Wetter deutlich schlechter.

»Scheiße«, fluchte Avery, der sich selten so ausdrückte, als er durch den Nebel blinzelte, der sich flächendeckend ausgebreitet hatte. »Das ist wirklich gefährlich. Kannst du irgendetwas sehen?«

»Nein.« Der Nebel hatte sich verdichtet, seit wir in die Endless Mountains hineingefahren waren – so hieß dieses geografische Gebiet, da die Wildnis des Staates New York schier endlos war –, und machte keinerlei Anstalten, sich zu verziehen. Ich holte mein Handy aus dem Fußraum, um die Wetter-App zu öffnen. »Ich habe keinen Empfang.«

»Check mal meins.« Avery deutete mit dem Kopf auf den Getränkehalter, in dem sein Handy lag. Ich entsperrte das Display mit einem schnellen Wischen und bestätigte, was wir beide bereits vermutet hatten. »Nichts.«

»Scheiße«, sagte Avery noch einmal, ein Zeichen, wie gestresst er sein musste, was mich noch fertiger machte. »So können wir nicht weiterfahren.«

»Ich glaube, weiter vorne ist ein LKW-Abstellplatz.« Das beleuchtete Schild war kaum zu erkennen. »Lass uns da abfahren und warten, bis es vorüber ist.«

Avery nickte und kroch mit dem Auto vorwärts. Dank Fernlicht und Blinkern konnten wir wenigstens den ungefähren Verlauf der Straße erraten, doch wenn uns ein anderes Auto entgegenkäme, das nicht so langsam fuhr, würde es richtig gefährlich werden. Ich hatte Herzrasen vor Angst, bis wir endlich das Schild erreichten und nach rechts auf den kleinen Parkplatz neben der Straße abbogen.

Ich atmete aus.

»Und jetzt?« Ich sah zu Avery hinüber, dessen Hände weiterhin am Lenkrad klebten. »Du kannst loslassen.«

»Ach ja.« Er hob einen Finger nach dem anderen und zog sie langsam zurück. »Sorry.«

»Kein Problem.« Ich zuckte mit den Schultern. »Also, was jetzt …? Warten wir einfach, bis der Nebel sich gelichtet hat?«

»Das kann dauern.« Avery verzog das Gesicht. Wenn überhaupt, war das Wetter in den letzten Minuten sogar noch schlechter geworden und der Nebel inzwischen so dicht, dass es sich wie in einer Wolke anfühlte. Ein Schauer lief mir über den Rücken. Zum Glück hatten wir diesen Parkplatz gefunden, denn sonst säßen wir noch viel mehr in der Klemme. Obwohl wir halbwegs in Sicherheit waren, überkam mich das unheimliche Gefühl, dass unsere Lage keineswegs rosig war. »Aber etwas anderes bleibt uns nicht übrig.« Als Avery den Motor abstellte, wirbelte ich zu ihm herum.

»Was machst du denn da? Draußen ist es eiskalt.«

»Ich will nicht das ganze Benzin verbrauchen.« Mit einem Seufzer nahm Avery sein Handy und stellte die Taschenlampe an, damit wir nicht komplett in der schaurigen, nebligen Dunkelheit saßen. »Kletter mal auf den Rücksitz.«

»Was?« Ich wurde knallrot.

»Nein, nein …« Avery hüstelte. »Das ist eine Sitzbank, und dahinten habe ich jede Menge Decken und Jacken verstaut. Damit haben wir es viel bequemer.«

»Oh.« Natürlich machte er mich nicht an, das wäre ja vollkommen absurd. Leider hatte sich meine Logik noch nicht bis zu meinem roten Gesicht herumgesprochen, doch es war so dunkel, dass Avery es vermutlich nicht sehen konnte. »Gut.«

Ich löste meinen Sicherheitsgurt und kroch über die Mittelkonsole, wobei ich darauf achtete, mich vor Avery in meinem Kleid nicht vollends zu entblößen, und setzte mich auf das abgewetzte Polster des Rücksitzes. Gelobt seien die A-Linie des Rocks und die Strumpfhose. Wie Avery gesagt hatte, lag ein Durcheinander aus Decken und Jacken im Fußraum. Dankbar hüllte ich mich in die erstbeste Decke. Im nächsten Augenblick schwang Avery sich mit gegrätschten Beinen über seine Rückenlehne und landete mit einem dumpfen Aufprall neben mir. Als er nach einer Decke griff, hielt er inne.

»Hier.« Ich wusste kaum, was ich da sagte, doch ich hielt ihm einen Zipfel meiner Decke hin. Irgendwie war mir bewusst, dass ich das tun musste. Letztes Mal war Avery mir entgegengekommen, das würde er nicht noch einmal machen. »Wir sollten uns die Decke teilen und in mehrere Schichten hüllen, dann ist uns wärmer.«

»Sicher?« Als ich das Zögern in seiner Stimme hörte, bemühte ich mich nach Kräften, es zu überspielen.

»Ja.« Ich legte mein gesamtes Selbstvertrauen und alle Zuversicht in dieses eine Wort. Mehr war mir nicht geblieben. Dann wenigstens das, oder? »Komm schon.«

Ich wusste nicht, was der Morgen bringen würde oder der Tag danach. Doch wenn alles, was wir zusammen hatten, vorbei sein sollte, konnte ich jetzt nicht zulassen, dass in dieser Nacht jeder für sich in einer Ecke des Rücksitzes kauerte.

Avery zögerte noch kurz, doch dann rutschte er rüber und zog den Deckenzipfel über seine Beine, sodass wir aneinanderrücken mussten. Schließlich holte er noch eine Decke vom Boden und zog sie über unsere Schultern, sodass wir es hübsch warm hatten.

»Gut so?«, fragte ich. Ich spürte, wie er atmete, wie die Decke sich im Einklang dazu hob und senkte.

»Ja«, antwortete Avery. »Gut so.«

Schweigend saßen wir da, ganz ruhig, die Füße brav am Boden, und schauten geradeaus, als würde man uns jeden Augenblick zu nah aneinander in der Kirche erwischen. Aber irgendwann musste Avery lachen.

»Sorry«, sagte er und drehte den Kopf zu mir. »Ich will gar nicht schräg sein. Ehrlich. Aber das ist echt heftig, ich kann es nicht so ganz fassen.«

»Meinst du den Nebel?« Als ich mit den Schultern zuckte, kribbelte es in meinem ganzen Körper, weil ich ihn berührt hatte. »Damit hätten wir rechnen müssen. Ich bin irgendwie verflucht.«

»Nein.« Er schüttelte den Kopf. »Ich kann es nicht fassen, dass ich nachts auf dem Rücksitz meines Autos sitze, zusammen mit Georgie Darcy unter einer Decke, und zu feige bin, um was draus zu machen.«

Diesmal vergaß ich zu atmen.

»Hm.« O Gott, ich hatte zum ersten Mal im Leben auch noch komplett das Sprechen verlernt. »Hm.«

»Muss ich nicht.« Ah, Panik in Averys Tonfall. Das erkannte ich, weil es mir genauso ging. »Soll ich mich vielleicht raussetzen? Wäre das besser? Ich kann einfach draußen warten. Zwar würde ich erfrieren, aber das ginge in Ordnung.«

Ich brauchte ein Wort. *Irgendein* Wort. Ernsthaft, es konnte doch nicht sein, dass mir außer »hm« keine einzige Silbe mehr einfiel. Ich versagte gerade in großem Stil in Englisch, aber immerhin war ich bisher in der Schule zurechtgekommen. Ich hatte Tausende über Tausende Wörter Fanfiction geschrieben. Und jetzt brachte ich nichts zustande, das ansatzweise romantisch oder aufmunternd wäre?

Gleich würde er aussteigen, ich spürte schon, wie er von mir abrückte, da Avery ein respektvoller Typ war, der ohne mein Einverständnis nie etwas tun würde. In meiner Panik legte ich schließlich eine Hand auf sein Bein.

Bleibt mir noch klarzustellen, dass es nicht auf eine geschmeidige Art und Weise geschah, und schon gar nicht irgendwie sexuell aufgeladen. Ich streckte die Hand unter der Decke aus, krallte sie in seinen Oberschenkel – zum Glück erwischte ich im Dunkeln nichts anderes – und sah ihn im grellen Schein der Handytaschenlampe so bedeutungsvoll an, wie es nur irgend ging. Das war alles. Alles, wozu ich fähig war. Mein großer Schritt.

Gott sei Dank hatte Avery schon immer meine Sprache gesprochen.

Er blickte auf meine Hand, zurück in mein Gesicht und grinste. Daraufhin verpuffte die Panik wie aus einem aufgeblasenen Luftballon.

»Falls ich mich nicht klar ausgedrückt habe – ich möchte dich jetzt wirklich gern küssen, George.« Avery strich sanft über meine Locken und legte die Hand in meinen Nacken. »Einverstanden?«

Da mir immer noch die Worte fehlten, nickte ich, und das reichte.

Avery beugte sich zu mir vor, während ich mich halb zu ihm drehte, bis unsere Lippen auf halbem Wege aufeinandertrafen. Sogar beim Küssen lächelte er.

Er schmeckte nach Sprite und TicTacs. Die Decken fielen herunter, als Avery mich enger an sich zog. Meine Hand rutschte von seinem Bein – Gott sei Dank – und wanderte hoch zu seiner muskulösen Schulter und nutzte sie als ihren Anker.

Bisher war ich fast immer, wenn ich geküsst wurde, ganz beklommen und nervös gewesen, voller Angst, etwas falsch zu machen, voller Angst, alles zu vermasseln, wenn ich mich nicht von meiner besten Seite zeigte, wenn ich mich nicht auf eine sexy beziehungsweise attraktive Weise verhielt.

Doch mit Avery? Er sah mich, wie ich war, er kannte und mochte mich, wir sprachen die gleiche schräge Sprache und er wollte mich trotzdem küssen. Vielleicht nicht trotzdem, sondern genau deswegen.

Schließlich löste er sich von mir und legte seine Stirn an meine. Sein Lächeln füllte mein Sichtfeld vollkommen aus, so, wie er mein ganzes Herz einnahm.

»Hi«, flüsterte er, als wollte er nicht belauscht werden, und ich kicherte. »Alles okay bei dir?«

»Ja.« Scheiß auf Fanfiction. Das hier war viel besser. »Ich bin okay. Bist du okay?«

»Alles bestens«, erwiderte Avery. Er lehnte sich an die Autotür und zog mich an sich, bis ich zwischen seiner Brust und der Rückenlehne lag, ein bisschen eingezwängt, aber das machte nichts. »Ich bin so was von okay.«

25

Ich wurde von dem Licht geweckt, das durch die Autofenster fiel. Einen Augenblick versuchte ich blinzelnd, mich zu erinnern, wo ich war und mit wem und was letzte Nacht geschehen war.

Letzte Nacht. Denn wir waren beim Warten darauf, dass der Nebel sich verzog, eingeschlafen, und jetzt war der Morgen angebrochen. Wir waren die ganze Nacht weg gewesen, nachdem wir den Tanz verlassen hatten und in der Dunkelheit verschwunden waren.

Mein Plan, mich unauffällig davonzumachen, löste sich ebenso auf, wie es der Nebel getan hatte. Wir steckten so tief in der Klemme.

So viel tiefer, meinte ich.

»Aves.« Ich rüttelte Avery wach. Wir waren aneinandergeschmiegt eingeschlafen, meine Schulter unter seiner und mein linker Arm unter seinem Kopf. Jetzt begann er höllisch zu kribbeln. »Wach auf.«

»Was?« Als Avery wieder bei Bewusstsein war, verlagerte er das Gewicht, und ich stöhnte, sobald das Blut in meinen Arm zurückfloss. Avery riss kurz die Augen auf, als er das Auto, mich und unsere unmittelbare Nähe bemerkte. »Oh. Hi.«

»Hey.« Beim Sprechen wandte ich vorsichtshalber den Mund ab. Irgendwo im Auto musste es Pfefferminzbonbons geben. »Es ist Morgen.«

»Das sehe ich.« Er verzog das Gesicht, setzte sich auf und rieb sich den Nacken. »Der Nebel ist anscheinend länger geblieben, als wir dachten.«

»Wie gut, dass du so viele Decken dabeihast.« Ich warf einen Blick in den Fußraum, in den der Haufen Decken gerutscht war, mit dem wir uns warm gehalten hatten. »Außer den Pfadfindern kenne ich niemanden, der so gut vorbereitet ist wie du. Aber jetzt können wir den Motor wieder starten, meinst du nicht?« Ich setzte mich ebenfalls auf und vergewisserte mich, dass mein Kleid in der Nacht nicht unter der Jacke verrutscht war. Ich konnte es kaum erwarten, etwas Richtiges anzuziehen. »Wir sollten …«

»Stimmt! Stimmt.« Avery nickte derart begeistert, dass es mich nicht gewundert hätte, wenn sein Kopf abgefallen wäre. »Wir sollten weiterfahren.« Er kletterte so schnell auf den Fahrersitz zurück, dass ich mich zur Seite lehnen musste, weil ich sonst einen Tritt abbekommen hätte.

Ich kroch ein wenig langsamer nach vorn, während er bereits den Zündschlüssel drehte und erleichtert seufzte, als der Wagen ansprang und warme Luft aus der Belüftung strömte. Als ich Avery aus dem Augenwinkel ansah, tat er gerade das Gleiche, richtete den Blick jedoch rasch wieder nach vorn und fummelte auf der Suche nach einem Sender am Radio herum. Ich lächelte in mich hinein.

Dennoch, obwohl die letzte Nacht einen kurzen Abstecher in Richtung »wunderbar« genommen hatte, fürchtete ich mich vor dem, was mich in Rochester erwartete. Im nächtlichen Nebel war mir die Welt weich gezeichnet und romantisch erschienen, doch im Licht eines kalten Morgens, das durch die Fensterscheiben mit den verschmierten Fingerabdrücken fiel, wirkte alles … verdreht. Als wären wir von

Eierschalen umgeben, die beim kleinsten falschen Schritt zerbrechen und sofort zu Staub zerfallen würden.

Als mein Blick auf das Armaturenbrett fiel, hätte ich beinahe laut gestöhnt. Es war acht Uhr morgens. Tja, meinen Fluchtplan konnte ich offiziell in die Tonne treten. In der Schule hatten sie sicherlich gemerkt, dass ich nach Beginn der Ausgangssperre nicht in meinem Zimmer war, und Fitz benachrichtigt, der bestimmt in Panik verfallen war. Wenn er nicht bereits zu Hause in Rochester war, hatte er dafür gesorgt, dass dort jemand auf mich wartete. Vermutlich hatte er meinen Reisepass mit einem Peilsender versehen und würde sofort merken, wenn ich davonrannte.

Und natürlich war der Handyakku leer.

»Hast du ein Ladegerät dabei?«, fragte ich Avery, der es aufgegeben hatte, einen Radiosender zu finden, da nur weißes Rauschen dabei herauskam.

»Tut mir leid.« Er zuckte mit den Schultern. »Dafür ist das Auto viel zu alt. Außerdem haben wir hier sowieso keinen Empfang.«

»Mist.« Stöhnend ließ ich das Handy wieder in den Fußraum plumpsen. »Lass uns fahren. Ich weiß, wie wir von hier zu mir nach Hause kommen.«

»Wir wollen nach wie vor nach Rochester?«

»Natürlich.« Es war zwar nicht mehr möglich, spurlos zu verschwinden, doch nach Pemberley zurückzukehren, kam nicht infrage. Ich musste es nur mit Fitz aufnehmen, sobald er mich einholte. Sicherlich würde er mich an irgendeinen weit entfernten Ort schicken, so sehr wie er mich gerade hasste. »In einer Stunde sind wir da.«

Avery sah mich an und öffnete den Mund, als wollte er etwas sagen, doch dann schaute er wieder geradeaus und fuhr auf den Highway zurück, der sehr viel weniger gefährlich wirkte als in der Nacht.

»Warst du schon mal in Rochester?«, fragte ich Avery nach den längsten zehn Minuten meines Lebens, in denen er schweigend den Wagen gelenkt und ich so getan hatte, als würde ich mich für die Landschaft interessieren.

»Nee.« Er zog das E sehr lang. »Hat sich nicht ergeben.«

»Es ist schön da.« Mein gekünstelter Tonfall erinnerte mich an einen Weihnachtsmann im Einkaufszentrum. »Du wirst es mögen.« Avery machte sich vermutlich nur Sorgen, wie sich die Knutscherei auf unsere Freundschaft auswirken würde. Ich im Übrigen auch, nicht, dass wir uns falsch verstehen. Die Sorge war immerhin berechtigt, aber irgendwie war ich auch sicher, dass wir das hinbekommen würden. Die Freundschaft mit Avery war das Einzige in meinem Leben, das ich nicht völlig vermasselt hatte.

Falls er mit mir in Rochester blieb, und wenn es nur ein paar Tage waren, konnte er mir helfen, die Sache mit meinem Bruder zu kitten. Ich konnte jederzeit ein Attest für ihn fälschen. Das hatte ich im letzten Schuljahr andauernd gemacht, wenn Wickham mich für irgendetwas brauchte. Avery würde bleiben, und wir würden überlegen, wie es für mich weitergehen sollte.

Ich beschloss, ihn erst zu fragen, nachdem wir angekommen waren. Die ganze Situation stresste ihn sichtlich, und das konnte ich ihm nicht verübeln. Bestimmt hatte er auch Hunger. Er würde schon wieder grinsen, wenn er etwas im Magen hatte. Unser Hausverwalter schaute mehrmals in der Woche nach dem Rechten, wenn Fitz und ich in der Schule beziehungsweise auf dem College waren, und sorgte dafür, dass die Grundnahrungsmittel stets zur Verfügung standen. Für Kaffee und Müsli würde es auf jeden Fall reichen.

Ich lächelte in mich hinein, drehte den Kopf zum Fenster und schaute auf die ineinander übergehenden Täler und roten und orangefarbenen Blätter mit einer leichten Grauschattierung. Selbst wenn der Rest meines Lebens in sich zusammenfiel … das mit Avery und mir, das würde gut gehen. Unmöglich, dass ich das alles umsonst ertragen hatte, dass ich mir vergeblich so viel Mühe gegeben hatte und hinterher nichts dabei herauskam. Das würde ich in jedem Fall verhindern.

»Noch eine Meile auf dieser Straße, dann links.« Als ich Avery an der letzten Ampel vorbeilotste, schlug mein Herz schneller. »Ich sag dir noch mal Bescheid, wann wir abbiegen müssen.«

»Gibt es hier wirklich keine Tankstelle, wo wir vorher noch kurz anhalten können?« Er warf einen skeptischen Blick auf die Tankuhr, deren Nadel gefährlich nah am E stand.

»Ich kenne mich hier gut aus, Avery.«

Er nickte. Seit wir losgefahren waren, hatte sich unser Gespräch auf die Navigation beschränkt, ohne dass es sich ergeben hätte, ihn zu fragen, ob er bleiben wollte oder wie er sich wegen der vergangenen Nacht fühlte. Ausnahmsweise war Avery verschlossen wie eine Auster, und das machte mich nervös. Ich redete mir erneut gut zu, dass er einfach nur erschöpft war und sich um sein Auto sorgte. Es hatte nichts mit mir zu tun.

Jedenfalls nicht unbedingt.

»Hier musst du abbiegen.« Ich zeigte auf einen Briefkasten an der Straße, das einzige Anzeichen dafür, dass wir uns meinem Elternhaus näherten. »Die Zufahrt ist total lang, fahr einfach weiter. Ich verspreche dir, dass am Ende ein Haus steht.«

»Hat deine Familie für die CIA gearbeitet oder so?« Avery musste sich über das Lenkrad beugen, um die Straße im Auge zu behalten, da herabhängende Äste die Windschutzscheibe streiften. »Oder aktiv gegen die CIA? Das ist eine Einfahrt für Gangster.«

»Meine Eltern legten Wert auf ihre Privatsphäre.« Ich zuckte mit den Schultern. Es war schon schräg – obwohl ich mein ganzes Leben in diesem Haus verbracht hatte, war mir diese Straße nur vage vertraut. In meiner Kindheit hatten wir das Grundstück nur selten verlassen. In den ersten Schuljahren hatte ich Privatunterricht bei Lehrern, die in unserem Kutscherhaus wohnten, und das Anwesen war so groß, dass man nirgends hingehen musste. Selbst wenn wir aus irgendeinem Anlass in die Stadt fuhren, kutschierte uns ein Fahrer in einem Wagen mit dunkel getönten Fenstern, aus denen ich ungern hinausschaute.

Noch eine letzte Kurve … und wir waren da. Ich lächelte ein wenig, als das Haus endlich in Sicht kam. Während Averys Auto unter lautem Protest den Hügel erklomm, freute ich mich, die gepflegten Grünanlagen im Kontrast zu der strahlend weiß gestrichenen Rundum-Veranda sowie das Turmzimmer zu sehen, das auf meine Veranlassung hin zu einem Übungsraum umgebaut worden war. Dahinter erstreckte sich das Anwesen, und obwohl ich weder das Kutscherhaus, die Unterkünfte für Gäste noch den mit Hecken umgebenen, beheizten Pool sehen konnte, fand ich mehr

Trost in dem Wissen, dass sie da waren, als mir seit Wochen vergönnt gewesen war. *Zu Hause.* Obwohl ich im Sommer geglaubt hatte, ich würde hier ersticken, war es doch der letzte Ort, an dem ich ohne Konsequenzen glücklich gewesen war.

»Das ist euer Haus?« Averys Stimme brach das Schweigen. Ich sah ihn von der Seite an und erwartete ein breites Lächeln, ein anerkennendes Nicken, vielleicht sogar große, staunende Augen, doch er wirkte wie jemand, der betrogen worden war. »Hier wohnst du?«

»Ja?« Diese Reaktion hatte ich nicht erwartet. Allerdings hatte ich auch noch nie jemanden hergebracht. »Es sei denn, es ist ein geklontes Haus. Wie ich hörte, ist das hier in der Gegend ein echtes Problem.«

Avery gab ein ersticktes Geräusch von sich und fuhr auf die kreisförmige Einfahrt. Die Vorfreude gefror mir in den Adern und wurde zu einer Art Grauen. Super. Das hatte ja wunderbar geklappt.

Avery schaltete den Motor aus, und wir stiegen aus und reckten und streckten uns. Es war frisch, und ich erschauerte trotz der warmen Jacke, während mir das Kleid um die Knie wehte. Der Kies knirschte unter unseren Schritten, als Avery auf die Beifahrerseite kam, sich an sein Auto lehnte und das Haus von Nahem betrachtete.

»Komm«, sagte ich nach einer Minute, da er offenbar nichts sagen oder unternehmen wollte. Der Mann brauchte wirklich dringend etwas zu essen. »Drinnen ist es wärmer.«

»Ja?« Avery warf einen Blick auf die Veranda, als wir die Vordertreppe hinaufgingen. Unser Verwalter hatte die meisten Möbel bereits eingelagert, aber ein paar Schaukelstühle standen noch dort. In Decken gemummelt, könnten wir hier draußen frühstücken. »In so einem großen Kasten muss es eiskalt sein.«

»Dafür haben wir Angestellte«, sagte ich mit einer wegwerfenden Geste. Bei all meinen Sorgen stand das ziemlich weit unten auf meiner Liste. »Vermutlich ist es nicht brüllend heiß, aber wenn Fitz und ich nicht zu Hause sind, schaut unser Verwalter mehrmals in der Woche nach dem Rechten und sorgt für Ordnung. Falls eine Situation wie diese eintritt.«

»Dass jemand wegläuft?«

»Spontaner Besuch.« Ich sprach die Worte besonders sorgfältig aus, als ich die Haustür aufschloss und die Silben in meinem Mund ausprobierte. »Komm doch rein.« Als ich in die Eingangshalle trat, war Avery dicht hinter mir.

Wie ich es mir gedacht hatte, wartete unser Hausverwalter Mr Germain auf einem Stuhl am Fuß der Treppe. Als er bei unserem Anblick aufsprang, ächzte der Holzstuhl im Einklang mit seinen alten Knochen. Er arbeitete schon seit einer halben Ewigkeit für unsere Familie und hatte meines Erachtens schon so alt ausgesehen, als ich noch ein Baby war. Deshalb hatte ich keine Ahnung, wie alt er mittlerweile war. Nichtsdestotrotz gelang es ihm sehr gut, eine »Enttäuscht von Georgie«-Miene aufzusetzen.

»Miss Darcy.« Als er den Kopf zu einer tiefen Verbeugung senkte, winkte ich rasch ab. »Ihr Bruder macht sich schreckliche Sorgen.«

»Das kann ich mir vorstellen.« Ich zog die Jacke aus, da Mr Germain für mehr als ausreichend Wärme gesorgt hatte. Genau genommen war es heiß hier. Avery glotzte nur noch mit erschlafften Zügen. »Sie können ihn jetzt gern anrufen, wenn es sein muss.«

»Ich habe die strikte Anweisung, Sie nicht aus den Augen zu lassen.«

»Dann benutzen Sie doch das Telefon im Security-Raum.« Wie ich es gewohnt war, reichte ich Mr Germain die Jacke, die er mir sofort abnahm. »Sie können uns gern im Auge behalten, aber ich muss kurz allein mit meinem Freund reden, bitte. Ich gehe auch nicht wieder weg.« Er würde mir nur hinterherlaufen und sich die Hüfte brechen. Damit wollte ich mein Gewissen nicht auch noch belasten.

»Gut.« Mr Germain strich sein Anzugjackett glatt und warf einen kurzen Blick auf Avery. »Ich bin gleich zurück.«

»Worauf wir uns verlassen können«, murmelte ich, als er auf dem Absatz umdrehte und den Security-Raum hinter der Küche ansteuerte, wo er uns mithilfe der Kameras, die das gesamte Anwesen überwachten, im Blick behalten konnte.

Kaum war er gegangen, fand Avery seine Fähigkeit zu sprechen wieder.

»Wahnsinn«, sagte er. »Georgie. Du wohnst nicht ernsthaft hier.«

»Was willst du damit sagen?« Okay, die Eingangshalle war ein bisschen überdimensioniert. Mom machte gern einen guten Eindruck und hatte den Kronleuchter eigens in Italien entwerfen und herstellen lassen. Sie war mit Dad extra nach Rom geflogen, um den Prozess zu überwachen. »Selbstverständlich wohne ich hier.«

»Das ist kein Haus.« Avery schüttelte den Kopf. »Das ist ein Museum. Mit *Butler*.«

»So schlimm ist es nicht.« In diesem Teil des Hauses hingen noch nicht einmal unsere berühmtesten Gemälde. *Das* hätte sogar Mom taktlos gefunden. »Außerdem ist Mr

Germain unser Hausverwalter. Es ist nicht …« Ich geriet ins Stammeln, als ich versuchte, Avery zu vermitteln, dass alles okay war, ohne erneut ein Taco-Darcy-Desaster auszulösen. »Sei nicht schräg.«

»Schräg?« Averys Tonfall war plötzlich scharf, und ich wusste sofort, dass ich etwas Falsches gesagt hatte. Ich wollte es zurücknehmen, die Worte zurück in meinen Mund befördern, doch dafür war es zu spät. »Georgie, schräg ist, dass du in der größten Villa wohnst, die ich je gesehen habe. Ich wusste, dass du reich bist, da man den Innenhof von Pemberley nicht überqueren kann, ohne die halbe Forbes-Liste zu treffen, aber das ist noch mal eine ganz andere Liga.«

»Aves.« Ich wollte auf ihn zugehen, doch so, wie er dastand – mit dem Rücken am Geländer unserer Wendeltreppe, mit verschränkten Armen und schmalen Augen –, schien er den Abstand zu brauchen. »Wieso bist du sauer?«

»Ich bin nicht sauer.« Als er den Kopf schüttelte und die Haare ihm in die Stirn fielen, glaubte ich ihm kein Wort. »Ich bin verwirrt.«

»Wahrscheinlich hast du vor allem Hunger.« Ich wandte mich zur Küche. »Komm, wir essen erst mal was, ja? Mr Germain sorgt immer für einen vollen Kühlschrank. Und dann können wir so richtig ankommen. Du kannst dir ein Gästezimmer aussuchen. Sie sind bestimmt alle bezugsfertig.«

»Ich … Was?« Avery neigte den Kopf und zog die Augenbrauen hoch. Er bewegte sich nicht vom Treppengeländer weg, und ich stand verunsichert an der Schwelle zur Küche. »Gästezimmer?«

»Äh, ja.« Meine Hände flatterten zu dem sauberen weißen Holz der Küchentür. Einatmen, ausatmen, kontrollieren, was ich kontrollieren konnte. »Fitz hat hier auch ein paar

312

Anziehsachen deponiert. Du kannst dich umziehen. Später können wir auch schwimmen gehen, wenn du möchtest. Nach dem Frühstück.«

»Georgie, glaub mir, ich habe keinen Schimmer, wovon du redest.« Es verstörte mich zutiefst, dass er mich weiterhin so nannte.

»Es eilt doch nicht, oder?« So hatte ich mir das alles nicht vorgestellt. Ich hatte vorgehabt, Avery beim Frühstückmachen mit meinen beschränkten Kochkünsten zu beeindrucken und ihn dann einzuweihen. »Dass du nach Pemberley zurückfährst, meine ich. Du kannst doch ein bisschen hierbleiben. Und mir helfen.«

Bevor ich das sagte, war ich überzeugt davon, dass es das Richtige war.

Wie sich herausstellte, war es dann doch falsch.

Avery setzte einen Gesichtsausdruck auf, der mir gänzlich unbekannt war, und seine Augen blitzten vor Wut, als er die Arme löste und sinken ließ. Er strich sich durchs Haar und schob die Hände dann tief in die Hosentaschen.

»Soll das ein Witz sein?«, fuhr er mich an. Sein lachender, unbeschwerter Tonfall war wie weggeblasen, und nun klang er so, wie ich es von anderen Leuten gewohnt war, aber doch nicht von ihm. »Du willst nicht nur hierbleiben, sondern erwartest das Gleiche von mir?«

»Natürlich.« Ich klammerte mich an den Türrahmen, als könnte der mich vor dieser Erschütterung bewahren. Hatte ich Avery nicht bereits für mich gewonnen, den härtesten Teil überstanden und ihn davon überzeugt, dass es sich lohnte, mit mir zusammen zu sein? Wieso wollte er sich jetzt mit mir streiten? »Ich habe doch gesagt, dass ich nicht mehr nach Pemberley zurückkehre.«

»Ja, letzte Nacht.« Er schüttelte den Kopf. »Du warst durcheinander, du warst wütend, das habe ich verstanden. Ich dachte, die Fahrt würde dich schon wieder zur Vernunft bringen.«

»Wirklich?« Seine Zurückweisung traf mich wie ein Schlag in den Magen. Das Gefühl kannte ich nur zu gut. »Wieso sollte ich zurückkehren, Aves? Fitz wird mir nie wieder vertrauen, ganz egal, wie sehr ich mich dort bemühe.«

»Und das ist das Einzige, was zählt?« Seine Augen funkelten zornig. »Dein Bruder wird sauer, und du gibst einfach so auf?«

An der Decke glitzerte der Kronleuchter im Licht, das durch das Buntglasfenster über der Haustür fiel. Ich beobachtete, wie es tanzte, während ich mich sammelte.

»Ich gebe nicht auf, weil er *sauer* ist«, sagte ich. Avery erschien mir mit einem Mal wie ein Fremder in unserer Eingangshalle, wo ich ihn mir nie vorgestellt hatte. Ich hatte gedacht, er würde mich verstehen. »Ich gehe von der Schule ab, weil wir beide unglücklich werden, wenn ich weiterhin versuche, diesem Vermächtnis gerecht zu werden. Glaubst du, ich *will* meinem Bruder das Leben so schwer machen? Genau das will ich nicht.«

»Und was hat das alles mit mir zu tun?« Avery schaute sich in der Halle um und bemerkte die vielen Flure, die zu einem Dutzend Zimmern führten. »Ich wusste nicht, dass ich an deinem großartigen Plan, deinen Bruder stolz zu machen, beteiligt bin. Oder ging es doch wieder um Wickham, wolltest du nur beweisen, dass du mit einem anderen rummachen kannst, damit er dich in Ruhe lässt?«

»Was?« Der Schlag in den Magen verwandelte sich in einen Dolchstoß. »Aves.«

»Du kapierst es einfach nicht, oder?« Als er sich erneut durchs Haar strich, erschauerte ich, obwohl es hier wärmer war als draußen. »Du kapierst nicht, wie viel Glück du hast und dass du kurz davor bist, das alles wegzuwerfen.«

»Glück?« Ich hielt mich am Türrahmen fest. »Meinst du das ernst? Ich habe niemanden, ich habe keine Familie …«

»Ja, Georgie, du bist wahrlich ein Waisenkind aus einem Dickens-Roman.« Er kniff die Augen zusammen und schob die Hände wieder in die Hosentaschen. »Du bist, wie soll ich sagen, steinreich. Du gehst auf eine der besten Highschools des Landes, und ich wette, dein Vermögen mindert sich höchstens geringfügig durch die Studiengebühren. Und letztes Jahr wurdest du nicht einmal der Schule verwiesen, was jedem anderen geblüht hätte.«

»Aves.«

»Und das willst du alles aufgeben?« Er kam auf mich zu. Ich blinzelte ungläubig gegen die Tränen an. »Echt jetzt? Du willst wirklich einfach …? Es gibt auch Leute, die nicht das Privileg haben, einfach aufgeben zu können. Das ist hier nicht *Sage Hall*. Ich bin nicht der Kutscherjunge, der dich vor der Monotonie der Reichen retten kann.«

»Das habe ich nie gesagt.«

»Doch.« Er stand dicht vor mir, aber von der Zuneigung, vom Knistern der letzten Nacht war nichts mehr übrig. »Das ist der Grund, warum ich deiner Meinung nach hierbleiben soll. Du hast mich da hineingezogen, in dein großartiges, teures Leben, und ich habe mich dazu verleiten lassen, weil du mir im letzten Schuljahr gefehlt hast und weil ich dachte, es würde besser, jetzt wo Wickham weg ist. Aber dann ist er zurückgekommen, nicht wahr? Er ist wieder da, und du denkst, ich bin nur dazu da, dich zu retten oder so was. Du glaubst anscheinend, mein Leben dreht sich nur um dich.«

»Mensch, Avery, behandele mich doch nicht wie eine reiche Ziege, die dich nach Belieben herumschubst.« Die Worte rutschten mir raus, bevor ich es verhindern konnte. Wie konnte er es wagen, mir vorzuwerfen, dass ich *aufgab*? Er hatte keine Ahnung, was ich durchgemacht hatte. Ich hatte gedacht, die Dinge hätten sich geändert und ich hätte in den letzten beiden Monaten jemanden gefunden, dem ich wichtig war, doch dem war anscheinend nicht so. Meinetwegen, dann war ich eben wieder auf mich allein gestellt, aber ich wollte verdammt sein, wenn ich nicht wenigstens kämpfend unterging. »Du möchtest hier gern den arroganten Typen spielen? Bitte. Aber was hättest du in diesem Schuljahr ohne mich gemacht? Hättest du dir eine andere traurige, kaputte Seele gesucht, die sich über deine schlechten Witze gefreut hätte?«

Als Avery einen Schritt zurückwich, fühlte es sich an, als würde er nie wieder einen Schritt auf mich zumachen.

Na dann.

Ich konnte nicht einlenken. Nicht jetzt. Denn Avery sah in mir das Gleiche wie alle anderen – ein weiteres reiches Mädchen, das bekam, was es verdiente. Und wenn sie mich wirklich so sahen? Wenn sogar Avery, den ich an mich herangelassen hatte, mich so sah? Wenn ich tatsächlich nur die schlechtesten Seiten meines Vermächtnisses erfolgreich vertrat, dann würden sie eben die volle Wut der Darcys zu spüren bekommen. Ich würde mich mit allem, was ich brauchte, im Turm einschließen und genau so werden, wie sie es von mir erwarteten. Wahrscheinlich wäre ich dann eine gebrochene Kreatur, die nur aus Stolz bestand, doch ich hätte auch endlich meine Ruhe.

Das hier würde nicht zu einer Situation wie mit Wickham eskalieren, in der ich mich von einem Typen herumschubsen ließ, der glaubte, mich zu kennen. Avery mochte mich angreifen, meinetwegen, aber ich würde alle Mauern dieser Welt hochziehen, meine Verteidigung verstärken und ihn auf Abstand halten. Denn in meinem tiefsten Inneren hatte ich ja gewusst, was passierte, wenn man jemanden an sich heranließ, oder nicht? Sie zerstörten einen. Jedes Mal aufs Neue.

Tja. Das sollten sie ruhig versuchen.

»Du hast mir nicht zu sagen, wie dieses Schuljahr hätte verlaufen *sollen*«, presste ich hervor. »Du hast kein Recht zu beurteilen, ob meine Reaktion richtig oder falsch ist, wenn es mein Leben war, das da vor die Hunde ging.«

»Ja, klar, Georgie.« Avery schüttelte den Kopf. Ich sah die Wut in seinen Augen – wie er vermutlich auch in meinen –, und da war noch etwas, doch es war weder Zuneigung noch Verliebtsein, und ich konnte es nicht gebrauchen. »Dein Leben geht hier wirklich gerade vor die Hunde.«

Ich hatte geglaubt, ein paar Dinge hätte ich doch zum Besseren gewendet, aber anscheinend war ich wieder genau da, wo ich angefangen hatte. Und mittlerweile hatte ich es satt, mich zu bemühen.

»Raus.« Meine Stimme klang entschlossen. Wahrscheinlich würde das mein letzter Triumph dieser Art sein. »Fahr nach Pemberley zurück und … opfere dich für jemand anderen.«

»Okay.« Ohne mich noch eines Blickes zu würdigen, machte Avery auf dem Absatz kehrt, ging hinaus und knallte die Haustür zu. Ich hörte seine Schritte auf der Treppe, das Brummen des Motors und das Knirschen im Kies, als er davonfuhr. Falls Mr Germain es mitbekam, war er so anständig, nicht rauszukommen und mich darauf anzusprechen.

Es war ehrlich gesagt ein Wunder, dass ich so lange durchgehalten hatte. Jetzt sank ich jedoch zu Boden und fing an zu weinen.

26

Ich hatte mich komplett in Jocelyn verwandelt.
Möglicherweise erschien mir der Vergleich auch nur so passend, weil ich aus der Eingangshalle geflüchtet und unverzüglich die zweite Staffel von *Sage Hall* in den Blu-Ray-Player eingelegt hatte. In dieser Staffel weint Jocelyn um alles, was sie verloren hat. Eingeschlossen in meinem riesigen, eleganten Anwesen, weit weg von allen, die meinten, mich zu verstehen, aber in Wirklichkeit keine Ahnung hatten, wie sehr ich litt, schaufelte ich Müsli in mich rein, während ich zusah, wie Jocelyn total Gothic-mäßig aufdrehte. Endlich verstand ich ihre Gedankengänge. Es war mir ganz egal, dass ich mein Homecoming-Kleid vollkrümelte; ich war bereit, mein Schicksal als Prinzessin im Turm anzunehmen.

Hätte ich gewusst, dass Avery derart das Arschloch raushängen lassen würde, hätte ich nie auch nur überlegt, mit ihm abzuhängen. Aber brauchte ich ihn für irgendetwas? Nein. Ich hatte ja *so viel Glück*, dass ich *alles* hatte.

Es schnürte mir die Brust zu, als ich unser Wohnzimmer betrachtete.

Na gut, die gemütlichen Ledersofas, der riesige Fernseher, die professionell gerahmten Familienporträts, die aus unerfindlichen Gründen nie abgehängt wurden – alles strahlte Reichtum und Macht aus. Ich hatte die Sonnenblenden unten gelassen, damit ich besser meine Serie schauen konnte, doch wenn ich die Rollos hochziehen würde, könnte ich das ganze Anwesen sehen, samt Rasen, der zum Poolhaus und den Gärten führte.

Ich hatte in dem Sinn Glück, dass ich mir um all das hier keine Gedanken machen musste. Das stimmte. Materielle Güter waren nie Thema gewesen. Ich hatte nie Hunger gelitten oder mir Sorgen gemacht, wie ich das Schulgeld bezahlen sollte oder ob der Posaunenunterricht die Familienkasse zu sehr belastete.

Doch nur weil ich Geld hatte, war mein Leben noch lange nicht perfekt, da konnte Avery sagen, was er wollte. Er wusste auch nicht alles.

Da fiel mir Wickham wieder ein, wie er unter der Tribüne über mich gelacht hatte, weil ich mit dem Geld nur so um mich warf. Doch zu Hause zu sein, war nicht das Gleiche wie ein unnötiges Catering, oder? Das war einfach … Es war etwas anderes.

Ich wünschte, ich hätte Avery das mit Wickham erzählt. Dass ich ihn weggestoßen und endlich zum Teufel gejagt hatte und dass ich für einen Augenblick die Kraft aufgebracht hatte, es tatsächlich zu tun.

Wahrscheinlich würde er mir jetzt nicht mehr glauben.

Ich trat die Kaschmirdecke weg, die ich mir über die Füße gelegt hatte, weil sie plötzlich kratzte. Na gut, dann konnte ich auch in den anderen Räumen nachsehen, ob sich etwas verändert hatte.

Mein Zimmer war genau, wie ich es verlassen hatte, allerdings hatte jemand gestaubsaugt und geputzt. Es stand in starkem Kontrast zu meiner wenig gepflegten Erscheinung. Mein Ersatzladegerät lag ordentlich aufgerollt auf dem Schreibtisch neben einem Stapel signierter *Sage Hall*-Drehbücher, die Fitz mir zu Weihnachten geschenkt hatte. Ich steckte mein Handy an und legte es mit dem Display nach unten, weil ich die Nachrichten, die ich sicherlich bekommen hatte, nicht sehen wollte. Fitz war sowieso unterwegs hierher. Ich musste nicht lesen, wie enttäuscht er von mir war, bevor er ankam und es mir persönlich sagte. Und sonst würde mir ohnehin niemand schreiben. Mein Blick fiel in den Spiegel, als ich aus dem Zimmer ging – Mascarastreifen im Gesicht, zerzauste Haare, verkrümeltes Kleid. Ich überlegte, ob ich mich umziehen sollte, fand aber dann, dass es sich nicht lohnte.

Während ich durch die ellenlangen Flure in dem Flügel lief, in dem mein Zimmer lag, dachte ich an Zeiten, in denen dieses Haus nicht still und starr gewesen war. Zu Lebzeiten meines Vaters waren immer viele Leute da gewesen. Wir hatten keine ausschweifenden Partys im *Nussknacker*-Stil gegeben, aber wir hatten genügend Personal, und Dad hatte allen Mitarbeitern erlaubt, ihre Kinder mit zur Arbeit zu nehmen, falls sie auf sie aufpassen mussten. Wenn man also um eine Ecke bog, stieß man unter Umständen auf die Drillinge des Gärtners, die im Gästeflügel Verstecken spielten, oder auf die alte und total senile Katze meines Lehrers, die einen vom obersten Regal eines Bücherregals anfauchte.

Sie gehörten nicht zur Familie, das hatte Mom klargestellt. Ich hatte nie mit diesen Kindern gespielt, auch nicht, wenn sie in meinem Alter waren. Das einzige Kind, mit dem Fitz und ich Zeit verbracht hatten, war Wickham gewesen, und Mom hatte sogar ihm einen schiefen Blick zugeworfen, wenn er und Fitz Stunden im Poolhaus verbrachten oder unten im Heimkino Filme schauten.

Avery, so dachte ich, hielt mich vermutlich für einen Snob,

weil ich mir nicht mehr Mühe gegeben hatte, mich mit den anderen Kindern anzufreunden oder gegen die Regeln und Erwartungen meiner Mutter zu rebellieren. Ich schüttelte den Kopf, um den Zorn loszuwerden, den seine Worte ausgelöst hatten und der immer noch in mir nachhallte.

Ein paarmal hatten wir ein großes Weihnachtsfest gefeiert, fiel mir ein, als ich die Treppe hinunter und in den Speisesaal ging. Die Möbel waren verhüllt – Fitz und ich aßen nie hier. Ich strich über das Tuch, mit dem der Esstisch verhängt war, während ich an das dunkle Eichenholz dachte und daran, wie schön der Tisch ausgesehen hatte, wenn er für alle sechzehn Personen gedeckt war. Mom und Dad hatten hier regelmäßig langweilige Dinnerpartys für Dads Geschäftspartner veranstaltet, förmlich gekleidete Männer und Frauen, die meine guten Manieren lobten, bevor Fitz und ich für den Rest des Abends in unsere Zimmer geschickt wurden. Gesprächsfetzen wehten die Treppe hinauf, wo Fitz und ich durch die Stäbe des Geländers gelugt und uns vorgestellt hatten, wie es sein würde, wenn wir in diese Welt eingeführt werden würden.

Die wenigen Weihnachtsfeste, die wir gefeiert hatten, waren anders gewesen. Fitz hatte immer Wickham eingeladen, und die beiden hatten mich an diesen Abenden in ihre Spiele eingeschlossen. Sobald es möglich gewesen war oder die Gäste Moms Aufmerksamkeit beansprucht hatten, hatten sie ihre Jacketts abgelegt und die Krawatten gelockert, aber ich hatte mich immer gern schick gemacht, ein grünes Kleid mit einem weiten Rock angezogen und die Haare mit bunten Bändern verflochten hochgesteckt. Wir drei hatten Appetithäppchen von den dargebotenen Tabletts stibitzt und waren damit ins Poolhaus gegangen, um von dort die glanzvolle

Party aus der Ferne zu bewundern, auf der Mom und Dad schillernd ihre Gäste bezauberten. Wir waren erst zum offiziellen Abendessen zurückgekehrt, da Dad selbst den Truthahn aufschnitt – das erste und einzige Mal, dass außer der Köchin jemand eine Speise zubereitete – und Mom einen Toast aussprach.

Seit Jahren war dieser Speisesaal nicht mehr mit Leben erfüllt gewesen. Bei dem letzten großen Weihnachtsfest war ich zehn gewesen, zwei Jahre bevor Dad krank geworden war. Nachdem der letzte Gast gegangen war, hatte ich meine Eltern streiten hören, weil diese Partys eine schwere Last seien und der Aufwand sich nicht lohne. Dad war der Meinung, die ich in meinem Versteck im Flur vor ihrem Schlafzimmer insgeheim geteilt hatte, dass ein Haus wie dieses auch genutzt werden sollte. Doch Mom hatte schließlich die Oberhand behalten, und wir hatte kein weiteres Weihnachtsfest dieser Größe mehr erlebt.

Später gab es auch keine Dinnerpartys mehr, und kurz darauf hörte meine Familie auf zu existieren.

Ich warf meiner Mutter nicht vor, dass sie gegangen war. Sie hatte eigentlich nie großes Interesse an einer Familie gezeigt, und das hatte ich früher begriffen, als es einem Kind guttat. Es war eindeutig mein Vater gewesen, der sich Kinder gewünscht hatte und etwas mit seiner Familie unternehmen wollte. Nach seinem Tod war es nur logisch gewesen, dass meine Mom nicht länger hierblieb. Wirklich. Sie schickte mir Geburtstagskarten auf dünnem Papier, das nach ihrem Parfüm duftete. Ich brauchte sie nicht. Ich hatte Fitz. Ich hatte dieses Haus.

Doch je länger ich in diesem Raum stand und darüber nachdachte, wie es früher war und wie es nie wieder sein würde, umso mehr fühlte er sich wie eine Gruft an. Fitz konnte sich noch so viel Mühe geben, er war nicht mein Dad und würde es nie sein. Genau genommen waren wir eigentlich gar keine richtige Familie, sondern eine, die von Schimpftiraden, Wut und gebrochenen Versprechen zusammengehalten wurde. Niemals würde es uns beiden gelingen, das Haus mit so viel Leben zu erfüllen, wie es von uns erwartet wurde.

Jedenfalls jetzt nicht mehr.

Obwohl ich die Augen schloss, hörte ich Wickhams Worte.

Hab ich dir doch gesagt, dass letzten Endes alles zugrunde gehen wird.

»Schnauze«, flehte ich das gesamte Zimmer an. »Mir reicht's.«

Bist du sicher? Ich stellte mir sein gemeines Grinsen vor. *Das ist deine letzte Option, oder nicht? Du kannst mich aufsuchen, schließlich bin ich nicht schwer zu finden.*

Nein, war er nicht, und genau das war das Problem. Wickham stürzte sich auf meine Schwachstellen, die alle hassten, und zog seine Kreise wie ein Hai, der nach etwas gierte, das alle anderen mieden.

Doch das spielte keine Rolle. Egal, was hier geschah, egal, was ich tat oder wohin ich ging, diesen Weg würde ich nie wieder einschlagen. Die Macht, die Wickham über mich hatte, war endgültig gebrochen. Wenigstens das hatte ich geschafft.

Ich ging aus dem Speisesaal über die Wendeltreppe nach unten ins Heimkino. Ich konnte zur Abwechslung in einem anderen Raum bis zum Abwinken Serien suchten. Die Monotonie musste schließlich immer wieder durchbrochen werden.

Ich sollte mich darum kümmern, dass man mir meine Sachen aus Pemberley schickte, meinen Laptop und meine Posaune zum Beispiel. Das war bestimmt kein Problem. Ich war sicher nicht die Erste, die mitten in der Nacht aus Pemberley geflüchtet war. Zwar musste ich dann noch ein paar Tage hierbleiben, bis alles angekommen war, doch das ließe sich machen, bevor ich endgültig die Flucht ergriff.

Doch vielleicht sollte ich der Sache einfach ein Ende bereiten und mir einen neuen Laptop kaufen, damit ich meine dämliche Fanfiction nie wieder lesen musste. Es tat immer noch weh, wie Avery mir *Sage Hall* vorgehalten hatte. Er hatte keine Ahnung. Und ich wusste nicht, warum unsere unterschiedlichen monetären Verhältnisse so wichtig sein sollten.

Egal. Avery bedeutete mir nichts mehr. Wie auch?

Obwohl ich mir einredete, Averys Meinung über dieses Haus sei der letzte Schrott, konnte ich nicht still sitzen und war plötzlich total zappelig. Vielleicht sollte ich zum Poolhaus gehen. Noch etwas, wofür Avery mich verurteilt hätte. Ich stand auf und ging nach oben in den rückwärtigen Teil des Hauses.

Leider kam ich nicht weiter als zur Eingangshalle.

Ich war nicht groß überrascht, Fitz an der Haustür zu sehen, und auch nicht über seinen Gesichtsausdruck: eine Mischung aus tiefer Enttäuschung und Sorge, die mir den Wind aus den Segeln nahm. Und noch etwas nahm ich wahr, das wie Wut wirkte, aber ich dachte nicht lange darüber nach, da mein Blick automatisch auf die junge Frau fiel, die hinter meinem Bruder stand, einen Rucksack absetzte und beobachtete, wie Fitz mich ansah.

Was hatte Lizzie Bennet in unserem Haus zu suchen?

27

»Was?« Mehr als dieses eine Wort brachte ich nicht hervor, während ich Lizzie anstarrte, die einfach im Rücken meines Bruders abwartete und sich mit verschränkten Armen an den Türrahmen lehnte. »Was machst du denn hier?«

»Glaubst du wirklich, du hättest das Recht, hier *Fragen zu stellen*?« Objektiv betrachtet, sah Fitz richtig schrecklich aus. Seine dunklen Locken standen vom Kopf ab, als hätte er sich im Laufe der Nacht immer wieder die Haare gerauft. Obwohl ich inzwischen an seine dunklen Augenringe gewöhnt war, sah er jetzt aus, als hätte er überhaupt nicht geschlafen, denn seine Augen waren blutunterlaufen, sein Gesicht verhärmt und grau. Statt wie üblich ein feines Hemd und eine Stoffhose zu tragen, hatte er eine Jeans – *Jeans* – und ein Alpha-Chi-T-Shirt angezogen, das bestimmt Charlie gehörte. Selbst nachdem Dad gestorben und Mom fortgezogen war, hatte mein Bruder noch nie so ausgesehen.

Erneut wurde ich von einer Woge von Schuldgefühlen überwältigt, die ich jedoch verdrängte. Ich hatte ein halbes Jahr mit schlechtem Gewissen hinter mir. Jetzt hatte ich eine Lösung für Fitz gefunden, eine Methode, mit der wir uns beide entlasten konnten.

»Ab in den Wagen.« Fitz zeigte über die Schulter zurück zur Tür, doch ich schüttelte den Kopf. »Wir fahren nach

Pemberley und winseln erneut vor der Verwaltung um Gnade, damit sie dir deine mitternächtliche Flucht vom Schulgelände vergeben.«

»Ich gehe nicht zurück.«

»Doch, zum Teufel!« Er keuchte, vor Zorn hob und senkte sich seine Brust. »Keine Ahnung, was für eine miese kleine Rebellion das sein soll, aber ich habe keine Zeit dafür. Steig ein. Auf der Fahrt kannst du immer noch *versuchen*, mir das alles zu erklären.«

»Nein, Fitz.« Ich wich einen Schritt zurück und stieß ans Treppengeländer. Lizzie schaute uns nur zu. Eigentlich wollte ich nicht vor einer fast Fremden schmutzige Wäsche waschen, doch wenn Fitz das konnte, dann ich ja wohl auch. »Und ich *rebelliere* nicht. Mir reicht's. Ich habe es satt, mich zu bemühen, unmöglichen Standards zu genügen, und zu erfüllen, was auch immer du von mir erwartest. Ich habe es versucht, aber offenbar vermassle ich sowieso alles. Also lass mich einfach gehen. Dann kannst du aufhören, den Ersatz für Dad zu spielen und mich auch auf die Verlustliste setzen.«

»Wohin willst du denn gehen?« Er hob erneut die Hände zu seinen Haaren und zog sie noch weiter hoch. »Du hast nichts.«

»Wir haben genug.« *Denk nicht an Avery, der den Kopf schütteln würde. Einfach ignorieren.*

»Diese *Familie* hat genug.« Fitz lachte höhnisch. »Glaubst du im Ernst, ich würde dein Bankkonto nicht unverzüglich sperren lassen, falls zu versuchst abzuhauen? Oder deine Kreditkarten, kaum dass du aus der Tür bist? Ich kann die Schlösser in London und Paris austauschen lassen, ja, überall, wo wir Häuser haben, in denen du dich verstecken könntest. Du willst eine Darcy sein; dann halte dich gefälligst an die Darcy'schen Regeln.«

Entgegen allen Erwartungen bekam ich Angst. Das war in der Tat mein ganzer Plan, meine einzige Option. Doch ich gönnte Fitz die Genugtuung nicht zu sehen, wie sehr mich seine Worte erschütterten. Geld war nicht der einzige Bestandteil unseres Vermächtnisses. Steifes, eiskaltes Verhalten wurde in unserer Familie ebenso gern praktiziert.

»Vielleicht will ich keine Darcy mehr sein.« Ich warf ihm den Fehdehandschuh hin und rechnete mit einem entrüsteten Schnauben, aber nicht mit der Panik, die sich auf seinem Gesicht ausbreitete.

»Du musst.«

»Wieso?« Das Entsetzen verschwand nicht wie so oft aus seiner Miene, wich diesmal nicht der üblichen Arroganz, sondern nahm sein ganzes Gesicht, seinen Körper in Besitz und … O nein, ich begriff sofort, dass ich etwas ganz, ganz falsch gemacht hatte.

»Du musst, weil ich nicht weiß, was ich machen soll, wenn du nicht mehr da bist.« Sein Tonfall veränderte sich urplötzlich, als wäre ein Licht in ihm erloschen, und als seine wütende Fassade zusammenfiel, erkannte ich dahinter eine Verletzlichkeit, die ich an meinem Bruder noch nie wahrgenommen hatte. Sein Anblick nahm mir endgültig den Wind aus den Segeln – der nackte Schmerz in seinen Zügen, der erstmals sichtbar wurde.

»Fitz.« Ich wusste nicht, was ich sagen wollte.

»Ich habe Dad versprochen, mich um dich zu kümmern, Georgie.« Sein Gebrüll war einem Flüstern gewichen. »Ich habe gesagt, dass ich immer auf dich aufpassen werde, aber das hat wohl nicht geklappt, was?«

Und dann rutschte Fitz mit dem Rücken an der Tür entlang auf den Fußboden und vergrub das Gesicht in den Händen. Ich stand stocksteif da, unfähig, mich beim Anblick seines Zusammenbruchs von der Stelle zu rühren. Lizzie fiel neben ihm auf die Knie.

»Ich schaffe das nicht, Liz.« Durch seine Hände hindurch waren die Worte kaum zu verstehen, ohnehin waren sie nicht an mich gerichtet. »Ich kann nicht mehr.«

Ich wusste bislang nicht, wie am Boden zerstört ich mich fühlen konnte. Doch Fitz' Worte gaben mir den Rest.

»Geh.« Lizzie zog ihn hoch und schob ihn sanft durch die Eingangshalle tiefer ins Haus. »Alles okay, geh ein bisschen Luft schnappen.«

Mein Bruder, mein großer Bruder, den ich noch nie so erlebt hatte, nicht einmal, als wir beide völlig am Ende gewesen waren, nickte und ließ sich weiterschieben. Er schlurfte an mir vorbei, ohne mich anzusehen, durch die Hintertür hinaus auf unser Anwesen, bis Lizzie und ich allein waren.

Schließlich musterte sie mich wie ein Forschungsobjekt. Ich wand mich unter ihrem Blick. Vielleicht hätte ich abhauen sollen, an der fremden jungen Frau vorbei- und zur Tür hinauslaufen – Fitz' Auto stand mit Sicherheit in der Einfahrt – und die Flucht ergreifen. Das war immerhin der Plan gewesen. Zu verschwinden.

Doch im Moment war ich mir nicht so sicher, ob es meinem Bruder langfristig helfen würde, wenn ich abhaute.

Ich durfte nicht zusammenbrechen. Nicht solange Lizzie hier war, schließlich war sie eine Fremde, obwohl ich sie in Gedanken zu jemandem aufgebauscht hatte, den ich gut kannte. Diese junge Frau in einer dunklen Jeans und einer North-Face-Jacke war nicht meine Rettung.

»Dein Bruder kann einem ganz schön auf die Pelle rücken, was?« Ohne mich aus den Augen zu lassen, neigte sie den Kopf in die Richtung, in die Fitz gegangen war. »Obwohl ich fast glaube, das liegt in der Familie.«

»Kann sein.« Ich zuckte mit den Schultern. Wenn ich mehr als ein paar Wörter sagte, war die Wahrscheinlichkeit groß, dass meine Gefühle aus mir herausbrachen.

»Allerdings hat er auf der Fahrt hierher erwähnt, dass es im Haus etwas zu essen gibt.« Sie sah mich unverwandt und überraschend intensiv an. »Weißt du etwas darüber?«

Ich wollte nichts mehr, als dem hier zu entfliehen und an Lizzie vorbei die Treppe hoch in mein Zimmer zu laufen, die Tür abschließen und nie wieder zum Vorschein kommen. Doch ich hatte sie ebenso sehr wie Fitz manipuliert, und so wie sie mich ansah, wusste sie Bescheid. Ich schuldete ihr ein Mittagessen. Außerdem war ich nach dem Zusammenbruch meines Bruders völlig durcheinander. Ich hatte gar nicht die Kraft wegzulaufen.

»Ja.« Ich drehte mich um und blickte über die Schulter zu Lizzie zurück. »Komm mit.«

Sie versuchte nicht, mit mir zu reden, als wir in die Küche unseres großen Hauses liefen. Da es gebaut worden war, bevor in Renovierungssendungen offene Grundrisse cool wurden, waren einfach zu viele Stützbalken in den zahlreichen Wänden verborgen, als dass meine Mutter es hätte entkernen können. Dabei hätte sie so gern eine lebendige Pinterest-Pinnwand daraus gemacht. Stattdessen war es eine Art Labyrinth geblieben, in dem man sich erst mal zurechtfinden musste.

Unsere Edelstahlküche mit ihren glänzend polierten Arbeitsflächen war dagegen ultramodern. Lizzie stellte ihren

Rucksack unter unserer Granit-Kochinsel ab und stützte sich auf die Arbeitsfläche, während ich den Kühlschrank öffnete.

Mr Germain hatte ganze Arbeit geleistet, dachte ich, als ich aus dem mittleren Fach eine Platte mit feinsten Häppchen unter einer Glasglocke herausnahm. Ich hatte mich noch nie gefragt, was eigentlich aus diesen Speisen wurde, wenn Fitz und ich nur selten nach Hause kamen, der Kühlschrank aber permanent gut gefüllt war. Vielleicht aß Mr Germain das alles selbst und brachte jeden Freitag ein Festessen nach Hause, bevor er den Kühlschrank samstags mit frischer Ware bestückte. Ich war ziemlich sicher, dass er bereits ein paar Enkelkinder hatte. Vielleicht standen sie auf Delikatessen.

Avery hätte sich das gefragt. Ich war noch nie auf die Idee gekommen.

»Das ist lecker.« Lizzie unterbrach meinen inneren Monolog und sprach mit dem Mund voll Prosciutto. »Das gibt es hier immer, einfach so?«

»Der Hausverwalter ist angehalten, alles für den Fall bereitzustellen, dass wir unerwartet nach Hause kommen.« Wenn ich mich nur an die Fakten hielt, an die schlichten grundlegenden Fakten, konnte ich meine Gefühle in Schach halten.

»Wow.« Lizzie pfiff beeindruckt, zum Glück erst, nachdem sie den Schinken hinuntergeschluckt hatte. »Krass.«

»Weiß nicht.« Ich zuckte mit den Schultern. »Normal.« Andererseits war es das vielleicht doch nicht. Also, ich wusste, dass es nicht normal war. Doch Lizzie betrachtete unser Haus mit den gleichen Augen wie Avery. Möglicherweise war ich es also, die von der Norm abwich, und nicht sie.

»Ja?« Lizzie sah mich erneut neugierig an. »Allmählich glaube ich, dass du und dein Bruder andere Dinge für normal haltet als der Rest der Welt.«

Es hätte mich nicht überraschen dürfen, dass sie Fitz erwähnte, doch es erwischte mich kalt und schnürte mir die Kehle zu.

»Oh, hey, Moment.« Lizzie legte ihre Hand auf meine, was mich noch mehr überraschte als – nun ja, nicht unbedingt mehr als alles andere an diesem Tag. Schließlich war in den letzten Stunden außerordentlich viel passiert. »Tut mir leid, ich wollte nicht … Möchtest du darüber reden?«

»Was gibt es da zu reden?« Ich blickte auf die Scheibe Brie, die ich mir abgeschnitten hatte. Allerdings war mir jetzt der Appetit vergangen. Ich hatte keinen Käse verdient. »Er hasst mich und ich habe sein Leben zerstört. Diesmal endgültig.«

»Ich glaube nicht, dass das stimmt.«

»Weißt du denn eigentlich, was passiert ist?« Lachend schnappte ich mir einen Teller mit Weintrauben und halbierte die Beeren auf der Arbeitsplatte. Wenn ich meine Gefühle rauslassen wollte, war es mir gleichzeitig wichtig, eine gute Gastgeberin zu sein. Mein Gast sollte sich nicht an Weintrauben verschlucken. Meine Mutter hatte immer darauf bestanden, dass sie so serviert wurden, eiskalt aus dem Kühlschrank und in perfekte Hälften geschnitten. Ich konnte ihr und ihrem Vermächtnis nicht entkommen – egal, was ich tat. Genauso wenig wie ihrem Drang, wegzulaufen, wenn es schwierig wurde, und sich hinter den guten Sitten zu verstecken. »Das ist nicht das erste Mal, dass ich mich als unwürdige Schwester erweise.«

»Wenn du damit die Sache mit Wickham Foster im letzten Schuljahr meinst, ja, dann weiß ich Bescheid.« Erstaunt hob

ich den Blick und dachte zum Glück daran, nicht weiterzu-
schnippeln. »Dein Bruder hat mir davon erzählt. Ich weiß
aber auch, dass der Typ ein Arsch ist, der die Genugtuung
nicht verdient, das Leben eines anderen zu zerstören.«

»Du kennst ihn.« Eine Frage war das eigentlich nicht.
Schließlich hatte ich sie auf Charlies Party gesehen. Ich legte
das Messer behutsam auf die Arbeitsplatte.

»Ein bisschen.« Lizzie zuckte mit den Schultern und wandte kurz den Blick ab. »Er und meine Schwester – Lydia, sie
trifft nicht immer die besten Entscheidungen. Sie haben sich
eine Weile getroffen, aber bis zu dem Instagram-Post hatte
ich eigentlich gedacht, er hätte die Stadt verlassen.« Sie zog
einen Mundwinkel zu einem verhaltenen Lächeln hoch. »Als
Fitz den Post gesehen hat, dachte ich ernsthaft, er würde ihn
suchen, auf ihn losgehen und umbringen.«

»Also bitte.« Ich schnaubte und schob die Fruchtplatte in
ihre Richtung. »Das würde Fitz nie tun.«

»Glaubst du?« Lizzie zog eine Augenbraue hoch und steckte sich eine halbe Weinbeere in den Mund. »Ich habe noch
nie erlebt, dass jemand eine Person so hasst wie Fitz Wickham. Deshalb ist er wegen des Fotos auch so ausgeflippt. O
Mann.« Sie riss die Augen auf. »Das sind supergute Weintrauben.«

»Aus der Region, glaube ich.« Ich schüttelte den Kopf.
»Aber du irrst dich. Die von Fitz meistgehasste Person bin
ich.«

»Das stimmt nicht.«

»Doch.« Keine Ahnung, warum ich mich deshalb streiten
wollte, noch dazu mit einer Fremden, die in unserer Küche
saß und unsere Trauben aß, doch andererseits hatte ich keine
große Auswahl. »Du hast doch gehört, was er gesagt hat.

Nach dem, was im letzten und in diesem Schuljahr passiert ist, sucht er vermutlich schon nach Bootcamps für mich, weil er mir sonst nirgends trauen kann. Wusstest du, dass er nur meinetwegen aufs College in Meryton geht? Und ich habe es in Pemberley nicht mal bis Thanksgiving ausgehalten.«

Ich lehnte mich an den Edelstahl-Kühlschrank, an dem weder Magnete noch Zettel oder Fotos hingen, und drückte die Handballen gegen meine Augen.

»Ich wünschte, du würdest mir glauben, dass er dich nicht hasst.« Lizzies Stimme kam auf einmal aus meiner unmittelbaren Nähe, und ich nahm die Hände lang genug von meinen Augen, um zu sehen, dass sie auf meine Seite des Tresens gekommen war. Zum Glück versuchte sie nicht, mich zu umarmen, doch sie stand so dicht vor mir, dass ich sie auch verstand, als sie leiser sprach. »Was dein Bruder für dich empfindet, sieht in meinen Augen nicht wie Hass aus. Meiner Meinung nach liebt er dich so sehr, dass es wehtut. Seine Liebe zu dir ist so groß, dass sie ihn manchmal überwältigt.«

»Das will ich nicht.« Mein Körper war bestimmt schon ganz dehydriert von all den Tränen, die ich heute vergoss. Ich musste eine Limo oder so etwas trinken, um meine Elektrolyte aufzufüllen. »Alles, was ich getan habe, macht es für ihn noch schlimmer. Ich dachte …« Das würde jetzt ganz schrecklich peinlich werden, aber da ich ohnehin schon weinte und kein Darcy'sches Rückgrat mehr zeigte, spielte es keine Rolle. »Als Wickham zurückgekommen war, wollte ich mich selbst darum kümmern und es ihm beweisen. Und als Fitz dich dann immer häufiger erwähnte, wollte ich euch zusammenbringen, um ausnahmsweise mal ihm etwas Gutes zu tun.«

»Ach ja.« Lizzies Stimme verriet nichts. »Das hat Charlie mir erzählt. Ich muss zugeben, ich fand es seltsam, dass er uns zu einem Homecoming-Spiel in einer Schule einlud, auf die er selbst nicht gegangen war. Aber es erklärte die Blumen.«

»Damals fand ich die Idee gut.«

»Ich bin ja trotzdem mitgekommen, oder?« Netterweise lachte sie nicht. »Ich verstehe das, auch wenn ich es nicht toll finde und wir irgendwann drüber reden müssen, aber ich verstehe es.«

»Sind Charlie und Jane …?« Als ich verstummte, grinste sie.

»Wow, du jonglierst mit so einigen Matchmaking-Plänen, was?« Sie nahm sich noch eine Weintraube und aß sie genüsslich. »Alles gut mit den beiden. Dein Bruder hat sich wenig überraschend unmöglich verhalten. Aber das haben wir geregelt.« Als ich beinahe gelacht hätte, lächelte Lizzie mich an.

»Trotzdem. Ich dachte, wenn Fitz eine Beziehung hätte, würde er glücklich sein, aber so war es nicht.« Ich trommelte mit den Fingerspitzen auf den Tresen. »Tja, ihr zwei könnt machen, was ihr wollt. Das muss ich im Detail ja gar nicht wissen, weil es ohnehin keine Rolle spielt. Er hat mich weiterhin am Hals, und ich mache ihm alles kaputt.«

»Jetzt hör mir mal zu, Georgie.« Lizzie lehnte sich mit ernstem Blick an den Tresen. »Denk drüber nach, was hier eben abgelaufen ist. Sah es danach aus, als würde er ohne dich ein glücklicheres Leben führen? Wenn du wegläufst und nie wiederkommst?«

Ich schwieg.

»Noch was.« Sie zuckte mit den Schultern. »Ich muss zugeben, dass ich die Geschichte nicht von Anfang an kenne. Aber nach dem, was ich weiß, hättest du meiner Meinung nach Fitz sofort Bescheid sagen sollen, als Wickham wieder aufgetaucht ist. Aber seht ihr euch denn noch?«

»Nein.« Ich schüttelte heftig den Kopf. »Ich habe nicht gelogen, ich bin wirklich fertig mit ihm. Die Sache auf Instagram war nur seine Art, das letzte Wort zu haben.«

»Also hast du dich selbst drum gekümmert.« Sie brach den Blickkontakt nur ab, um noch eine Weintraube zu essen und dabei leise zu seufzen. Wenn ich später wieder Appetit hatte, würde ich mich als Erstes auf die Weintrauben stürzen. »Ich glaube, Fitz fällt es nicht leicht zuzugeben, dass du einige Dinge auch allein regeln kannst. Er hat praktisch sein Leben lang auf dich aufgepasst. Was meinst du, wie er reagieren würde, wenn du ihn gar nicht brauchen würdest?«

»Erfreut?«

Lizzie schüttelte nur den Kopf.

»Rede mit deinem Bruder.« Sie verschränkte die Hände auf dem Tresen. »Okay? Wenn ihr miteinander redet und du ihm erklärst, *warum* du das alles getan hast und wie du dich fühlst … könnte er verständnisvoller sein, als du denkst.« Als ob ich das nicht versucht hätte, nur hatte er mich erst angeschrien und war dann auf eine Weise zusammengebrochen, wie ich es niemals für möglich gehalten hätte. Als wäre Big Ben plötzlich umgefallen. Etwas, das sich niemand vorstellen konnte.

Aber ja, vielleicht war ich auch zu sehr in die Defensive gegangen und hatte zurückgeschrien. Möglicherweise bedeutete die Sache mit der Erfahrung und Entwicklung, dass ich ihm noch eine Chance geben sollte.

Das Bild, wie er mit dem Gesicht in den Händen am Boden gesessen hatte, hatte sich mir eingebrannt. Ich wusste nicht, ob ich es je wieder aus dem Kopf bekam.

»Meinetwegen.« Als Lizzie lächelte, verstand ich das als Einladung, sie etwas zu fragen, was ich nicht länger aufschieben konnte. »Wieso bist du eigentlich hier? Es stört mich nicht, aber ich hätte nicht gedacht, dass Fitz jemanden zu einer derartigen Angelegenheit mitnimmt.«

»Oh.« Lizzie wurde rot und wandte ihre Aufmerksamkeit wieder dem Aufschnitt zu, was mir als Antwort reichte, doch sie sprach weiter: »Wir haben zusammen in der Bibliothek gelernt, als der Anruf von der Schule kam, dass du nachts nicht in deinem Zimmer warst. Natürlich ist er ausgeflippt, da wollte ich ihn nicht allein lassen und na ja …« Sie zuckte mit den Schultern, und das Rot ihrer Wangen vertiefte sich noch. »Ich dachte, es wäre gut, wenn er auf der Fahrt Gesellschaft hätte. Außerdem habe ich an diesem Wochenende nicht viele Hausaufgaben auf.«

»Ach so.« Da ich allmählich doch wieder Hunger bekam, nahm ich mir eine Weintraube. »Bestimmt nicht.«

Lizzie verdrehte die Augen.

»Mach dich auf die Suche nach Fitz«, sagte sie und griff nach dem Tablett mit Wurst und Käse. »Ich und mein neuer Freund, diese Platte hier, suchen uns ein geheimes Plätzchen.« Mit der freien Hand winkte sie mir zu und verschwand aus der Küche. Ich beschloss, meine kurze Liste der Dinge, die ich in diesem Schuljahr nicht bereute, um den Punkt zu erweitern, dass ich Lizzie in unser Leben hineingezogen hatte.

Das bedeutete aber auch, dass ich ihr noch etwas Wichtiges sagen musste.

»Hey.« Ich erwischte sie, bevor sie den Raum verließ, und

sie warf einen Blick zurück. »Du hast gesagt, deine Schwester Lydia hat *früher* mit Wickham abgehangen? Vergangenheit also?«

»Ja«, antwortete sie und legte den Kopf schief. »Wieso?«

»Ich denke …« Dann holte ich tief Luft, das war jetzt wirklich Petzen, und ich hatte Lydia auch nicht direkt ins Herz geschlossen, aber wenn ich jemanden vor Wickham Foster beschützen konnte … »Ich glaube, das liegt nicht so sehr in der Vergangenheit, wie du glaubst.«

»Was willst du damit sagen?«

»Der Instagram-Post von gestern Abend kam von ihrem Account.«

Verständnis dämmerte in Lizzies Miene und sie nickte, bevor sie aus einem unerklärlichen Grund mit der Wurst-Käse-Platte sprach.

»Tut mir leid, Häppchen.« Sie stellte die Platte vorsichtig wieder auf die Kochinsel und richtete sich auf. »Ich komme gleich wieder, versprochen. Aber ich glaube, ich muss ein paar Anrufe erledigen.«

Sie reckte den Daumen in die Höhe, als ich nun selbst aus der Küche ging, und ich hatte ausnahmsweise das gute Gefühl, dass die Situation extrem effizient geregelt werden würde. Lizzie Bennet strahlte das einfach aus.

28

Ich fand Fitz im Poolhaus.
Das war keine Überraschung. Tatsächlich hatte ich dort zuerst nachgesehen, denn er war immer dorthin gegangen, wenn er allein sein wollte. Zumindest wenn es zu kalt war, um auf dem Anwesen zu spazieren. Das Poolhaus war das ganze Jahr über geheizt, falls jemand schwimmen gehen wollte, und Dampf stieg von dem Wasser im Whirlpool auf. Dort saß Fitz. Natürlich nicht komplett in der Wanne, denn das verlangte nach einem Faulenzerlevel, das nie nach seinem Geschmack gewesen war. Doch er saß am Rand, hatte Schuhe und Socken ausgezogen, die Hose bis zu den Knien aufgerollt und ließ die Füße im Wasser baumeln, während er sich mit den Händen am Beton festhielt.

Er blickte nicht auf, als ich hereinkam, nicht einmal, als ich mich neben ihn setzte, meine Hausschuhe wegkickte und mein Kleid so weit raffte, dass ich ebenfalls die Füße ins Wasser stecken konnte. Dann folgte ich seinem Blick auf den Gedächtnisbaum, den wir unmittelbar vor dem Poolhaus für unseren Vater gepflanzt hatten. Er wuchs ordentlich, was eher unseren Gärtnern und der langen Zeitspanne zu verdanken war als jeglicher Pflege unsererseits.

»Hast du schon einmal daran gedacht, einen Baum für Mom zu pflanzen?« Ich hatte nicht erwartet, dass Fitz als Erster das Schweigen brach, und er sah mich dabei auch nicht an. »Keinen Gedächtnisbaum wie für Dad natürlich, aber um irgendetwas zu tun?«

»Auf keinen Fall.« Ich schüttelte den Kopf. »Sie ist weggegangen. Das Leben wurde ihr zu hart und sie hat das Handtuch geworfen. Einen Baum hat sie nicht verdient.«

»Aber manchmal muss man einfach abhauen.« Anscheinend meinte Fitz nicht mehr unsere Mutter. »Man merkt nicht unbedingt, was man damit anrichtet.«

Ich schwieg und fuhr nur weiter mit den Füßen durchs Wasser, durch den Dampf.

»Es hätte ihm gefallen, dich beim Marschieren zu sehen.« Fitz redete weiter, den Blick unverwandt auf den Baum gerichtet. »Dad. Er hätte sich richtig gefreut.«

»Meinst du?«

»Ja.« Fitz seufzte. »Er fand es toll, wie musikalisch du bist und wie hart du für etwas kämpfst, wie zum Beispiel für die Band. Das war etwas anderes als die Dinge, die mir wichtig waren. Etwas anderes als das, was uns unserer Erziehung zufolge wichtig sein sollte. Es hätte ihm einen Kick gegeben.«

»Das spielt keine Rolle.« Ich zuckte mit den Schultern und trat weiter Wasser, aber vorsichtig, um meinen Bruder nicht nass zu spritzen. »Er war nicht da, um irgendetwas davon mitzukriegen.«

»Ich bin da.« Fitz' Stimme war ungewöhnlich rau. »Ich bin da, und mir bedeutet es auch etwas.«

»*Jetzt* bist du da.« Ich konnte genauso gut ehrlich sein, denn ich hatte keine Lügen mehr auf Lager. »Aber du bist auch weggegangen, Fitz.«

»College ist ja wohl etwas anderes.«

»Ja, gut.« Scheiße. Die Worte schmeckten wie Sand in meinem Mund. »Und auch wieder nicht, weil ich nicht wusste, wie ich in Pemberley ohne dich zurechtkommen soll. Du bist nach Kalifornien gezogen und warst da so glücklich, aber ich … ich bin einfach zerbrochen.« Ich strich mit den Fingern über die Wasseroberfläche. »Dabei kann ich es dir nicht einmal verübeln, dass du weggegangen bist, schließlich bin ich der reinste Albtraum. Diesmal solltest du zulassen, dass ich verschwinde. Dann wird es uns beiden besser gehen.«

Fitz sagte eine Weile nichts und betrachtete den Gedächtnisbaum für unseren Vater. Dann seufzte er. »Georgie, wenn du ernsthaft glaubst, ich würde mir weniger Sorgen um dich machen, wenn du wegläufst, bist du nicht halb so schlau, wie die ganzen Psychologen behauptet haben.«

Oh, gut. Jetzt war er zum Scherzen aufgelegt.

»Klar, eine Zeit lang würdest du dir noch Gedanken machen.« Ich zuckte mit den Schultern. »Aber du würdest dich dran gewöhnen.«

»Das will ich aber nicht.« Er schüttelte den Kopf, den Blick weiter stur geradeaus gerichtet. »So ist das eben in einer Familie. Kann sein, dass ich Dad nicht mehr so akut vermisse wie kurz nach seinem Tod, aber ich würde trotzdem alles dafür geben, ihn zurückzubekommen.«

»Das ist etwas anderes.«

»Vielleicht«, sagte Fitz. »Aber du bist für mich alles, Georgie, die ganze Welt, die mir geblieben ist. Ja, ich weiß, ich bin streng mit dir. Es tut mir leid, wenn ich dir deshalb das Gefühl gegeben habe, du wärst unerwünscht. Es tut mir leid, wenn du dich von mir verlassen gefühlt hast, als ich nach Kalifornien gegangen bin. Aber du bist der Grund für mein ganzes Leben, kleine Schwester. Wenn du weg wärst, würde um mich herum alles zusammenbrechen.«

Schniefend schaute ich nun auch auf den Baum. Schaute zu, wie der Wind die welken Blätter mit sich riss, genauso wie auch unser Vater aus unserem Leben gerissen worden war.

»Aber da liegt das Problem«, sagte ich schließlich. »Das ist alles nur passiert, weil wir unser ganzes Leben nach dem jeweils anderen ausrichten. Wir sind wie ein gebrochener Knochen, der falsch zusammengewachsen ist, Fitz. Wir sind zwar verbunden, aber unter Schmerzen. Ich möchte … Es muss ein Zwischending geben, einen Mittelweg zwischen ›jemanden verlassen‹ und ›jemandem die Luft zum Atmen nehmen‹. Eine saubere Trennung, diesmal. Damit ich selbstständig werde und du mit Lizzie zusammen sein kannst. Sie könnte dir helfen, glücklich zu werden, sodass dein Glück nicht vollständig von meiner Leistung oder dem Mangel daran abhängt.«

»Und wie soll ich mich mit einer derartigen Ablenkung darum kümmern, dass es dir gut geht?« Als er den Kopf schüttelte, seufzte ich frustriert auf.

»Das ist nicht deine Aufgabe, Fitz.«

»Doch.«

»Nein.« Verdammt, er sollte mich endlich verstehen. »Ist es nicht. Ich weiß, du bist mein Vormund, und du trägst die Verantwortung, aber ich brauche dich als Bruder, nicht als Vaterersatz. Ich bin sechzehn. Genauso alt wie du, als du in diese Situation geraten bist.«

Möglicherweise war es feige von uns, immer nur auf diesen Baum zu blicken. Doch mir fehlte die innere Stärke, meinem Bruder in die Augen zu sehen, während ich all dies sagte. Wir hatten uns noch nie ausgesprochen. Jeder von uns hatte in seinem eigenen Zimmer geweint und so getan, als wären wir in unserer Trauer nicht verbunden wie ineinandergreifende Zauberringe. Gleichzeitig gaben wir vor, jeder für sich könne ohne den anderen heilen.

Doch sosehr ich Fitz brauchte, um mich an seiner Schulter anzulehnen, so sehr brauchte er es auch. Ja, wir mussten uns ab und zu auf gesunde Weise abgrenzen, doch danach mussten wir wieder zusammenfinden.

»Ich habe dir nichts von Wickhams Rückkehr erzählt, weil ich ihn am Anfang noch gebraucht habe.« Das wollte ich eigentlich nicht zugeben, aber es sprudelte aus mir heraus. Und wenn ich meine Feigheit hinter mir lassen wollte, konnte ich damit auch gleich beginnen. »Also, ich habe mir eingeredet, dass ich es für mich behalten habe, um dir nicht zur Last zu fallen, aber das war nicht alles. Er war immer noch der Einzige, der sich überhaupt für mich interessiert hat. Es war genau wie im letzten Schuljahr. Niemand war für mich da, außer ihm, und er wollte mich.«

»Georgie …«

»Aber ich habe mich darum gekümmert.« Ich pflügte über seine Unterbrechung hinweg, weil ich nicht weiterkommen würde, wenn ich einmal innehielt. So standhaft war ich dann doch nicht, obwohl ich den Baum unseres Dads im Auge behielt. »Wirklich, Fitz, er ist weg. Er wollte mich in neue Machenschaften verwickeln und den Schülern irgendwie Hausarbeiten und solche Sachen verkaufen. Da habe ich gedroht, ich würde seinen Vater anrufen, wenn er mich nicht endgültig in Ruhe lässt. Dabei ist auch das Foto auf Instagram entstanden. Ganz ehrlich.«

Ich warf einen kurzen Seitenblick auf Fitz, nur aus dem Augenwinkel, was er sicherlich nicht mitbekam. Er seufzte mit geschlossenen Augen.

»Ich wünschte immer noch, ich hätte es eher unterbinden

können.« Als er sich durchs Haar strich, sah er einen Moment lang wie Dad aus, und ich hätte beinahe gelacht. »Das verstehst du doch, oder? Warum ich gern da gewesen und es verhindert hätte, auch wenn ich stolz darauf bin, dass du allein zurechtgekommen bist?«

»Ja«, sagte ich, obwohl es nicht ganz stimmte. Im Ansatz, ja, verstand ich es. »Gibt es nicht eine Linie, die diese Dinge miteinander verbindet? Die aufzeigt, dass du mich beschützen und mir helfen und so weiter willst, mir aber gleichzeitig Vertrauen schenkst? Etwas, worauf wir eine gesunde Schwester-Bruder-Beziehung aufbauen können, die nicht auf … auf dem hier beruht, was immer das auch ist.«

»Na ja, das Letzte, was ich hörte, war, dass du mich nur mit Lizzie verkuppelt hast, weil du mich nicht mehr in deiner Nähe haben wolltest.«

»Das ist Quatsch.« Endlich schaffte ich es, mich ihm zuzuwenden und ihn anzusehen, so richtig, und nicht nur wie ein Feigling aus den Augenwinkeln. »Aber ich will meinen Bruder wiederhaben. Meinen Freund wiederhaben. Und ich möchte, dass du glücklich bist, Fitz.«

Fitz nickte.

Ich atmete tief aus, tiefer, als ich es für nötig gehalten hätte. Gut. Das war … das war gut.

Dann streckte Fitz in einer ungewöhnlichen Geste für einen Darcy den Arm aus, damit ich mich bei ihm anlehnen konnte. Ich schmiegte mich an ihn, und obwohl es Jahre her war, dass wir uns auf diese Weise umarmt hatten, fühlte ich mich zu Hause.

Er legte den Kopf auf meinen Scheitel, und so verweilten wir, bis er sich glucksend von mir löste und die Tränen abwischte.

»Würde ist doch irgendwie überbewertet, wenn wir unter uns sind, oder?«

»Ich verspreche dir, niemandem davon zu erzählen«, sagte ich und trocknete ebenfalls meine Augen. »Wollen wir uns vertragen? Bitte?«

»Vorausgesetzt, du hältst Charlie in Zukunft aus deinen Matchmaking-Plänen heraus. Er schiebt mir andauernd Liebesgrüße unter der Tür durch, unterschrieben ›von einer heimlichen Verehrerin‹. Allmählich wird es peinlich.«

»Aber«, sagte ich und grinste zu ihm hoch, ausgeglichener als in den letzten Wochen, »es hat funktioniert, das musst du zugeben, oder?«

»Klappe«, sagte mein Bruder und bespritzte mich mit Wasser aus dem Whirlpool. Als ich kreischend zurückwich, fiel eine unerträgliche Last von mir ab. Sie schwebte aus dem Poolhaus und vorbei an den Bäumen, wo sie sich möglicherweise einfach in Luft auflöste.

Wir entdeckten Lizzie im Heimkino, wo sie es sich auf drei Sitzen bequem gemacht hatte und auf der Riesenleinwand eine romantische Komödie schaute. Sobald sie uns bemerkte, sprang sie auf und drückte auf Pause.

»Tut mir leid!« Sie wurde knallrot. »Also, du hast gesagt, fühl dich wie zu Hause, und als ich das hier entdeckt habe …«

»Kein Problem.« Fitz war in Lichtgeschwindigkeit bei ihr und legte eine Hand an ihren Ellbogen. Ich zog eine Augenbraue hoch, doch das merkten sie anscheinend gar nicht, so sehr waren sie mit sich beschäftigt. »Genau so habe ich das gemeint. Schön, dass du das Kino gefunden hast.«

»Tja.« Als ihr Blick zu mir schweifte, ließ Fitz ihren Ellbogen los, als stünde er in Flammen. Gar nicht verdächtig, nein. »Ich bin froh, dass ihr euch gefunden habt. Alles in Ordnung?«

»Es wird.« Ich lächelte Fitz an und er lächelte zurück. »Blut ist dicker als Wasser oder was man sonst Inspirierendes im Kreuzstich auf ein Kopfkissen stickt.«

»Das hast du schön gesagt.« Fitz schüttelte den Kopf, hörte aber gar nicht mehr auf zu grinsen.

»Hast du alles …?« Ich deutete mit dem Kopf auf Lizzies Handy, und sie nickte.

»Erledigt.« Ihr Lächeln war breit und selbstbewusst. »Dank dir.«

»Ist irgendetwas passiert, während ich im Poolhaus war?« Fitz blickte zwischen uns hin und her. »Ihr plant doch hoffentlich keine Überraschungsgeburtstagsparty?«

»Nur ein paar Familienangelegenheiten«, sagte Lizzie und steckte ihr Handy ein. »Du hast eine tolle Schwester, weißt du das eigentlich?«

»Ja, ganz toll«, sagte Fitz, und ich stupste ihn an, als er lächelte. »Wie wäre es, wenn du dich umziehst, Georgie, und wir nach oben in die Küche gehen und überlegen, wie es weitergehen soll?«

Wie ich bald merken sollte, nachdem ich das zerknitterte Kleid gegen Jeans und ein altes Pemberley-T-Shirt eingetauscht hatte, hatte Fitz kochen gelernt, seit er mit Charlie zusammenwohnte und es keinen Koch und keine Mensa gab. Nachdem er Mr Germain, der sich während unseres familiären Zusammenbruchs taktvoll im Hintergrund gehalten hatte, freigegeben hatte, zog er eine Schürze an, wusch sich sorgfältig die Hände und schlug einhändig Eier auf. Dann schnitt er Paprika präzise in Würfel und tat alle möglichen Dinge, die man auf YouTube erwarten würde, aber weniger bei meinem Bruder.

»Das ist superlecker, Fitz«, sagte ich später, den Mund voll Omelett. »Und ich dachte die ganze Zeit, ihr holt euch jeden Tag Sushi.«

»Charlie fand es, ich zitiere, ›eine Schande und unamerikanisch‹, wie viel Geld ich für Lieferdienste ausgab«, erklärte Fitz schulterzuckend, als er die Schürze auszog. »Ich habe versucht, ihm zu erklären, dass in Amerika mehr Geld für Take-away ausgegeben wird als in jedem anderen Land auf der Welt, aber das ließ er nicht gelten. Stattdessen hat er mich an den Wochenenden zu einem Kochkurs mitgeschleppt.«

»Bewundernswert.« Lizzie schüttelte beim Essen den Kopf und schaffte es im Gegensatz zu mir, ihre Bissen hinunterzuschlucken, bevor sie sprach. Wir standen gemeinsam an der Granitarbeitsplatte in der Küche, weil wir keine Lust hatten, uns zu setzen. Im Raum herrschte eine Energie, die ich hier seit ewigen Zeiten nicht gespürt hatte. Und die verstohlenen Blicke von Lizzie und Fitz? *Absolut* fanfictionwürdig.

»Nachdem das erledigt wäre«, sagte Fitz und schob den Teller weg, »können wir ja die nächsten Schritte planen.«

»Ich kann auch gehen.« Lizzie räumte auf und stellte ihren Teller ins Spülbecken. »Weiter fernsehen oder …«

»Nicht nötig«, sagten Fitz und ich einstimmig, und sie grinste.

»Wenn ihr meint.« Sie zog einen Barhocker unter dem Tresen hervor, setzte sich darauf und stützte die Unterarme ab. »Für ein Brainstorming zur Lebensplanung bin ich immer zu haben.«

»Ich habe dir lange Zeit gesagt, was du tun sollst, Georgie.« Mit ernstem Blick wandte sich mein Bruder mir zu. »Fangen wir deshalb mit einer Frage an. Was *möchtest* du denn gern tun?«

Seit unserem Gespräch im Poolhaus, in dem Fitz gesagt hatte, dass meine bloße Existenz keineswegs sein Leben ruinierte, hatte ich darüber nachgedacht, doch es fiel mir schwer, es auszusprechen. Es fiel mir schwer, dem Kribbeln im Hinterkopf nachzugeben, das mich ermahnte, aus meinem Elfenbeinturm herauszukommen.

»Ich glaube …« Erst mal tief durchatmen. »Ich glaube, ich möchte es noch mal versuchen. In Pemberley.«

Fitz und Lizzie zogen erstaunt die Augenbrauen hoch.

»Sicher?« Fitz sah mich prüfend an. »Wir können hier auch Privatlehrer engagieren.«

Ich lächelte, weil ich es zu schätzen wusste, dass ich mich auch nach unserer Aussprache hier verstecken dürfte, doch diese Möglichkeit kam für mich nicht mehr infrage. Denn während ich Fitz beobachtete und froh war, dass ich unsere Beziehung nicht vollends zerstört hatte, musste ich immer wieder an die anderen Menschen in meinem Leben denken. Avery kam mir in den Sinn, aber auch Emily und Mrs Tapper. Ihnen schuldete ich vielleicht auch etwas.

»Ja, denn bisher hat mich immer dein oder Wickhams Schatten verfolgt.« Nervös stocherte ich in meinem Essen. »Das ist nicht deine Schuld. Aber ich habe das Bedürfnis herauszufinden, ob ich in Pemberley als Ich existiere und nicht nur als die, die was mit Drogen zu tun hatte, oder als eine weitere Vertreterin des Darcy'schen Vermächtnisses.«

»Du wirst das Darcy'sche Vermächtnis immer vertreten«, betonte Fitz, während Lizzie taktvoll schwieg. »Das gehört zu deiner Persönlichkeit.«

»Ich weiß«, erwiderte ich und nickte, denn genau davor hatte ich Angst. Weil ich damit noch nicht umgehen konnte. Doch nur weil man Angst vor etwas hatte, musste man sich nicht verstecken. »Ich muss herausfinden, ob ich dieses Vermächtnis zu etwas Positivem machen kann, etwas, worauf ich stolz bin. Was das angeht, will ich noch nicht aufgeben.«

Obwohl ich noch vor wenigen Stunden unglaublich gern aufgegeben hätte, war mir bewusst, was mich umgestimmt hatte. Ich würde nie vergessen, wie Fitz das Gesicht verzerrt hatte, als ich gesagt hatte, ich hätte es satt. Und dass er zugelassen hatte, dass Lizzie ihn so sah. Wie wir mit den Beinen im Whirlpool gesessen hatten und er mir seine Verletzlichkeit offenbart hatte. Fitz wollte alles dafür tun, unseren Streit zu beenden, während sämtliche Darcys der vergangenen zweihundert Jahre diese Beziehung verächtlich in den Staub getreten hätten.

In dem Moment hatte ich es begriffen. Ich wollte keine perfekte Darcy werden.

Ich wollte einfach nur mutig und tapfer sein wie mein Bruder.

»Und was ist mit deinen Noten?« Bei dieser Frage zuckte ich zusammen. Stimmt, da war noch was. »Seien wir ehrlich, sie waren in letzter Zeit einfach miserabel. Du kannst nicht zurückgehen und dann durchfallen.«

»Kann sein …« Ich zögerte, aber ich musste die Wahrheit sagen, es war höchste Zeit. »Kann sein, dass ich am Anfang nur die Kurse gewechselt habe, um Eindruck bei dir zu schinden.«

»*Was* hast du gemacht?« Fitz sah mich aus verständlichen Gründen entsetzt an, doch dann schien er sich zu erinnern und riss sich zusammen. »Das ist … also, das ist sehr schmeichelhaft.«

»Damit habe ich mich anscheinend etwas überfordert«, gestand ich und spielte mit dem Omelett.

»Könnte sein«, sagte Fitz mit dem Anflug eines Lächelns. Ich verdrehte die Augen, als Lizzie grinste. »Zu diesem relativ frühen Zeitpunkt können wir das vermutlich in dem ein oder anderen Kurs wieder rückgängig machen. Meinst du, du könntest dann besser werden?«

»Ja.« Ich musste es versuchen.

Nach kurzem Zögern nickte Fitz.

»Dann überlasse ich das jetzt deiner Verantwortung.« Er trug seinen Teller zur Spüle, ließ Wasser darüber laufen und sprach weiter. »Das schaffst du.«

»Danke«, sagte ich. Leicht würde es nicht werden, wenn ich das wirklich tun und Verantwortung für mich selbst übernehmen wollte. Ich konnte es dann nicht mehr auf Fitz oder Wickham oder die böse Welt, die mich schlecht behandelte, schieben, falls ich nicht zurechtkam.

Mir fiel ein, was Avery gesagt hatte, und ließ die Erinnerung zu, obwohl sie schmerzte. Ich hatte in der Tat alle denkbaren Privilegien zu meiner Verfügung. Okay, ich hatte viele schlechte Erfahrungen gemacht … doch ich hatte die Möglichkeiten, den nächsten Schritt zu tun, Möglichkeiten, die nicht viele Menschen hatten. Irgendwann später im Leben würde ich es mir nie verzeihen, wenn ich jetzt aus Angst vor den Konsequenzen meine Chancen in den Wind schlug.

»Ihr könnt mir das Spülen überlassen«, bot ich den beiden

an. Verantwortung begann bei der Hausarbeit. »Das mache ich dann später.«

»Nichts da.« Fitz schüttelte den Kopf und räumte die Küche auf, da es ihm offenbar schon gegen den Strich ging, schmutziges Geschirr auch nur eine Viertelstunde stehen zu lassen. Schließlich war er immer noch mein Bruder. »Aber danke.«

Fortschritt.

29

Am nächsten Tag brachte Fitz mich nach Pemberley zurück.

Ich saß auf der Rückbank und nahm es mit Freuden in Kauf, dass mir dort ein klein wenig schlecht wurde, da mich der Anblick meines Bruders und seiner »Kommilitonin« voll und ganz dafür entschädigte. Auf der ganzen Fahrt konnten sie sich kaum davon abhalten, Händchen zu halten. Meine Angst vor Pemberley stieg und ich wurde immer nervöser, während wir durch die Berge fuhren, in denen ich zuletzt mit Avery gewesen war. Mich zu fürchten, war aber etwas anderes, als aufzugeben. Es war eine natürliche Reaktion, Angst zu haben. Es hieß nicht, dass ich aufhörte, mein Bestes zu geben.

Später am Abend saß ich allein mit meinem Bruder in meinem Zimmer, das Sydney offenbar weiterhin mied, zu diesem Zeitpunkt wahrscheinlich aus reiner Gewohnheit. Fitz hatte Lizzie in einer Limousine zurückgeschickt, und jetzt konnte ich ihnen nicht mehr bei ihren schmachtenden Blicken zusehen, aber Fitz für mich zu haben, war auch nicht schlecht.

»Das Poster gefällt mir.« Fitz nickte zu dem *Sage Hall*-Druck über meinem Bett. Ehrlich gesagt wollte ich etwas anderes aufhängen. Ich könnte mir ein Charakterposter von Jocelyn besorgen, auf dem sie ganz allein abgebildet war. In all ihrer Stärke. »Vielleicht sollte ich mir die Serie doch mal richtig anschauen.«

»Ja! Das können wir zusammen machen!«

»Das fände ich schön.« Fitz lächelte mir vom Fenster aus zu, obwohl sein Lächeln ein wenig verhaltener ausfiel, als ich mein Handy checkte. »Er hat dir immer noch nicht geschrieben?«

»Nein.« Ich seufzte. »Nichts.«

»Das wird schon.« Fitz untersuchte einen Fleck auf meinem Schreibtischstuhl, der schon vor meinem Einzug in diesem Zimmer gewesen war und vermutlich auch noch lange nach mir bleiben würde. Ich hatte Fitz auf der Fahrt von Avery erzählt – die Knutscherei im Auto hatte ich natürlich weggelassen. Auf Anraten von Lizzie und Fitz hatte ich ihm von unterwegs geschrieben, dass ich zurückkam und mich entschuldigen wollte, doch er hatte bislang nicht reagiert.

»Hey, eine Frage.« Der Gedanke nagte an mir, seit Lizzie unser Haus und unsere Küche bestaunt hatte. Und ehrlich gesagt, beschäftigte mich das Thema schon länger. »Glaubst du, es ist etwas Schlechtes? Dass wir reich sind?«

Damit hatte ich meinen Bruder anscheinend überrumpelt.

»Und komm mir nicht damit, dass wir einigermaßen wohlhabend seien«, fügte ich hinzu, als Fitz schon den Mund aufmachte. Er schloss ihn genauso schnell wieder und setzte sich trotz des Flecks auf meinen Schreibtischstuhl. »Wir sind unter uns und können also ruhig laut sagen, dass wir reich sind. Aber ist das nun schlecht?«

»Das ist eine komplizierte Frage, Georgie.«

»Eher eine komplizierte Situation«, konterte ich. »Und ich bin ständig damit konfrontiert. Aber wir haben das Geld nicht auf eine total korrupte Weise erworben, oder? Mom und Dad und ihre Familien – sie haben eben hart gearbeitet.«

Während Fitz einen Augenblick nachdachte, trommelte er auf seine kakifarbene Hose.

»Es ist nicht schlecht, Geld zu haben«, sagte er schließlich. »Aber zu glauben, unsere Familie hätte einfach hart gearbeitet … das entwertet jeden, der keinen derartigen Besitz anhäufen konnte, oder? Oder denkst du, dass Menschen, die kein Geld haben, nicht hart arbeiten?«

»Nein.«

»Ja, dann.« Er zuckte mit den Schultern. »Es hat viel mit Glück und Privilegien zu tun, und wenn du möchtest, kann ich dir einen dreistündigen Vortrag über den Zusammenhang von Ethnien und Reichtum halten, oder darüber, dass der Besitz von Geld uns erst ermöglichte, noch mehr Geld anzuhäufen, insbesondere, weil wir weiß sind, und darüber, dass das Geld der Familie mit an Sicherheit grenzender Wahrscheinlichkeit auf dem Rücken von unterdrückten Menschen gescheffelt wurde. Aber das beantwortet deine Frage nicht, oder?«

»Avery hat gesagt …« Ich seufzte und starrte erneut auf das schwarze Display meines Handys. Wickham hatte es auch gesagt, doch davon würde ich jetzt nicht anfangen. »Ach, keine Ahnung. Ich will ihm nur nicht noch mehr Gründe geben, mich zu hassen.«

»Er hasst dich bestimmt nicht.« Fitz fuhr sich mit den Fingern durch die Locken. »Aber du solltest dir der Tatsache bewusst sein, Georgie, dass dir Geld und Privilegien im Leben vieles erleichtern werden. Es verhindert nicht, dass du auch schlechte Erfahrungen machen wirst, andererseits musst du dir um einige Dinge nie Gedanken machen.«

»Zum Beispiel von der Schule zu fliegen.«

»Genau.« Fitz nickte. »In diesem Fall, von der Schule verwiesen zu werden.«

Ich seufzte erneut und legte den Kopf aufs Kissen. Jocelyn musste nie über solche Themen reden.

Allerdings wäre es vielleicht auch für sie besser gewesen.

»Du kannst versuchen, etwas von deinem Privileg abzugeben.« Fitz stand von dem Stuhl auf und setzte sich neben mich aufs Bett. »Sei großzügig und vergiss nicht, dass andere nicht die gleichen Lebensumstände haben wie du. Mach am Tisch Platz für jene, die es nicht so gut getroffen haben. Lass ihnen ab zu und zu den Vortritt. Und lerne dazu, ohne den Menschen einen Anlass zu geben, dich zu belehren. Geld ist nicht alles, aber es hilft.«

»Und wenn Avery mir nicht verzeiht?« Ich fühlte mich unwohl, mich vor meinem Bruder so verletzlich zu zeigen, aber daran musste ich mich gewöhnen. »Was dann?«

»Dann machst du weiter.« Fitz zuckte mit den Schultern. »Du machst weiter, und beim nächsten Mal machst du es besser.«

»Ja.« Seufzend versuchte ich, die Melancholie abzuschütteln, die mich bei der Vorstellung einer Welt ohne Avery überkam. Aber es war okay beziehungsweise würde in naher Zukunft okay sein. »Danke, Fitz.«

»Gern, Georgie.« Er umarmte mich, was sich immer noch seltsam anfühlte, aber gut. »Das kriegst du hin.«

Eine Stunde später, nachdem Fitz mit dem Versprechen, mir sofort nach seiner Ankunft zu schreiben, nach Meryton aufgebrochen war, kam Sydney herein.

»Oh«, sagte sie und blieb ruckartig stehen. »Du. Ich dachte, du hättest die Schule geschmissen.«

»Nein.« Ich lächelte sie über den Laptop hinweg an. »Ich gehe nirgends hin.«

Sydney dachte einen Moment darüber nach, nickte dann und ließ sich auf ihr Bett fallen. Ausnahmsweise liefen wir nicht voreinander weg. Obwohl ich bezweifelte, dass wir uns je anfreunden würden, wäre es ganz schön, wenn unser Zimmer in Zukunft kein Kriegsgebiet mehr war.

Ich wandte mich wieder dem Computer und dem geöffneten Word-Dokument zu.

Ach, genau, meine Fanfiction. Vor Homecoming hatte ich ein bestimmtes Ende im Sinn gehabt, doch die jüngsten Ereignisse hatten es in Vergessenheit geraten lassen. Ich scrollte nach unten und las das Geschriebene noch einmal kurz durch. Vielleicht konnte ich noch ein paar Worte ergänzen und Spaß beim Schreiben haben, bevor ich mich einem Essay für Englisch widmete, den ich unbedingt überarbeiten musste, wenn ich in dem Kurs bleiben wollte. Balance, darum ging es.

Es war jetzt keine besonders lange Fanfiction – näher an einer Erzählung als an etwas Krasserem –, deshalb brauchte ich auch nur eine Stunde, um den Text durchzulesen und eine interessante Erkenntnis zu gewinnen.

Henry war zwar als ein Schwarm für Jocelyn entstanden, aber wieso hatte ich nicht gemerkt, dass er während des Schreibprozesses immer mehr Ähnlichkeit mit Avery angenommen hatte?

Ich scrollte zurück und überprüfte ein paar Schlüsselszenen. Avery, zu hundert Prozent. Er war komplett in die Geschichte geflossen.

Am liebsten wäre ich sofort losgerannt, zu Avery, hätte ihn an den Schultern gepackt und ihm die Fanfiction gezeigt, als Beweis dafür, wie viel er mir *tatsächlich* bedeutete. Ich holte mein Handy heraus und öffnete unseren Chat. Jedenfalls würde ich so etwas tun, wenn ich eine Figur in einer meiner Geschichten wäre. Eine Figur in *Sage Hall*. Ihn mit einer großen Geste herausfordern, bis er gar nicht mehr anders konnte und meine Entschuldigung annehmen musste.

Doch wenn ich das tat … bewies es rein gar nichts. Das hatte Fitz mir aufgezeigt. Schließlich machte das die Hälfte meines Problems aus, nicht wahr? Dass ich immer mit großen Gesten, Druck und dem Einfluss der Darcys um mich warf, um bestimmte Situationen in meinem Sinne zu verbessern, statt mich selbst zu bessern.

Möglicherweise würde Avery mir verzeihen, sicher war das nicht. Doch in *meiner* Geschichte ging es gar nicht darum, was er tat, sondern darum, dass ich mich entwickelte und aus meinen Fehlern lernte beziehungsweise mich besserte und nicht aufgab.

Ich war es mir selbst schuldig herauszufinden, wie ich ohne ihn zurechtkam. Und ehrlich gesagt, musste ich erst mal bei mir selbst aufräumen, bevor ich mich auf jemanden einließ.

Ich ging aus dem Chat und schrieb stattdessen Emily.

Hey, tippte ich, bevor ich die Nerven verlor, und sendete dieses eine Wort, damit ich gezwungen war, eine Nachricht hinterherzuschicken und nicht doch einen Rückzieher machte, weil meine neue große Geste, die nur in ihrer Bedeutung für mich groß war, beängstigend war. *Du bist doch gut in Mathe, oder? Kannst du dich vielleicht mit mir treffen und mir beim Lernen helfen?* Ich war aus dem AP-Kurs in den Leistungskurs gewechselt, doch auch da brauchte ich dringend Hilfe.

Ich schloss die Fanfiction-Datei und öffnete, während ich auf eine Antwort wartete, die aktuelle Aufgabe, an der ich schier verzweifelte. Im nächsten Augenblick pingte mein Handy.

> Ich hab nur immer die meisten Punkte in den
> unangekündigten Tests, also ja.
> Du kannst zu mir kommen, wann du willst,
> mein Zimmer ist in Dalton

Ich musste grinsen. Es war klar, dass ich keine sensationellen Noten bekommen würde, aber mit Emilys Hilfe würde ich vielleicht passabel abschneiden.

Avery war wahrscheinlich fertig mit mir, aber ich würde dennoch zurechtkommen.

30

Der Buchstabe leuchtete geradezu in glänzend roter Tinte oben auf meinem Testblatt.

B+.

Ich hätte beinahe gekreischt, als ich meinen Mathetest umklammerte. B+! Das war ganz offiziell die beste Note, die ich je in Mathe geschrieben hatte. Meine Noten wurden tatsächlich besser, wenn ich lernte und versuchte, die Informationen zu verstehen, statt ihnen null Beachtung zu schenken. Ich schnappte mir meinen Rucksack, folgte meinen Mitschülern aus dem Raum und konnte es gar nicht erwarten, mit diesem Meilenstein anzugeben. Zum Glück wusste ich genau, bei wem.

Emily wartete bereits vor dem Unterrichtsraum auf mich, knetete ihre Uniformkrawatte und schaute mich aus ihren dunklen Augen sorgenvoll an. Sie hatte in den letzten Wochen ungefähr genauso viele Stunden Zeit investiert wie ich. Als ich den Test hochhielt, strahlte sie.

»Ja!« Sie klatschte mich ab und ließ aufgeregt ihre Schultern vor und zurück kreisen. »Georgie!« Begeisterungsstürme waren Emily eigentlich eher fremd, deshalb fühlte es sich umso toller an, dass meine Testnote genügte, um sie dazu zu bringen, ihre Gefühle zu zeigen. Ehrlich gesagt, mindestens so toll wie die Note selbst.

Gemeinsam liefen wir zum Musikraum, fast im Gleichschritt, und schwärmten von meinen Fortschritten. Braden hatte Emily die Verantwortung für die Proben nach dem Unterricht zugeschoben und behauptet, »Delegieren sei ein wichtiger Führungsaspekt«. Moll und Dur zu unterscheiden, aber auch, hatte ich Emily zugeflüstert, doch ich hatte mir angewöhnt, diese Kommentare meistens für mich zu behalten. Meiner Online-Therapeutin zufolge waren sie »kontraproduktiv«.

Ich war mir nicht sicher gewesen, was mich erwarten würde, als ich Emily kontaktiert hatte, aber dadurch hatte eine mittlerweile wundervolle Freundschaft begonnen. Sie half mir bei Mathe und Geschichte, und ich redigierte im Gegenzug all ihre Essays, in denen grundsätzlich zu viele Semikolons vorkamen. Wir hatten uns bei langen Abendessen im Speisesaal – bei denen mich niemand mehr mit Essen bewarf – über die Ereignisse im letzten Schuljahr ausgesprochen, und Emily hatte mich überredet, ein paarmal mit ihr auf der Laufbahn der Schule zu joggen. Das war mit Abstand die schlimmste Erfahrung aller Zeiten, aber unsere Freundschaft war es das vermutlich wert. Wir waren beide froh, einen Schnitt gemacht zu haben – ich hatte ihr verziehen, dass sie mich nach dem *Vorfall* gemieden hatte, und sie mir, dass ich gleich von Anfang an die Eiskönigin gespielt hatte.

Es fühlte sich unglaublich gut an, eine Freundin auf Augenhöhe zu haben.

Sie hatte mir auch angeboten, mir bei einem Gespräch mit Mrs Tapper zu helfen, doch das musste ich allein durchstehen. Am Montag nach meiner Rückkehr aus Rochester war ich vor Unterrichtsbeginn unverzüglich in ihr Büro gegangen, um sie (erneut) anzuflehen, dass ich in der Band bleiben durfte, obwohl ich Tausende Strafpunkte bekommen hatte und eine innerschulische Suspendierung über mich ergehen lassen musste, weil ich übers Wochenende das Schulgelände verlassen hatte. Fitz hatte ebenfalls angeboten, mit der Direktorin zu sprechen, um meine Strafe zu mildern, doch das hatte ich nicht zugelassen. Der erste Schritt in der Minimierung meines Privilegs bestand darin, für meine eigenen Fehler zu büßen.

Während ich Mrs Tapper um Entschuldigung gebeten hatte, hatte sie eine undurchdringliche Miene aufgesetzt.

»Die Band ist mir wichtig«, hatte ich schließlich meinen fünfminütigen Vortrag beendet, an den ich mich jetzt schon nicht mehr erinnern konnte. »Mir ist wichtig, was wir hier tun.« Ohne Musiker hallte es immer schrecklich im Musikraum, und ich hatte ständig das Echo meiner Stimme gehört. »Ich weiß, dass Sie mir schon total viele Chancen gegeben haben, und ich weiß auch, dass ich es vermasselt habe. Aber das wird mir nicht noch mal passieren.«

»Ich bin sicher, dass es wieder vorkommt.« Ihre Worte hatten mich getroffen, doch dann hatte sie gelächelt. »Das liegt in der menschlichen Natur. Sie wissen, dass ich Sie nicht länger halten kann, wenn Ihre Noten weiter in den Keller gehen?«

»Das wird nicht passieren.« Ich hatte mich an ihr Pult gelehnt, das mit Notenblättern übersät war. »Versprochen.«

»Gut.« Als sie genickt hatte, war ich total erleichtert gewesen. »Ich glaube Ihnen.«

Als ich mich jetzt mit Emily durch die Tür zum Musikraum drängte, winkten die anderen Posaunisten uns zu. Die beiden jüngsten waren in eine Diskussion über *Game of Thrones* vertieft – ernsthaft, Leute, die Serie war uralt, und es gab Interessanteres zum Streamen –, doch sie verstummten, als Emily sich hinsetzte. Sie holten ihre Posaunen heraus und nahmen eine aufmerksame Haltung an. Jackson nickte mir lächelnd zu, als ich mich neben ihn fallen ließ und mein Instrument auspackte.

Braden warf mir wie üblich einen bösen Blick zu, doch manche Leute waren einfach Arschlöcher, und ich gewöhnte mich daran, ihn nicht ernst zu nehmen.

»Okay, Kids.« Emily hob ihre Posaune und wies uns mit einer Kopfbewegung an, es ihr nachzutun. »Versuchen wir es ab Takt zehn.«

Die blechernen Töne trösteten mich sehr, auch wenn sie hie und da schief klangen. Ein Hinweis darauf, dass ich mich in der Gemeinschaft wohlfühlte, die ich mir hier wieder aufbaute.

Als wir ungefähr eine Stunde später aufstanden, Pause machten und uns der vergnüglichen Aufgabe widmeten, unsere Spuckventile auszuleeren – Cole und Sam drohten einander, sich damit gegenseitig zu bespritzen, aber das war ihre Sache –, kam Emily zu mir.

»Takt fünfunddreißig hat ja wohl ein Masochist geschrieben, oder?«, meinte ich. »Eigentlich sollten Posaunen solche Töne nicht spielen.«

»Genau genommen hat Avery das geschrieben.« Sie wartete gespannt auf meine Reaktion.

Oh. Klar, da war ja noch was.

Ich war Avery in den letzten Wochen nicht aus dem Weg gegangen, und wir probten weiterhin gemeinsam mit der Band und grüßten uns in den Gängen. Manchmal lächelte einer von uns den anderen an, aber eher aus Versehen, wie wenn man jemanden traf, den man nicht sofort erkannte.

Und nein, wir hatten uns in den drei Wochen nicht geschrieben. Aber das war kein Problem für mich, echt nicht. Ich war glücklich, ob man es glaubte oder nicht. Meine Noten wurden besser, ich hatte mehr Freunde als Feinde und Wickham war aus meinem Leben verschwunden. Vor einigen Tagen hatte Jackson erzählt, er habe von seinem Laborpartner, der Wickhams Dienste ziemlich oft in Anspruch genommen hatte, gehört, Wickham habe endgültig die Stadt verlassen. Fitz zufolge hatte er auch Lydia in Ruhe gelassen, nachdem Lizzie ihn aufgespürt und damit gedroht hatte, die Polizei auf ihn zu hetzen und seine krummen Geschäfte zu zerschlagen.

Alles war gut, wirklich.

Allerdings nagte die ungeklärte Sache mit Avery natürlich an mir.

»Das passt ziemlich gut«, sagte ich zu Emily mit einem möglichst lässigen Tonfall. »Der Typ ist irgendwie masochistisch veranlagt.«

»Also …« Emily schüttelte ihren Trichter aus, damit auch ja kein Tropfen drinblieb. »Du kannst jederzeit mit ihm reden. Vorgestern hast du sogar *Braden* gegrüßt, ich hab's gesehen. Im Vergleich dazu sollte ein Gespräch mit Avery ein Kinderspiel sein.« Dabei blickte sie die ganze Zeit auf ihre Posaune, als wollte sie mich nicht mit einem zugegebenermaßen delikaten Gesprächsthema verschrecken.

Doch darauf lief es wohl hinaus. »Hm.« Ich zuckte mit den Schultern. »Braden wird wohl kaum geglaubt haben, ich würde ihn zurückhaben wollen, nur weil ich Hi gesagt habe, denn die Vorstellung, mit Braden was zu haben, ist einfach schrecklich.«

»So was von.« Emilys blitzartiges Lächeln wurde wie immer in der nächsten Sekunde durch ihren üblichen forschenden Blick ersetzt. »Schreib ihm eine Mail oder so, Georgie. Du kannst sie redigieren. Aber soweit ich das beurteilen kann, kommst du viel besser zurecht als früher. Ich denke, es wäre gut, wenn du dich entschuldigst und nicht länger drüber nachdenkst.«

Es gab noch etwas anderes, das ich ihm statt einer simplen E-Mail schicken konnte. Ich wusste nur nicht, ob es eine gute Idee war.

Du musst nicht alle Entscheidungen allein treffen, ermahnte ich mich. Vermutlich würde ich mein Leben lang die Gratwanderung zwischen »Ich brauche niemanden« und »Wer dich mag, kann dir auch helfen« beschreiten, doch das ging anderen wohl genauso. »Hey.« Ich legte die Posaune ab und griff nach meinem Handy. »Was dagegen, wenn ich fünf Minuten länger Pause mache?«

»Nein, aber bring mir einen Snack aus dem Automaten mit.« Emily holte zwei zerknitterte Ein-Dollar-Scheine aus ihrer Rocktasche und drückte sie mir in die Hand. Ich verkniff mir den Impuls, sie nicht anzunehmen. Übung machte den Meister.

Ich steckte die Scheine ein, ging aus dem Musikraum und wartete, bis ich auf halbem Weg zum Automaten war. Dann öffnete ich die Kontakte und wählte die Nummer.

»Georgie?« Lizzie Bennets warmherzige Stimme ertönte. »Was gibt's?« Ich lächelte. Lizzie und ich hatten ein paarmal telefoniert, seit ich wieder am Unterricht teilnahm, nicht lange, nur um zu sehen, wie es der anderen ging, wobei sie sich strikt weigerte, mir zu erzählen, ob sie bereits mit meinem Bruder knutschte oder nicht.

»Nur Bandprobe.« Ich lehnte mich an eine Reihe makelloser Schließfächer und kreuzte die Füße. Vorgestern hatte einer meiner Stiefel einen Kratzer abbekommen, den ich wegen dieser auffälligen Unvollkommenheit normalerweise zur Reparatur gegeben hätte, aber irgendwie reizte es mich, diesen Makel so zu belassen. Ein paar Mitschüler kamen im Gang vorbei, unterwegs zu irgendwelchen anderen nachmittäglichen Aktivitäten, die es neben der Bandprobe noch gab.

»Du stellst aber nicht wieder auf laut und spielst mir einen Lovesong vor, oder?« Ihr Tonfall war trocken und misstrauisch. *Ein* Mal. Emily und ich hatten nach der Probe letzte Woche einen Lachflash bekommen und Lizzie und Fitz über FaceTime eine extrem bescheidene Version eines alten Taylor-Swift-Songs vorgespielt und mit den Augenbrauen in die Kamera gewackelt.

»Nein, leider hatten wir keine Zeit, einen neuen einzustudieren. Ich wollte nur …« Verdammt, es fühlte sich so merkwürdig an, jemanden um Rat zu bitten oder auch nur anzunehmen, dass mir jemand helfen könnte. Doch ich wusste, dass Lizzie nichts dagegen hatte. Genau wie Fitz hatte sie mir immer wieder versichert, ich könne sie alles fragen. Also holte ich tief Luft und trommelte mit den Fingern auf ein Schließfach. »Emily hat mir geraten, noch mal mit Avery zu reden.«

»Ah.« Lizzie summte. Ich hatte schon gemerkt, dass sie damit gern Gesprächspausen füllte. Mit einem leisen Summen. Und Fitz tat das zu meiner Freude mittlerweile auch. »Weißt du noch, worüber wir neulich gesprochen haben, Georgie? Man braucht keine Typen, um glücklich zu werden.« Diese These hatte sie mit PowerPoint untermalt, und seitdem war ich mir endgültig sicher, dass sie und mein Bruder für immer zusammenbleiben würden.

»Ich weiß. Ich bin glücklich.« Lizzie sollte nicht denken,

ich hätte aus Sehnsucht nach einer Beziehung mein Selbstwertgefühl geknickt, außerdem ging es mir ja wirklich gut. »Das ist nicht der Grund. Ich möchte einfach … ich möchte reinen Tisch machen. Aber ich weiß nicht, ob das gut ist.« Während ich auf ihre Antwort wartete, summte Lizzie weiter vor sich hin.

»Ja, mach das.« Sie lächelte, das hörte ich. Lizzies Stimme konnte man das anmerken. Meine Schultern entspannten sich ein wenig, doch sofort rollte eine neue Welle der Anspannung heran, denn jetzt musste ich das auch durchziehen. »Ich vertraue dir, dass du gute Gründe hast. Wenn du möchtest, kannst du mir einen Entwurf schicken. Dann kann ich mir durchlesen, was du ihm sagen willst.«

Verlockend, wie immer verlockend, doch ich entschied mich dagegen, entschied mich dafür, auch schwere Dinge allein zu bewältigen, und atmete tief aus. »Danke, aber das schaffe ich schon.«

»Okay.« Es hörte sich an, als würde jemand nach Lizzie rufen, und dieser Jemand klang wie mein Bruder. »Hältst du mich auf dem Laufenden?«

»Na, klar«, versprach ich und legte auf. Bei aller Angst war ich von neuer Zuversicht erfüllt. Angst war nicht unbedingt etwas Schlechtes.

Es gab einen Weg, Avery mitzuteilen, wie es mir ging. Beziehungsweise wie ich mich gefühlt hatte, und das war keine große Geste, jedenfalls nicht von außen betrachtet, doch vermutlich würde er begreifen, dass es für mich sehr wohl bedeutsam war. Oder zumindest wichtig.

Und damit wäre das auch erledigt. Ich würde den Sack zumachen, die E-Mail aus dem Gesendet-Ordner löschen und mich gut fühlen.

Ich rief über das Handy die Fanfiction auf, die ich quasi aus Versehen über Avery geschrieben hatte. Vor ein paar Tagen hatte ich das, was ich hatte, auf meiner Lieblingsseite gepostet und gute Reaktionen bekommen. Jetzt kopierte ich den Link, öffnete eine neue E-Mail an ihn, fügte den Link ein und drückte auf Senden.

Seht ihr? Nicht halb so schrecklich, wie es hätte sein können. Ganz ehrlich, es hatte nicht halb so wehgetan wie die höfliche Begrüßung von Braden.

Obwohl, im Vergleich dazu tat alles weniger weh.

Ich blieb nach der Probe noch im Musikraum und wollte mich später mit Jackson in der Bibliothek treffen, um die Karteikarten für Geschichte durchzugehen. Da ich die Hausaufgaben bereits erledigt hatte und nirgends hinmusste, ließ ich mir Zeit. Ein Telefonat mit Fitz stand an, doch auch erst in zwei Stunden. Ich ging meine Noten durch und spielte immer weiter, bis ich an die problematischen Stellen kam.

Ich hatte die Takte aus der Hölle zur Hälfte hinter mir, als die Tür aufging und ich beinahe die Posaune fallen ließ.

Avery.

Er blieb an der Tür stehen, in der einen Hand eine braune Papiertüte und die andere an seinem Hemdsaum, an dem er nervös herumzupfte. Er trug seine Brille und seine Uniformkrawatte war wie üblich zerknittert.

Mist. Aus unerfindlichen Gründen hatte ich nicht im Traum daran gedacht, dass Avery zu mir kommen könnte, nachdem er die Mail bekommen hatte.

»Ich kann gehen.« Ich sprang vom Stuhl auf, schnappte

mir die Posaunentasche und verstaute das Instrument so schnell wie möglich. »Ich habe nur ein bisschen geübt.« Vielleicht war er gar nicht meinetwegen hier. Vielleicht wollte er auch nur allein sein.

»Dachte ich mir.« Seine Miene überrumpelte mich kurz, bis ich merkte, dass es an seinem Grinsen lag. Kein Vergleich zu dem verhaltenen Lächeln, das er mir in den letzten Wochen in den Gängen gezeigt hatte. Ein echtes, strahlendes Avery-Lächeln von einem Ohr zum anderen. Wie die Sonne. »Ich habe deine E-Mail bekommen.«

O Gott. Also ja, logisch, schließlich hatte ich sie ihm geschickt. Und E-Mails kamen bekanntlich sofort an. Aber ich hatte verdammt noch mal nicht damit gerechnet, so rasch mit dieser Realität konfrontiert zu sein.

Ehe ich etwas erwidern konnte, durchquerte er den Musikraum und blieb vor meinem Notenständer stehen. Ich war außerordentlich dankbar für diesen Schild.

»Ich habe dir einen Burrito mitgebracht.« Das sagte er so schnell, dass ich ihn für nervös gehalten hätte, wenn ich nicht die letzte Person wäre, in deren Gegenwart Avery nervös sein müsste. »Ein dämlicher Scherz, das gebe ich zu. Als Anspielung auf das mexikanische Catering? Das Zeug war immerhin authentisch, dieser Burrito ist von Moe's. Aber ich dachte, du würdest die kleine Geste zu schätzen wissen.«

»Avery.« Obwohl ich seinen Namen sagte, redete er einfach weiter. Ein Funken Hoffnung glühte in meiner Brust.

»Ich habe deine Geschichte gelesen.« Da er nun beide Hände frei hatte, seit er den Burrito abgelegt hatte, fuhr er sich mit den Fingern durch die Haare und verwuschelte sie noch mehr. Mittlerweile spürte ich meinen eigenen Puls sehr deutlich. »Du bist echt unglaublich gut, weißt du das eigentlich? Richtig, richtig gut.«

»Kann schon sein, dass ich ein paar Preise im Netz gewonnen habe.« Jetzt waren wir beide zappelig, überwältigt von nervöser Energie. Ich wollte zwar nicht weglaufen, aber stillstehen konnte ich auch nicht.

»Geht es um uns?« Oh, ein Schnellleser war er auch noch. »In der Geschichte, meine ich.«

Danach legte er eine kleine Pause ein und sah mich an. Seine Augen waren noch hübscher als in meiner Erinnerung. In den letzten Wochen hatte ich sie aber auch eher aus meinem Gedächtnis verdrängt.

Ich hatte akzeptiert, dass ich mit dem Verlust von Avery zurechtkommen musste, dass ich mich ohne ihn weiterentwickeln und stärker werden würde, und das stimmte – ich konnte das, ich *brauchte* Avery nicht, doch je länger wir so dicht voreinanderstanden, einzig und allein durch den Notenständer getrennt, der sich allmählich weniger wie ein Schild und eher wie ein Hindernis anfühlte, umso mehr kam ich zu der Erkenntnis, wie sehr ich mich nach ihm sehnte.

Aber das machte den ganzen Unterschied aus, oder? Zwischen ihm und Wickham. Dass es eben kein *Bedürfnis* war und Avery mich nicht aus meiner Umlaufbahn warf und mit seiner Anziehungskraft an sich zwang. Er ließ mich sein, wie ich war, und mochte mich genau so. Wie ich war.

Früher jedenfalls.

Obwohl mich langsam der Verdacht beschlich, wegen alldem hier … dass er vielleicht immer noch so für mich empfand.

»Das war keine Absicht.« Ich redete fast so schnell wie Avery, als ich mich endlich so weit zusammengerissen hatte, um etwas zu sagen. Luftholen war irgendwie schwieriger als sonst. »Du bist einfach hineingerutscht. Es tut mir leid, Avery.« Nun hatte ich es zum ersten Mal laut ausgesprochen. »Ich habe mich echt mies verhalten. Und ich behaupte nicht, ich hätte nicht gewusst, wie viel du mir bedeutet hast, denn das wusste ich. Es hat mir Angst gemacht. Immer wenn ich jemanden brauche, neige ich dazu … mich auf eine aggressive Art an denjenigen dranzuhängen. Das liegt daran, dass ich von einigen Menschen, die ich liebte, verlassen worden bin.« Als meine Stimme brach, senkte Avery den Blick auf seine Schuhe. »Aber das ist mein Päckchen, Avery, und ganz und gar nicht deine Schuld. Außerdem war ich wirklich völlig unmöglich, was meine Privilegien betrifft. So. Es tut mir wirklich leid.« Nach einer kurzen Pause ergänzte ich noch: »Henry ist kein … also, er ist kein Kutscherjunge.«

»Nein.« Averys Stimme klang ruhig und leise. »Ist er nicht.«

Damit war es vollbracht. Ich hatte reinen Tisch gemacht.

Allerdings löste sich das Knistern, das in der Luft lag, dadurch nicht in Wohlgefallen auf. Avery grinste wie verrückt.

»Du hast sie nicht zu Ende geschrieben.« Das war keine Frage, und das war gut so, weil ich mir keine Antwort zugetraut hätte. Avery schob den Notenständer behutsam beiseite. Oh, gut. Meine Rüstung. Aber mit Avery brauchte ich sie gar nicht mehr. »Die Geschichte. Ich war gespannt auf das Ende.«

Ich holte tief und stockend Luft.

»Ich auch.«

Keine Ahnung, wer von uns beiden zuerst die Hand ausstreckte, da wir innerhalb der nächsten Sekunde unsere Finger verschränkten. Und schließlich trennte uns nichts mehr, als Avery sich zu mir herunterbeugte, aber eindeutig war ich es dann, die den letzten Abstand überbrückte und ihn küsste.

Es fühlte sich genauso gut an wie im Auto, doch diesmal gab es kein Zögern mehr, keine ungläubigen Augenblicke, keinen Zweifel, ob das alles richtig oder falsch oder etwas anderes als vollkommen und perfekt war. Avery zog mich enger an sich und strich über meinen Arm, während ich die Finger in seinem Haar vergrub und sein Lächeln an meinen Lippen spürte. Bestimmt würden wir nie wieder aufhören zu lächeln, solange wir zusammen waren.

Nur um Luft zu schöpfen, keineswegs, um aufzuhören, legte ich nach einer Weile den Kopf in den Nacken.

»Ist das ein Privileg, das Mrs T heimlich für den Tambourmajor reserviert?«, fragte ich und Averys Augen glänzten. »Knutschen im Musikraum?«

»Wusstest du das etwa nicht?« Avery streichelte meine Locken und gab darauf acht, sie nicht vollends zu verwuscheln. »Ich bin eine bedeutende Persönlichkeit in der Pemberley Academy. Es kann gut sein, dass sie bald einen Flügel nach mir benennen.«

»Das sollten sie unbedingt tun«, murmelte ich, als Avery mich wieder küssen wollte. »Du bedeutest mir sehr viel.«

Als wir endlich den Burrito aßen, war er kalt, und doch hatte noch nie etwas besser geschmeckt.

EPILOG

SECHS MONATE SPÄTER

Es war nicht mein *größter* Triumph in diesem Schuljahr, als die Band den Titelsong von *Sage Hall* zu unserem Auftritt vor den Frühjahrsferien spielte, aber knapp davor.

»Ich fasse es nicht, dass du das geschafft hast«, sagte Emily, als wir an der Seitenlinie des Football-Platzes standen und darauf warteten, uns aufzustellen. »Hast du Mrs Tapper erpresst? Oder verleiht dir die Tatsache, dass du ein Superfan von *Sage Hall* bist, Macht über den Rest der Welt?«

»Ich bevorzuge die Bezeichnung Semi-VIP der Fangemeinde, das weißt du genau.« Als ich sie mit der Schulter anstupste, mussten wir beide grinsen. Wir waren in Sarasota, Florida, ich hielt das Gesicht in die Sonne und konnte mich nicht mal darüber aufregen, dass mir beim Marschieren in der Uniform gleich superheiß werden würde. Fitz war in den Weihnachtsferien mit mir Surfen gefahren, und das war das letzte Mal, dass mir wirklich warm gewesen war. »Pass auf, sonst hetze ich meine Leserschaft auf dich.«

»Mir wird angst und bange.« Emily schüttelte den Kopf. Avery war, wie sich herausgestellt hatte, nicht der einzige Fan meiner Fanfiction. Nachdem eine YouTuberin, die für ihre kurzen *Sage Hall*-Zusammenfassungen berühmt war, einen Link tweetete, war meine Fanfiction viral gegangen. Sogar meine Englischlehrerin hatte mir dafür Extrapunkte gegeben, sobald ich ihr den Besucherzähler auf meiner Seite gezeigt hatte. »Ist dein Freund nervös?«

»Ich glaube, nervös kann man das nach den Unmengen Kaffee nicht mehr nennen. Eher klinisch hibbelig.« Ich hatte Avery heute noch nicht gesehen. Fitz und Lizzie hatten mich vom Hotel zu einem gemeinsamen Frühstück abgeholt, bevor sie mich zu der gastgebenden Schule gebracht hatten. Sie hatten darauf bestanden, den Sieg in unserem Wettbewerb bereits früh zu feiern. »Trotzdem wird sein Auftritt super.«

»Wehe, wenn nicht.« Cole tauchte neben mir auf, unvermittelt wie immer, und daran hatte ich mich noch nicht gewöhnt. »Wir müssen gewinnen.«

»Komm runter, Kurzer.« Emily verdrehte die Augen. »Unsere Chancen würden besser stehen, wenn du den Reißverschluss hochgezogen hättest.«

»Was?« Als Cole entsetzt an sich herabblickte, kicherte Emily, aber der Anblick von Avery lenkte mich zu sehr ab. Blass, aber entschlossen kam er auf uns zu. Ich räusperte mich und stieß Emily an, die sofort in Aktion trat.

»Komm, wir schauen uns die Palmen an.« Sie packte Cole am Kragen und zerrte ihn ein wenig zu aggressiv mit. Ich dachte jedoch nicht daran, mich einzumischen, als Avery bei mir ankam.

»Du siehst gut aus.« Ich richtete seine Schulterklappen. Der weiße Plüschhut wirkte mit seiner Höhe von gut achtzig Zentimetern ein wenig lächerlich, aber hey, Avery stand er gut. Außerdem war meiner nur geringfügig kleiner. Er wechselte den Tambourstock von einer Hand in die andere. »Geht's?«

»Ich wollte dich nur sehen.« Sein Blick zuckte eine Sekunde über das Spielfeld, aber als er wieder bei mir landete, lächelte er. »Bist du bereit?«

»Bereit für alle High-Steps zum Sieg.«

»Nur nichts verschreien«, warnte er mich. »Die anderen Schulen sind in diesem Schuljahr auch richtig gut.«

»Aber wir sind wir.« Ich stellte mich auf die Zehenspitzen und küsste ihn. Dann hielt ich ihm die Faust hin. Er schlug dagegen, dann knutschten wir weiter. »Wir machen sie platt.«

»Noch einmal, das bringt Glück.« Als Avery die Hände um meine Taille schlang und sich zum Küssen zu mir herunterbeugte, spürte ich förmlich, wie Braden in unserem Rücken die Augen verdrehte. Doch das war mir ganz egal. »Bis gleich.«

Avery lief los, als Pemberley über die Lautsprecher angekündigt wurde. Die Zuschauer jubelten, und obwohl ich Fitz und Lizzie nicht heraushören konnte, ging ich davon aus, dass sie am lautesten schrien. Charlie war sicherlich bei ihnen, das Gesicht in den Schulfarben bemalt, und Jane hielt in einem »WIR ♥ PEMBERLEY, VOR ALLEM DIE POSAUNEN«-T-Shirt seine Hand. Charlie hatte sie für sie beide besorgt.

Ich nahm meinen Platz neben Sam ein und strahlte. Als Avery aufs Spielfeld lief, seinen Tambourstock in die Luft warf und gekonnt auffing, verkniff ich es mir gerade noch, ihm zuzujubeln. Während wir vorwärtsmarschierten, erklangen die schwellenden Töne des *Sage Hall*-Titelsongs, und ich bewegte meinen Zug hin und her. Wir marschierten seitwärts und weiter in Formation über das gesamte Spielfeld, und ich wusste, ich wusste es einfach, dass wir es geschafft hatten.

Meine Posaune schimmerte in der Sonne, und ich fing den Blick meines Freundes auf, der schnell und leidenschaftlich dirigierte. Schließlich warf ich mich in die Schlusspose, straffe Schultern, stolzer Blick. Nicht nur Darcy-Stolz oder Pemberley-Stolz.

Georgie-Stolz.

DANKSAGUNG

Yeah, wir haben es geschafft, Leute! Wir sind bei der Danksagung angekommen! Beim Schreiben der Dankesworte habe ich immer wieder geheult, zumal meine Dankbarkeit für meine Community über alles hinausgeht, was ich jemals schreiben könnte. Dennoch bin ich wild entschlossen, einen Bruchteil der Liebe zu zeigen, die ich für euch alle spüre, und beginne mit einer Ermahnung der immer klugen Leslie Knope: »Niemand schafft irgendwas allein.«

Zunächst tausend Dank an Moe Ferrara, meine hervorragende Agentin und ausgewiesenen Musical-Nerd sowie an meine Co-Präsidentin im Official Christian Borle Fan Club. Wegen dir und dem gesamten Bookends-Team werde ich täglich zu einer besseren Schriftstellerin, selbst wenn wir uns nicht einigen können, wie oft ich Adverbien benutzen sollte.

Kein Schriftsteller kommt ohne gute Lektorin aus, und ich habe mit Sarah Grill die allerbeste. Gleich bei unserem ersten Telefonat wusste ich, dass du die perfekte Person bist, um Georgie und die anderen zu neuen Höhen aufzuschwingen.

Danke, dass du meine emotionale Bindung sowohl an die Jonas Brothers als auch an meine Katze verstehst und teilst – Lydia und ihre Kitten-Heels sind für dich.

Seit ich das erste Buch von Wednesday Books gelesen

habe, waren sie mein Traum-Imprint, und ich finde es immer noch extrem unwirklich, dass ich dort selbst ein Buch veröffentliche. Mein Dank gilt allen bei Wednesday, die mir bei der Erfüllung dieses Traums geholfen haben: Rivka Holler, Sarah Schoof, Elizabeth Curione, Meryl Gross, Janna Dokos, NaNá Stoelzle und Devan Norman – danke, danke, danke! Und ohne das fantastische Cover wäre dieses Buch auch nur halb so gut (beim Anblick des ersten Entwurfs habe ich tatsächlich in einem Wawa geheult). Ich bedanke mich bei Kerri Resnick und Amelia Flower dafür, dass ihr meinen Figuren Leben eingehaucht habt. Ganz ehrlich, ich habe mich noch nie dermaßen über ein künstlerisches Motiv gefreut wie über diese zartlila Posaunen.

Schreiben kann eine extrem einsame Beschäftigung sein, und ich bin sehr froh, dass ich damit nicht allein bin. Vielen Dank, Patricia Riley, Kelly Dwyer und Rebecca Speas dafür, dass ihr Georgies erste Unterstützerinnen wart und über all meine albernen Wortspiele gelacht habt. Danke, Ann Fraistat, die die seltene und schöne Mischung aus schneller Bearbeitungszeit und einfühlsamen Kommentaren zu bieten hat – danke, dass du immer unverzüglich auf meine panischen Nachrichten reagiert hast und Georgie so sehr liebst wie ich.

Auch bei Amie Kaufman bedanke ich mich sehr herzlich – wenn der lange Weg bis zur Veröffentlichung mich fertiggemacht hat, musste ich immer daran denken, wie früh du mir dies bereits vorausgesagt hast, und bekam mich wieder in den Griff. Und vielen Dank, Meagan Spooner, die mir als erste Autorin zugehört hat, als ich meine Buchidee gepitcht habe, und die sie gut fand – dieser Schub für mein Selbstbewusstsein war unbezahlbar.

Und danke, Courtney Stevenson, dein Feedback und deine Ermunterung haben mir unendlich viel bedeutet: Danke für die Beratung, als ich noch so gut wie nichts über das Verlagswesen wusste.

Ich hatte das große Glück, dass einige meiner absoluten Lieblingsautor*innen in einem frühen Stadium zu dem Buch beitrugen. Mein ewiger Dank für ihre freundlichen Worte gebührt Ashley Poston, Jennifer Dugan, Emily Wibberley, Austin Siegemund-Broka, Jennifer Iacopelli, Kristina Forest, Nina Moreno, Tiffany Schmidt, Erin Hahn, Jamie Pacton und Stephanie Kate Strohm – danke! Ich werde jederzeit auch für euch da sein.

Außerdem bedanke ich mich bei allen in der D.C.- und Northern-Virginia-Schreibgruppe, die mich immer wieder mit offenen Armen empfangen haben. Zusätzlich bedanke ich mich bei Andrea Tang, deren Begabung zur Freundschaft fast so groß ist wie die, mich dazu zu bringen, mich vor Lachen auszuschütten, wenn wir uns gerade mega streiten.

Der Hauptteil dieses Buches wurde im Café Kindred in Falls Church, Virginia, entworfen. Ich bedanke mich bei dem gesamten Team und hoffe, dass meine Verbeugung in Form der Townshend's Bar einen Teil meiner Dankbarkeit für die endlose Auffüllung meiner Teetassen mit heißem Wasser ausdrückt.

Ich bedanke mich bei den Teams der Standardisierten Patienten an der Uniformed Services University of the Health Sciences and Georgetown – ich habe *oft* im Dienst geschrieben und redigiert (nur in den Pausen, das garantiere ich), und die unermüdliche Unterstützung durch die Dozenten und die anderen Simulierten Patienten hätte nicht hilfreicher sein können. Besonders herzlich danke ich Renee

Dorsey und ihrer Familie für ihre unerschütterliche Begeisterung.

Es gibt nichts Besseres auf der Welt als One More Page Books, insbesondere weil dort die besten Leute der Welt arbeiten. Ich bedanke mich bei Eileen McGervey (#1 Chefin), Lelia Nebeker (meinem Fels in der Brandung), Rebecca Speas (der Darcy zu meinem Bingley), Anna Bright (meiner Hauptanlaufstelle für alle panischen Autorenfragen), Rosie Dauval (der brillanten Fotografin), Eileen O'Connor, Neil O'Connor, Amber Taylor, Trish Brown, Sally McConnell, Jeremiah Ogle und (ehrenhalber) Lauren Wengrovitz. Ein Dankeschön geht auch an unsere Kundschaft, die sich mit mir gefreut hat, als ich mein Buch endlich verkauft hatte, und die es vorbestellte und lobte und mir das Gefühl gab, eine richtige Autorin zu sein.

Ich bedanke mich bei Max Klefstad und Linda Bathurst, die stets meine allerersten Superfans waren. Ich liebe euch mehr, als ich Brettspiele mit Kolleg*innen hasse.

Beim Schreiben an diesem Buch habe ich einen (sehr gesunden) Loop aus den Jonas Brothers und Taylor Swift gehört, bei denen ich mich für die Versorgung mit Achterbahnen und illegalen Affären bedanke. Besonderer Dank gebührt auch dem Team hinter *The Lizzie Bennet Diaries*, auf die meine ursprüngliche Liebe zu Jane-Austen-Adaptionen zurückgeht, sowie Griffin McElroy für die ewige Erinnerung an die Macht des Geschichtenerzählens.

Obwohl ich bezweifle, dass sie dies je lesen wird, wäre es nachlässig von mir, mich nicht bei Jane Austen höchstpersönlich für alles zu bedanken, das ihr Werk mir gegeben hat. Vielen Dank, dass Sie mir gezeigt haben, wie sehr Geplänkel die Welt verändern kann.

Das Buch ist eine Liebeserklärung, u. a. an meine wunderbare Zeit in der Marschkapelle. Von der achten Klasse bis zu meinem College-Abschluss habe ich in der Marschkapelle eine Heimat gefunden sowie Freunde, eine Familie. Ich schulde den Lehrer*innen, die mir alles beigebracht haben, den Tambourmajor*innen und Stimmführer*innen, die mich angeleitet haben, und allen anderen in den Bands, die mich unterstützt haben, mehr als ein Dankeschön. Eine Liebeserklärung an die Bandmitglieder an der Ocean High School – hoffentlich ist es mir einigermaßen gelungen, unsere gemeinsame Liebe und Hingabe aufs Papier zu bringen. Und an unsere Gang aus absoluten Idioten, die niemanden brauchten, weil wir ja uns hatten: danke. Wie kann ich mich je angemessen dafür bedanken, was ihr mir gegeben habt, ihr, die ihr mit mir in der Cornell Big Red Marching Band gespielt habt? Meine Flöten, Saxofone und alle anderen! Selbst jetzt, (hier eine nicht genannte Zahl einsetzen) Jahre nach unserem Abschluss sehne und verzehre ich mich nach euch und komme immer wieder auf euch alle zurück.

Das Buch ist auch eine Liebeserklärung an Carly Britton, die sämtliche Bücher von mir gelesen hat, auch jene, die objektiv betrachtet sehr schlecht waren, und die weiter mit mir abhängt. Das ist entweder eine bestimmte Art von Masochismus oder eine bestimmte Art von Freundschaft, und ich tendiere zu Letzterem. Vielen Dank.

Ich bedanke mich bei meinen Großeltern Frank und Janet Wockenfuss, die mir die Liebe zum Lesen nahegelegt haben, und Bill und Kay Quain, die mir die Liebe zum Schreiben mitgegeben haben. Vielen Dank für diese lebensverändernden Geschenke.

Mein Dank gilt meiner wunderbaren erweiterten Familie

für alles, was ihr mir gegeben habt. Nicht alle haben das Glück, umgeben von so vielen liebevollen Menschen aufzuwachsen, und ich bin jeden Tag von Neuem dankbar dafür, Cousinen und Cousins, Tanten und Onkel zu haben, die in meinem Leben eine große Rolle spielen. In diesem Buch geht es um die Bedeutung von Familie, und das heißt, es ist für euch bestimmt.

Ich bedanke mich bei meinen Schwiegereltern Randy und Virginia Tiedemann für eure immerwährende Unterstützung und Begeisterung sowie dafür, dass ihr immer über meine Witze lacht. Danke, Ben und Erica Blaschke, die mich stets aufgemuntert haben. Ich verspreche euch, meine Dankbarkeit unter Beweis zu stellen, indem ich euer Haus mit mehr Büchern füllen werde, als ihr je brauchen könntet.

Insbesondere bedanke ich mich bei meinen Eltern Bill und Jeanne Quain, die bei jedem Schritt meine Träume gefördert haben und die mir gezeigt haben, dass man tatsächlich Schriftstellerin werden kann und dass es sich – trotz aller Hindernisse – immer lohnt, seinem Traum treu zu bleiben. Vielen Dank, ich werde das Nötige stets im Auge behalten. Danke, Kathleen Quain, du bist die beste Schwester der Welt. Danke für alles. Ohne eine tolle Schwester wie dich hätte ich kein Buch über in Liebe verbundene Geschwister schreiben können, und ich verspreche dir ein eigenes Exemplar dieses Buches, damit du dich mit niemandem darum streiten musst, wer es als Nächstes liest.

Katzen können vermutlich nicht lesen, aber wenn doch: Jenny, du bist die Beste.

Und schlussendlich bedanke ich mich bei Dustin Tiedemann. Erstens, da ich deiner Meinung nach ein Buch schreiben sollte, in dem ein Drache vorkommt, den ich aber in diesem Buch nicht unterbringen konnte, füge ich hier einen ein – rroooar! Zweitens wäre dieses Buch buchstäblich nicht entstanden, wenn du nicht so unendlich viel für mich getan hättest. Danke, dass du zu der Band gehalten und mich jeden Tag zum Lachen gebracht hast, danke für Disney-Trips und Kletterwettbewerbe und all die anderen kleinen Dinge, die unser Leben so schön machen. Vergib mir, dass ich noch mal wiederhole, was ich bereits bei unserer Hochzeit gesagt habe, aber es ist noch immer die Wahrheit: Du bist meine größte Lovestory.